Gavin Knight

THE HOOD

GAVIN KNIGHT

THE HOOD

Aus dem Englischen
von Jürgen Bürger

Ullstein

The Hood beruht auf wahren Begebenheiten. Verschiedene Namen, Spitznamen, Zeiten, Daten und Merkmale von Personen wurden geändert. Manche Akteure basieren auf den kombinierten Eigenschaften mehrerer Einzelpersonen.

2. Auflage 2012

ISBN 978-3-550-08898-8

Die Originalausgabe erschien 2011 unter dem Titel »Hood Rat« bei Macmillan Publishers Ltd., Hampshire

Gesetzt aus der Swift und Eurostile
Satz: LVD GmbH
Druck und Bindearbeiten: CPI – Clausen & Bosse, Leck
Printed in Germany

Für A und I

MANCHESTER

1:

Netz

Ein Gangmitglied aus Moss Side bibbert in seinem Auto vor dem Torhaus des Strangeways Prison. Er hat den Auftrag, einen alten Kumpel namens Whippet abzuholen, der dreieinhalb Jahre wegen Dealen mit Crack und Heroin eingesessen hat. Es ist Dezember. Der dichte Schnee verdeckt den Backstein-Wachturm, der sich über den Norden Manchesters erhebt. Mit seinen behandschuhten Knöcheln kratzt er Eis von der Innenseite der Windschutzscheibe und bemerkt einen anderen wartenden Mann, einen großen, kräftigen Typ von etwa Anfang vierzig, der in einem schwarzen Polohemd im Freien steht und raucht. »Ist dir kalt?«, ruft er ihm zu. Der kräftige Typ dreht den Kopf und zieht Rauch durch die Zähne. »Halber Norweger«, erwidert er grinsend. Der Mann hat einen rasierten Schädel, seine Zähne sind fleckig und angeschlagen, aber seine durchtrainierte Statur sieht nach Fitnessstudio aus. Er raucht seine Zigarette zu Ende und verschwindet dann im Torhaus. Als er wieder herauskommt, ist Whippet bei ihm. Das Gangmitglied hupt und winkt ihn zu sich. Whippet blickt in die entgegengesetzte Richtung und geht weiter. Der kräftige Typ schiebt ihn in ein Auto und fährt in hohem Tempo davon. Die Reifen machen ein zischendes Geräusch auf dem graupeligen Asphalt.

Der Wagen rast über den Autobahnring nördlich auf die M6 vorbei an der zerfasernden Stadt Richtung Lancaster, Kendal und die schottische Grenze. Der kräftige Typ heißt Anders Svensson, ist seit dreiundzwanzig Jahren Detective der Kriminalpolizei und spürt, dass seinen Begleiter etwas quält. Whippet murmelt vor sich hin, während er mit der Hand immer wieder über seine Jamie-Foxx-mäßige Stoppelfrisur streicht. »Ich brauch keinen Babysitter«, sagt er und starrt geradeaus. Seine Mundwinkel zucken, als hinge er an einem Angelhaken. »Die respektieren mich. Old school.«

Svensson steckt sich eine weitere Zigarette an, sagt nichts. Er hat in dreißig Mordfällen ermittelt und arbeitet schon so lange und intensiv in den von Banden kontrollierten Gebieten im Süden Manchesters, dass ihm der Job in Fleisch und Blut übergegangen ist. Er bemerkt, dass sich Whippet ständig auf die Oberlippe klopft und immer wieder in den Seitenspiegel sieht. Hinter der Knacki-Fassade lauert die Angst.

Svensson weiß, dass er ein guter Bulle ist. Über die Jahre hat er die höchsten Empfehlungen bekommen und genießt den Respekt und die Unterstützung der meisten ranghohen Beamten seiner Abteilung. Aber jegliche Beförderung hat er ausgeschlagen: Er ist zur Polizei gegangen, um Cop zu sein, an vorderster Front. Er ist immer noch ein einfacher Detective Constable und arbeitet mit erheblich jüngeren Kollegen zusammen, die nicht verstehen, was er treibt, und gelegentlich eifersüchtig sind. Er versucht, sich von ihnen nicht anmachen zu lassen. So in die Richtung: Hasst mich nicht, weil ihr nicht seid wie ich. Was ihn als guten Ermittler von den anderen unterscheidet, ist seine ausgeprägte Listigkeit und die Fähigkeit, sich in Kriminelle wie Whippet einzufühlen.

»Wirst du dich bei deiner alten Gang melden?«, fragt Svensson. »Bei Merlin?«

Als Merlins Name fällt, reibt Whippet sich die Augen. Er schüttelt den Kopf.

»Scheiß auf den Kerl, Mann. Die Gangster sind nicht meine Freunde. Die hassen dich«, sagt er. »Ich will mit Amber zusammen sein. Mit Amber und den Kids. Mit Menschen, denen ich was bedeute.«

Während sich draußen der Horizont weitet, hört Svensson zu, wie Whippet Versprechungen macht. Er hört sie nicht zum ersten Mal, hat sie schon oft gehört. Nur selten sind sie ein Beleg für die erzieherische Wirkung des Gefängnisses und halten meist nicht länger als die Bewährungsauflagen. Vielleicht sieht man es ihm irgendwie an, jedenfalls wedelt Whippet mit dem Finger vor seinem Gesicht herum.

»Diesmal mein ich's ernst«, knurrt er. »Weißt du, wo ich die letzten drei Jahre gewesen bin? Jeden Tag sagt dir einer, wann du pissen darfst. Ich geh da nicht mehr rein, nie wieder.«

Die letzten beiden Jahre vor seiner Haftstrafe hatte Whippet sich intensiv damit beschäftigt, Dealer zu überfallen und zu foltern, um sich auf der Straße einen Namen zu machen. Er ist ein Raubtier auf der mittleren Ebene. Die Kids assoziieren Glamour mit dem Gangster-Lifestyle, aber die meisten Dealer, die Svensson kennt, wursteln sich mehr schlecht als recht durch und wohnen noch bei ihrer Mum. Whippet kam vor seiner Verurteilung nur knapp über die Runden. Es gibt höchstens ein oder zwei, die überhaupt je wirklich Geld machen und dann auch noch schlau genug sind, das Gang-Leben hinter sich zu lassen.

Aber alle fünfzehn Jahre taucht ein Individuum mit so herausragenden kriminellen Fähigkeiten auf, dass es den anderen Raubtieren eine Scheißangst einjagt. Wie jeder Detective ist auch Svensson ein Jäger, und Jäger interessieren sich allein für Großwild. Er hat sämtliche Bücher über den Yorkshire Ripper Peter Sutcliffe gelesen. Er erinnert sich an den Satz des Moormörders Ian Brady in *The Gates of Janus*: Ein Serienmörder gleicht einem großen weißen Hai, der durch die Gesellschaft streift, während wir anderen Fische sind. Whippet ist nur ein Fisch. Irgendwo dort draußen in den dunklen Winkeln im Süden Manchesters lauern die Leute, vor denen Whippet Angst hat. Svensson weiß, dass er diese Angst zu seinem Vorteil nutzen kann.

Er weiß noch einige andere Dinge über Whippet. Der Inlandsgeheimdienst glaubt, dass Whippet in weitaus mehr als Drogenhandel verwickelt war. Er ist ziemlich aufbrausend: Als Kid versuchte er einmal, sich mit einem Vorschlaghammer aus einem Jugendgefängnis rauszuschlagen. Jedes von Whippets Opfern hat Verwandte und Freunde, die ihn hassen und am liebsten tot oder für immer weggesperrt sehen würden. Svensson hat in den letzten paar Monaten peinlich genau darauf geachtet, mit allen von ihnen zu reden. Er geht auf einen Tee bei den Schwestern des Opfers vorbei, oder auf eine Portion Bohnen auf Toast bei ihren Müttern. Das Gespräch kreist um Whippet. Binnen kurzem überbieten sie sich gegenseitig mit Geschichten über all die grausamen Dinge, die er getan hat: die Lötlampe, der Lötkolben. Svensson zeigt keine Überraschung, so als hätte er das alles schon mal gehört, und steuert eigene Details bei, und wenn er dann geht, haben sie nicht den Eindruck, ihm irgendetwas Neues erzählt zu haben. Nach und nach macht er sich ein Bild davon, mit welchen alten Kumpeln Whippet noch zu tun hat und wessen Befehlen er gehorcht. Und zwei Namen tauchen dabei immer wieder auf. Namen, die Svensson gut kennt.

Flow und Merlin.

Svensson beobachtet und verfolgt dieses Gespann bereits seit zwölf Jahren, seit 1994. Merlin ist Boss der Gooch Gang, Flow ist ihr Enforcer, ihr Vollstrecker. Flow ist, im Sprachgebrauch der US-amerikanischen Polizei, ein ultra-gewaltbereiter Impact Player, jemand, der Gewalt provoziert. Wo auch immer er sich aufhält, wirkt er wie ein Katalysator für brutale Zwischenfälle. Flow hat in den letzten Jahren erkannt, dass er die seltene Fähigkeit besitzt, jemanden umzubringen und einfach weiterzumachen. Er hat sich einen Ruf als eiskalter Killer aufgebaut. Er kann Dinge tun, die für die meisten Menschen widerlich wären, beispielsweise Kopfschüsse aus nächster Nähe, und bleibt davon völlig unberührt. Er muss sich dazu nicht erst mental aufputschen. Man könnte sich mit Flow treffen, eine Stunde nachdem er abgedrückt hat, etwas mit ihm trinken gehen und ihn völlig ahnungslos ganz charmant finden. Man würde ihn für einen korrekten Typ halten, einen netten Kerl. Svensson unterhält sich immer wieder mit Gangmitgliedern, die Menschen ermordet haben, und er sieht die Spuren, die sich unauslöschlich in ihre Gesichter gegraben haben. Bei Flow sieht man gar nichts. Er hat ein blasses, kindliches Gesicht und große Augen. Er ist ein jungenhafter 27-Jähriger mit militärisch kurzem Haarschnitt. Die dichten Augenbrauen sind ständig hochgezogen, und er klimpert mit seinen dunklen Wimpern, als wäre er leicht und auf angenehme Art überrascht. Er strahlt einen merkwürdigen Ernst aus.

Flow hat – oder hatte – zwei Brüder. Der eine wurde mit einer Flasche in der Innenstadt erschlagen, weil er mit ihm verwandt war. Der andere, Dean, ein junger DJ und Amateurfußballer, wurde wegen des gleichen Vergehens getötet, als Flow im Gefängnis saß. Ihm wurde in den Bauch geschossen, als er um ein Uhr morgens seinen Lieblingsclub verließ. Er war mit Freunden unterwegs, unter ihnen auch Kerry, Flows Freundin. Während seiner Zeit im Knast hat Flow sich ausgemalt, wer dafür verantwortlich ist. Es hieß, die Longsight Crew. Während die Kids auf ihren Rädern am nächsten Tag mit wusten, völlig wahllosen Racheakten Vergeltung üben, wartet Flow ab, denkt nach und blinzelt. Es ist fünf Jahre her. In dieser Zeit hat er sich eine Sammlung raffinierter, leistungsstarker Waffen zugelegt. Drei Tage nach Flows letzter Verurteilung ging Svensson dessen Mum Gemma besuchen. Sie machte ihm Bohnen auf Toast. Er sah sie an, während er das durchweichte Brot schnitt. Was sagt man zu einer Mutter, deren einer Sohn unter der Erde liegt und der andere im Knast sitzt?

Merlin ist ein völlig anderer Fall. Die meisten Menschen checken schnell, dass er ein Psychopath ist. Merlin hat Flows Talente benutzt, um seinen Einfluss auf Old Trafford, Moss Side und Fallowfield auszudehnen. Sein Schatten fällt heute über den größten Teil von Manchesters Süden. Das Geheimnis von Merlins Erfolg ist seine Fähigkeit, über die Menschen in seiner Umgebung absolute Kontrolle auszuüben. In diesem Ausmaß hat Svensson so etwas noch nie zuvor gesehen. Merlin ist einunddreißig, und den Gerüchten nach verdient er richtig viel Geld. Im Verlauf der letzten vier Jahre hat er ein gut organisiertes Netzwerk an Fußsoldaten aufgebaut, die Crack, Kokain und Heroin verkaufen. Von den Einnahmen werden Handfeuerwaffen, Schrotflinten und vollautomatische Waffen gekauft, darunter ein Maschinengewehr im Kaliber 7.62 mm, das er in Plastik verpackt und auf dem Dachboden eines Junkiemädchens versteckt hat. Er verdient 700 000 Pfund pro Jahr. Das sind 668 000 Pfund mehr als Svensson. Andererseits, je mehr Morde es gibt, desto mehr Überstunden kann Svensson abrechnen. Merlin gehört nicht zu den Kriminellen, die sich irgendwann aus dem Drogengeschäft verabschieden, trotz der unausweichlichen Zeit im Bau, wenn es Svenssons Kollegen mal gelingt, ihm tatsächlich etwas, irgendetwas, nachzuweisen. Es reizt ihn viel zu sehr. Merlin und Flow sind Großwild. Sie sind noch nicht lange wieder auf Bewährung draußen, und schon gelten sie als Hauptverdächtige bei zwei Gang-Morden der jüngsten Zeit. Ein Drive-by-Shooting und ein dermaßen dreister Vergeltungsakt, der die ganze Stadt schockiert hat.

Wenn Merlin hinter einem Verbrechen steckt, wird es schwierig, einen Zeugen zu finden, der zu einer Aussage bereit ist. Svensson weiß das, weil er es immer und immer wieder erlebt hat. Sie sehen dann auf einmal Flow in jedem Treppenhaus und in jeder dunklen Gasse. Svensson arbeitet daran, genug Beweise zu sammeln, um beide für lange Zeit hinter Gitter zu bringen. Deswegen chauffiert er Whippet durch die Gegend.

Während sie jetzt bei schwindendem Tageslicht durch den wirbelnden Schnee nach Norden rasen, muss Svensson nur Flows Namen erwähnen, schon wird Whippet blass und müde. Noch im Gefängnis hatte er gehört, dass Flow ihn umlegen würde, weil er den falschen Kerl gekidnappt und gefoltert hatte, einen Dealer, der mit Merlin Geschäfte gemacht hatte.

»Ich will jetzt nur noch Zeit mit meinen Kindern verbringen«, krächzt Whippet. Svensson schlägt einen väterlichen Ton an.

»Du wirst dein Wohnheim nicht verlassen dürfen. Deine Bewährungsauflagen verbieten dir, Manchester zu betreten. Du kannst nicht ins Legends in Ashton gehen. Oder ins JJs. Nicht in die Arch Bar in Chorlton.«

»Das Legends?« Whippet lacht. »Wenn ich einen Fuß da rein setze, bin ich tot.«

»Kein Mensch weiß, wohin wir fahren«, sagt Svensson.

Whippet starrt hinaus zu den vorbeiziehenden Straßenschildern, ist nervös und paranoid. Er fühlt sich seit zwei Stunden von jedem einzelnen Autofahrer auf der M6 beobachtet. Sie nähern sich der schottischen Grenze. Viel Zeit bleibt nicht mehr: Svensson weiß, wenn er irgendeine nützliche Information aus Whippet herausbekommen will, dann muss er jetzt den Druck erhöhen.

»Wir haben Merlin bereits im Auge und versuchen, ihn von der Straße zu holen. Es wäre alles erheblich einfacher, wenn wir wüssten, welches Handy er gerade benutzt.«

Sie lauschen auf das Klappern des Auspuffs, als er herunterschaltet. Er hat ihn auf einem matschigen Feldweg in Buxton kaputtgefahren. Im Augenblick würde Whippet alles dafür tun, nicht erschossen zu werden. Niemand wird erfahren, dass er es war. Es könnte jeder gewesen sein. Was soll überhaupt der Wirbel wegen einer Handynummer? Er legt den Kopf zurück, schließt die Augen. Er kann Merlin nicht verpfeifen. Er könnte nie wieder schlafen.

Als er allein in dem Wohnheim für Haftentlassene auf Bewährung ist, nagt die Paranoia an Whippet. In jedem Raum dort gibt es mehr Überwachungskameras als im Big-Brother-Haus. Er steht unter strengem Hausarrest. Seine Gedanken kehren immer wieder zu dem Kumpel am Gefängnistor zurück. Wird es sich herumsprechen, dass Whippet mit einem Bullen verschwunden ist? So wie ein Spitzel. Je länger er sich versteckt hält, desto misstrauischer werden sie. Also ruft er spontan einen von Merlins Leutnants an. Er meckert darüber, dass sie ihn in ein Wohnheim gekarrt haben.

»Wo ist das Heim denn?«, fragt der Leutnant.

Whippet muss schnell denken. Wenn er es dem Leutnant sagt, riskiert er, dass Merlin jemanden schickt, um ihn fertigzumachen. Gibt er jedoch seinen Aufenthaltsort nicht preis, wird Merlin sofort wissen, dass er etwas zu verbergen hat. Whippet holt tief Luft.

»In Carlisle«, sagt er.

Als er das Gespräch beendet, spürt er, wie ihn die Furcht beschleicht. Warum hat er angerufen? Für einen Moment war er in Sicherheit. Nun kann Merlin ihn finden. Er geht auf sein Zimmer und untersucht das Schloss. Es ist ein einfaches Schloss, das unter ein paar energischen, kraftvollen Tritten nachgeben würde; einen Sicherheitsriegel gibt es nicht. Also schleift er methodisch sämtliche Möbelstücke des Raumes vor die Tür. Verbarrikadiert setzt er sich auf den Boden, lauscht auf den kalten Wind, der die Vordächer des Gebäudes klappern lässt, und wartet darauf, dass Flow kommt und ihn umbringt.

*

Auf der Rückfahrt muss Svensson immer wieder daran denken, wie sehr er Merlins Mobilfunknummer braucht. Die Gang-Morde waren so krass, so dreist, sie stanken förmlich nach Merlin und Flow. Wenn eine Mobilnummer mit dem Tatort in Verbindung gebracht werden könnte, dann hätten sie genug, um die benötigten Haftbefehle zu bekommen. So arbeitet Svensson gern. Keiner der anderen Cops weiß wirklich, was er tut, und sie müssen es auch nicht wissen. Er taucht für Tage und Wochen tief ein in die Community. Wenn Svensson eine Siedlung betritt, warnt ein Kind, das Schmiere steht, seinen Vorgesetzten per Mobiltelefon. »XCalibre ist da«, gibt er ihnen durch. »Welcher?«, fragen sie. »Der Chef«, erwidert der Junge. Dabei hat Svensson diesen Späher noch nie zuvor gesehen.

Svensson ist ein altmodischer Cop, sein eigenes Gesetz. Manche Detectives zählen ihrem Vorgesetzten eine lange Liste mit Namen auf zum »Aufspüren/Verhören/Ausschließen«, um zu rechtfertigen, wie sie den Tag verbracht haben. Sie arbeiten stundenlang an einem »Vernehmungsplan« für einen Verdächtigen. Vernehmungsplan? Svensson hat sich ein bisschen mehr Raum zum Atmen verschafft. Niemand fragt nach seinen Methoden, denn er ist bekannt dafür, Ergebnisse zu liefern.

Eines seiner drei Mobiltelefone klingelt. Es ist nicht das für Informanten, also stellt er auf Lautsprecher. Es ist seine Frau.

»Kannst du nachher Jessica aus Stockport abholen?«, fragt sie.

»Kein Problem.«

In diesem Job muss er sein eigenes Leben immer wieder über längere Zeiträume auf Eis legen. Es hat ihn schon eine Ehe gekostet und belastet die aktuelle stark. Auch die Arbeitszeiten sind nicht sonderlich hilfreich. Für jemanden, der nichts damit zu tun hat, wird es schnell zu einer lästigen Pflicht, ihm zuhören zu müssen, wenn er von der Welt erzählt, in der er den größten Teil seiner Zeit verbringt. Die Connections, die konzentrischen Kreise, bestehend aus Dealern, Vollstreckern, Informanten und Opfern um die großen Kriminellen im Zentrum. Er erinnert sich noch gut daran, als seine erste Frau ihn immer wieder bat, doch bitte das Revier zu verlassen, um sie abzuholen und zur Hochzeit ihrer Freundin zu begleiten. Er musste ihr versprechen, in fünfundvierzig Minuten da zu sein. Fünfunddreißig Minuten später stand er über eine Leiche gebeugt in Moss Side. Es war ein kalter Tag wie heute, und in den Einschusslöchern gefror das Blut. »Ich kann nicht weg. Wir haben hier einen Mord«, sagte er zu ihr. Einmal kommt man damit durch. Aber nicht, wenn es immer und immer wieder passiert.

»Was schenkst du ihr zum Geburtstag?«, fragt sie.

»Irgendwas von Miley Cyrus«, sagt er. »Sie ist der größte lebende Hannah-Montana-Fan.«

Sie lachen, dann legt er auf. Zum Plaudern geht ihm zu viel durch den Kopf. Als er das erste Mal verheiratet war, musste er seine Frau über Nacht allein lassen wegen einer Observierung in Milton Keynes. Der Job uferte aus, und er kam neun Tage später wieder nach Hause. Die meiste Zeit verbrachte er im Auto in

Gesellschaft eines attraktiven weiblichen Detective in der Ausbildung, die ständig für ihre Prüfung in der Dienstvorschrift las. Wenn er absolut ehrlich wäre, würde er zugeben, dass er schon immer ein Auge auf Frauen geworfen hat. In der Anfangszeit traf er sich mit Unmengen Mädchen. Heute jedoch lernt er praktisch niemanden mehr außerhalb der Gang-Community kennen. Früher kam es sogar vor, dass Cops und Exfreundinnen von Gangmitgliedern am Ende miteinander vögelten. Ein Detective erzählte ihm, dass er mit der Freundin eines Gangsters im Bett aufwachte und nicht wusste, wovor er mehr Angst hatte: dass der Gangster durch die Tür kam oder die Polizei. Das war schon sehr lange nicht mehr passiert. Bei den seltenen Gelegenheiten, bei denen er sich noch mit Mädchen auf einen Drink trifft und ihnen erzählt, womit er sein Geld verdient, zeigen sie Interesse. Es hat etwas von Ego-Massage. Es ist die gleiche Fähigkeit, die er auch bei Informanten einsetzt – sich in Menschen hineinversetzen, ihre Körpersprache interpretieren, herausfinden, wie weit er gehen kann. Mit seiner Exfrau versteht er sich inzwischen besser. Er sieht seine Kinder, wenn er mal nicht mehrere Schichten von drei bis elf hintereinander hat. Sein Sohn übernachtet in Svenssons Wohnung in Buxton am Rande des Peak District bei seiner Frau und ihrer gemeinsamen Tochter. Seine erste Frau ist Polizistin und hat wieder einen Polizisten geheiratet.

Als Svensson aus Carlisle zurückkommt, ist die Nachtschicht im Süden von Manchester voll im Gange. Ein Polizeihubschrauber kreist über den Wohnblocks der Alexandra Park Estate, wo der Princess Parkway die Demarkationslinie darstellt zwischen den sich bekriegenden Gangs, den Gooch und den Doddington. Die Fußsoldaten der Gooch buhlen um die Gunst von Merlin, ihres manipulativen, selbsternannten Generals. Er gibt den Befehl, und am anderen Ende der Stadt wird jemand niedergeschossen. Merlin ist auf den Straßen der Longsight Crew aufgewachsen, einer Gang, die zu den Doddington gehört. Aber er hat sich für die Seite der Gooch entschieden, womit seine Straßenkumpel aus Longsight zu seinen Erbfeinden wurden. Flow hat den richtigen Riecher, was den Mörder seines Bruders angeht. Sie kämpfen bereits seit fast zwanzig Jahren. Es wird totgeschwiegen, aber die Bullen haben ein Spionageflugzeug im Einsatz, das die gesamte Gegend überwacht, als wäre es ein Kriegsgebiet.

Der städtische Krieg in Süd-Manchester ist ein aufgegebener, vergessener Krieg: eine trostlose Innenstadt, heimgesucht von Kriminalität mit Schusswaffen, Gangs und Drogen. Gewalt unter dem Motto Auge um Auge, Zahn um Zahn. Kaum schlägt die Polizei die Köpfe eines Lagers ab, wachsen an anderer Stelle schon wieder welche nach. Sie sperren die Anführer der Gangs ein, und in dieses Vakuum dringt sofort eine rivalisierende Gang, der Kreislauf wiederholt sich beständig. Jüngere Männer konkurrieren mit Gewalttaten, um in der Hierarchie aufzusteigen und sofort die freigewordenen Plätze ihrer ehemaligen Anführer einzunehmen. Wenn die Polizei nach Zeugen sucht, treffen sie auf eine so eingeschüchterte Gemeinschaft, dass niemand freiwillig den Mund aufmacht. Straftaten werden nicht gemeldet. Svenssons Einheit XCalibre, zur Bekämpfung von Bandenkriminalität, hat mit Hilfe nachrichtendienstlicher Informationen eine sieben Meter lange »Wand« mit den Gesichtern und Straßennamen von einhundertachtzig Bandenmitgliedern gefüllt. Sie haben diese Gesichter immer vor Augen, wenn sie in den Sozialsiedlungen von Moss Side, Old Trafford und Longsight patrouillieren.

Auch die Gangs arbeiten mit militärischen Taktiken. Das Spionageflugzeug der Polizei schießt eine Infrarotaufnahme von einer Vierergruppe maskierter und vermummter Mountainbiker, die in Rautenformation durch die Straßen von Moss Side radeln. Diese Formation ist eine klassische Gooch-Taktik, um ein Kampfgebiet auszukundschaften, und signalisiert, dass ein Angriff unmittelbar bevorsteht. Der vorderste Radfahrer ist der Kundschafter, die beiden äußeren setzen sich sofort ab, sobald es Probleme gibt. Ihre Absicht ist, den Gegner zu verwirren, egal, ob feindliche Gang oder Polizei. Instinktiv wird der Gegner den fliehenden Radfahrern folgen und den einen ignorieren, den sie zwischen sich beschützen. Aber er ist der Carrier, auf den es eigentlich ankommt. Er ist derjenige mit der Schusswaffe.

Die Taktiken der Gangs entwickeln sich weiter. Jetzt schlagen die Mörder meist nachts zu, verborgen unter Skimasken und Kapuzen. Damit die Polizei keine wertvollen Sachbeweise findet, kennen sie sich immer besser mit den Tricks der Spurensicherung aus. Sie waschen ihre Fahrräder mit Benzin ab, um DNA-Spuren zu beseitigen. Sie feuern ihre Schusswaffen in mit Sand gefüllten Eimern ab, damit die Körner in den Lauf eingesogen werden, um so Schmauchspuren an Mündung und Verschluss zu entfernen, die ein Ballistiker entdecken könnte. Viele Gangmitglieder sitzen aufgrund ballistischer Befunde im Gefängnis. Die Sache mit dem Sand funktioniert nicht. Andere Methoden, wie der Gebrauch von Latexhandschuhen zur Vermeidung von Fingerabdrücken, sind erheblich effektiver.

Svensson steuert den Wagen aus dem spätabendlichen Verkehr und biegt in eine ruhige, von Mauern eingefasste Straße ein. Turmhohe Maschendrahttore schwingen automatisch auf, als er sich nähert: das Hauptquartier von XCalibre. Er findet einen Parkplatz zwischen einem verbeulten Mondeo ohne Kennzeichen und einem gepanzerten Transporter der Tactical Aid Unit, der Bereitschaftspolizei. Im Gebäude geht er in die Kantine. An der Theke erkennt er von hinten das marineblaue Retro-Polo und die halbhohen Wildleder-Boots des Neuen von der Covert Source Management Unit, der für Informanten zuständigen Abteilung. Der Typ kleidet sich wie James Bond und kann es kaum erwarten, Zugriff auf Svenssons Informanten zu bekommen. Schnell zieht er sich wieder zurück und geht in die Einsatzzentrale. Niemand weiß, wie Svensson sein Netz aus Informanten aufgebaut hat, aber die aalglatten, jugendlich frischen Rekruten von der CSM möchten es gern in ihre Finger bekommen. Heute verwendet Svensson genauso viel Zeit darauf, sein Netzwerk vor anderen Cops geheim zu halten, wie vor dem Zugriff von Kriminellen.

*

In dem Wohnheim in Carlisle träumt Whippet von Merlin. Er ist schreckhaft. Werden Türen zugeschlagen, zuckt er zusammen. Während der nächsten paar Tage muss er an Programmen teilnehmen, die ihm wieder auf die Beine helfen und ihm den Übergang aus dem Gefängnis in die Welt draußen erleichtern sollen. Er verstößt nicht gegen das Ausgehverbot. Die Wochen vergehen, aber die Angst, dass Merlin ihn holen kommt, bleibt und will nicht verschwinden. Er hat Kopfschmerzen und kann nicht schlafen. Wenn nachts die Rohre in den Wänden klopfen, springt er aus dem Bett, bildet sich ein, das Quietschen eines Schlüssels im Schloss zu hören. Wiederholt bittet er darum, verlegt zu werden.

»Sie haben Besuch«, sagt sein Betreuer zu ihm.

Svensson steht grinsend und mit schwarzer Fleecejacke gekleidet in der Tür. Fast gegen seinen Willen freut sich Whippet, ihn zu sehen.

»Hol deinen Kram«, sagt Svensson. »Du wirst in ein anderes Wohnheim verlegt. In Northumbria.« Während Whippet sein Zeug zusammenpackt, holt Svensson zwei Becher Tee und setzt sich aufs Bett. Whippet nimmt einen und trinkt gierig.

»Ich hör auf damit. Ich versprech's Ihnen. Das war's«, sagt Whippet. Svensson sagt kein Wort, bemerkt aber, wie erschöpft Whippet aussieht, hager und dünn.

»Glaubst du immer noch, dass er hinter dir her ist?«, sagt Svensson schließlich.

Whippet nickt. Er macht sich jetzt nicht mal mehr die Mühe, es zu verbergen. Svensson beugt sich vor und stützt die Ellenbogen auf die Knie.

»Ich will dir jetzt mal eine Geschichte erzählen.«

Es gibt etwas, was Whippet nicht weiß. Vor ein paar Wochen

wurde Merlin am frühen Morgen in einiger Entfernung von seinem Landgut draußen auf der A666 zwischen Bolton und Blackburn von der Straße abgedrängt. Er saß mit einem Mädchen in einem Taxi. Im Rückspiegel auf der Fahrerseite sah er vier Bullen aus dem anderen Fahrzeug springen. Sie trugen kugelsichere Westen und Gesichtsmasken. Merlin wusste sofort, dass er nicht mehr lange in Freiheit sein würde, und tastete nach der Tür. Er hörte einen Schuss. Ein Aluminiumbehälter zischte an seinen Füßen, weißes Gas umschloss ihn. Er stürzte aus dem Wagen, hechtete auf den ersten Mann zu, wobei er am ganzen Leib zitterte. Blitzschnell legte sich ein muskulöser Unterarm um seinen Hals, zog seinen Kopf im Würgegriff zurück. Er versuchte von unten, mit einem Schlag das Kinn seines Angreifers zu erwischen. Doch die Cops waren vorbereitet. Merlins Augen und Hals brannten. Er zappelte wütend herum, Tränen blendeten ihn, und die Cops fixierten seine Arme und drückten sein Gesicht auf den Asphalt.

Whippet hört aufmerksam zu, schlürft seinen Tee, lässt die steifen Schultern sinken und entspannt die Rückenmuskulatur.

»Damit wird er ordentlich angeben«, meint er glucksend. »Dass sie kein Pfefferspray benutzt haben oder Gummiknüppel oder einen Teleskopschlagstock. Sie brauchten eine Dose verschissenes Tränengas, um ihn zu Fall zu bringen. Als hätten sie es mit einem randalierenden Mob zu tun.«

Auf diese Nachricht hat er gewartet. Aber Svensson ist noch nicht fertig.

Am gleichen Morgen, einundsiebzig Meilen entfernt, liegt Flow schlafend mit seiner Freundin im Bett ihrer Wohnung in der Nähe von Nottingham. Draußen im Dunkeln schieben sich unter ihrem Schlafzimmerfenster fünfzehn bewaffnete Polizisten in Kampfausrüstung die Wand entlang. Sie gehen in die Hocke wie Sprinter und ziehen die Visiere ihrer Helme runter. Es ist die Tactical Support Group, Spezialisten für das Aufbrechen von Türen und blitzschnellen Zutritt zu einer Wohnung. Flows Beschreibung während der Einsatzbesprechung eine Stunde zuvor hatte einige von ihnen ziemlich mitgenommen, und nun kochte ihr Blut. Bei ihnen sind zwei Sanitäter, ebenfalls in Kampfausrüstung und feuerfester Kleidung. Normalerweise geht alles sehr schnell. Mit dem Brecheisen die Tür ein kleines Stück öffnen, die hydraulische Hochleistungszwinge einführen, den hölzernen Türrahmen zersplittern lassen. Dann stürmt ein kräftig gebauter Bulle vor und schwingt eine schwere Ramme aus Metall. Die Cops nennen das Ding »den Vollstrecker«. Diesmal haben sie zusätzlich einen Verhandlungsführer für Geiselnahmen dabei. Sie umstellen das Haus, und er ruft Flows Namen. Flow weiß, wie so etwas ausgeht. Er will nicht, dass seine Familie hört, wie die Tür eingeschlagen wird und Schritte die Treppe heraufpoltern, während sie gleichzeitig »Polizei, keine Bewegung!« brüllen. Also geht er ruhig und mit erhobenen Händen nach draußen.

Whippet schüttelt den Kopf und pfeift leise.

»Weil du wirklich wegwillst von der Straße«, sagt Svensson, »werden wir dich und deine Familie außerhalb von Manchester umquartieren. Du musst uns nur noch einen Ort vorschlagen. Irgendeine Idee?«

»Wrexham«, sagt Whippet. Eine Stadt im Norden von Wales, fünfzig Meilen außerhalb von Manchester.

»Mal sehen, was ich tun kann.«

*

August 2008 ziehen sie um. Whippet muss zwei Kinder ernähren, und er macht eine Ausbildung zum Mechaniker. Er wagt sich nicht mehr zurück nach Manchester. Langsam sieht es tatsächlich aus, als wolle er sich ernsthaft bessern, zur Ruhe kommen. Aber Svensson wartet und beobachtet ihn weiter. Seine Bewährungsauflagen gelten immer noch. Wenn er gegen sie verstößt, wird Whippet sich umgehend in Svenssons Netz verfangen.

Nachdem Merlin und Flow in U-Haft sind, feiert die Mordkommission. Svensson hat immer noch ein ungutes Gefühl. Er fährt hinaus zu seinem Haus in Buxton und reitet aus im Peak District National Park. In seiner Garage hebt er Gewichte. Seine Ex ruft an und bittet ihn, seinen Sohn übers Wochenende zu nehmen. Auf dem Weg zur Schule seiner Tochter gerät er in einen Stau, und in Gedanken kehrt er zu dem Prozess zurück. Er wird sich über Monate hinziehen, Millionen kosten und eines der bedeutendsten Verfahren in der Geschichte der Gangs von Manchester sein. Alle Zeugen werden rund um die Uhr beschützt werden müssen, werden nur mit Hilfe von Geräten aussagen, die ihre Stimme verzerren. Er ist nicht überzeugt, dass die aktuell vorliegenden Beweise ausreichen. Die kriminaltechnisch abgesicherten Fakten sind nicht zwingend. Es gibt DNA-Spuren, aber die Beweislage ist dünn. Es gibt Aussagen von Komplizen über Waffen, die in Plastikfolie gewickelt und auf einem Dachboden versteckt wurden. Doch das genügt nicht – er macht sich Sorgen, dass Merlin und Flow nicht lange hinter Gittern bleiben werden. Aufgrund des Mangels an Beweisen könnten sie in Berufung gehen und eine Wiederaufnahme des Verfahrens beantragen. Svensson muss noch tiefer graben, andere bislang unaufgeklärte Verbrechen genauestens unter die Lupe nehmen. Er will, dass der Prozess den Beweis erbringt, dass sie ein mörderisches Terrorregime angeführt haben. Er braucht Whippet.

In Wrexham allerdings hat bei Whippet eine merkwürdige Verwandlung stattgefunden. Mit der Nachricht von Merlins Festnahme ist eine große Last von seinen Schultern gefallen. Er hat keine Angst mehr. Ein wenig von seinem Draufgängertum und der Prahlerei ist zurückgekehrt. Er fängt wieder an, die Schultern kreisen zu lassen, wenn er das Haus verlässt, und geht überhaupt etwas aufrechter und mit erhobenem Kopf. Seine Bewährungszeit endet im Oktober. Svensson kommen Gerüchte zu Ohren. Er sitzt in einem Wettbüro in Fallowfield, verfolgt das Geschehen auf der Windhundrennbahn, wartet. Ein spindeldürrer Typ namens Femi im Adidas-Trainingsanzug und mit Cornrows schlurft herein. Svensson gibt ihm eine Zigarette, dann gehen die beiden zur Tür. Femi ist glücklich, über Whippet zu reden. Die Narben von ihrer letzten Begegnung trägt er immer noch auf der Innenseite seines Oberschenkels.

»Der Bastard ist draußen in Wrexham, stimmt's?«, fragt Femi. »Mit seiner kleinen Mama und den Kids.«

Svensson sagt nichts. Nachrichten verbreiten sich schnell. Wenn Svensson mit diesen Burschen redet – bei den Mädchen funktioniert es nicht so besonders –, streut er gerne unangenehme Schweigeminuten in die Unterhaltung. Meist öffnen sie sich dann, platzen mit irgendwas heraus, nur um die Stille zu füllen. Für die Jungs ist ihr Lebensstil das Ergebnis einer freien Entscheidung. Respekt ist ihnen sehr wichtig. Jemand, der einen bewaffneten Raubüberfall begeht, nimmt seine unrechtmäßig erworbenen Einnahmen, kauft sich eine Xbox und nimmt sie mit nach Hause, aber sie wollen mehr, irgendeine Bestätigung, Anerkennung für die Risiken, die sie eingehen. Sie lassen das ein oder andere Wort fallen. Manchmal ist es »Whippet«. Svensson sagt, er werde sie mit aller Macht beschützen. Sie wissen, wenn vor Gericht Informationen benutzt werden, die mit einer konkreten Person in Verbindung gebracht werden können, und wenn der Richter bestimmt, dass die Quelle preisgegeben werden muss, dann wäre es Svensson lieber, das Verfahren würde eingestellt, als dass er seine Informanten verrät.

»Wie ich gehört habe, ist er auf einer Party in Manchester aufgekreuzt«, fährt der Typ fort.

»Ach, ja?«, fragt Svensson.

»Hat einem Dealer die Scheiße aus dem Leib geprügelt. Hat sich seine Kohle gekrallt«, sagt der Typ.

Svensson nickt, bittet ihn nicht um weitere Einzelheiten. Für den Moment genügt es. Der eine oder andere jüngere Cop in Uniform macht den Fehler, zu früh zu drängen. Svensson fuhr mit einem Kollegen zum Haus der Mutter und der Freundin eines bekannten Gangmitgliedes, das im Gefängnis saß. Sie setzten sich mit ihnen zusammen und tranken Tee. Svensson erkundigte sich bei ihnen nach einer Geburtstagsparty, quatschte mit ihnen über Gott und die Welt, quatschen, quatschen, quatschen. Schon bald überschlugen sie sich förmlich, ihm Informationen über die ihnen bekannten Hintermänner zu liefern. Der junge Cop konnte es nicht fassen. Er saß schweigend da und saugte alles auf, wobei seine Blicke zwischen Svensson und den beiden Frauen hin und her zuckten. Dann beugte er sich über den Tisch, als wäre es ein Verhör, und sagte herausfordernd: »Also, was könnt ihr mir über Whippet erzählen?« Sie machten sofort zu. »Ich bin kein Spitzel«, fauchte ihn die eine an und verschränkte trotzig die Arme. Und Svensson dachte, halt verdammt noch mal die Schnauze. Also hörte er auf, seine Kollegen mitzunehmen.

Svensson ist ständig auf der Suche nach neuen Informanten. Als er ein paar Tage später durch den Regen gleitet, knackt sein Funkgerät. Eine Schießerei auf einem öffentlichen Parkplatz. Andere Einheiten rasen bereits zum Tatort, also wirft Svensson einen Blick auf seine Uhr und macht sich auf den Weg zur Notaufnahme des Manchester Royal Infirmary. Er postiert sich draußen neben dem Notausgang, unsichtbar in der Dunkelheit, und späht hinein. Zwei Mädchen warten. Die eine, schlaksig, mit großen Augen und teuren Extensions, presst die Lippen zusammen und massiert sich die Stirn. Immer schön den Schein wahren, denkt Svensson. Er wartet, und schon bald kommt sie zum Rauchen nach draußen. Sie öffnet ihr Klapphandy, wirft einen kurzen Blick über die Schulter und tippt eine Nummer ein. Dann entdeckt sie Svensson und unterbricht die Verbindung.

»Alles klar mit Ihnen?«, fragt er.

»Scheiße, wer sind Sie?«

Er bietet ihr eine Zigarette an. Er muss blitzschnell improvisieren, denn dafür gibt es keinen Königsweg. Er weiß, dass ihr Traumprinz angeschossen oder niedergestochen drinnen in der Notaufnahme liegt. Es ist ein guter Moment, um sie als potentielle Informationsquelle anzusprechen. Natürlich könnte sie antworten, er solle sich verpissen, aber das tun sie nur selten.

Zehn Minuten später geht er mit ihrer Anschrift. Jetzt ist taktisches Vorgehen im Feldeinsatz nötig. Sie wollen gepflegt werden.

Seine Informationsquellen erwarten immer irgendeine Gegenleistung. Die Mehrheit der Informanten wird von der Covert Source Management Unit betreut, mit ihnen gibt es Verträge und sie erhalten Bezahlungen. Svenssons Quellen fallen ausnahmslos in eine andere Kategorie. Man nennt sie auch »Vertrauenspersonen«. Sie werden nicht bezahlt: Meist wollen sie einen individuellen und endgültigen Ausstieg aus ihrem bisherigen Leben. Oder Rache dafür, vergewaltigt oder zusammengeschlagen worden zu sein.

Am nächsten Tag sitzt Svensson rauchend in seinem Auto. Er observiert das Haus des Mädchens in Ashton und wartet auf seine Rückkehr. Er will gerade fahren, als er sie um die Ecke biegen sieht, den Blick gesenkt. Sie betritt Nummer Acht. Svensson stellt seinen Kragen auf und folgt ihr die Reihenhauszeile hinunter. Graffiti an den Wänden benennen alle »gefallenen Soldaten«. Aus einem Fenster im Obergeschoss plärrt Grime. »Come and get me/Killers respect me/You can sweat me«. Diese Mädchen haben das Klischee des Gang-Lebens verinnerlicht, das Rapper wie 50 Cent oder Akon verkörpern, wo Frauen wie Prinzessinnen behandelt, mit Aston Martins und den Cigarette Speedboats von Playboys herumkutschiert werden und ständig teure Geschenke erhalten. Aber die Realität sieht anders aus. Realität ist, von der Polizei gejagt zu werden, zehn Männer des Sondereinsatzkommandos in Helmen mit Visier, die um fünf Uhr morgens durch die Haustür deiner Sozialwohnung stürmen. Realität ist, geschlagen zu werden, tagelang zu Hause allein gelassen zu werden.

Svensson klopft an die Tür, sie öffnet sie einen Spaltbreit.

»Chanelle?«, sagt er leise.

Sie hat einen erstarrten, verängstigten Ausdruck in den Augen. Diesen Ausdruck sieht er nicht zum ersten Mal.

»Was wollen Sie?«

»Ist deine Mum da?«

Sie schüttelt den Kopf. Wenig später unterhalten sie sich bei einer Tasse Tee in der Wohnung, in der sie mit ihrer Mutter lebt. Ein großer Teil von Svenssons Können besteht darin, genug Vertrauen bei diesen Informanten zu wecken, dass sie offen mit ihm reden. Und die Frauen vertrauen ihm, vertrauen darauf, dass er sie nicht in Gefahr bringt. Die eine oder andere verliebt sich sogar in ihn beziehungsweise in das, was er ihrer Meinung nach darstellt, nämlich die Fähigkeit, ihre Sicherheit zu garantieren. Seine besten Informanten sind Freundinnen. Sie spüren bei Svensson Verständnis und Mitgefühl. Heute drängt er nicht auf Infos über die Gooch. Heute geht es darum, einen Draht zueinander zu finden.

»Warum bist du Bulle geworden?«, will Chanelle wissen.

Svensson zuckt die Achseln. So etwas fällt ihm leicht. »Mein Dad war ein gewalttätiger Mann. Er hat meine Mutter geschlagen. Um von zu Hause wegzukommen, habe ich mit Judo angefangen. Der Judo-Trainer war ein Bulle.« Bevor er geht, sagt er ihr noch, sie solle seinen Namen unter »Jackie« in ihrem Handy einspeichern, und wenn sie ihm eine SMS schickt, soll sie ein »Kuss« ans Ende setzen, damit er weiß, dass sie von ihr kommt.

Svensson holt gerade seinen Sohn von der Schule ab, als Chanelle ihn das erste Mal anruft. Kein guter Augenblick, aber er muss rangehen. Es herrscht dichter Verkehr, also sagt er seinem Sohn, er werde über die Freisprechanlage telefonieren müssen und der Junge solle still sein. Mutter und Stiefvater des Jungen sind beide Polizisten, daher weiß er, wie das läuft.

»Solange Aaron im Krankenhaus ist, hab ich keinen, der mich beschützt«, sagt sie. Ihre Stimme flattert und bleibt ihr im Halse stecken, als würde sie weinen. Svensson schweigt und wirft einen Blick auf seinen Sohn. Der Junge sitzt still, hört zu und sagt nichts. Er ist zwölf.

»Sein Dealer-Freund kommt inzwischen jede Woche vorbei«, sagt sie. »Er ist ein verdammtes Tier. Ich wünschte, irgendwer würde ihn umlegen.«

Der Dealer besucht Chanelle einmal wöchentlich, ist völlig durchgeknallt und greift sie vor den Augen ihrer kleinen Schwester an. Svensson beißt die Zähne zusammen, hört zu.

»Ich will einfach, dass es aufhört. Ich will, dass er aus meinem Leben verschwindet.«

Als sie aufgelegt hat, sieht der Junge zu seinem Vater auf. Svensson spürt, wie sein Zorn verebbt. Sein Sohn ist noch viel zu klein, um solche Details mitzubekommen.

»Mum verhört die Leute nur«, sagt sein Sohn. »Mein Stiefvater fährt mit 'nem Streifenwagen durch die Gegend. Aber du bist Ross Kemp! Du bist da, wo es krass abgeht mit den Gangs.«

Der Vergleich mit dem britischen Schauspieler und investigativen Reporter Ross Kemp ist durchaus schmeichelhaft.

Die folgenden Wochen ist er damit beschäftigt, Chanelle als Quelle aufzubauen. Sie besitzt lediglich Informationen über kleine Fußsoldaten der Gooch, wird aber dennoch Teil des Netzes, das er gespannt hat, so dass alles, was sich darin über Merlin und die Gooch verfängt, was sie tun und wo er sich aufhält, am Ende auf verschiedenen Wegen zu ihm gelangt. Eines Abends bei der Spätschicht hat er einen Durchbruch. Ein Informant ruft an und gibt ihm Merlins Mobilfunknummer. Svensson wechselt die Telefone, ruft einen Kollegen an und gibt langsam die Nummer durch.

»Ich möchte, dass du diese Nummer für den 17. Juni von vier Uhr nachmittags bis um sieben Uhr abends überprüfst«, sagt er. »Ich brauche Orte, Positionen. Versuch bitte, ein Bewegungsprofil zu erstellen. Überprüfe bitte auch die Position der Funkzellen, mit denen das Handy ab zwei Uhr nachmittags am 27. Juli kommuniziert hat. Sag mir, wohin er gegangen ist – Moss Side, Cheadle-Heath-Bezirk, Chorlton.«

Der Analytiker erkennt sofort die Zeiten und Orte der beiden Morde.

»Wem gehört das Telefon?«, fragt er.

»Dem bösen Zauberer.«

Die Netzbetreiber protokollieren für Abrechnungszwecke die Standorte von Sendemasten, über die Mobilfunksignale geleitet werden. Man nennt sie auch Funkzellen. Mit ihrer Hilfe kann die Position eines Handys zu jedem beliebigen Zeitpunkt per Triangulation sehr präzise bestimmt werden.

»O.k., Anders. Sonst noch was?«

Svensson denkt kurz nach.

»Ja. Nenn mir längere Zeiträume, während denen er Flows Nummer nicht anruft.«

»Während denen er nicht anruft?«

»Normalerweise telefonieren sie mehrmals täglich. Wenn sie nicht miteinander telefonieren, sind sie aller Wahrscheinlichkeit nach zusammen.«

2:

Vorher

Flow wartet am Fenster und beobachtet schweigend Michael. Es ist 2005, und er ist gerade aus dem Gefängnis entlassen worden. Michael, ein pensionierter Cop mit silbergrauen Haaren, mustert ihn scharf, während er in Flows Akte blättert. Er ist wegen guter Führung vorzeitig entlassen worden und scheint die Kurve gekriegt zu haben. Er wirkt ruhig, ein Mann der leisen Töne. Michael muss seine Augen abschirmen, erkennt aber die Konturen von Flows durchtrainiertem Körper, seinen großen kahlgeschorenen Kopf. Kaputte Jalousien klappern, Lastwagen poltern am Fenster vorbei. Er steckt die Kappe auf seinen Stift. Als er wieder aufblickt, steht Flow unmittelbar vor ihm, sieht auf ihn herab. Michael hat seine Bewegung nicht mal gehört. Er reicht Michael einen Styroporbecher mit Kaffee. Michael lehnt sich mit einer in jahrelanger Schreibtischarbeit erworbenen Lässigkeit auf seinem Stuhl zurück.

»Ein Junge von den Gooch ist nicht mehr zur Schule gegangen, weil er dazu das Gebiet der Doddington durchqueren muss«, erzählt er Flow. Michael arbeitet außerhalb des Büros daran, verurteilten und aus der Haft entlassenen Straftätern und Jungen einen Weg aus der Bandenkriminalität zu eröffnen. Er hegt väterliche Gefühle für diese jungen Burschen, deren Väter verschwunden oder allenfalls noch »McDonald's Dads« sind, die alle Jubeljahre einmal ihre Kinder zu einem Cheeseburger einladen. Seine eigene Tochter hat er mit altmodischer Disziplin erzogen. Heute arbeitet sie als IT-Expertin bei den Royal Signals, der Fernmeldetruppe der britischen Armee. »Also haben wir dafür gesorgt, dass er mit dem Taxi fährt und so weiter zur Schule gehen kann«, sagt er stolz.

Flow nickt nachdenklich, versucht sich zu konzentrieren. Er weiß alles über Michaels Taxis. Die Gangmitglieder führen Michael seit geraumer Zeit hinters Licht, kutschieren nach Lust und Laune mit Taxis quer durch die Stadt und behaupten, es sei wegen eines »Schulprojekts«. Ein Junge von den Gooch meinte mal zu Flow, es sei »das beste Taxiunternehmen der Stadt«.

»Wir arbeiten mit der Kommune und Jugendhelfern zusammen«, fährt Michael fort und deutet auf zwei Leute, die neben ihm sitzen. »Wir helfen ihnen bei der Jobsuche oder bringen sie in neuen Wohnungen unter. Eine Vielzahl unterschiedlicher Partner arbeiten hier Hand in Hand.«

Michael weiß, dass sein Einfluss beschränkt ist. Obwohl er im Ruhestand ist, sind die Kids misstrauisch, dass er ihnen nur Informationen entlocken will, die er anschließend an die XCalibre-Cops weiterreicht. Lieber sprechen sie mit ihresgleichen, mit älteren Ex-Gangmitgliedern. Deshalb braucht er Leute wie Flow, die Respekt genießen. Er hört auf zu reden. Ein weiterer Laster donnert vorbei, kräuselt die Oberfläche ihres Kaffees. Die »Younger« hören nur auf jemanden wie Flow, der in der Ganghierarchie weit oben steht. Er wäre wertvolles Kapital. Ein großer Coup für Michael. Es ist schon so viel Geld in dieses Programm geflossen, es darf einfach nicht fehlschlagen.

»Wenn du mit ihnen darüber reden könntest, wie es wirklich im Knast ist«, sagt Michael und sieht Flow dabei direkt in die Augen. »Dass du dich entschieden hast, auszusteigen und von der Straße zu verschwinden.«

»Locker«, sagt Flow und nickt bedächtig. Das klingt pisseinfach für ihn. Er muss nichts weiter tun, als diesen Unsinn ein paar Monate durchziehen, und dann ist er ein freier Mann. Sie scheinen mit seiner Antwort zufrieden zu sein. Die Besprechung löst sich auf. Michael holt seine Jacke vom Haken hinter der Tür und begleitet Flow nach unten, wo der von seinem Bewährungshelfer erwartet wird. Auf dem Treppenabsatz erinnert er sich an etwas und dreht sich zu Flow um.

»Kannst du morgen vorbeikommen?«, fragt er ruhig.

»Worum geht's denn?«, fragt Flow, kneift die Augen zusammen und legt den Kopf zur Seite.

»Die Polizei will mit dir reden. Die aus Manchester.«

Flows Lächeln verblasst, sein Blick verfinstert sich. Das Blut pocht in seinen Schläfen.

»Wer?«, fragt er.

»Tja, es wird wohl jemand von XCalibre sein«, antwortet Michael achselzuckend.

»Svensson?«, fragt er missmutig. »Mit dem Arsch rede ich nicht.«

»Nicht der«, sagt Michael, dem ein wenig unbehaglich wird.

Mit einem Mal registriert er wieder Flows kräftigen Stiernacken, seine Schultern und Oberarme sind reinste Muskelberge. Flows Blicke durchbohren ihn. Michael blinzelt.

»Wirst du hier sein?«

»Ja, Mann, klar«, sagt Flow.

Dann geht er durch die Tür und kehrt nie mehr zurück. Deshalb ist Flow Anfang 2006 auf der Flucht und Svensson wild entschlossen, ihn zur Strecke zu bringen.

*

Moss Side ist nicht, wie Außenstehende vielleicht denken, eine Ansammlung seelenloser, trister Wohnsilos. Es besteht vielmehr aus Straßenzeilen zweigeschossiger Reihenhäuser mit Gärten. Die Straßen haben sich tief in Svenssons Gedächtnis gegraben. Langsam fährt er an einem Haus vorbei, in dem sie mehrere Gewehre und Handfeuerwaffen sichergestellt haben, und an einem Auto, das sie mit gezogener Waffe eingekreist und gestoppt haben. Er bremst ab, schaltet in den Zweiten runter und sucht die dunklen Randzonen des Alexandra Park ab nach schemenhaft zwischen den schwarzen Bäumen hin und her flitzenden Gestalten. Tagsüber bevölkern den Park Jogger, Leute mit ihren Hunden und Familien, die Enten füttern. Nachts wird er von Mitgliedern der Gooch als Abkürzung benutzt, die Moss Side meiden wollen. Auch die Fallowfield Man Dem, eine mit den Gooch assoziierte Gang, wählen häufig diese Abkürzung. Falls sie von den Gegnern entdeckt werden, kann es schnell explodieren. Svensson versucht angestrengt, in der Ferne einen sich bewegenden Schatten auszumachen. Die Spur von Flow hat sich fast völlig verloren. Svenssons einzige Information bislang lautet, dass er in der Gegend von Gorton Drogen verkauft und andere Dealer ausraubt.

Er versucht, sich in Flow hineinzuversetzen. Was würde er als Nächstes unternehmen? Er stellt sich Flow im Gefängnis vor, wie er sich mit jemandem aus seinem Trakt anfreundet. Der andere Häftling kennt Flows Ruf als brutaler Vollstrecker. Er weiß auch, dass man sein Geschäft mit Drogen nur durch massiven Gewalteinsatz ausbauen und kontrollieren kann. Flow kann ohne Zögern schnell und effizient austeilen. Der Kollege erzählt Flow, dass er seine Muskeln in ihrem expandierenden Drogengeschäft in Gorton gut gebrauchen könnte. Gorton ist nicht weit von Flows altem Wirkungskreis entfernt, und gleichzeitig weit genug, um nicht auf der Straße erkannt zu werden. Doch erst als er auf der Flucht ist, kommt er auf das Angebot zurück. Was auch immer er tut, es muss unerkannt bleiben, dazu passt Gorton ganz gut.

Flow hört von den Kids Gerüchte über den leichten Cannabis-Geruch, der aus einem verlassenen Gebäude kommt. Er observiert es frühmorgens. Zwei abgekämpfte vietnamesische Typen trudeln ein. Sehen aus wie abgebrühte Straßenköter. Illegale, die auf das Haus aufpassen. Die Fenster sind geschwärzt worden. Nachts kehrt Flow mit seinem Werkzeug zurück. Er knackt das Schloss und läuft leise den schäbigen Hausflur entlang. In den Stromzähler ist ein Nagel gerammt worden, um den Strom anzuzapfen, ohne dass es den Netzbetreibern auffällt. Helles weißes

Licht scheint unter der Tür durch auf den Flur. Er umklammert seine Kanone und schleicht sich hinein. Reihenweise Pflanzen unter dem grellen Schein starker Halogenlampen. Er schneidet sie ab, sammelt sie ein und stopft sie in schwarze Müllsäcke. Auf der Straße wird er die Pflanzen für 3 000 Pfund weiterverkaufen können. Eine Anzeige wird es nicht geben.

Flow kann problemlos Kontakt zu Käufern aufnehmen. Von seinen eigenen Fußsoldaten ist er uneingeschränkten Respekt gewohnt, aber diese neuen Kids in Gorton erkennen ihn nicht. Er war nur vier Jahre fort, und doch wimmelt es von frischen, jüngeren Gesichtern. Sie sind zum Teil erst dreizehn Jahre alt, und alle versuchen aufzusteigen und sich einen Namen zu machen. Nach Moss Side kehrt er nicht zurück für den Fall, dass ihn jemand erkennt. Aber hier in Gorton kann er sich frei bewegen und kein Mensch weiß, wer er ist.

»Woher kommst du?«, will einer der Jugendlichen wissen, als er Flow das Geld für die prall gefüllten Müllsäcke gibt.

»Aus dem Knast«, antwortet Flow.

»Wer ist dein General?«

»Merlin.«

»Merlin und Flow? Du kennst die?«

Und sofort erzählt ihm der Junge eine Geschichte über Flow, ohne auch nur zu ahnen, wen er gerade vor sich hat. Flow lächelt nur, sagt nichts. Es kommt ihm gelegen. Er ist einer dieser Namen, die irgendwo im Äther existieren, eine Legende aus der Vergangenheit. Er wird einfach abwarten, bis Merlin rauskommt, und dann werden sie zusammen neue Pläne ausbrüten. Für den Moment ist er glücklich damit, sich nicht zu rühren, abzuwarten und ein bisschen Geld zu verdienen.

Im Laufe des Jahres sickern nur sehr wenige Informationen über Flows Aktivitäten bis zu Svensson durch. Er weiß, dass die Kids ihn nicht erkennen; auch ihm ist aufgefallen, dass der Altersdurchschnitt drastisch gesunken ist, immer jüngere Kids dealen auf der Straße, werden die neuen Fußsoldaten. Und jetzt tauchen auch noch amerikanisch beeinflusste Namen auf: Old Trafford Cripz, Moss Side Bloods. Svensson hasst Computer, aber diese Kids benutzen ausnahmslos die neuesten elektronischen Geräte, filmen mit ihren Smartphones sexuelle Übergriffe, laden brutale Belästigungen auf YouTube hoch, verspotten und verhöhnen verstorbene Rivalen im Teenageralter auf deren Facebook-Seiten. Alle von ihnen kennen jedoch die Legende über Flows und Merlins Verhaftung 2001. Wie in einer Szene aus einem Tarantino-Film hingen sie gerade in ihren kugelsicheren Westen ab, umringt von einem Schwarm Gang-Mädels, Waffen und Munition einschließlich einer Skorpion-Maschinenpistole. Sie hatten sich sogar die Taschen ihrer Jeans umarbeiten lassen, um sie als Holster zu benutzen. Für die Kids sind sie so etwas wie Helden. Als später die Polizeifotos von Flow und Merlin veröffentlicht wurden, behaupteten Leute, mit ihnen verwandt zu sein. Flow und Merlin können sich mit ihrem Waffenarsenal brüsten, aber Svensson lächelt, wenn er diese Geschichte hört. Es war ein anonymer Hinweis, der zu ihrer Festnahme führte. »Haben nie herausgefunden, wer dieser anonyme Anrufer war«, denkt er und grinst.

Am 9. September 2006, einem Samstag, wird der fünfzehnjährige Jessie James im Broadfield Park ermordet. Die Stadt ist in Aufruhr. Nicht mal ein Bandenmitglied, aber brutal auf seinem Fahrrad abgeknallt. Jeder Cop will diesen Fall unbedingt aufklären, und eine Sondereinheit der Polizei sucht rund um die Uhr nach dem Mörder. Es ist der vierte Mord durch Erschießen in diesem Jahr. Die Polizei steht unter Druck, sie braucht einen neuen Ansatz. Jede Menge schlechte Presse. XCalibre, die neue Sondereinheit gegen Bandenkriminalität, wurde im Oktober 2004 gegründet, und man holt Svensson mit seinem umfangreichen Informanten-Netzwerk dazu. Der öffentliche Druck lässt nicht nach. Jeden Monat bringen die Zeitungen ein Foto des Jungen, erwähnen seine schulischen Leistungen. In Svenssons Einheit tragen alle jeden Tag schwarze kugelsichere Westen über den T-Shirts, hängen am Telefon, zerknüllte, fettige Kartons auf den Schreibtischen.

Svensson sucht den Park ab. Es ist ein kleines, dunkles, menschenleeres Quadrat mit dicken hohen Bäumen im Schatten eines Fitnessstudios, in dem Gangmitglieder trainieren. Sein Blick streift den Rand des Parks. Niemand da. Was genau ist hier eigentlich passiert? Er dreht das Lenkrad, und sein unauffälliger, aber hochmotorisierter Wagen schiebt sich langsam und mit ausgeschalteten Scheinwerfern durch eine schmale Öffnung im Zaun in den Park. Zweige knacken unter den Reifen, während er den Fußweg entlang in die Parkmitte rollt. Er hält an in der Nähe der Stelle, wo der Junge erschossen wurde. Ein dunkler, einsamer Ort zum Sterben. Bei Anbruch des nächsten Tages herrschte hier das reinste Chaos. Beamte der Spurensicherung in weißen Schutzanzügen suchten den Tatort ab. Blauweiß gestreiftes Absperrband flatterte von Baum zu Baum. Dann der Medienrummel. Kamerateams und unrasierte Reporter in langen Mänteln kampierten vor der Tür der Familie. Die arme Mutter war praktisch in ihrem eigenen Haus eingesperrt. Inmitten der Vorbereitungen zu einer öffentlichen Trauerfeier, zwischen den Interviews und Presseerklärungen, auf der Suche nach etwas Raum für ihre Trauer.

Jetzt späht Svensson durch seine Windschutzscheibe in die Dunkelheit. Niemand weiß, dass sein Auto dort ist, die schwarze Silhouette verschmilzt mit den Bäumen. Er versucht sich die Szene in jener Nacht vorzustellen. Hinter einem Hügel steht eine niedrige Mauer, fast schon eine militärische Deckung für einen dahinter kauernden Schützen. Aus dem Bericht der Ballistiker geht hervor, dass der Täter am Anfang dort gestanden hat. Er ruft dem Kid aus der Deckung hinter der Mauer etwas zu. Der Junge nähert sich vorsichtig. Kennt er den Mörder, oder reagiert er auf irgendeine höhnische Bemerkung? Es ist deutlich nach Mitternacht, keine gute Zeit für Teenager, um noch auf dem Fahrrad unterwegs zu sein. Als er hinradelt, wird drei Mal mit einer halbautomatischen Handfeuerwaffe auf ihn geschossen. Ein Zeuge sagte aus, er habe sich wegbewegende Mündungsblitze gesehen, so als hätte der Mörder wie ein zurückweichender Soldat aus dem Laufen heraus geschossen. Sein Ziel traf er trotzdem. Womit er eine Stufe über den meisten Kids dort draußen steht. Die schießen sich auch im Stehen noch selbst in den Fuß. Falls sie je eine Mac-10 benutzen, dann ist das eher wie bei einem Hochdruckschlauch, der die ganze Umgebung vollspritzt. Der Schütze wusste genau, was er tat. Dann ist da noch die Sache mit dem letzten Schuss. Jemand stand über Jessie, als er bereits verletzt auf dem Boden lag, und schoss ihm in die Brust. Wer macht so etwas mit einem fünfzehnjährigen Kind? Dieser Mann war ein eiskalter Killer. Svensson starrt hinaus, während der Wind das dichte Laub peitscht.

Jessie war unschuldig. Seine Mutter bestreitet jede Verbindung zu seinem älteren Bruder Elmo, der wegen Raubüberfall und Besitz der Nachbildung einer echten Schusswaffe sieben Jahre absitzt. Svensson hat ihn im Gefängnis aufgesucht und befragt. Elmo schüttelte den Kopf und hielt eine Moralpredigt.

»Ich bin keiner von den Typen, die durch die Gegend rennen und Leute mit Schusswaffen bedrohen.«

»Weswegen wurdest du verurteilt, Elmo?«, fragte Svensson ruhig.

»Raubüberfall.«

»Und womit hast du das Opfer bedroht?«

»Mit einer Kanone.«

»Okay, dann bist du einer dieser Typen, die Leute mit Schusswaffen bedrohen«, sagte er. Elmo sah ihn finster an.

»Seien Sie nachsichtig mit Elmo«, sagt später ein anderer Beamter zu Svensson. »Er gehört zu Jessies Familie. Er ist ein Opfer.«

»Er ist ein Krimineller, der mit Waffengewalt arbeitet. Genau das ist er.«

Svensson wendet den Wagen und verlässt den Park wieder durch den Zaun. Er fährt weiter Richtung Fallowfield, kommt an einer Gruppe Kids vorbei. Auf ihre schwarzen T-Shirts sind RIP und ein

Foto des kürzlich ermordeten Teenagers gedruckt. Dieser Trend stört ihn. Es ist Mode, sich für diesen Lebensstil zu entscheiden, Mitglied einer Gang zu werden. Die meisten dieser Kids kennen den Jungen wahrscheinlich nicht einmal. Er bremst ab, bis sie auf einer Höhe mit seiner Seitenscheibe sind.

»Ihr seid Kumpel von ihm?«, ruft Svensson ihnen zu.

»Kannten ihn von früher«, antwortet einer großspurig und schnipst mit den Fingern.

»Früher, ja? Gottverdammt, er war erst fünfzehn, als er starb.«

Svensson beendet seine Schicht, stellt den Mietwagen der Polizei ab. Er gibt den Code ein, und die schweren Metallstangen öffnen sich langsam. Er rennt die Treppen hinauf, durch Pendeltüren, tippt an einer Tür einen weiteren Code ein. Die abgenutzte Beschriftung auf dem Tastenfeld formt ein L. Das Büro ist menschenleer. Es riecht nach Schweiß. Auf einem Schreibtisch ein Muffin in der Verpackung einer Supermarkt-Kette. Kugelsichere Westen hängen über Stuhllehnen. Die Gangmitglieder starren unheilverkündend von der Fotowand auf ihn herab.

Er quält sich mit seinem täglichen Bericht ab. Svensson ist kein Fan von all dem Schreibkram, den der Job ihm heute abverlangt, auch nicht von all den Computern: Jetzt kann er nicht mal mehr eine Aussage aufnehmen ohne vorherige Schulung auf dem neuesten IT-System.

Als er sich endlich auf den Heimweg macht, ist es bereits halb drei morgens. Er muss die Kriminellen aus dem Kopf bekommen, also holt er sich ein Bier aus dem Kühlschrank und blättert in einem alten Automagazin. Eines Tages kaufe ich mir einen Caterham, denkt er. Dann zieht er die Schuhe aus und geht nach oben, duscht und kriecht leise ins Bett neben seine Frau. Sie schläft bereits, hat sich von ihm fort zur Wand gedreht. Sie trägt den silbernen Unterrock aus Seide, den er ihr vor einigen Jahren zum Geburtstag gekauft hatte. Ihre Haare fallen ihr ins Gesicht, das unter der Bettdecke vergraben liegt. Svenssons Kreuz schmerzt stark, als er sich neben sie legt.

Er träumt. Er nähert sich einem Glaskasten. Schwarze Stahlstangen durchziehen das Glas wie eine Zelle. Darin befindet sich ein bewaffneter Mann. Als er näher kommt, erkennt er Flow. Er hat eine Waffe auf eine am Boden liegende Person gerichtet. Er bedroht diese Person. Svensson ist draußen und versucht, in den Glaskasten hineinzugelangen. Er versucht, das Glas einzuschlagen, aber es zerbricht nicht. Flow sieht ihn nicht einmal an. Er macht einfach weiter. Svensson schlägt fester gegen die Seite des Kastens. Wer immer dort liegt, er ist tot.

Er schreckt aus dem Schlaf auf. Sein Herz rast, und das einzige Geräusch im Zimmer ist das tiefe, gleichmäßige Atmen seiner Frau. Er wirft einen Blick auf die Uhr auf dem Nachttisch. Es ist halb sechs morgens. Er hört, wie draußen ein scharfer Wind an den Bäumen rüttelt. Seit Flow auf der Flucht ist, träumt Svensson immer wieder dasselbe. Der Traum wiederholt sich. Er kommt nicht an Flow heran. Es ist eine ständige Enttäuschung. Er steht auf und geht nach unten, setzt sich an den Tisch und blättert in einem Schulaufsatz über Helden, den seiner Tochter geschrieben hat. Er rechnet damit, dass es um irgendeinen Teenie-Popstar oder um Miley Cyrus geht, aber der Titel lautet: »Mein Dad«.

Während er die Worte anstarrt, bemerkt er das Zittern seiner Hand. Er beobachtet, wie das Blatt vor seinen Augen flimmert, und begreift, dass er unbedingt herunterschalten muss. Auf dem Revier ziehen sie ihn schon damit auf, dass diese zwei, Merlin und Flow, für ihn zur Obsession geworden sind. Ganz besonders Flow. Er wird nicht mehr vernünftig schlafen können, bis Flow wieder im Gefängnis ist. Svensson arbeitete von 1997 bis ’99 an Mordfällen, in denen Flow als Tatverdächtiger galt. Er wurde zum Verhör vorgeladen. Ein Opfer war durch einen Kopfschuss aus nächster Nähe quasi hingerichtet worden. Man musste Flow aus Mangel an Beweisen wieder laufenlassen. Der Mörder wurde nie gefunden. Es macht Svensson wütend, dass der Mann immer noch frei herumläuft. Er würde keine Ruhe finden, solange er dort draußen ist und tut, was er tut. Es ist nur eine Frage der Zeit, wann er das nächste Mal mordet.

Am folgenden Tag fährt Svensson auf der Stadtumgehung in den Südosten von Manchester. Er biegt ab und fährt weiter, bis er Kimberley außerhalb von Nottingham erreicht. Verglichen mit der Alexandra Park Estate ist dies eine reiche Gegend. Wie Didsbury. Er parkt gegenüber von Reihenhäusern, überquert die Straße und klingelt. Eine hübsche blonde Frau öffnet die Tür. Ohne zu lächeln, nickt sie ihm zu. Im Haus sitzen zwei kleine Mädchen vor dem Fernseher.

»Hallo, Kerry«, sagte Svensson.

»Er ist nicht hier gewesen«, antwortet sie seufzend.

Svensson hebt eine Augenbraue, bietet ihr eine Zigarette an. Kerry ist kein normales Gang-Mädchen. Sie kannte Flow schon, als sie noch kleine Kinder waren. Sie stand neben Flows Bruder Dean, als der ermordet wurde. Kerry sagte als Zeugin aus, mit Flows Erlaubnis, und wurde mit neuer Identität nach Kimberley umgesiedelt. Sie tut ihm leid, denn sie liebt Flow wirklich. Sie ist keines dieser Mädchen, die alles super verlockend und aufregend finden, die aus anständigen Familien kommen, die in eigenen Häusern in Stockport wohnen.

»Hör zu, hast du ihn gesehen oder hast du ihn nicht gesehen?«

»Versuchen Sie's doch mal bei seinen anderen verfickten Weibern. Gehen Sie zu dieser Sonia.«

Er geht ein bisschen fremd. Nicht viel. Es gibt da ein Mädchen, bei dem er manchmal schläft. Ansonsten behandelt er Kerry nicht schlecht, schlägt sie nie, bedroht sie nie. Er ist nur einfach nicht da. Svensson glaubt, dass seine Familie Flow etwas bedeutet. Er ist einer von denen, die nichts mit nach Hause nehmen. Es ist sinnlos, Kerrys Haus zu durchsuchen, denn er bringt nie Waffen oder Drogen mit, hat nie seine Gangster-Kumpel bei sich. Flow wäre ein willkommener Nachbar. Er ist ein völlig normaler, ruhiger Typ. Er feiert keine wilden Partys.

Es gibt Gangmitglieder, die ziehen durch die Bars der Stadt und machen einen auf dicke Hose. Flow nicht. Der Unterschied zwischen ihm und Whippet besteht darin, dass Whippet Muskelmasse aufbauen, Steroide schlucken und permanent prahlen muss. Whippet ist gewalttätig, weil es für ihn um Macht geht. Flow hingegen ist mehr wie ein Mann, ruht in sich selbst.

Svensson steht mit Kerry vor der Haustür und blickt in ihre traurigen braunen Augen. Er tritt seine Zigarette auf dem Bürgersteig aus. Er muss es schaffen, dass sie sich entspannt, weniger wachsam ist, und dann wird ihr schon etwas rausrutschen. Er erkundigt sich bei ihr nach Kimberley. Sie erzählt ihm, dass sie mit den Kindern einen besonderen Ausflug nach Nottingham machen will. Er erzählt von der Geburtstagsparty seiner kleinen Tochter und erkundigt sich nach ihrer Kleinen. Das funktioniert. Über ihre Schulter sieht er Flows Mädchen.

»Sie hat neuerdings Alpträume. Und sie schläft nicht mehr so gut.«

»Weswegen hat sie denn Alpträume?«

»Ach, nichts. Aber das hilft ihr auch nicht.«

Svensson wirft ihr einen schrägen Seitenblick zu. »Was hilft ihr nicht, Kerry?«

Sie beginnt, auf ihrer Unterlippe zu kauen, und kann ihm nicht in die Augen sehen.

»Flow ist nicht hier gewesen, oder doch?«

In diesem Moment kennt er die Wahrheit. Es spielt keine Rolle, was sie jetzt sagt, er liest es in ihrer Körpersprache, wie sie die Arme verschränkt, sich die Haare hinters Ohr streicht. Über die Jahre hat er gelernt, seiner Intuition zu vertrauen. Er behält den gleichen ruhigen, sanften Tonfall bei, damit sie nicht merkt, dass er sie durchschaut hat. Als sie fünf Minuten später von ihrer kleinen Tochter gerufen wird, kehrt er zu seinem Wagen zurück. Es sind nur drei Meilen zurück in die City. Er stellt das Radio auf einen Piratensender, der Grime spielt.

Zurück im Hauptquartier, setzt er sich auf den Schreibtisch hinter zwei Kollegen, die irgendwelche Formulare ausfüllen. Sie drehen ihre Stühle zu ihm um. Er erzählt ihnen von seiner Ahnung.

»Ihr müsst nichts anderes tun, als das Haus zu überwachen, und er wird kommen.«

»Kimberley gehört nicht in unseren Zuständigkeitsbereich, Kumpel«, sagt ein anderer Cop, der sich damit zurücklehnt und die Hände hinter dem Kopf verschränkt. »Das wirst du über die Nottinghamshire Constabulary machen müssen.«

Svensson geht zu einem freien Schreibtisch und sucht nach der Nummer. Eine junge Beamtin, die emsig auf ihrer Tastatur tippt, beäugt sein geräuschvolles Geraschel und findet die Nummer der Kriminalpolizei Nottingham in ihrem Computer, kritzelt sie auf ein Post-it und klatscht den Zettel auf seinen Monitor. Sie lächeln sich an. Er ruft in Nottingham an und wird zu einem Detective Sergeant durchgestellt.

»Wir brauchen Ihre Hilfe bei der Festnahme eines Gesuchten«, sagt er. »Wir müssen die Wohnung eines Mädchens lange genug observieren, um ihn zu schnappen.«

Der DS sagt nichts, als wäre er abgelenkt oder würde etwas aufschreiben.

»Ein komplettes Team kann ich nicht abstellen«, sagt er dann nach einer Pause, »das ist zu teuer.«

Svensson beginnt, ihm Flows kriminelle Vergangenheit zu erzählen.

»Wir haben unsere eigenen Kriminellen«, antwortet der DS.

Svensson massiert mit den Fingerspitzen seine Stirn. Er wirft der Beamtin einen Blick zu und verdreht die Augen. Noch mehr Bürokratie und Papierkram. In seinem Kopf tickt die Uhr. Merlin sitzt noch, und er muss Flow finden, bevor er entlassen wird. Zusammen sind sie viel zu gefährlich.

»Wir würden es ja sogar selbst übernehmen«, protestiert Svensson. »Unser Team kampiert eine Woche in Nottingham, und er wird kommen. Er hat Kontakt zu den Kids.«

Der DS sagt, er werde sehen, was sich machen ließe, und Svensson zurückrufen. Svensson setzt sich und wartet auf den Anruf. Er nimmt einen Ordner und beginnt in einer Ermittlungsakte über Waffenimporte nach Manchester aus der Türkei und Mitteleuropa zu blättern. Ein Mann in einer Garage in Ordsall baut russische Baikal-9-mm-Halbautomatik um und verkauft sie als »Bausätze« samt Munition. Es ist wie ein Supermarkt, denkt er. Sein Telefon klingelt. Es ist der DS aus Nottingham.

»Ich habe mit dem Typ gesprochen, der hier bei uns auf dem Geld sitzt«, sagt der DS. »Er sagt nein.«

Svensson schließt die Augen und sagt nichts.

»Wir können Ihnen etwas anbieten«, fährt der DS fort. »Wir werden einen Kamerawagen vor dem Haus postieren.«

»Einen Kamerawagen?« Svensson seufzt. »Dann könnt ihr eigentlich gleich einen Streifenwagen davor abstellen.«

»Es sitzt ja niemand drin«, protestiert der DS. »Viele von diesen Fahrzeugen haben bis zu sechs Kameras.«

»Er wohnt in einer ruhigen Straße. Wenn da plötzlich ein Auto auf seiner Straße steht, kriegt der das doch sofort mit. Flow ist viel zu schlau.«

»Man sieht überhaupt nichts, wenn man die anschaut.«

Also wird der erste Kamerawagen vor der Wohnung von Flows Mädchen in Kimberley abgestellt. Üblicherweise haben sie eine Kamera seitlich, eine im Türrahmen, eine hinter dem Kühlergrill. Dieser hier hat ein Kühlaggregat auf dem Dach. Darin ist die Kamera versteckt. Es gibt nur eine einzige Kamera. Sie stellen den Wagen ab. Die Kamera beginnt mit der Aufzeichnung. Das Auto steht ungefähr zwanzig Minuten da, dann hängt eine Boxershorts über der Kamera.

*

Es wird März 2007. Immer noch keine Spur von Flow, und Merlin steht kurz vor seiner Haftentlassung. Gegen den peitschenden Regen betritt Svensson mit gesenktem Kopf das Revier. Ein eiskalter Wind schneidet tief ins Mark seiner Finger und Knöchel. Schwarze Krähen picken an einem zerrissenen Sack. Die blattlosen Äste der Bäume zeichnen sich scharf ab wie abgenagte Hühnerknochen. Vor diesem Moment hat Svensson sich gefürchtet. Er blickt zu der Wand mit den DIN-A4-großen Fotos der Gangmitglieder, die in einer militärischen Hierarchie angeordnet sind. Sie hängen über die gesamte Länge der Operationszentrale. An der Spitze sind die Gesichter von Merlin und Flow, und auf Merlins Gesicht klebt ein gelbes Post-it mit dem Wort »Bewährung«.

Unter Merlin stehen die Namen von Trench, Pacman und anderen. Vergangenen Monat hat Trench die Doddington angegriffen. Es war wie im Wilden Westen. Er ist mit einer Kohorte von zehn Kids auf Fahrrädern in ihrem Territorium eingefallen. Er und sein Leutnant, Miller, trugen kugelsichere Westen. Früher hätten sie auf Pferden gesessen, wären dem Viehtritt gefolgt und hätten dabei ihre silbernen Peacemaker geschwenkt. Heute sind sie urbane Barbaren des einundzwanzigsten Jahrhunderts auf Mountainbikes mit kugelsicheren Westen und halbautomatischen Pistolen, ihr Territorium erstreckt sich über ein paar Straßenzüge mit hochverdichteter Wohnbebauung. Trench, ein drahtiger, schießwütiger Typ, der davon träumt, Merlins Platz einzunehmen, hatte keinen Erfolg. Sie stießen auf gezielte Schüsse vom anderen Ende der Straße, und seine Kids flüchteten auf ihren Rädern. Sein Leutnant wurde zweimal ins Bein getroffen. Trench humpelte zu einem Krankenwagen in der Nähe. Eine Kugel fiel zu Boden, als der Sanitäter seine Verletzung versorgte. Svensson führte die Vernehmung selbst durch.

»Wie hast du eine Kugel in den Fuß bekommen?«, fragte er.

»Ich habe zurückgeschossen.«

»Wie hast du gestanden? So?«

Svensson hob einen Fuß und streckte das Bein in die Höhe, dann richtete er zwei Finger wie eine Kanone auf seinen Zeh, womit er ihn beschuldigte, sich selbst in den Fuß geschossen zu haben. Die Kugel hat den Fuß senkrecht durch den Schuh durchschlagen. Sie lachten darüber, aber Merlin wird das nicht so stehen lassen können. Die Gooch hatten keine gute Figur abgegeben, sie wirkten schwach. Dieser verpfuschte Überfall hatte zur Folge, dass noch Wochen später die jungen Doddington einander triumphierend abklatschten.

Die Öffentlichkeit reagierte erschüttert auf Trenchs wüste Ballerei, doch das ist nichts, verglichen mit dem, wozu Merlin fähig ist. Svensson weiß, dass er eine letzte Chance hat, die Straßen sicher zu halten. Merlin hat eine Reihe Anhörungen vor einem Ausschuss bestehend aus Polizisten, Behördenvertretern und Bewährungshelfern vor sich. Falls er gegen die Bewährungsauflagen verstößt, erwartet ihn strenge Bestrafung. Aber intelligente Kriminelle wissen genau, wie sie den Ausschuss zu ihrem Vorteil manipulieren können. Merlin ist smarter als die meisten. Svensson weiß: Es wird schwer für ihn werden, den Ausschuss zu überzeugen. Er betrachtet Michael in seinen bunten Outdoor-Klamotten und den Timberlands, als wolle er in den Bergen um Ambleside wandern gehen. Er ist ein netter Bursche, aber er ist kein Detective. Sie lachen über etwas in der Morgenzeitung. Er nimmt Platz.

»Mit Merlin wird eines der bedeutendsten Gangmitglieder in der Geschichte der Stadt aus der Haft entlassen«, sagt Svensson. Alle am Tisch starren ihn an. Es riecht leicht angebrannt aus einer gläsernen Kaffeekanne, die in einer alten billigen Kaffeemaschine vor sich hin köchelt. »Wenn wir uns nicht richtig um ihn kümmern, werden Menschen sterben.«

»Er möchte zu einer Beerdigung gehen, die außerhalb des Gebietes stattfindet, in dem er sich aufhalten darf«, sagt ein ranghoher Beamter. »Wir haben beschlossen, ihn bei dieser Beerdigung gut im Auge zu behalten.«

»Sie verschwenden Ihre Zeit«, sagt Svensson, schließt die Augen und schüttelt den Kopf. Es gibt immer irgendwelche Beerdigungen, die man besuchen muss. Gangmitglieder werden erschossen oder rasen mit ihren Motorrädern gegen stehende Lastwagen. Für Merlin ist das doch nur ein Vorwand, sich mit einer Kontaktperson zu treffen, etwas in die Wege zu leiten. »Sie verschwenden nur Ihre Zeit.«

Das Observierungsteam geht bei der Beerdigung diskret in Stellung. Die Einheit setzt acht Fahrzeuge ein, die in Seitenstraßen versteckt warten und auf verschiedenen Funkkanälen in

Verbindung bleiben. Merlin trifft ein. Er scheint sie nicht bemerkt zu haben. Zwischen den acht Fahrzeugen melden die Teams Merlins Aufenthaltsort auf unterschiedlichen Kanälen, behalten ihn problemlos im Auge. Und dann, etwa in der Mitte der Beerdigung, verlieren sie ihn. Er verschwindet einfach. Zwanzig Minuten später ist er wieder da.

Nach der Beerdigung geht Svensson zu Merlin. Er lässt Svensson keine Sekunde aus den Augen, fixiert ihn, verfolgt seine Bewegung mit dem ganzen Kopf, die Augen immer nach vorn gerichtet. Es ist, als wüsste er, was in Svenssons Kopf vor sich geht. Als Svensson als Erster den Blick senkt, taucht ein hässliches Lächeln auf Merlins Gesicht auf, seine weit auseinanderstehenden Zähne eingerahmt von einem borstigen Bart. Er sieht deutlich, mit welcher Arroganz Merlin das Spiel beherrscht, sieht sein unerschütterliches Selbstvertrauen.

»Eines noch. Was macht Flow?«, fragt Svensson gegen Ende.

»Wer?«, erwidert Merlin.

»Leck mich.«

»Warum sollte Flow kommen und mich sehen wollen? Du folgst mir doch überallhin.«

»Ich folge dir nicht überallhin.«

»Deine Leute aber.«

»Bild dir nichts ein, Merlin.«

»Sie sind mir zur Beerdigung gefolgt.«

»Woher weißt du das?«

Merlin spult eine Liste Autos herunter. Von den acht hat er fünf entdeckt. Svensson weiß, dass Merlin in den zwanzig Minuten seines Verschwindens irgendwas gedreht hat.

Beim zweiten Treffen ist Merlins Bewährungshelfer der Erste, der etwas sagt.

»Positiv ist festzustellen, dass er einen Job in der Firma eines Freundes gefunden hat.«

Svensson starrt in den Raum. »Was hat er gesagt?«, fragt er trocken.

»Er ist zu uns gekommen und sagte: ›Es gibt da so einen Typen, der hat einen Supermarkt in Eccles. Er sucht einen Regalauffüller. Ein Kumpel von mir, der Milch liefert, hat erwähnt, dass er mich kennt. Ich kann da sofort anfangen.‹«

Gerissener Dreckskerl, denkt Svensson. Merlin weiß genau, dass seine Bewährungsauflagen gelockert werden müssen, wenn er einen Job annimmt.

»Das klingt ja wirklich vielversprechend«, meint ein anderer offensichtlich beeindruckt.

»Seine Bewährungsauflagen sollten nicht gelockert werden«, insistiert Svensson. »Nichts von dem, was hier gesagt wird, ergibt einen Sinn.«

»Wir müssen ihm etwas entgegenkommen«, sagt der Bewährungshelfer. »Er hat sich einen Job gesucht.«

Svensson stößt unfreiwillig ein trockenes Lachen aus. Er kann nicht glauben, was er da hört.

»Denken wir doch bitte einmal genau darüber nach«, sagt er und breitet die Arme aus. »Ich führe ein Geschäft, und der Typ, der mir die Milch liefert, sagt zu mir: ›Ein Kumpel von mir sitzt in einem Übergangswohnheim für Knackis – kann der vielleicht nicht herkommen und bei Ihnen die Regale auffüllen? Er hat gesessen, weil er ein Maschinengewehr hatte.‹«

Der Bewährungsausschuss scheint das nicht für weiter ungewöhnlich zu halten. Michael lässt seinen Blick über die am Tisch Sitzenden wandern und sieht schließlich Svensson direkt an. Zur Betonung hebt er eine Hand.

»Anders, wie sieht das denn aus, wenn wir nicht honorieren, dass ehemalige Straftäter nach ihrer Entlassung eine Arbeit finden?«, sagt er. »Es ist schon schwer genug, einen sechzehnjährigen Kerl, der ohne jede Qualifikation aus dem Gefängnis kommt, davon zu überzeugen, dass er Stuckateur werden sollte. ›Das wirst du ab jetzt tun. Du wirst um sieben Uhr morgens abgeholt, du wirst den ganzen Tag lang arbeiten, und bei Feierabend bekommst du 120 Pfund. Irgendwann in der Zukunft wirst du dann in der Lage sein, dich selbständig zu machen.‹ Und dann sieht er seinen Kumpel mit scharfen Mädels und reichlich Bling-Bling, der vor Mittag nicht mal aufsteht.«

Nach weiteren zwanzig Minuten Diskussion beginnen die anderen, ihre Unterlagen einzupacken. Svensson begreift, dass sie sich entschieden haben. Er geht zur Tür und zieht seine Jacke an.

Es ist eine Katastrophe. Er beginnt mit Überraschungsbesuchen in dem Geschäft, aber Merlin ist nie da. Er ist immer gerade »im Großhandel«.

»Okay, dann werde ich eben verdammt noch mal hier auf ihn warten«, sagt Svensson. Er steht in der Tür und steckt sich eine Zigarette an. Als Merlin auftaucht, deutet er mit dem Kopf auf ein Regal. An einer Wand ist ein Schwung Guinness aufgestapelt, und in der Mitte dazwischen eine Dose Carlsberg.

»Besonders gut hast du das nicht gemacht, was?«, meint Svensson.

»Ich bin auch nicht hier, um Regale aufzufüllen«, sagt Merlin in drohendem Ton.

»Ach?«, erwidert Svensson trocken. »Was für einen Job hast du hier denn jetzt?«

»Sicherheit der Kassen.«

Es geht das Gerücht um, dass Merlin zum Schutz da ist: Im Zusammenhang mit einer anhaltenden Auseinandersetzung zwischen Gangs oben in Bolton kam es zu einem Mord in diesem Supermarkt. Der Typ, dem das Geschäft gehört, hat eine Wohnung in der Nähe für 26 000 Pfund gekauft und bar bezahlt. Merlin darf sie jetzt benutzen. Klar, eine typische Sozialleistung für Regalauffüller!, denkt Svensson verbittert. Die normale Miete liegt bei 700 Pfund monatlich, aber er überlässt sie ihm für 300 Pfund. Er richtet das Apartment komplett ein, aber es ist ausschließlich Merlins Kram.

Es sind nun bereits drei Monate, und Merlin spielt täglich seine Rolle. Er geht zur Arbeit, geht ins Fitnessstudio, geht ins Wohnheim. Er ist ein mustergültiger Bewohner des Heims, teilt sich mit einem Typ das Zimmer. Obwohl er tagsüber immer in seiner Wohnung ist. Und so kommt es, dass Merlins Bewährungsauflagen am 13. Juni trotz Svenssons Widerspruch weiter gelockert werden. Er kann sich jetzt frei überall bewegen. Ein Audi mit getönten Scheiben ist zu seiner Entlassung angemietet worden. Er schart seine Offiziere um sich. Die Gooch gelten als schwach, sagen sie ihm. Er hört, dass Trenchs Angriff von den Young Doddington sofort mit heftigem Gegenfeuer erwidert wurde, wobei Trench und einer seiner Leute zweimal getroffen wurden. Jetzt ist ihr General zurück. Trench hat einen Ort gefunden, um Waffen zu bunkern. Die Mädchen der Gang leben bei ihren Eltern und sind dafür nicht zu gebrauchen. Er hat jemanden gefunden, der nicht neugierig sein wird. Sandy Mitchell ist heroin- und crackabhängig und hat früher ihren Stoff bei ihnen gekauft. Angeblich ist sie dermaßen weggetreten, dass sie gar nicht mitbekommt, wenn sie mit Tüten voller schwerer Sachen bei ihr ein und aus gehen. Auf ihrem Dachboden werden sämtliche Waffen der Gooch gelagert, darunter auch ein in Plastik gewickeltes Maschinengewehr.

Am frühen Abend des 17. Juni fährt Merlin mit seinen Leutnants Trench und Pacman im Auto ziellos durch die Gegend. Neben ihnen liegen dunkle Kleidung, Sturmhauben und Waffen. Merlin sitzt auf der Rückbank hinter getönten Scheiben. Dies sind seine Straßen, und er wird sie zurückfordern. Gegen sechs Uhr fünfzehn werden sie von einem Mégane überholt. Merlin wirft dem Fahrer einen finsteren Blick zu und kneift die Augen zusammen. Er kommt ihm bekannt vor.

»Longsight Crew. Direkt neben uns.«

Merlin ruft Flow an. Er sagt ihm, ein Typ von der Longsight Crew hatte gerade eben das Pech, in Levenshulme an ihm vorbeizufahren. Flow flucht durch zusammengepresste Zähne. Die Longsight Crew macht er immer noch verantwortlich für den Mord an seinem Bruder. Er legt auf. Es ist zwanzig nach sechs. Merlin ruft zurück. Warum ihn nicht einfach jetzt sofort umlegen? Er fährt in einem roten Mégane durch die Gegend, kaum zu verfehlen.

»Leg das Arschloch um«, sagt Flow leise.

Merlin gibt seinen Leutnants den Befehl. Sie ziehen sich die Sturmhauben über den Kopf und streifen schwarze Handschuhe über. Sie entsichern ihre Waffen. Merlin ruft Flow wieder an. Sie sind bereit. Sie werden an der Ampel neben ihm anhalten und durch die Scheibe feuern. Flow ruft um sechs Uhr dreißig wieder an. Merlin ist jetzt in der Nähe Bickerdike Court. Der Renault Mégane rollt vorbei und wird von einer Überwachungskamera aufgenommen.

Der vierundzwanzigjährige Antoine hat an diesem Nachmittag einen Kumpel zum Arbeitsamt gefahren und seine Freundin besucht. Er ist gerade erst Vater geworden, wenige Wochen zuvor. Dann ist er in die Stichstraße mit roten Backstein-Reihenhäusern in Longsight zurückgekehrt, wo er bei seinen Eltern wohnt. Jetzt ist er mit zwei Freunden unterwegs in die Innenstadt von Manchester. Calvin sitzt vorn auf dem Beifahrersitz, Ryan hinten.

Als sein Wagen langsamer wird, um in die Dennison Road einzubiegen, zieht ein silberner Audi auf der Fahrerseite auf gleiche Höhe. Später beschreiben Zeugen, darin hätten drei Personen gesessen, alle in dunkler Kleidung. Das hintere Fenster auf der Beifahrerseite gleitet hinunter, und ein Mann mit maskiertem Gesicht und Handschuhen richtet eine Waffe aus kürzester Distanz auf den Mégane. Es fallen sieben Schüsse. Drei davon treffen Antoine. Calvin wird ebenfalls getroffen, eine Kugel durchschlägt seine rechte Hand. Antoines Hände erschlaffen auf dem Lenkrad, er sackt nach vorn. Das Gewicht seines Körpers verzieht das Lenkrad, und der Renault kracht gegen einen Stromkasten am Straßenrand. Die Mörder rasen in dem silbernen Audi Richtung Innenstadt davon.

Bürger eilen zu Hilfe. Einer ruft den Notruf an. Ein anderer versucht, die Blutung zu stoppen. Zeit ist ein entscheidender Faktor. Ein Krankenwagen des Manchester Royal Infirmary rast zum Tatort. Rettungssanitäter kämpfen um Antoine Gayles Leben. Ein Schuss hat seinen rechten Oberarm erwischt. Eine andere Kugel ist dicht am rechten Schulterblatt in seinen Rücken eingedrungen. Die dritte steckt in seiner Brust. Die ersten beiden sind Durchschüsse, aber die dritte hat den größten Schaden angerichtet. Sie hat Leber, Herz und Lunge verletzt und schwere innere Blutungen verursacht. Bei seiner Ankunft im Manchester Royal Infirmary wird Antoine für tot erklärt. Er wollte nur einen trinken gehen. Seine erst wenige Wochen alte Tochter wird ihren Vater nur aus Geschichten und von Fotos kennenlernen. Seine Mum erhält die Nachricht auf der Arbeit. Sie bricht zusammen.

In einiger Entfernung zieht Merlin seine Sturmmaske ab, fühlt sich auf ruhige Art beschwingt. Später an diesem Abend geht er wieder in sein Wohnheim und meldet sich zurück. Er hat nicht gegen sein Ausgehverbot verstoßen, arbeitet immer noch als Regalauffüller und ist der perfekte Bewohner des Wohnheims.

Die Nachricht von dem Mord macht die Runde in der Gang-Community. Ein Gang-Mädchen hört es und sagt, sie müsse kurz Zigaretten kaufen, schlüpft hinaus zum Geschäft. Sie schaut sich um. Niemand folgt ihr. Sie überquert einige Zäune in einen kleinen Park. Er ist menschenleer. Sie nimmt ihr Telefon und wählt »Jackies« Nummer.

Svensson ist zu Hause in Buxton, als der Anruf kommt. Er hat um vier Uhr nachmittags Feierabend gemacht und sieht jetzt mit seiner Frau fern. Er erkennt den Klingelton, den er Informanten zugewiesen hat, und geht schnell in die Küche, um den Anruf anzunehmen.

»Es gab eine Schießerei«, sagt ihm das Mädchen. »Ein Drive-by. Wissen Sie schon, wer's war?«

Sie macht sich Sorgen, dass ihr Freund der Killer ist. Er verspricht, sich schlau zu machen. Als er ins Wohnzimmer zurückkehrt, sieht seine Frau nicht vom Fernseher auf. Wenn das Telefon klingelt und Frauen ihn anrufen, kann es schwierig werden. So wie diese Gang-Mädchen leben, rufen sie zu den unmöglichsten Tageszeiten an, wenn sie jemanden wie Svensson haben, der sie nicht missbraucht. Erst letzte Woche rief ihn ein Mädchen um zwei Uhr nachts an. Sie hatte eben erst erfahren, dass ihr Freund im Gefängnis damit drohte, sie umzubringen. Dass einer ihrer Familienangehörigen ihm Informationen über ihr Leben weitererzählte. Sie war völlig außer sich. Als Erstes rief sie Svensson an. Er ist keine Vaterfigur oder wie ein Bruder. Er ist wie ein Kumpel. Sie vergessen ganz einfach, womit er sein Geld verdient.

Svensson ruft einen Typ an, der gerade Dienst hat und auf dem Revier ist.

»Hab einen Anruf erhalten«, sagt er. Dann bremst er sich. Es ist halb neun. Die Schießerei hat um sechs Uhr fünfundvierzig stattgefunden. Er soll keine eigenen Informanten haben; um die kümmert man sich jetzt zentral. Schnell lenkt er ab. »Von einem besorgten Mitbürger. Hat mir gesagt, jemand sei bei einem Drive-by-Shooting erschossen worden. Weißt du, wer das war?«

»Es ist Antoine.«

»Ist er tot?«, fragt Svensson.

»Ja.«

Svensson weiß instinktiv, dass Merlin und Flow hinter diesem Mord stecken. Antoine Gayle hat Verbindungen zur Longsight Crew, die Flows Bruder getötet hat. Ein Drive-by ist ganz ihr Stil. Er geht wieder ins Wohnzimmer und lässt sich neben seine Frau fallen.

Whippet sagte mal zu Svensson, wenn man in eine Kneipe geht und sich dort eine Coke bestellt, entspricht das ungefähr dem emotionalen Kick, den Merlin erlebt, wenn er jemanden umlegt. Es juckt ihn ganz einfach nicht. Der Handlungsablauf, sich eine Coke zu bestellen und das Geld auf die Theke zu legen – das entspricht in etwa der Erregung, die er empfindet. Mit seinem finanziellen Hintergrund könnte Merlin einfach dort sitzen, Kanonen kaufen, sie den Kids in die Hand drücken und sagen, los, macht schon, legt ihn um. Und sie würden es für ihn tun, denn er besitzt Charisma. Aber er liebt es. Merlin und Flow sind gemeinsam aufgewachsen wie Brüder. Whippet war der Erste, der Drogen verkauft hatte. Dann fing Merlin damit an, und innerhalb von vier Wochen hatte er viermal so viel Gewinn gemacht. Er ist ein smarter, absolut skrupelloser Unternehmer. Hätte er ein legales Geschäft, wäre er längst Millionär.

»Ich hab's denen verdammt noch mal gesagt«, sagt Svensson. Er muss nichts erklären.

Am folgenden Morgen haben die Ermittlungen auf der Polizeiwache Longsight bereits begonnen. Die Ballistikerin kriecht auf der Richtung Innenstadt führenden Anson Road herum und sammelt mit ihrer Pinzette sieben Patronenhülsen ein. Alle sind aus derselben 9-mm-Pistole abgefeuert worden. Außerdem stellen sie sieben abgefeuerte Kugeln vom gleichen Kaliber wie die Patronenhülsen sicher. Drei stammen aus Antoines Körper, eine aus seiner Kleidung und drei weitere aus dem Renault Mégane: eine aus der Gummidichtung der Scheibe auf der Fahrerseite, eine aus dem Beifahrersitz und eine aus der Innenverkleidung der Beifahrertür. Alle aus ein und derselben Waffe abgefeuert, einer umgebauten russischen Baikal-Selbstladepistole.

Der silberne Audi ist vom Erdboden verschwunden. Ein Geister-Auto. Es wird nie wieder gesehen.

Svensson zieht los, um weitere Informationen über den Montag zu sammeln. Es ist die Beerdigung von Delroy Minton, einem Mitglied der Gooch und Kumpel von Trench. Delroy starb auf einem Motorrad, und in seinem Arsch steckte ein Beutel mit zehn Steinen Crack. Als er beerdigt wird, ist sein Körper auf sieben Leichensäcke verteilt. Svensson folgt dem Trauerzug von Fallowfield hinauf zum Gorton Cemetery und mit Zwischenstopp in der Kirche. Eine Autoschlange bildet sich hinter Svensson, als sie herauskommen. Svensson prägt sich ein, wer dabei ist.

Plötzlich schiebt sich ein Audi RS4 in die Schlange, und er erkennt ihn als den Wagen von Shredder, eines Kollegen von Merlin. Vier Personen sitzen darin, die Scheiben geschlossen. Er ist sicher, dass zwei davon Merlin und Flow sind. Der Audi drängt sich einfach in den Trauerzug. Svensson versucht, näher ranzukommen, ist jetzt aber vorne eingekeilt. Er reckt den Hals und sieht, wie die Autos eines nach dem anderen auf den Friedhof rollen. Als der Audi an der Reihe ist, fährt er bis ans Grab. Die Seitenscheiben senken sich. Sie steigen nicht aus. Im Auto sind sie sicherer, da sie nicht genau wissen, wozu die Bullen in der Lage sind. Etwas blitzt im Licht auf, als es ins Grab geworfen wird. Die Scheiben gleiten wieder hoch. Ein Frösteln durchfährt Svensson, als ihm klarwird, was er gesehen hat. Sie haben gerade die Waffe beseitigt, mit der Antoine umgebracht wurde, denkt er. Wer würde sie dort suchen? Niemals würde er einen Durchsuchungsbefehl für eine Grabstätte bekommen. Ein klassischer Taschenspielertrick, typisch für Merlin: Delroy ist gestorben, und sie haben einen für ihn umgelegt. Welchen besseren Ort für die Tatwaffe könnte es geben? Um das Grab stehen so viele Menschen. Das Ding wird verpackt gewesen sein. Ein Teil von ihm will dort hinrennen, hineinspringen, danach wühlen und die Waffe finden, aber wenn er sich irrt, wird der öffentliche Aufschrei ohrenbetäubend sein.

Seine Knöchel werden weiß, als er das Lenkrad umklammert. Er sehnt sich nach einer Zigarette. Er wartet auf eine Gelegenheit, das Auto anzuhalten: Flow wird gesucht, er darf keinen Umgang mit Merlin haben; Merlin befindet sich außerhalb der Zone, in der er sich bewegen darf. Allerdings wird kein ranghoher Beamter sagen: »Schnappt euch den Wagen, solange er noch auf dem Friedhof ist.« Svensson bemerkt, dass es direkt hinter der Ausfahrt des Friedhofs eine kleine Kreuzung gibt, so dass die Wagen einer nach dem anderen herausfahren. Der Audi muss sich nur am Eingang vorbeischieben, dann kann Svensson sie sich holen. Aber als würden sie etwas spüren, bleibt der Audi stehen und wartet. Kaum ist der Weg frei, schießt er los wie eine verfickte Kugel.

Am Dienstag sieht Svensson sich in der Einsatzzentrale eine DVD der Beerdigung an. Merlins Leutnants sind da: Shredder, Deven, Fleet, Pacman.

Er sieht, wie sich alle Elemente der Ermittlung in dem Mordfall zusammenfügen. Trotzdem ist er frustriert. Ein Detective Inspector leitet ein Team, das sämtliche Daten in Computer eingibt. Er spult die anstehenden Aufgaben herunter, verteilt sie an die Cops. Höchste Priorität hat das Aufspüren des Autos. Sie warten noch auf die Obduktionsergebnisse. Im Moment geht es ausschließlich um das Sammeln von Beweisen: Der Fall muss vor Gericht Bestand haben.

Am Mittwoch dann leistet Merlin seinen Beitrag aus dem Wohnheim. Er verlässt morgens das Haus und kommt nicht mehr zurück. Jetzt sind beide auf der Flucht.

»Das ist die gottverdammte Bestätigung«, sagt Svensson wütend dem Team. Es ist gar nicht nötig, dass sie sich zusammensetzen und fragen: »Genau, Antoine gehört zur Longsight Crew, also sind wahrscheinlich die Gooch verantwortlich. Wer ist bei den Gooch momentan aktiv?« Svensson erhält seit Sonntag Anrufe, Namen werden genannt. Sämtliche Mitglieder von Merlins Truppe sind dabei. Die ersten Namen, die Svensson hört, sind Trench und Pacman. Anscheinend wurde Pacman beim Entsorgen von Handschuhen beobachtet. Svensson fragt sich, ob Pacman den Befehl von Merlin bekam, ob Pacman dann auch abgedrückt hat. Das lässt sich noch nicht sagen.

Der leitende Ermittler, der Senior Investigating Officer, erstellt eine Liste der Tatverdächtigen. Außerdem muss er koordinieren, welche Informationen an die *Manchester Evening News* und Journalisten weitergegeben werden. Sie müssen darauf achten, mögliche Verdächtige nicht zu früh zu warnen.

Die anderen machen inzwischen Fortschritte bei dem Audi.

»Was haben wir?«

»Wir haben einen Teil des Nummernschildes.«

»Zwei Teile.«

»Es ist ein Audi A8.«

Sie starten einen Suchlauf im Police National Computer, dem zentralen Computersystem der Polizei, es spuckt drei silberne Audi A8 aus. Sie versuchen herauszufinden, welcher davon der Tatwagen ist. Finden die Anzeige. Wo sie erschienen ist. Wer ihn verkauft hat. Schon bald erfahren sie, dass er in Luton gekauft wurde.

Es gibt acht Arbeitsgemeinschaften, Ermittlungsgruppen für Mordfälle. Zwei sind spezialisiert auf Tötungen im Gang-Umfeld. Am Anfang hat jedes Team vierzig Detectives plus unterstützendes Personal. Die meisten Informationen kommen zu Anfang herein. Draußen sind Leute unterwegs und sammeln Material der Überwachungskameras ein, vom Tatort den ganzen Weg durch die Stadt. Anschließend versuchen sie, das Material so schnell wie möglich zu sichten. Dank der Uhrzeit – sechs Uhr fünfundvierzig – lässt sich der Zeitraum eingrenzen. Sie rekonstruieren die Route quer durch die Stadt. Das erfordert einen hohen Personalaufwand. Sie suchen Aufnahmen des Audi auf dem Weg zum Deansgate, sie folgen ihm auf dem Deansgate, suchen da oben weitere Kameras, sichten noch mehr Filmaufnahmen und versuchen, den Wagen erneut zu finden.

Am Ende gelingt es dem Team, die Spur des Wagens quer durch die ganze Stadt bis hinauf nach Cheetham Hill zu verfolgen. Svensson sieht sich jede einzelne Einstellung lange und gründlich an in der Hoffnung, es könnte eine Aufnahme geben, auf der die Insassen des Autos zu erkennen sind. Eine Aufnahme fällt ihm besonders in Auge. Das Auto des Killers neben Gayles Auto just in dem Moment, als sich der Mord ereignet.

Svensson arbeitet lieber auf der Straße. Die Entscheidungen im Sekundenbruchteil, Menschen lesen, sie aus der Reserve locken. Darin ist er gut. Am Morgen der Beerdigung von Antoine Gayle klingelt sein Telefon wieder. Es ist einer seiner Informanten, ein Mädchen.

»Ein Nachbar hat mir erzählt, dass die nach kugelsicheren Westen suchen«, sagt sie.

Man kann Körperpanzer im Internet kaufen, früher konnte man sie auch in Läden erstehen, die Kleidung und Ausrüstung der Armee verkauften. Für diesen Tag haben sie gebrauchte kugelsichere Westen gesucht.

»Wer genau?«, fragt Svensson.

»Pacman. Keine Ahnung, wie viele Leute er gefragt hat.«

Pacman ist dafür bekannt, wie Omar Little aus der Fernsehserie *The Wire* in Kevlarweste zu posieren. Svensson schlägt mit der Faust auf das Dach seines Autos. Könnten sie wirklich so dreist sein und eine Beerdigung überfallen? Das ist nie zuvor passiert. Er erwähnt es auf dem Revier. Jemand antwortet: »Die überfallen keine Beerdigungen.«

Svensson schüttelt den Kopf. »Man sollte niemals unterschätzen, mit wem man es zu tun hat.«

3:

Totenwache

Svensson blinzelt in die tiefstehende Sonne, als er in kugelsicherer Weste und Trainingshose neben dem Trauerzug hergeht. Die harte Kevlar-Beschichtung der Panzerweste lässt keine Luft durch, und seine Haut darunter sticht und ist schweißgebadet. Es ist schwierig, Gang-Beerdigungen zu überwachen. Es sind etwa dreihundert Trauergäste unterwegs, um Antoine Gayle zu Grabe zu tragen. Die Stimmung ist angespannt. Allein in dieser Woche bereits drei Schießereien. Er hält die Augen auf nach plötzlich auftauchenden Motorrädern. Achtet auf jeden, der nicht dort sein sollte. Auf jeden von einer rivalisierenden Gang.

Svensson bemerkt am Rande seines Blickfelds einen langsam vorbeirollenden Wagen. Irgendwie kommt ihm das nicht ganz koscher vor.

»Schwarzer Golf. Kennzeichen SJ8912K«, sagt er in sein Funkgerät.

Die Cops geben es in den Police National Computer ein, der daraufhin mehrere Datenbanken mit den Datensätzen von insgesamt über einhundert Millionen Fahrzeugen durchgeht.

»Ist sauber. Hat nichts ergeben.«

Svensson wirft erneut einen Blick hinüber, doch der Wagen ist weg. Früher benutzten Gangmitglieder ihre eigenen Autos. Um den Computer auszutricksen, nehmen sie jetzt Mietwagen. Immer von den gleichen Mietwagenfirmen. Immer die gleichen scheiß getönten Scheiben. Man weiß nie, wer hinter den getönten Scheiben sitzt, sofern man nicht zumindest eine Ahnung hat. Irgendwelche Kids, deren Mum sich Sorgen macht wegen

Sonnenbrand, ein jugendlicher Raser, der sein billiges Polster verbirgt, oder ein mehrfacher Mörder mit einer automatischen Waffe. Die Scheiben surren elektrisch herunter. Bamm.

Svensson bleibt bei dem Trauerzug. Er bewegt sich langsam von der Kirche in Longsight zum Manchester Cemetery. Es sind sechs Polizisten aus Svenssons Dienststelle sowie die anderen Uniformierten da.

»Alles klar, Anders.«

Er dreht sich um und sieht eine Frau mittleren Alters, deren Haare zu Cornrows geflochten sind. Sie trägt ein schwarzes Kleid.

»Hallo, Princess. Deine Frisur ist klasse.«

Viele Trauergäste kennen Svensson und seine Einheit ohnehin. Sie winken, kommen herüber, plaudern. Es gefällt ihnen, dass die Cops da sind, denn es gibt ihnen ein bisschen Sicherheit. Solange sie da sind, bleiben die Raubtiere dem Friedhof fern oder ziehen sich ganz zurück. Er bemerkt eine Informantin. Sie wendet ihren Blick schnell ab. Ein mürrischer Teenager taucht vor ihm auf.

»Wir brauchen keine Polizeipräsenz. Lasst uns in Frieden trauern, Mann.«

Es sind alle Altersgruppen da. Ältere Frauen in förmlichen, helleren Farben. Teenager-Mädchen in weißen Schuluniformblusen schneiden Grimassen über schlüpfrige SMS. Sie alle freuen sich schon auf mariniertes, gegrilltes Hühnchen, Reis und Erbsen. Manche lächeln und lachen über Geschichten des toten Mannes. Alte Freunde tauschen sich aus.

Svensson ist in Gesellschaft eines anderen Cops, Dermot, ein Typ, der in Liverpool arbeitet und andere Leute kennt als er. Dermot nickt einem gutaussehenden Schwarzen Anfang zwanzig mit kurzgeschnittenem Haar, glänzender Stirn und traurigen, schläfrigen Augen zu.

»Kyle. Darf ich vorstellen, Anders.«

Svensson ist Kyle nie persönlich begegnet, aber er hat von ihm gehört. Kyle glaubt von sich, in der Longsight Crew Einfluss zu besitzen. Er war in einen Grabenkampf mit den Gooch auf den Gängen des Manchester Royal Infirmary verwickelt. Verängstigte Krankenschwestern verbarrikadierten sich mit ihren Patienten hinter Türen. Gangmitglieder randalierten und benutzten Rollwagen als Rammböcke. Kyle hat dafür zwanzig Monate abgesessen. Svensson ist neugierig. Kyle nickt ihm bedächtig zu und lächelt Dermot an.

»Scheiße, hast du dich immer noch nicht zur Ruhe gesetzt?«, witzelt Dermot. Kyle hat sich von seinem alten Viertel ferngehalten, bleibt bei seinen drei Kindern und seiner schwangeren Freundin Nicole, die jetzt ebenfalls zu ihnen kommt. Einen Moment lang ist Svensson abgelenkt durch Kyles Schwester Talitha, eine schlanke und hübsche junge Frau mit vollen Lippen. Sie könnte ein Model sein, denkt er. Vielleicht ist sie ein Model. Er zwingt sich dazu, sich zu konzentrieren. Er hat gehört, dass Merlins schießwütiger Leutnant Trench sich in jüngster Zeit nach Kyles Aufenthaltsort erkundigt hat. Drei Drive-by-Shootings in dieser Woche. Kyle geht ein Risiko ein, indem er sich hierherwagt, um dem Toten die letzte Ehre zu erweisen.

»Wann kommt der kleine Kyle denn?« Dermot deutet mit dem Kopf auf den Bauch.

»Es ist ein Mädchen«, sagt die Mutter. »Kleine Kyles haben wir längst.«

Dermot macht in gespielter Überraschung große Augen über die winzigen Leutchen, die schüchtern hinter den Beinen ihres Vaters hervorlugen. Svensson zwinkert den Kids zu. Kyle wischt eine Wespe von seinem schwarzen Ledermantel. Erst dreiundzwanzig, denkt Svensson, und schon vier Kinder. Leck mich am Arsch. Aber in dieser Gegend hat jeder 23-Jährige bereits eine lange Geschichte. Aus Gewohnheit denkt er über Kyles Profil nach. Es fällt ihm alles wieder ein. Sein Bruder Dexter wurde 2000 mit einer Mac-10-Maschinenpistole erschossen – ein Mord wegen Revierstreitigkeiten im Drogenhandel. Das dürfte den jugendlichen Kyle ziemlich hart getroffen haben. So fängt es immer an.

Dann passiert einige Jahre später, Kyle ist inzwischen neunzehn, etwas sehr Merkwürdiges. Er geht mit seinen Kumpeln zu einer Reggae-Nacht in einem Striptease-Schuppen in Stockport. Sie drängen sich in die Toilette. Kyle, sein neunzehnjähriger Kumpel Wes und zwei weitere. Wes hält in seiner offenen Handfläche eine zehn Zentimeter große Miniatur-Pistole aus Metall. Sieht aus wie ein Feuerzeug. Mit einem Knopf drauf, wie die Verriegelung einer Autotür. Als Nächstes liegt Wes dann mit einem Loch im Kopf auf den Spülkasten zurückgesackt. Er trägt eine kugelsichere Weste.

War das Ding in seiner Hand losgegangen? Diese Schlüsselanhänger sind tödlich. Oder hat jemand anderer auf den Knopf gedrückt? Es bleibt ungeklärt. Ungeklärter Todesfall. Wes' Mutter Linda sah Svensson gerade in die Augen, umklammerte seinen Arm und sagte, sie wüsste, wer ihren Sohn umgebracht hat. Es war einer seiner Freunde, sagte sie. Sie haben gelogen vor Gericht. Andererseits aber war sie eine trauernde Mutter. Für gewöhnlich legen sie keine eigenen Soldaten um, so was schwächt die Crew.

Svensson schielt zu Kyle. Sein Download ist abgeschlossen. Dermot beendet den Small Talk, klopft ihm auf die Schulter, sie gehen weiter. Svensson verfolgt Kyles Hinterkopf, als die Menge ihn langsam verschluckt. Er ist ein gutes Ziel, denkt er.

Sie schließen neue Freundschaften, plaudern mit Trauergästen, die sie noch nie zuvor getroffen haben, mit Leuten, die normalerweise die Polizei eher ablehnen würden. Der Sarg wird ins Grab abgesenkt. Eine einzelne Frau schluchzt und schleudert eine Faustvoll Erde auf den Deckel. Antoines Freunde trinken auf sein Wohl, spritzen etwas Brandy ins Grab und rammen umgedrehte Flaschen Dragon Stout fest in die Erde neben dem Grab. Es geht darum, Ehre zu erweisen, ein letztes Glas auf den Toten zu trinken. Der Blumengeschmack ist auch nicht gerade umwerfend, denkt Svensson, als er einen Blick auf die großen Lettern an der Seite der Grabstelle wirft, die den Namen des Verstorbenen buchstabieren, mit dem er auf der Straße bekannt war.

Die Menge löst sich allmählich auf. Die Trauergäste folgen einander zum West Indian Centre. Die Familie steht neben der Tür, schüttelt Hände, nickt, die Augen geschlossen.

Svensson knackt mit den Halswirbeln, gräbt seine Finger in seine verspannte Schulter. Der Tag ist lang bei solchen Beerdigungen. Er ist bis zum Schluss geblieben, es fällt ihm schwerer, sich zu konzentrieren. Sieben Stunden sind zu lang. Er ist müde jetzt. Seine Augen brennen. Die Lider fühlen sich klebrig an. Er bleibt von zwei bis ungefähr um neun beim Leichenschmaus. Vor dem West Indian Centre haben sie Streifenwagen an jedem Ende der Straße postiert, um möglichen Ärger zu unterbinden. Er ist dankbar, als durchgegeben wird, dass sie eine Beobachtungsposition einnehmen sollen. Er lässt sich schwer neben Dermot ins Auto sinken.

»Völlig in Ordnung, wenn wir hier sitzen«, sagt Svensson und reibt sich die Augen. »Wenn sie in Bewegung sind, brauchst du zehn Augen im Kopf, damit dir nichts entgeht.«

Dermot nickt. Normalerweise ist er ein Spaßvogel, und Svensson freut sich schon auf ein bisschen Geplänkel. Allerdings merkt er, dass Dermot heute nicht in Bestform ist. Er versucht alle zwanzig Minuten, jemanden anzurufen, aber sofort geht die Mailbox dran.

»Scheiße.«

Er haut mit dem Telefon auf sein Knie, seufzt tief und schnaubt wütend durch die Nase.

»Was ist los, Dermot?«, fragt Svensson, steckt sich eine Zigarette an und kurbelt die Seitenscheibe runter.

»Meine Freundin hat mich erwischt.«

»Ach, ja?«, sagt Svensson trocken und hebt eine Augenbraue. »Wie ist sie dahintergekommen?«

»Sie hat mein Foto bei einer Singlebörse im Internet gefunden.« Dermot seufzt, lässt den Kopf zurücksinken und schließt die Augen. »Unter einem anderen Namen.«

Svensson verzieht das Gesicht und müht sich ab, nicht laut

loszulachen. Wahnsinn. Er sieht ungläubig zu Dermot hinüber. Dermot lacht ebenfalls leise in sich hinein, allerdings müde. Er weiß, dass er am Arsch ist.

»Soll ich sie mal anrufen, Dermot?«, fragt Svensson.

»Ja, ruf sie an, ruf sie an.«

Also ruft Svensson sie an. Er setzt seine ruhige, bedächtige Stimme auf. »Tut mir leid zu hören, was bei euch los ist. Ich weiß, dass du ihm wichtig bist.«

Aber sie ist nicht ganz richtig im Kopf.

»Du weißt doch, was für ein Gockel er ist«, fährt er fort, versucht, sie herumzukriegen. »Kann sein Ding nicht in der Hose lassen. Aber ich glaube nicht, dass er irgendwas gemacht hat.«

Svenssons Beziehungen sind sehr ähnlich. Ehe Nummer zwei ist in keiner guten Verfassung. Es liegt an den vielen Spätschichten, den ständigen nächtlichen Anrufen, den Überstunden. Die meisten Frauen wollen beim Abendessen nicht darüber reden, wie oft eine Kanone herumgereicht wurde, und nicht wissen, dass man im Bett liegt und über einen Fall nachdenkt oder dass man nicht ein Wort von ihr mitbekommen hat, weil einem gerade eben so eine Ahnung gekommen ist, dass Scraz diesen einen Typen erschossen hat.

Die Trauergäste schlendern an dem Wagen vorbei. Svensson sieht einen Jungen, den er kennt, und steigt schnell aus.

»Alles klar, Kumpel. Wo gehen die jetzt alle hin?«

»Zu so was wie der inoffiziellen Totenwache«, antwortet er achselzuckend und mit einem angedeuteten Lächeln. Er wirkt abwehrend. Die Kids in seiner Nähe sind lauter und hibbeliger. Sie haben den ganzen Tag lang getrunken und durchbohren Svensson mit ihren Blicken. Einer packt seinen Freund am Ärmel und reißt ihn weiter.

»Ja. Inoffiziell. Ohne Polizei.«

Wieder im Auto knistert das Funkgerät. »Ihr könnt euch zurückziehen«, kommt die Anordnung.

Svensson schaut auf seine Armbanduhr. Er hatte seiner Frau versprochen, vor einer Stunde zu Hause zu sein. Er hat ohnehin schon eine gelbe Karte. Er rast mit dem Wagen zurück zur Zentrale wie bei einer Verfolgungsjagd. Tippt den Zugangscode ein, reißt die Klettverschlüsse seiner kugelsicheren Weste auf und hängt sie über die Rückenlehne eines Stuhls.

»Schätze, die kommen jetzt klar«, sagt Dermot. »Die Gegenseite wird nicht wissen, dass die Bullen sich zurückgezogen haben.«

Svensson wägt das Für und Wider ab. »Sie könnten Kundschafter draußen haben«, sagt er und tut, als würde er mit dem Daumen eine SMS tippen. Dann legt er sein persönliches Funkgerät ab. Es soll am Ende eines jeden Tages weggeschlossen werden. Sie funken auf einer sicheren Frequenz, und wenn eines der Geräte verlorengeht oder in die falschen Hände gerät, ist das nicht gut. Er zögert, lauscht auf das Knistern und Knacken des statischen Rauschens. Dermot hat ihn nachdenklich gemacht. Was, wenn sie wirklich Kundschafter draußen haben? Ohne Funkgerät wird er keine Ahnung haben, was auf der Totenwache passiert. Er sieht sich um und lässt es in seine Tasche gleiten. Dann fährt er nach Hause.

Er schließt die Tür auf und betritt das Haus. Die Kids müssen bereits oben schlafen. Er sieht Sarahs Hinterkopf vor dem Fernseher. Eine Flasche ihres Lieblings-Chardonnay ist bereits halb leer. Er geht zu ihr. Sie blickt nicht vom Bildschirm auf.

»Wie war dein Abend, Liebes?«, fragt er müde.

»Es war ein anstrengender Tag. Die Kinder streiten sich wieder«, sagt sie ruhig. Sie hebt frustriert eine Hand und lässt sie wieder fallen. »Ein weiterer wirklich schwieriger Tag.«

Svensson wartet ab. Jetzt zu plaudern könnte einen ausgewachsenen Streit provozieren. Besser, er lässt sich von ihr weiter die kalte Schulter zeigen und sie sich auf den Film konzentrieren. Seine einzige Taktik in dieser Ehe ist der Rope-a-dope, genau die gleiche Taktik, die schon Muhammed Ali bei seinem historischen Kampf gegen George Foreman eingesetzt hatte. Sich in die Seile hängen, die Schläge wegstecken, irgendwann wird sie müde.

Er lässt das Funkgerät in der Küche auf leise. Dann geht er raus und spitzt die Ohren. Es knistert und kracht mitten in Schlüsselszenen. Sie funkelt ihn böse an. Wieso muss er das verdammte Ding unbedingt anlassen? Es ist schon nach zehn Uhr abends. Aber Svensson wird zu seinem Funkgerät gelockt und hört die nächsten zwei Stunden immer wieder zu.

Es wird Mitternacht bei der Leichenfeier ohne einen Zwischenfall. Eine ganze Reihe Trauergäste, betrunken vom vielen Brandy, versammelt sich vor dem Haus von Gayles Familie. Auf drei Seiten werden sie von zweigeschossigen Reihenhäusern umschlossen, geschmückt mit den hängenden Blumenkörben der Kommune. An der Einmündung in diese Sackgasse sitzen Gangmitglieder in ihren Autos, bilden ihren eigenen Wachdienst. Einige ältere Frauen, die zuvor mit den Bullen geplaudert hatten, scheuchen protestierende Kinder ins Haus. In der Küche mokieren sie sich über den Berg schmutzigen Geschirrs und krempeln die Ärmel hoch, um die Töpfe zu schrubben. Dazu läuft »I'll Be Missing You« von Puff Daddy und Faith Evans.

Kyle ist immer noch da, genießt sichtlich das Wiedersehen mit seiner alten Crew. Ein Schulmädchen, ein hübscher Teenager, hält sein Mobiltelefon hoch, damit er sich einen Track anhört.

An der Einfahrt in die Sackgasse hält abrupt ein Auto. Es ist ein grüner Honda Legend. Ein zweiter Wagen, hellblau, hält direkt daneben. Die Scheibe auf der Beifahrerseite wird heruntergekurbelt, aber es scheint niemand darin zu sitzen. Nur Dunkelheit. Hinten getönte Scheiben. Sie haben freie Sicht auf die umherlaufenden Trauergäste. Eine Frau, die gerade die Straße verlässt, sieht sie im Rückspiegel und nimmt den Fuß von der Kupplung. Auf der ersten Etage des Hauses hört Antoine Gayles Freundin ein Geräusch wie Feuerwerkskörper. Das Schulmädchen hört es ebenfalls. Papp-papp-papp. Sie sieht, wie die Menge auseinanderläuft und über das Schutzgitter ins Haus drängt. Sie dreht sich zu Kyle um. Er sieht aus, als wäre er völlig außer Atem. Er krümmt sich, klappt zusammen.

»Was hast du, Kyle?«, fragt sie. Dann sieht sie das Blut. Es kommt aus seinem Mund.

»Hilf mir«, keucht er. »Ich bin getroffen.«

Das Mädchen ruft um Hilfe. Sie hält eine Hand vor ihren Mund. »Du musst einfach atmen«, sagt sie. »Alles wird gut.«

Leute kommen zu ihm gelaufen, doch er kollabiert. Blut sickert aus einem Loch in seinem Hemd. Schreie hallen durch die Nacht. Kugeln schlagen in die nächste Reihe von Trauergästen ein. Glassplitter fliegen durch die Luft und regnen auf Frauen und Kinder, die sich flach auf den Boden werfen. Sie kriechen krebsartig zur Tür. Andere springen blindlings über eine Mauer in der Nähe. Die Schützen scheinen willkürlich in die Menge zu feuern. Querschläger pfeifen durch die Luft, durchbohren das Metall einer Reihe parkender Autos. In einem geht eine junge Mutter unter dem Armaturenbrett in Deckung, mit einem Arm zerrt sie weiter an dem Kindersitz. Ein anderer Trauergast heult auf. Er ist zweimal ins linke Bein getroffen worden. Kyle wird über die Straße ins Haus gezogen.

Die Gangmitglieder, die eigentlich aufpassen sollten, erwachen schlagartig zum Leben. Doch da sind die Autos längst fort. Sie sind aufgeputscht, bereit, Rache zu nehmen. Das war so dreist, das kann nicht so stehen bleiben. Sie haben den ganzen Tag über den Mord an Antoine Gayle gemurrt. Jetzt müssen sie zum Gegenschlag ausholen.

Das Polizei-Funkgerät auf Svenssons Küchentisch knistert und knackt.

»Es gab eine Schießerei in der Walcott Close.«

Es parken immer noch Polizeibeamte in den in der Nähe liegenden Straßen. Jetzt fahren alle zum Tatort. Ein Officer schaut auf und sieht zwei Autos auf sich zukommen. Der eine ist ein hellblauer Audi A4. Der Fahrer hat sein Gesicht vermummt, und der Beifahrer trägt eine Sturmmaske. Ein anderer Polizist parkt auf der Ladybarn Road, nicht weit entfernt. Er sieht zwei Autos vorbeirasen. Einen hellblauen Blitz. Dann einen Honda. Der Honda hat nicht mal die Scheinwerfer an. Instinktiv drängt es ihn zum Schauplatz der Schießerei, aber seine Gedanken überschlagen sich. Das sind die Täter. Es ist ein Drive-by. Er dreht den Zündschlüssel, und der Motor heult auf. Er wendet und tritt das Gaspedal durch. Während er hinter ihnen her rast, versucht er, das Nummernschild zu erkennen. Regen auf der Windschutzscheibe.

Es ist riskant. Verfolgungsjagden in hohem Tempo verlangen einhundert Prozent Konzentration. Wenn er einen Fußgänger anfährt, wird er ihn umbringen. Der Wagen schert nach rechts aus. Mit hohem Tempo um Ecken fahren ist haarig. Er beugt sich weit über das Steuer, versucht, die Bordsteinkante auszumachen, reißt das Steuer dann scharf herum. Bleib an ihnen dran, denkt er immer wieder. Das hier sind nicht irgendwelche kleinen Handtaschendiebe. Das sind bewaffnete Mörder, und sie sind eine Gefahr für die Allgemeinheit.

Er gelingt ihm über ein paar Blocks, aber ohne Heckleuchten ist es einfach unmöglich. Das Auto ist ein grauer, verschwommener Flecken in der Nacht.

»Hab sie verloren«, blökt er ins Funkgerät. »Fahren Richtung Kingsway.«

Die Gangster im Fond geben durch, dass sie die Bullen abgeschüttelt haben. Allerdings macht ein anderer Polizist sie in Richtung Kingsway aus. Als sie an ihm vorbeirasen, reißt er den Kopf herum und versucht verzweifelt, das Nummernschild auszumachen. Die ersten vier Zeichen kann er erkennen – S831. Den Rest nicht. Nun nimmt auch er die Verfolgung auf, aber es ist zu spät. Sie fahren zu schnell. Durch die Heckscheibe registrieren die Gangster, dass sie den zweiten Verfolger abgeschüttelt haben. Der Honda verschwindet in der Dunkelheit. Der Fahrer ist in dieser Nacht sein Geld wert.

Kyle hat eine Schussverletzung in der Brust. Er ist in ausgesprochen schlechtem Zustand, als er vorsichtig zu einem Auto getragen und ins Manchester Royal Infirmary gefahren wird. Sein Freund am Steuer wirft immer wieder entsetzte Blicke auf all das

Blut, das ihm aus Ohren, Nase und Mund rinnt. In der Notaufnahme bringen Ärzte ihn auf schnellstem Weg in den OP. Sie stellen fest, dass die Kugel Herz und Leber verletzt hat. Sein rechter Lungenflügel ist punktiert. Sie kämpfen eine halbe Stunde um sein Leben. Es ist zu spät. Seine Mutter und seine schwangere Frau halten ihn. Das hübsche Gesicht seiner Schwester Talitha ist vor Trauer verzerrt. Sie ergreift die Hand ihrer Mutter. Zwei Söhne durch Erschießen zu verlieren ist mehr, als jede Mutter ertragen kann, und Dexter, Kyles Bruder, wurde 2000 getötet. Die Gruppe kann sich nicht von dem Leichnam trennen. Am Boden zerstört sitzen sie in einem Nebenraum. Der Song »I'll Be Missing You« ertönt wieder, und Puff Daddy singt für den erschossenen Rapper B. I. G. Ein Trauernder geht wütend den Korridor auf und ab. »Man überfällt keine Trauerfeier. Das darf man einfach nicht.«

Svensson beugt sich über das Polizeifunkgerät in der Küche, bestürzt über das, was er gerade gehört hat.

»Kyle Lewis ist tot.«

»Fuck«, sagt er laut. Er kann nicht fassen, dass er ferngesehen hat, als der Überfall stattfand. Er geht mit großen Schritten ins Wohnzimmer und stellt sich Sarah genau ins Bild. Sie blickt müde zu ihm auf und hört zu, als er mit den Ereignissen herausplatzt. Auch sie ist ein Bulle und hat schon so viel von Svenssons Arbeit aufgesaugt, dass sie wahrscheinlich bei der Quizshow *Mastermind* mit Merlins krimineller Karriere als Spezialthema mitmachen könnte. Svensson schießt aus dem Zimmer und ruft die Zentrale an.

»Können Sie mich zurückrufen?«, bittet er den Telefonisten.

»Nein, das kann ich nicht«, faucht der Telefonist zurück. »Hier ist die Hölle los, und die Einzelheiten werden gerade über Funk durchgegeben.«

Svensson hat das bei anderen Mordfällen selbst schon erlebt, dass Leute anrufen. Er sollte die Kollegen nicht ablenken, die jetzt da draußen im Einsatz sind. Aber er kann nicht anders. Er muss es wissen. Er ruft wieder in der Zentrale an, jeden, der noch arbeitet, um an Informationen zu gelangen.

Er hört, wie der Fernseher verstummt. Die leere Flasche scheppert im Abfalleimer. Die Spülmaschine wird geöffnet und geschlossen. Dann hört er ihre Schritte auf der Treppe. Sie sagt nicht gute Nacht. Sie weiß, dass ihre gemeinsamen Pläne fürs Wochenende jetzt ohne ihn stattfinden werden, noch mehr Wutanfälle, mit denen sie alleine fertig werden muss. Er ist ohnehin nicht mehr aufnahmefähig, wird nicht zuhören, wie anstrengend ihr Tag gewesen ist. Also lässt sie ihn allein da sitzen und seinem Polizeifunk zuhören.

Während die Ereignisse durchgegeben werden, schüttelt er fassungslos den Kopf und geht in der Küche auf und ab. Oben hört er das Wasser im Bad laufen, das Türschloss. Sie telefoniert mit ihrer Mum. Svensson schnappt sich die Schlüssel und fährt los, dreht das Radio laut. Er fährt ins Präsidium, wo bereits eine neue Einsatzzentrale eingerichtet wird. Stühle werden hereingerollt, PCs angeschlossen. Es kommt ihm vor, als wäre das alles erst gestern für die Ermittlungen im Fall Antoine Gayle gemacht worden. Eine neue Datei wird schnell in der HOLMES-Datenbank angelegt. Sie brauchen HOLMES. Jede DNA-Faser, jede noch so körnige Aufnahme einer Überwachungskamera, Zeugenaussagen, Fahrzeuge und andere Erkenntnisse werden in dieses System eingespeist. Und nur, weil der entscheidende Hinweis auf den Yorkshire Ripper in einem Ablagekorb in der Zentrale der Sonderkommission abhandengekommen war.

»Aktuell konzentrieren wir uns darauf, die beiden Fahrzeuge aufzuspüren«, sagt der Officer zu ihm.

»Was haben wir bislang?«, fragte Svensson. Alles kommt ihm nur zu bekannt vor.

»Einen grünen Honda Legend, dicht gefolgt von einem hellblauen Audi«, sagt der Polizist. »Im Moment gehen wir die Bänder der Überwachungskameras durch.«

Svensson findet Dermot, und gemeinsam fahren sie zum Tatort, stellen ihren Wagen am Ende von Walcott Close ab. Von hier aus hat Svensson einen guten Überblick über den gesamten Tatort. Es ist eine Stichstraße, eine Sackgasse, wer einmal drin war, für den gab es keinen Fluchtweg. Das flatternde Absperrband wird von uniformierten Polizisten in kugelsicheren Westen bewacht, und die Spurensicherung ist in ihren weißen Overalls bei der Arbeit. Er sieht sich die Stelle an, wo Kyle Lewis zu Boden gegangen ist.

»Sie haben gesagt, dass die Killer wahllos geschossen haben«, sagt Svensson zu Dermot.

»Ja, einfach in die Menge.«

»Sie haben ihn ganz schön gut getroffen von der Stelle, an der sie gestanden haben«, sagt Svensson und hebt beide Augenbrauen.

Er denkt daran, dass Flow wegen des Mordes an seinem Bruder ein ganz persönliches Hühnchen mit der Longsight Crew zu rupfen hat.

»Glaubst du, du hattest recht mit den Kundschaftern?«, fragt Dermot.

Svensson erinnert sich an die jungen Mädchen mit ihren SMS. »Sie müssen die Fahrt des Trauerzugs verfolgt haben«, erwidert er.

Er schließt die Augen. Er kann Merlin sehen, wie er grünes Licht bekommt, seine Sturmmaske wie die Kapuze eines Henkers übers Gesicht zieht. Pacman, ebenfalls maskiert, lässt den Motor aufheulen. Die Autos kommen mit hoher Geschwindigkeit angefahren, sie leeren ihre Magazine in die Menge. Aus dieser Entfernung gelingt es ihnen, ein bekanntes Gangmitglied zu töten. Keine Frauen werden angeschossen. Keine Kinder verletzt. Dann geben die Fahrer Gas und verlassen den Tatort mit hoher Geschwindigkeit, können zwei Polizeifahrzeuge abschütteln. Die Leute in den Autos müssen ganz genau gewusst haben, was sie tun.

»Stell dir all das Adrenalin im Inneren dieser Autos vor«, sagt er.

Dermot sieht ihn merkwürdig an und hält den Mund. Es kommt ihm wie eine ziemlich seltsame Bemerkung vor.

Erste Augenzeugenberichte kommen herein. Svensson beginnt sofort, sie zu zerlegen und sich in Gedanken ein Bild zusammenzusetzen. Der Honda überquert den Kingsway, dann lassen sie den Wagen in Burnage stehen. Kurz nach Mitternacht sieht ein Zeuge auf der Straße eine Gruppe Männer aus einem Auto heraus- und in ein anderes, an der Firethorn Avenue geparktes hineinspringen. Es ist der Audi A4. Dann entfernt sich dieser Wagen in hohem Tempo. Er fand es merkwürdig, dass sie die Scheinwerfer nicht eingeschaltet haben. Zwei Männer flüchten zu Fuß. Diese dunklen Gassen in Moss Side sind mit flüchtenden Kriminellen im Hinterkopf entworfen worden. Ein Alptraum für Cops. Man verfolgt die Speerspitze auf ihren Fahrrädern eine einsame Straße hinunter, durch konzentrische Kreise, stellt dann aber fest, dass es für Autos keine Ausfahrtmöglichkeit gibt, weswegen man die Verfolgung zu Fuß fortsetzen muss. Es ist ein Gefühl, als würde man eine Festung betreten. Es schweißt die Community zusammen, isoliert sie aber gleichzeitig. Einmal hatte Svensson selbst einen Kriminellen verfolgt. Er stürzte sich auf ihn, und daraufhin krachten beiden zusammen durch ein Holztor. Er fixierte den Arm mit dem Messer. Der Angreifer versuchte sich zu befreien, doch Svensson ließ nicht locker und rannte mit ihm eine niedrige Mauer entlang. Als der Läufer darüber wegspringen wollte, riss Svensson ihn nach unten, so dass seine Knie hart gegen die Mauer schlugen und er zu Boden stürzte. Dafür erhielt er eine Verwarnung. Aber der Typ war ausgebremst.

Die beiden Männer, die der Zeuge in der Nacht der Schießerei flüchten sieht, rennen quer durch einen der Gärten und zurück zu einem dritten Wagen, der an der Avenue parkt. Der Fahrer gibt immer wieder Gas, flucht und schlägt die Handfläche gegen das Lenkrad, will keine Sekunde länger als unbedingt nötig da herumsitzen. Zeugen hören, wie der Motor des Autos aufheult, bevor es aus der Straße rast und die beiden Männer zurücklässt.

Jetzt müssen sie schneller sein als die Cops, die ihnen von allen Seiten näher kommen wie bellende Hunde, die ihre Beute in die Ecke treiben. Die beiden Männer sind jung und fit, aber sie sind nicht schnell genug. Ein Streifenwagen taucht auf, und sie wirbeln in panischer Angst herum, suchen verzweifelt nach einem geeigneten Versteck. Ein Mann schwingt sich über einen Zaun und bleibt flach auf dem Boden liegen. Der andere hockt sich hinter einen parkenden Wagen. Der erste Mann erkennt sofort, dass er jeden Moment entdeckt werden könnte. Er schnellt hoch und springt wieder über den Zaun zurück. Aber er wird müde. Das Adrenalin in seinen Adern trübt seine Urteilskraft. Im Dunkeln sieht er nicht den Stacheldraht am oberen Rand des Zauns. Als sein Gesicht darüberstreift, bleibt seine Sturmmaske hängen und wird zerrissen. Jetzt ist er bloßgestellt, jeder Zeuge oder Bulle kann ihn erkennen. Die beiden Männer rennen die Firethorn Avenue hinunter und über die Avon Road und weiter in die Einfahrt von Häusern auf der anderen Straßenseite. Ein Officer verfolgt den einen, der das Tempo erheblich steigert und damit den Abstand zwischen ihnen so weit vergrößert, dass es schwer werden wird, ihn noch einzuholen. Der Bulle flucht frustriert, während er sieht, wie der Killer über einen weiteren Zaun klettert und verschwindet. Sie sind weg. Der Polizist kehrt zurück. Auf der Firethorn Avenue sieht er eine Reihe Autos. Irgendetwas an einem davon sieht nicht richtig aus, so wie es leicht schräg eingeparkt ist. Fast als wäre der Fahrer überstürzt ausgestiegen. Er legt eine Hand auf die Kühlerhaube. Immer noch warm vom Motor. Er notiert sich Nummernschild und Fabrikat. Gibt beides über Funk durch. Die Zentrale teilt ihm mit, dass dieser Honda Legend gesehen wurde, als er den Tatort der Schießerei verließ. Es ist eines der beiden Autos der Mörder.

Die Hundestaffel wird gerufen, vielleicht können sie Witterung aufnehmen. Als der Hundeführer mit seinem Transporter die Stadt durchquert, wirft er einen Blick auf das Gitter hinter sich, wo ein zweijähriger Deutscher Schäferhund mit der Bewegung des Wagens schwankt und seine rosa Zunge heraushängen lässt. Am Tatort angekommen, öffnet er die Tür nur einen Spaltbreit, und der Schäferhund springt heraus und trottet schnell zu dem verlassenen Honda hinüber. Er beschnuppert die Reifen, die Tür, die Innensitze und das Polster. Lange braucht er nicht. Der Hund ist unterwegs, zerrt an der Leine, während seine Nase über das Gras im Garten von Firethorn Avenue 4 gleitet, über die Avon Road, einen Zaun entlang und an den Bungalows dahinter vorbei. Bei dem letzten Bungalow bleibt der Hund stehen und scharrt am Zaun, der in den Garten hinter dem Haus führt. Ein Polizist sucht den Boden mit seiner Taschenlampe ab. Er sieht etwas. Er bleibt stehen und geht behutsam in die Hocke und drückt seine Finger in die kalte Erde. Direkt vor ihm befindet sich ein Fußabdruck, alles, was von dem flüchtenden Mann geblieben ist. Es ist ein Beweisstück. Eine genauere Untersuchung des Zauns ergibt, dass er unter dem Gewicht eines Körpers nach innen gesackt ist. Er lässt die Taschenlampe wandern und entdeckt auf dem Stacheldraht einen schwarzen Lappen. Es ist die Sturmmaske. Sie wird von den Technikern der Spurensicherung sorgfältig in eine Tüte gesteckt, die sie später zur DNA-Untersuchung bringen werden. Jetzt haben sie wenigstens etwas.

Die Mordkommission beißt sich gewissenhaft durch die Plackerei der Ermittlungen in einem Mordfall – Verdächtige finden, vernehmen, ausschließen, die Aufnahmen der Autos von den Überwachungskameras. Wenn der Prozess beginnt, werden es so viele Beweisstücke sein, rund achttausend allein im Gerichtssaal, dass man einen Polizeibeamten dafür abstellen muss, auf alle aufzupassen.

»Es ist so unglaublich dreist«, sagt Svensson zu seinem Vorgesetzten. »Jemanden erschießen und dann, sechs Wochen später, bei seiner Beerdigung auf die Trauergäste schießen.«

Er kann sich gut an die schrecklichste Zeit der IRA und des Nordirlandkonflikts erinnern, als eine Handgranate in eine Trauergemeinde geworfen wurde. Bei einer anderen Beerdigung keilte der Trauerzug zwei verdeckt ermittelnde Soldaten in einem Auto ein. Der Mob kreiste sie ein, drückte die Windschutzscheibe ein und zog sie heraus. Er erinnert sich noch genau an das Filmmaterial von der aufgebrachten Menge. Wie die Soldaten zuerst zusammengeschlagen und dann erschossen wurden, bei einer Beerdigung, auf der der Priester die Toten segnete. Svensson registriert Erschütterungen in seinem Netz. Die Informationen sind jetzt so umfangreich, dass er handeln muss. Er geht wieder zu seinem Vorgesetzten und sagt ihm, was er hat. Der Senior Officer hört mit ernster Miene zu, fixiert Svensson mit leicht gesenktem Kopf. Er macht sich ein paar kurze Notizen.

»Vergessen Sie, welche Beweise wir gegen Merlin und Flow in der Hand haben«, sagt Svensson. »Nehmen Sie sie einfach in Gewahrsam.«

Der Vorgesetzte sagt nichts. Dann nickt er kurz. Nachdem die Operation Silverstone grünes Licht erhalten hat, ist Geld kein Hinderungsgrund mehr. Sie lassen Nottingham wissen, dass Flow wegen zweifachen Mordes gesucht wird. Dieses Mal gibt es keine bürokratischen Hürden. Ein Team observiert sein Haus. Svensson brennt auf Neuigkeiten. Ein Tag verstreicht, nichts. Keine Spur von ihm. Dann vergehen zwei weitere Tage. Nichts. Svensson fragt sich, ob Flow bewusst fernbleibt. Es ist zu kurz nach den Morden. Er sitzt nicht gern im Knast. Könnte sein, dass er vorsichtiger ist als die anderen. Am Ende des fünften Tages meldet sich das Observierungsteam. Immer noch keine Spur von ihm. Svensson legt den Hörer auf. »Scheiße!« Er reibt sich die Augen. Inzwischen hat er ein ungutes Gefühl. Flow muss die Schlagzeilen gelesen haben. Er weiß, dass er gesucht wird.

Am sechsten Tag schließlich taucht er auf. Die Tactical Firearms Unit von Nottingham wird angefordert. Später erzählt Svensson Whippet davon in seinem Wohnheim. Die Cops rufen seinen Namen. »Flow. Polizei. Keine Bewegung.« Er ist drinnen bei Kerry und den Kindern. Er wirft einen Blick aus dem Fenster und sieht fünfzehn bewaffnete Bullen. Sie richten die Waffen auf sein Haus. Er wird sich zu Hause nicht wehren, seine Kinder sind da. Er wird auch nicht aus der Haustür stürmen und in einem Kugelhagel zu Boden gehen wie Butch Cassidy und Sundance Kid. Er gibt Kerry einen Kuss, die ihn mit großen Augen verängstigt ansieht. Er umarmt seine Töchter. Sie sind verwirrt und haben Angst. Im Grunde seines Herzens wusste er, dass es eines Tages so kommen würde. Er muss jetzt schnell handeln. Er kommt nach unten und öffnet die Tür. Dann geht er hinaus, in den frühen Augustmorgen, mit erhobenen Händen.

In dieser Nacht beobachtet ein Team auch Merlin. Sie sehen ihn an der Seite eines attraktiven Mädchens, er beugt sich zu ihr, flüstert ihr ins Ohr. Er ruft ein Taxi. Die Cops folgen ihm in Richtung A666 nach Norden. Bei Merlin wählen sie eine erheblich radikalere Taktik. Er ist nicht umgeben von einer Ehefrau und Kindern, also hat er auch nichts zu verlieren. Er könnte alles Mögliche versuchen. Er ist höchstwahrscheinlich bewaffnet und wird vielleicht versuchen, mit Hilfe einer Geisel zu fliehen; entweder wird es der Taxifahrer sein oder das Mädchen. Sie müssen blitzschnell zuschlagen und ihn unter Kontrolle bringen. Auf der A666 rollt das Taxi dahin, Merlin sitzt zurückgelehnt, hat einen Arm um die Schultern des Mädchens gelegt.

»Hey, was zum Kuckuck ...?«, ruft der Fahrer.

Ein Land Rover Discovery der Polizei schert vor dem Wagen ein, versperrt ihm die Weiterfahrt. Ein zweiter setzt sich dicht hinter ihn, klebt an seiner Stoßstange. Der Taxifahrer weiß nicht, wohin er fahren soll, und ist zu einer Vollbremsung gezwungen. Sie spüren, dass noch weitere Polizeifahrzeuge in der Nähe sind. Eine dunkle Gestalt taucht vor der Seitenscheibe auf und zielt mit einer Art Waffe genau auf die Passagiere. Das Mädchen schreit. Es gibt einen ohrenbetäubenden Knall, als ein Tränengasbehälter die Scheibe durchschlägt und durch das Fenster hereindonnert. Eine hochriskante Taktik. Das Auto muss dazu stehen. Im Training benutzen sie Kalk-Patronen anstelle des CS-Gases. Bei einer Übung wurde ein Polizist getötet, es gab eine gerichtliche Untersuchung. Bei Merlin ist es wegen des Mädchens und des Taxifahrers ganz besonders gefährlich. Andererseits stellt er ein so extremes Gefährdungspotential für die Allgemeinheit dar, dass sie den Befehl zum Zugriff erhalten. Es gibt nur einen kleinen Spielraum für Fehler. Weitere Polizisten verteilen sich um den Wagen, der sich schnell mit Rauch füllt. Merlin ist desorientiert, kann nichts sehen. Der Taxifahrer fuchtelt blind mit den Armen. Das Mädchen schreit und würgt, umklammert ihren Hals. Sie reißen die Tür auf und zerren Merlin heraus. Er darf keine Gelegenheit bekommen, das Mädchen oder den Fahrer als Geisel zu nehmen.

»Okay, Kumpel, danke, dass du mir Bescheid gegeben hast.« Svensson legt sein Telefon beiseite. Er schließt die Augen. Sowohl Merlin als auch Flow sind jetzt wieder in U-Haft. Die Wärter kommen, um Merlin zu durchsuchen, und treffen ihn fieberhaft etwas kauend in seiner Zelle an. Sie öffnen mit Gewalt seinen Mund und entfernen ein Stück Papier. Es stammt aus seiner Gesäßtasche, und darauf steht eine durchnässte Telefonnummer. Es stellt sich als belastendes Beweismittel heraus.

Svensson weiß, es ist ein Rennen gegen die Zeit. Jetzt müssen sie genügend Beweismaterial sammeln, damit der Fall hieb- und stichfest wird. Sandy Mitchell wird zur Vernehmung aufs Revier gebracht.

»Was können Sie uns zu den Waffen sagen, die in Ihren Räumlichkeiten sichergestellt wurden?«

Sie sieht gehetzt aus. Sie spult Dinge im Kopf ab. Sie erinnert sich, wie ihr Bruder sie angebrüllt hat, als er das Maschinengewehr auf dem Dach fand.

»Ich hab's weggeräumt«, sagt sie.

»Dann haben Sie sich also selbst um die Waffe gekümmert?«

»Ich habe meinem Sohn gesagt, er soll sie wegräumen.«

Sie legen ihr ein Foto vor. Es ist Trench.

»Woher kennen Sie ihn?«

»Hab früher mein Stoff bei ihm gekauft. Vor Jahren.«

»War er oft in Ihrem Haus?«

Sie denkt daran, wie er und seine Kumpel schwere Plastiktüten die Treppe rauf und runter geschleppt haben. Wie sie den Stoff auf ihrem Tisch portioniert haben.

»Er hat mir gesagt, ich soll's wegbringen. In den Wald.«

Die Detectives beugen sich vor und sehen ihr in die Augen.

»Sind Sie sich bewusst, welche Strafe auf den Besitz einer Schusswaffe steht?«, fragen sie ruhig. Sie schüttelt den Kopf. Er fährt fort, erklärt ihr die Details des Paragraphen 5 des Gesetzes zu verbotenen Schusswaffen.

»Eine Schrotflinte im Schrank ist eine Sache, aber ein Maschinengewehr auf dem Dachboden ist eine völlig andere Geschichte. Sie erwartet eine erheblich längere Haftstrafe. Es gibt obligatorische Mindeststrafen.«

Svensson sitzt im Revier Pendleton und wartet darauf, dass Flow aus Strangeways überführt wird, um wegen der Morde vernommen zu werden. Neben ihm sitzt ein Kollege von der Mordkommission. Flow trägt einen Overall, weil er ein Kategorie-A-Häftling der höchsten Sicherheitsstufe ist. Der Overall erinnert an ein Narrenkostüm. Er trägt Handschellen, die seine Handgelenke straff vor ihm zusammenziehen. Er begrüßt Svensson mit einem Kopfnicken.

»Na so was, dich hier zu sehen!«, sagt Svensson trocken. Flow sieht ihn an. In seinem Gesicht regt sich nichts.

Der Polizist von der Mordkommission hustet, ist erpicht darauf, sich an die vorgeschriebene Verfahrensweise zu halten. »Haben Sie seit Ihrer letzten Festnahme irgendwelche unveränderlichen Kennzeichen wie Narben, Tätowierungen und dergleichen dazubekommen?«, fragt er.

Flow schüttelt den Kopf.

»Doch, hast du. Du hast dir ›Never Take Me Alive‹ auf die Schulter tätowieren lassen«, sagt Svensson. »Und zwar im September 2006.«

Flow lächelt.

»Sonst noch was?«, fragt der Cop.

»Nein«, antwortet Flow.

»Und ›Original Outlaw‹, was du dir in Rampton auf den Arm hast tätowieren lassen?«, sagt Svensson.

Svensson weiß, dass ›Never Take Me Alive‹ eine Zeile aus einem Gangster-Song ist. Das war in Nottingham. Der Tätowierer hat beim Stechen ein Foto gemacht und es dann auf seine Homepage gestellt. Svensson, stets ganz der Detektiv, hat es aufgespürt.

»Scheiße, Mann, was kannst du mir sonst noch so über mich erzählen?«, sagt Flow und verzieht fassungslos das Gesicht.

Der Polizist stellt ihm eine weitere Frage.

»Frag doch Anders«, sagt Flow.

Später geht Svensson zum Plauschen unter vier Augen zu Flow in die Zelle.

»Willst du irgendwas?«, fragt er.

»Könntest du uns was zu essen besorgen?«, sagt Flow. »Ich hab Geld in meinen beschlagnahmten Klamotten. Das Essen hier ist scheiße.«

»Was hättest du denn gern?«

»Käseauflauf mit Zwiebeln und Fritten dazu.«

Die beiden Männer essen zusammen in der Zelle. Svensson hatte schon besseren Käseauflauf, aber schlecht ist er auch nicht. Sie plaudern über Belanglosigkeiten. Es ist nicht so, dass Flow irgendwas rausrutscht, Svensson unterschätzt ihn nicht. Für so etwas ist er viel zu ausgeschlafen. Sie kennen sich seit über dreizehn Jahren. Sie kennen sich ewig.

4:

Prozess

Merlin und Flow werfen so lange Schatten über die Unterwelt von Manchester, dass sich jeder Sorgen macht, die Geschworenen könnten eingeschüchtert werden. Die Zeugen haben Angst. Angesichts der Mauer aus Schweigen ist es schon fast unglaublich, dass sie sich überhaupt gemeldet haben. Sie benutzen die neueste Spitzentechnologie zur Verzerrung der Stimme, so dass Merlin nicht mal das Geschlecht erkennen kann. Zehnjährige Kids aus Manchester sagen schon die Namen der Gooch auf, bevor sie auch nur eine historische Figur benennen können. Also wird der Prozess in den Liverpool Crown Court verlegt.

Svensson sitzt mit den Angehörigen der Toten im Zuschauerraum. Er starrt quer durch den Gerichtssaal zu den Angeklagten.

Merlin verhöhnt die Familien der Opfer. Er könnte ein paar Schritte durch den Gerichtssaal gehen und wäre nur noch eine Armeslänge entfernt. Seine Crew ist aufgeputscht: Sie strecken ihre Brust raus, beschimpfen den Richter wegen der Ungerechtigkeit dieses Verfahrens. Sie feixen. Sie erzählen sich einen derben Witz. Sie sehen, wie Kyles Mutter den Kopf hängen lässt, und sie lachen. Merlin tritt sehr arrogant auf und scheint seine Bühne zu lieben. Er ist kein Fremder in einem Gerichtssaal. Seine Antworten ertönen trotzig und herausfordernd. Das Beweismaterial gegen ihn ist vernichtend.

Erheblich erschreckender ist für Svensson aber Flows Auftreten. Er starrt einfach nur ruhig geradeaus. Seine Verteidigung hängt von der Behauptung ab, er sei in keinem der Autos gewesen. Er wirkt, als ginge ihn das ganze Verfahren eigentlich gar nichts an, als ob die Geschworenen getrost vergessen könnten, dass er überhaupt da ist. Doch in seinem Schweigen erkennt Svensson die eiskalte Ruhe eines Killers. Es macht ihn nervös. Manchmal fängt Flow Talithas Blick auf oder schaut zu Svensson herüber. Aber nie zeigt sich eine Gefühlsregung auf seinem Gesicht. Es ist eine gespenstische Vorstellung, dass er, Talitha und Kyle früher zusammen auf der Straße gespielt haben, als sie noch kleine Kinder waren.

Svensson hört, dass ein verdammt guter Strafverteidiger die Anklage übernehmen soll. Er hat große Hoffnungen, aber es könnte passieren, dass das Beweismaterial nicht ausreicht. Flow bleibt seine größte Sorge.

Das Duo wird wegen zweifacher Verabredung zum Mord angeklagt; das Strafmaß könnte, so sie denn verurteilt werden, dreißig Jahre Gefängnis lauten. Beim ersten Anklagepunkt geht es um Antoine. Beim zweiten um den Mord an Kyle, sechs Wochen später. Als die Verhandlung zur Mittagspause unterbrochen wird, isst Svensson mit Kyles Familie. Das Gesprächsthema wechselt von Kyle zu den Leuten, mit denen er abgehangen hat. Svensson beschützt sie und genießt ihre Gesellschaft, aber je mehr sie sich entspannen, desto mehr ist er sich bewusst, dass ihr ganzer Klatsch und Tratsch erstklassige Informationen für ihn sind. Wie üblich tut er so, als wisse er weniger, als tatsächlich der Fall ist, hebt seine Augenbrauen, bis sie sich gegenseitig nahezu mit Informationshäppchen überbieten. Mit Kyles Schwester Kemi kommt er gut klar, aber weiterhin ist er fasziniert von Talitha. Kyles Mutter sieht älter aus. Sie scheint irgendwie geschrumpft zu sein. Talitha drückt ihr die Hand, als sie sich neben sie setzt und versucht, für ihre Mum stark zu sein.

Jetzt hat sie zwei Brüder bei Schießereien im Gang-Milieu verloren. Es ist schlimm genug, einen zu verlieren. Als Kyle starb, hat es sich angefühlt, wie von einem Zug überfahren zu werden. Sie spürte einen Druck in der Brust, und jeder Tag verlor seine Farbe. Nun hat sie die Männer vor Augen, die ihn erschossen haben, die Witze reißen, sie sind so kackfrech und arrogant, als hätten sie bereits ihr ganzes Leben in einem Gerichtssaal zugebracht.

Svensson hat mit so vielen Mädchen zu tun, die tief ins Gang-Leben verstrickt sind, dass er darauf brennt zu erfahren, wie Talitha es geschafft hat, anständig zu bleiben.

»Wie hast du es geschafft, da nicht reingezogen zu werden?«

»Diesen Typ Mann fand ich noch nie attraktiv«, antwortet sie achselzuckend. »Ich war schon immer mehr ein richtiges Mädchen. Ich lese beispielsweise gern.«

Oprah Winfrey ist ihr großes Vorbild, und sie orientiert sich an ihrem Buchclub. Wenn sie sonntags freihat, kann sie ein ganzes Buch lesen.

»Auf was stehst du?«

»Ich mag Autobiographien«, sagt sie. »Und Virginia Andrews. Kennen Sie *Blumen der Nacht*?«

Svensson hatte schon von Julie Andrews gehört, aber nicht von dieser hier. Klingt nach einem Mädchenbuch. Er selbst liest viel True Crime. Sie erzählt ihm, wie es mit Kyle bergab ging, nachdem sein Bruder Dexter erschossen wurde. Sie versucht mit ihrem Verlust klarzukommen, indem sie entscheidet, dass es wohl eher ein männliches Ding ist, von der Spirale des Verlangens nach Rache heruntergezogen zu werden. Der Verlust von Dexter bestätigte ihr nur, dass es erheblich gefährlicher ist, ein junger Mann zu sein, bei all den Gefahren und Zwängen, denen sie ausgesetzt sind. Sie bewegt sich immer noch auf diesen Straßen und fühlt sich sicher, einfach weil sie ein Mädchen ist. Svensson weiß, dass Kyles Freund Wes mit einer kugelsicheren Weste auf der Toilette eines Stripperschuppens einen Kopfschuss bekommen hat. Wes' Mutter macht seine Freunde für den Tod verantwortlich. Kyles Grab liegt nur ein Stück weit entfernt von Wes' Grab. Als jemand es verunstaltete, richteten zwei Cops es wieder her. Das alles behält er für sich. Beim Rückweg zum Gerichtssaal bleibt er mit Talitha ein Stück hinter den anderen zurück.

Auf dem Parkplatz begegnen sie einer Gruppe Kids von den

Gooch. Es sind Merlins Leutnants, die gekommen sind, um ihren General zu unterstützen. Sie entdecken die Familie und blicken finster. Einer schnipst eine Zigarette fort und verhöhnt sie. Sie kommen näher, drohen mit verzerrten Mündern. Ein Typ macht obszöne Handbewegungen, folgt ihnen. Svensson schiebt sich zwischen die Gruppen, versperrt ihnen den Weg. Er nennt ruhig ihre Namen. Sie kennen ihn. Er steht da wie aus Granit. Als sie fort sind, kommt er herüber.

»Letztlich«, sagt er, als er den Familienmitgliedern Feuer gibt, »gehöre ich zur größten Gang in ganz Manchester.«

Sandy sagt aus, dass Merlins Gang Waffen auf ihrem Dachboden gelagert hat, dass sie gesehen hat, wie sie in Tüten offenbar schwere Gegenstände von dort oben heruntergetragen haben. Ihr Bruder ist dann raufgegangen und hat ein Maschinengewehr entdeckt, das in Plastikfolie gewickelt war. Er war alles andere als erfreut und hat ihr gesagt, sie solle vorsichtig sein. Svensson beobachtet sie aufmerksam, wie sie mit zitternder Stimme ihre Aussage macht. Er geht davon aus, dass die Verteidigung ihre Glaubwürdigkeit in Frage stellen und sie als quasselnden alten Junkie darstellen wird. Weitere Kronzeugen sind unter bewaffnetem Schutz in einem nahe gelegenen Hotel untergebracht. Ein ständig einsatzbereiter Wagen mit bewaffneten Polizisten parkt in der Nähe. Die Kronzeugen sind ehemalige Komplizen der Angeklagten. Wie sehr können die Geschworenen sich auf die Aussage eines alten Gang-Bangers verlassen, der einen Groll hegt? Die Verteidigung wird ihre Aussagen auseinandernehmen.

Merlin und Flow erscheinen mit fünf weiteren Gangmitgliedern. Einer davon ist Trench, von dem Svensson hofft, dass er der Wackelkandidat ist. Seine Informationen legen nahe, dass Trench Merlins Autorität als Anführer nicht akzeptiert, und man hat ihn auch schon sagen hören, dass sie gleichrangig sind. Er stand mal einem Gangmitglied nahe, das jetzt genug Angst hat, um mit den Bullen zusammenzuarbeiten. Trench macht sich allmählich Sorgen, was dieser Zeuge vor Gericht sagen wird. Am Tag vor seiner Zeugenaussage geht er ein hohes Risiko ein. Er hat sich ein Mobiltelefon besorgt und ruft den Zeugen in seinem Hotelzimmer an.

»Scheiß auf Merlin«, flüstert er. »Das Arschloch interessiert mich nicht mehr. Er ist mir egal.«

Der Zeuge hört beklommen zu. Trench fährt fort, Merlin zu denunzieren. Der Zeuge wirft nervöse Blicke auf die digitale Anzeige des Aufnahmegeräts und die Kabel, die zu seinem Telefon führen. Die Bullen haben ihn mit diesem Hightech-Zeugs ausgestattet. Sie haben sich schon gedacht, dass Trench anrufen würde.

Das Band wird am nächsten Tag abgespielt. Merlin hört mit versteinerter Miene zu.

Trench behauptet, Grippe zu haben, und erscheint nicht vor Gericht.

Es wird jedoch offensichtlich, dass die belastenden Beweise gegen Merlin letztlich nicht die Zeugenaussagen sind, sondern die Mobiltelefone. Die Anklage gegen ihn hängt von dem Beweis ab, dass er sich im Fahrzeug der Mörder befunden hat. Der Staatsanwalt präsentiert den Geschworenen die Strecke, die der Wagen gefahren ist, wie sie aus dem Filmmaterial von Überwachungskameras und Zeugenaussagen rekonstruiert werden konnte. Dann zeigt er ihnen, dass Anrufe, die etwa zur Zeit des Mordes von Merlins Mobiltelefon geführt wurden, exakt die Route des Wagens spiegeln. Durch Triangulation des Datenmaterials kann der genaue Aufenthaltsort zu bestimmten Zeiten ermittelt werden. Das Bild, das den Geschworenen bleibt, ist ein Merlin, der mehrfach telefoniert, unmittelbar nachdem er Kyle bei der Trauerfeier erschossen hat.

Merlin berät sich mit seinen Verteidigern. Er tut es mit einem Achselzucken ab. Seine einzige Verteidigung ist, dass nicht er telefoniert hat. Er befand sich zu keinem Zeitpunkt in diesem Auto. Es ist nicht einmal sein Telefon.

»Wie wollen Sie die Geschworenen denn davon überzeugen, dass es nicht mal Ihr Telefon ist?«, fragt sein Anwalt.

Merlin denkt sich einen Haufen Ideen aus, doch sein Verteidigungsteam schüttelt nur den Kopf. Sie wissen nicht, ob etwas davon brauchbar sein könnte. Merlin funkelt sie über den Tisch hinweg an. Diese Leute arbeiten für ihn, aber sie ignorieren seine Anweisungen. Er ist es gewohnt, absolute Kontrolle auszuüben. Er foltert Menschen, die nicht spuren. Er hat in South Manchester ein riesiges kriminelles Imperium geleitet. Diese Weicheier in ihren Anzügen und Krawatten werden ihn nicht wie einen Schlafwandler in eine dreißigjährige Haftstrafe latschen lassen.

Also feuert er alle.

Von nun an wird er sich selbst verteidigen. Nun werden die Angehörigen der Toten es jeden Tag ertragen müssen, dass Merlin im Gerichtssaal herumstolziert, als wäre er Tom Cruise in *Eine Frage der Ehre*.

Einen Monat nach Prozessbeginn beschreibt ein Augenzeuge den eigentlichen Mord. Kyles Familie hört eine sehr plastische Schilderung, wie Kyle starb, dass ihm Blut aus Mund und Nase lief. Für seine ältere Schwester Kemi ist das zu viel. Sie rennt durch die Tür hinaus auf den Korridor des Crown Court und bricht schluchzend auf einer Bank zusammen. Svensson folgt ihr. Inzwischen ist ihm Kemi näher als Talitha. Sie ist eher sein Typ, und er fühlt sich wohl in ihrer Gesellschaft. Auf dem Korridor begegnet er einem uniformierten Liverpooler Polizisten. »Keine Sympathie für die!«, raunt der Bulle ihm zu.

Svensson baut sich vor ihm auf.

»Sie sind mindestens genauso Opfer wie der Typ, der erschossen wurde«, sagt er durch zusammengebissene Zähne. »Sie verfluchter Wichser.«

Er geht zu ihr hinüber und setzt sich neben sie.

Zwei Monate vergehen, und Svensson verbringt so viel Zeit in Liverpool, dass er kein einziges Mal in der Zentrale erscheint. Eines Abends schaut er dann doch auf einen Sprung vorbei. Als er Svensson sieht, dreht sich ein junger Kerl auf seinem Schreibtischstuhl um und steht auf.

»Ich weiß nicht, ob einer von euch DC Anders Svensson kennt. Darf ich also vorstellen …«

Er macht eine ironische Vorstellungsrunde. Aber der Prozess zieht sich in die Länge. Es gibt achttausend kriminaltechnische Beweisstücke. Es dauert sechs Monate. Als es endlich vorbei ist, hat das Verfahren fünf Millionen Pfund gekostet.

In den letzten Tagen erhebt Merlin sich zu seinem eigenen Schlussplädoyer, um alles zusammenzufassen, was bislang passiert ist. Er muss sich der Reihe nach mit den beiden Morden befassen, zuerst Antoine Gayle, dann sechs Wochen später Kyle.

»Meine Damen und Herren«, beginnt er. »Ich habe Antoine Gayle nicht umgebracht.«

Verdammte Scheiße, denkt Svensson. Das wird gut. Aber diese Eröffnung, wird er später Kollegen erzählen, war auch schon der Höhepunkt von Merlins Zusammenfassung. Er redet viereinhalb Tage. Seine wesentlichen Argumente, warum die Mobiltelefone nicht ihm gehören, werden vom Richter angezweifelt. Er behauptet, nicht im Auto gesessen zu haben, scheint aber doch exakt zu wissen, wer wen angerufen hat. Zu Beginn spricht er von Svensson als »dem vor Gericht anwesenden Officer«, einen Tag später wird es »Detective Constable Anders Svensson« und gegen Ende, etwa am vierten Tag, ist es einfach nur noch »Anders«. Der Richter und die anderen Mitglieder des Gerichts werden zunehmend ungeduldig. Am Morgen des fünften Tags hat der Richter genug.

»Sie haben uns erzählt, dass Sie sich dem Ende nähern, aber bislang haben Sie lediglich von Antoine Gayle gesprochen«, sagt er. »Den zweiten Mord haben Sie noch nicht einmal erwähnt. Wie lange gedenken Sie noch fortzufahren?«

»Ich bin etwa zur Hälfte durch, Euer Ehren«, erwidert Merlin.

»Ich fürchte, nein«, meint der Richter seufzend, nimmt seine Brille ab und massiert seinen Nasenrücken. »Bis ein Uhr müssen Sie fertig sein.«

Merlin sieht zur Uhr im Gerichtssaal auf. Es ist Viertel vor eins. Beschissene fünfzehn Minuten. Er hat keine Zeit mehr, die

Verteidigung vorzutragen, die er für den zweiten Mord vorbereitet hat, und sagt einfach, »Auch Kyle Lewis habe ich nicht umgebracht«, bevor er sich setzt.

Der Richter erläutert den Geschworenen in ruhigem, bedächtigem Ton die grundsätzlichen Aspekte ihrer Entscheidungskompetenz.

»Der Angeklagte behauptet, sein Mobiltelefon sei nicht sein Mobiltelefon und er habe es nicht benutzt«, sagt er mit einem Blick auf seine Notizen. »Die Geschworenen mögen sich nun fragen, warum während dieser Zeit dreiundneunzig Anrufe von diesem Telefon mit der Mutter des Angeklagten geführt wurden.«

Sie schlurfen hinaus.

Seit ihrer Festnahme ist es ruhiger geworden auf den Straßen. Die Waffenkriminalität ist um 92 Prozent zurückgegangen. Die Greater Manchester Police beschließt, Kapital daraus zu schlagen. Die Innenministerin Jacqui Smith erscheint pflichtgemäß zu einer Pressekonferenz mit dem Polizeipräsidenten, die jedoch der Richter mit der Entscheidung untersagt, es würde die Urteilsfindung im laufenden Verfahren beeinflussen, sollte die Jury diese Story mit Merlin und Flow in einen Zusammenhang bringen. Dessen ungeachtet taucht das Wort »Gooch« in einer Zeitung auf, die bei einem Geschworenen gesehen wird. Svensson kann es nicht fassen. Vor dem Gerichtssaal steckt er sich eine Zigarette an und starrt missmutig auf den Verkehr. Sechs Monate lang ist er nach Liverpool gefahren, und jetzt könnte es passieren, dass das Verfahren erneut aufgerollt wird.

Er fährt nach Hause und verbringt den Abend wütend und rauchend mit wahllosem Zappen durch das TV-Programm. Er kann nicht schlafen. Doch als er am nächsten Tag hereinstolpert, ist die Krise abgewendet. Einsprüche wegen der Berichterstattung werden abgewiesen, und die Geschworenen können gefahrlos weiter über ihren Urteilsspruch beraten.

Svensson zeichnet Interviews für die Medien auf. Niemand

kann mit absoluter Sicherheit sagen, wie das Urteil ausfallen wird, also gibt er ein Interview für »Nicht schuldig« und eines für »Schuldig«.

Als die Geschworenen einer nach dem anderen hereinkommen, blickt er zur Familie hinüber. Talitha ist nicht da. Sie arbeitet in der Stadt. Kemi ist mit ihrer Mutter da. Der Sprecher der Geschworenen hält ein Blatt Papier in Händen, das kaum merklich zittert. Dann wird er aufgefordert aufzustehen. Svensson sitzt regungslos da. Er starrt quer durch den Gerichtssaal zu Flow hinüber. Er war anders als Merlin nie ein Mann vieler Worte, nicht so umtriebig. Seine Verteidigung basiert darauf, den Mund zu halten. Svensson spürt, dass er Geheimnisse hat, die weit in die Vergangenheit zurückreichen und niemals in einem Gerichtssaal verhandelt werden. Schon früh fand Flow heraus, dass er ein Talent hat zu effizienter Gewalt. Das Urteil im ersten Anklagepunkt gegen Flow wird aufgerufen, der Mord an Antoine Gayle.

»Sind Sie zu einem einstimmigen Urteilsspruch gelangt?«

»Nein.«

Svensson kann es nicht fassen – seine schlimmste Befürchtung hat sich erfüllt: Bei einer Hung Jury, wenn die Geschworenen zu keinem Mehrheitsurteil gelangen, muss das Verfahren neu aufgerollt werden. Innerhalb weniger Tage könnten sie wieder auf der Straße sein. Er beugt sich weit vor, um Flows Miene zu studieren. Da ist nichts, nicht mal ein Zucken.

Dann wird der zweite Anklagepunkt aufgerufen. Kyle Lewis.

»Schuldig.«

Flows Augen sind schwarz und starr, ein Blick wie ein Basilisk. Svensson fragt sich, ob er auf den Schock einer dreißigjährigen Haftstrafe wirklich vorbereitet ist. Dann sieht er es. Ein Zucken an seiner Schläfe. Es ist, als würde er einen mächtigen Stier beobachten, dessen Flanke plötzlich vibriert. Dann ist es wieder weg. Flow lehnt sich zurück, cool, ruhig, die Beine weit gespreizt.

Svenssons alter Chef, einer der besten Detectives, für die er je gearbeitet hat, war überzeugt, dass jeder Detective sich auf einen oder zwei Kriminelle konzentrieren sollte. Merlin und Flow waren Svensson zugeteilt. Sie sind sein Lebenswerk. Seine Augen wandern weiter zu Merlin, der seinen Blick eiskalt erwidert. Er hat mehr als ein Jahrzehnt eine mörderische Herrschaft ausgeübt, denkt Svensson. Er kann nicht glauben, dass es jetzt zu Ende gehen könnte.

Wieder wird der Sprecher der Geschworenen um seinen Urteilsspruch gebeten.

»Schuldig.«

Merlin wendet seinen Blick nicht ab, sieht Svensson weiter unverwandt an. Er hat eine Botschaft für ihn. Deutlich artikuliert er die Worte: »Und? Bist du jetzt glücklich?«

Svensson hört das Blut in seinen Schläfen pochen. Er kann die Urteilssprüche für Trench und die anderen Associates nicht im Gerichtssaal abwarten. Er geht hinaus auf den Korridor und wandert wie benommen auf und ab. Er geht durch die schwere zweiflügelige Tür hinaus ins Tageslicht. Dann nimmt er sich eine Zigarette und steckt sie an. Er inhaliert den Rauch und lässt ihn zwischen zusammengebissenen Zähnen an den Mundwinkeln wieder austreten. Fünfzehn Jahre Arbeit, und jetzt verschwinden sie endgültig von der Straße. Sein Telefon klingelt. Es ist einer seiner Vorgesetzten, der sich auf dem Weg in eine Konferenz befindet und die Urteile hören will. Der Officer hat seit über einem Jahr nicht mehr mit Svensson gesprochen. Die Familien der Opfer kommen der Reihe nach durch die zweiflügelige Tür heraus.

»Schuldig«, sagen sie ihm. »Alle.«

Merlin und Flow werden jeweils zu fünfunddreißig Jahren verurteilt. Flow wird Berufung einlegen.

Als Svensson sich auf den Heimweg macht, ist es dunkel. Er macht die kargen Berge von Buxton aus, wo ihn ein leeres Haus erwartet. Seine zweite Ehe, die acht Jahre gehalten hat, ist gescheitert. Seine Frau hat ihn mit ihrer gemeinsamen Tochter verlassen. An manchen Abenden geht Svensson jetzt in die Stadt und trinkt bis tief in die Nacht. An einem Abend, als ein anderer

Cop mit achtundvierzig in den Ruhestand geht, lassen Svensson und ein Kollege sich dermaßen volllaufen, dass sie am Ende in einer Karaoke-Bar ein Duett singen. Der andere Bulle torkelt nach Hause zu seine Ehefrau und Tochter. Svensson bleibt allein zurück und schleppt ein Mädchen ab. Zu Hause, in seinem Bett, sieht er, dass ihr Rücken vom Nacken bis zum Po komplett mit einem Drachen tätowiert ist. Er ist so fasziniert, dass er mit seinem Mobiltelefon ein Foto macht und es am nächsten Tag Kollegen zeigt.

An manchen Abenden geht er nicht nach Hause, sondern zum Trinken in ein Striplokal in der Stadt.

Er fühlt sich weiter beklommen. Noch Monate später sieht er im Dunkeln Merlins Gesicht, wie er ihn quer durch den Gerichtssaal anstarrt und fragt: »Und? Bist du jetzt glücklich?« Er steht auf und schließt das Fenster. Er hört im Nachbarzimmer seinen Klingelton, der, den er für Informanten reserviert hat. Als er drangeht, plärrt ihm dröhnender Rap ins Ohr. Ein Mädchen schreit. Es klingt, als befände sie sich in einem Auto. Dann erkennt er Chanelle. Ihr neuer Freund, ein 18-jähriger Drogendealer und Gangster, hat anscheinend die Stereoanlage lauter gedreht, um ihre Stimme zu übertönen. Sie brüllt Svensson zu, er solle ihr helfen, doch ihre Worte werden von dem Höllenlärm verschluckt. Svensson weiß, dass ihr Freund gerade mit ein paar Freunden einen Actionfilm geschaut hat. Er wurde sauer wegen irgendwas, verprügelte sie und drückte eine brennende Zigarette auf ihren Hals. Er drohte damit, den Gooch zu erzählen, dass sie mit den Bullen geredet hat. Plötzlich ist die Verbindung weg. Er muss ihr das Handy weggenommen und aus dem Fenster geworfen haben.

Svensson steckt sein Mobiltelefon weg und legt sich hin. Er macht sich Sorgen um sie, wegen dieses neuen Schlägers. Er denkt auch über Whippet nach, der mal wieder wegen eines Drogendelikts vor Gericht steht. Er hat eine Menge Arbeit investiert, ihn zur Rechenschaft zu ziehen. Nach der Verfolgungsjagd mit dem Auto ist er auch noch dran wegen gefährlichen Fahrverhaltens, aber nur mit einem Schuldspruch in dem Drogen-Verfahren wird er aus dem Verkehr gezogen. Das Flurlicht brennt. Svensson steigt wieder aus dem Bett und starrt aus dem Fenster auf die Umrisse der Bäume. Kann er denn nie aufhören?

Svenssons Ex erlaubt ihm, eine Geburtstagsparty für seine Tochter Jessica zu veranstalten, die vierzehn wird. Eine Horde Teenager taucht auf und dreht Miley Cyrus voll auf. Jessica nimmt einen Schluck Smirnoff Ice und geht zu ihrem Bruder. »Willst du auch eins, Tom?«

Tom ist ein eigenbrötlerischer, schlaksiger, zwölf Jahre alter Mann mit Fliege. »Nein, Danke.«

»Was trinkst du?«

»Ich bevorzuge süßen Sherry.«

Svensson prustet vor Lachen. Er verzieht sich in die Küche, damit sie es nicht mitbekommen. Er liebt es, wie ernst sie in diesem Alter alles nehmen. Jessica sieht Tom mit einem Stirnrunzeln an, als wäre er ein Freak.

»Bevorzugst du trockenen?«, fragt er verwirrt.

Svensson sieht sie an und denkt an Chanelle und wie verletzlich sie ist.

Sein Mobiltelefon klingelt. Der Beamte am anderen Ende teilt ihm mit, dass Whippet bezüglich des Drogendelikts freigesprochen wurde. Svensson ist wütend. Wie kann man ihn für unschuldig halten, nachdem er versucht hat, einem verdeckt ermittelnden Polizisten Drogen zu verkaufen? Wie sich herausstellt, hat Whippet den Deal nur eingefädelt, die Drogen aber nicht selbst ausgehändigt. Das genügt für die Verteidigung, Zweifel an seiner Schuld zu säen. Das nervt Svensson für den Rest der Party.

Am folgenden Morgen drückt er den ersten Gang rein und wendet den Wagen. Nach Merlin und Flow war er davon ausgegangen, dass Whippets Verfahren genauso verlaufen würde. Den Rest des Tages kann er sich nicht richtig auf andere Dinge konzentrieren. Es scheint niemals aufzuhören. All die Gewalt und

Wut schwellen weiter an wie ein gewaltiges Meer. Später an diesem Nachmittag fährt er durch Moss Side und besucht Informanten. Niemand hat etwas von Whippet oder seinen Plänen gehört.

Ein Jahr ist seit dem Prozess vergangen, und Svensson hat Merlin und Flow regelmäßig im Gefängnis besucht. Wenn er Merlin besucht, nimmt er einen kräftigen Cop mit, der Gewichte heben kann, aber den Mund nicht aufmacht. Er weiß nicht, ob Merlin nicht irgendetwas versuchen wird. Schließlich hat er nichts zu verlieren. Als er in Strangeways einsaß, ließ er einen freiberuflichen Anwalt kommen und sich von ihm bei seiner Berufung helfen. Die Gerichtsakten wurden durch einen Röntgenscanner gejagt, und dabei fand man dann eine fünfundzwanzig Zentimeter lange Klinge. Diesmal breitet Merlin seine Arme aus und drückt ihn an sich. Als sie sich setzen, sieht Svensson die Spuren, wo ein anderer Häftling ihm in die Nase gebissen hat. Es war ein asiatischer Junge, mit dem Merlin nie klarkam. Der Junge hatte Merlin in den Hals gestochen, was eine Narbe zurückließ. Im Hochsicherheitsgefängnis Long Lartin begegneten sie sich wieder. In einem letzten verzweifelten Versuch, sich zu retten, biss er Merlin in die Nase.

»Freut mich, dich hier zu sehen«, witzelt Svensson, als er sich setzt.

»War doch dein Lebensziel.«

Sie unterhalten sich eine Weile. Svensson erfährt, dass Whippet sich mit Merlin in Verbindung gesetzt und dabei erwähnt hat, Svensson habe es auf ihn abgesehen.

»Wenn Svensson es auf dich abgesehen hat«, sagt Merlin ihm, »bist du am Arsch.«

Svensson fasst das als Kompliment auf. Als sich das Gespräch dem Ende nähert, fragt er Merlin, was er am meisten vermisst. Merlin denkt einen Moment lang nach. »McDonald's.«

Als er durch das Gefängnistor geht, beschließt Svensson, dass er Merlin am Tag seiner Pensionierung besuchen wird, in vier Jahren.

Flow umarmt ihn nicht. Wahrscheinlich will er sein Armani-Jackett nicht verknittern, denkt Svensson. Die Gefängnisvorschriften erlauben es den Häftlingen, eigene Kleidung zu tragen. Flow konzentriert sich auf seine Berufung, daher verhält er sich tadellos. Svensson spürt die Niederlage in seinem Blick, als wüsste er, dass es hoffnungslos ist. Anders als Merlin, der hinter sich die Türen zufallen ließ und sagte, »Okay, Jungs, bringen wir's hinter uns«, kommt Flow nicht so gut mit dem Knast klar. Svensson glaubt nicht, dass er es schaffen wird. Fünf Jahre sitzen und dann irgendwann Mitte zwanzig wieder rauskommen ist eine Sache. Aber Kerry und die Kids zu sehen und zu wissen, dass er nicht dabei sein wird, wenn sie aufwachsen, dass seine Tochter bei seiner Entlassung zweiundvierzig Jahre alt sein wird, das ist hart. Nach dem Prozess tauchten Poster auf, auf denen sein junges Gesicht ganz alt und faltig war. »Alt werden im Knast« war die Bildunterschrift. Seine Familie versuchte dagegen zu klagen, argumentierte, es sei eine Verletzung seiner Menschenrechte. Er wird den Rest seines Lebens hier verbringen, und eigentlich sollte Svensson das genügen. Dennoch blickt er über den Besuchertisch und denkt: Womit bist du noch ungeschoren davongekommen?

Whippet wird als Letzter der Gruppe wieder auf die Straße entlassen. Als Svensson ihn sieht, ist er verblüfft: Er hat sich körperlich aufgepumpt, und bei seiner Größe von eins achtzig hat er einen Brustumfang von einhundertvierzehn Zentimetern. Er trägt Cornrows. Er spricht ruhig, und für eine Sekunde fühlt Svensson sich an Flow erinnert. Aber er ist nicht so clever wie Flow.

»Ich habe nie irgendwem was angetan, der nicht auch dabei war«, sagt Whippet.

Svensson hört diese alte, moralische Geschichte nicht zum ersten Mal. Whippet schafft es immer wieder sehr gut, dass Leute Mitleid mit ihm haben.

Wenn du nicht hier gewesen wärst, als sie Kyle Lewis umlegten, denkt Svensson, hättest du in einem der Autos gesessen.

Nachdem er das Gefängnis verlässt, fährt er zu Whippets Frau in Wrexham. Sie umarmt ihn und bittet ihn ins Haus.

»Du wirst wieder auf ihn reinfallen, stimmt's?«, sagt er zu ihr. »Ich hör's in deiner Stimme.«

Als er fährt, betrachtet er sie im Rückspiegel. Der Bewährungsausschuss wird Whippet kaum von seinen Racheakten abhalten. Er hat ihnen ja bereits die Geschichte verkauft, dass er ein echtes Gangmitglied ist, das nichts ausgelassen hat. Die Kids werden auf ihn hören.

Am Ende der Woche ist Svensson mit einem Haftbefehl wegen illegalen Waffenbesitzes beschäftigt. Wie er hört, bekommt er keine Unterstützung von der Tactical Aid Unit, der Spezialtruppe für das Aufbrechen von Wohnungen. Zwei angebliche Gangmitglieder befinden sich nach einer Schlägerei unten in Gewahrsam und warten auf ihr Verhör. Das halbe XCalibre klettert im Lake District im Rahmen einer den Teamgeist fördernden Übung mit deutschen Cops auf dem Helvellyn herum. Also bittet Svensson seinen Chef, den Detective Inspector, ihn zu begleiten. Der Chef nickt und zieht sich eine kugelsichere Weste über Hemd, Krawatte und Jacke. Sie fahren zum Polizeirevier Longsight und wollen dort versuchen, noch ein paar Leute zu rekrutieren. Svensson instruiert eine Gruppe blau Uniformierter, während ein Mädchen die lilafarbenen Plastikhandschuhe für die Untersuchung des Tatorts austeilt. Dem Aussehen nach ist sie etwa halb so alt wie Svensson.

Der Konvoi hält an. Er gibt seinem Team Anweisungen.

»Chef, Sie übernehmen die Tür. Wixsy, du kümmerst dich um das Licht. Terry, du behältst den Hinterausgang im Auge.«

Er klopft gegen die Tür. Nichts. Ein ausgemergelter Dobermann spielt mit kleinen Kindern am Ende der Sackgasse. Ein triefäugiger Kerl mit kräftigen Armen taucht im Fenster der Nachbarwohnung auf. Svensson dreht sich mit dem Rücken zur Tür und lässt mehrmals seinen Absatz dagegen krachen. Der Lärm bewirkt, dass eine Frau im Morgenmantel, die Haare unter einem zum Turban gebundenen Handtuch, über die Straße gestapft kommt. Mit mütterlicher Verärgerung zieht sie los, um ihre Tochter zu holen. Svensson schickt ihr eine junge Polizistin hinterher.

Kurz darauf taucht die Tochter in schnellem Trott auf. »Brecht doch nicht meine Tür auf!«, fleht sie und kramt ihren Schlüssel heraus. Sie lässt sie hinein, und sie verteilen sich sofort zu einer systematischen Durchsuchung.

»Ich habe viele männliche Besucher«, sagt sie immer wieder. Svensson schielt zu ihr. Sie hat schon kapituliert, bevor irgendwas gefunden wird. Die anderen räumen die Kleiderschränke aus, leeren die Wäschebeutel, gehen Schubladen durch. Svensson hat es auf ihre Mobiltelefone und Briefe abgesehen. Er findet einen Zettel über einen Verwandten.

»Hier steht, er betet, dass er nicht in den K-Trakt gesteckt wird, wenn er in den Knast kommt, nicht in den gleichen Flügel wie die Gooch.«

Der Chef starrt ihn ausdruckslos an, als wollte er sagen – bisschen wenig, oder?

»Sie verkehrt auf jeden Fall mit den Richtigen«, meint Svensson achselzuckend und faltet den Brief zusammen. Ein junger Cop wird auf den Speicher geschickt, weil er am wenigsten wiegt. Er schwenkt eine Taschenlampe, packt Zeug aus.

»Ich hab was«, sagt er.

»Was ist es?«

»Schusswaffe.«

Sie hören ein Beben in seiner Stimme. Er gehört zu einer anderen Einheit, hat noch nie eine Kanone gefunden. Sie ist in Plastik verpackt.

»Okay, komm runter, wir überlassen es den Jungs von Firearms.«

Big Ray und sein Team tragen dunkelblaue Overalls, sie sind bewaffnet. Auf einer Hüftseite baumelt ein gelber Taser, eine Elektroschockpistole, und auf der anderen eine normale Schusswaffe. Im Transporter haben sie ein geladenes Gewehr. Die gefundene Waffe wird fotografiert. Svensson studiert sie genau. Er hat mit einem Kollegen um den Waffentyp gewettet.

»Eindeutig eine Baikal.«

»Ist das dein letztes Wort?«

»Eine 9-mm-Baikal.«

Die Analyse ergibt, dass es sich um eine russische Tokarew handelt. Svensson zapft seine Informanten an, um weitere Details in Erfahrung zu bringen. Er bekommt einen Anruf von einem Beamten der Source Handling Unit, der Informationen für ihn hat.

»Verdammt, du bist wirklich gut«, sagt Svensson und betritt den Flur. »Du bist gar kein nichtsnutziger Wichser, wie die Leute erzählen. Ich verteidige dich schon den ganzen Tag.«

Sein Informanten-Telefon klingelt. Es ist ein Mädchen, mit dem er schon eine ganze Weile nicht mehr geredet hat. Auf der Straße spricht man über die Kanone, die gefunden wurde.

»Die war für Whippet«, sagt sie. »Sie wartet auf ihn, wenn er rauskommt.«

»Leck mich am Arsch«, sagt Svensson nachdem er das Gespräch beendet hat. Sobald Whippet auf die Straße zurückkehrt, bekommt er eine geladene Kanone in die Hand. Nachts beobachtet Svensson bei Spätschichten eine Veränderung in der Aktivität auf der Straße, seit Merlin keine Macht mehr hat. Die Kids sind forscher geworden. Er fährt um eine Ecke, und da sind zwei Dutzend in eine Schlägerei verwickelt, im Alter von sechs bis siebzehn, vier davon auf Fahrrädern. Zwei Mädchen prügeln sich die Scheiße aus dem Leib, teilen Haken und Geraden aus. Als eines der Mädchen das andere an den Haaren über den Boden schleift, feuern die Kids sie begeistert an. Svensson steigt aus dem Auto und geht hinüber. Das Gesicht eines Knirpses beginnt zu leuchten. »XCalibre!«, stößt er hervor.

Er wartet, bis sie sich beruhigt und zerstreut haben.

Die Verhaftung von Merlin markiert vielleicht das Ende des Straßengenerals alter Schule. Vor zehn Jahren ging es nur um die hochrangigen Dealer, um ältere Gangmitglieder, die die jüngeren brutal ausnutzten. Sie brachten ihnen bei, dass nur zählt, wer der Brutalste, der Gewalttätigste, der Gefürchtetste von allen werden kann. Heute ist der Drogenhandel zersplittert, und den Kids bleibt nur noch die Gewalt. Die älteren Bandenmitglieder, die im organisierten Verbrechen Geld machen wollen, mit Betrug oder Geldwäsche, können sie nicht mehr unter Kontrolle halten. Sie sind viel zu chaotisch, zu sprunghaft. Ein Zwölfjähriger kann es nicht erwarten vorzutreten, einen General zu erschießen und sich einen Namen zu machen. Es ist wie bei *X Factor*. Svensson denkt an all die harte Arbeit, die sie im Verlauf der Jahre investiert haben, nur um dann dieses Vakuum zu erschaffen. Es ist wie im Irak – man schaltet den brutalen Diktator aus, und zurück bleiben Chaos und Guerillakrieg. Die Hemmschwelle, ab welchem Punkt es vertretbar ist, jemanden zu erschießen, gibt es nicht mehr: Innerhalb von Sekunden entlädt sich die Gewalt. Es gab einmal eine Hierarchie, aber heute zählt nur noch, wer die Kanone besitzt, den härtesten Schlag oder die lauteste Stimme.

Svensson fährt nach Moss Side. Bei ihm ist ein junger Typ namens Steve, der jetzt seit ein, zwei Wochen mit ihnen unterwegs ist, ausgeliehen von ihrer Schwestereinheit, der Organized Crime Unit. Ihr neuer Chef kommt ebenfalls von der Sondereinheit zur Bekämpfung des organisierten Verbrechens. Die Ermittlungen dort dauern länger, es ist eher ein Schreibtischjob. Svensson ist von diesem Kerl, diesem Steve, beeindruckt und denkt, er würde gut in ihre Einheit passen. Er fragt sich, ob er ihn wohl abwerben könnte. Er sieht, wie Steve die Wand mit den gesammelten Informationen betrachtet. Steve erkundigt sich nach den wichtigsten Mitgliedern der Gangs, wer sie sind, was mit Merlin und Flow ist. »Ich rede dauernd über die beiden. Ich rede viel über sie, aber man kann die beschissene Bedeutung gar nicht überbewerten, die sie hatten«, sagt Svensson.

»Haben sie immer noch Einfluss, obwohl sie jetzt sitzen? Wenn sie so mächtig sind, ist das normalerweise so.«

»Bei Merlin, ja. Uns liegen Hinweise vor, dass er letzten September einen Überfall auf eine ziemlich große Lieferung Koks von einem Typ aus Liverpool organisiert hat.«

Aus dem Fenster sehen sie ein paar Teenager, die auf einem Schild sitzen und finster zu ihnen herüberblicken. Die Neonreklame einer Hähnchen-Fastfood-Filiale flackert vorbei. Ein neuer Golf mit getönten Scheiben überholt mit dröhnendem Bass.

»Es klingt ziemlich dramatisch, aber als ich ihn besuchen ging, ich weiß auch nicht, ich weiß gar nicht mehr, wie viele Gangmitglieder ich schon im Gefängnis besucht habe. Aber nehmen wir die zwei. Besonders ihn, besonders Merlin. Er ist das personifizierte Böse, genau das ist er. Nichts bedeutet ihm etwas. Er hätte nie aufgehört. Vergiss die Gangs in Manchester. Nirgendwo sonst in der britischen Kriminalgeschichte wurde eine Beerdigung überfallen.«

Sie halten vor dem Zaku Café in der alten Moss Side, unweit der Claremont Road. Draußen lungern einige junge Somalis an der Wand. In dieser Gegend gibt es eine große somalische Community. Svensson erkennt in ihnen Gangmitglieder der Rusholme Crips, einer mit den Gooch verbündeten Somali-Gang. Er bemerkt, dass zwei von ihnen high sind durch das Kauen von Khat-Bällchen, die in der Wohnung neben dem Café verkauft werden. Sie reden ein wildes Kauderwelsch, ihre Augen brennen. Ihre Gang befindet sich im Krieg mit den Doddington. Ihre Taktik besteht darin, in überwältigender Zahl einen Vorstoß hinter die Linien der Doddington zu machen und so viel Schaden wie nur möglich anzurichten. Sie nennen das Übergriff. Die Einheimischen finden es furchterregend. Die Bedrohung durch die Somalis existiert erst, seit Merlin und Flow Amok liefen.

»Weiß der Himmel, was passieren wird, wenn diesen Typen Schusswaffen in die Hände fallen.« Svensson seufzt, als sie weiterfahren.

»Wenn die Somalis Stress mit den Doddington haben, wie können sie dann in dieser Gegend herumlaufen, ohne angegriffen zu werden?«

»Sie treten einfach in Massen auf, Kumpel. Bei einem Übergriff kommen fünfzehn, sechzehn von denen her.«

Er reibt sich die Augen. Es war ein langer Tag. Er ist schon früh aufgestanden und hat mit einer Busladung deutscher Polizisten in ihren Ausgehuniformen eine Tour durch Moss Side gemacht. Am Ende der Führung haben sie ihm einen Warmhaltebecher geschenkt. Bei ihrem ersten Besuch hatte er zumindest eine hölzerne Gedenktafel bekommen.

»Sie rasen auf ihren Mountainbikes durch den Park da«, sagt er. »Wenn wir hinter einem her sind und versuchen, ihn zu schnappen, sind sie lange vor uns durch.«

Steve ist schockiert, dass es für praktisch jede Straße eine Story über eine Schießerei gibt. Sie rollen in die Quinney Crescent. Svensson bremst ab und deutet mit dem Daumen auf ein Tor.

»Zwei Brüder, beide bei den Gooch, waren angepisst von einem erfolgreichen Dealer. Er stand da neben dem Tor. Und sie haben einen Typ geholt, einen bezahlten Killer, der ihn umlegen sollte. Sie halten da vorn an, zeigen ihm seine Zielperson. Der Killer sagt: ›Scheiße, ich mach ihn direkt kalt.‹ Steigt aus dem Auto, geht zu ihm. Der Dealer sagt: ›Du kannst mich nicht erschießen, Mann. Ich bin der Man Dem, ich hab Verbindungen.‹ Und er zieht sein Scheißhemd hoch, und er trägt eine Weste, also verpasst ihm der Killer drei Kugeln in den Kopf.«

Er und der Kerl glucksen. Es ist eine witzige Geschichte. Svensson hat jede Menge davon.

»Wenn deine beste Verteidigung deine versteckt getragene kugelsichere Weste ist, dann solltest du sie verdammt noch mal niemandem zeigen.«

Heute arbeiten sie nicht mehr mit Killern. Niemand verdient sich Respekt, wenn er einen Killer anheuert, statt denjenigen selbst umzulegen. Was Svensson nervt, ist, dass manche Häuser hier wirklich phantastisch sind, die etwas abgelegeneren in der Chalk Road, wenn man weiter nach Whalley Range fährt. Selbst in der Alexandra Park Estate haben die Häuser direkt am Park einen umwerfenden Blick. Sie haben Millionen in die Gegend gepumpt, um heruntergekommene Häuser abzureißen und neue zu bauen.

Dann fahren sie rauf nach Hulme. Da findet man Alternative, Linke, Leute, die's nicht so mit Seife haben. Sie lebten fünf Jahre auf einem Baum, dann durften sie ihren Lebensraum selbst entwerfen.

»Ist schon ziemlich schräg«, sagt Steve und sieht zu den hölzernen Fußwegen und Brücken in der Luft und den Wohnwagen, die reihenweise auf der Straße stehen. Die Zeit der Alternativen ist noch nicht angebrochen. Svensson erinnert sich, wie während der Commonwealth-Spiele all die miesen Rockbands hier Stoßstange an Stoßstange parkten und sie die Nummernschilder abgeschraubt hatten, weswegen er nachts da oben rumkletterte und versuchte, ein bestimmtes Fahrzeug zu finden.

»Jede Wette, die Wasserpreise hier sind ziemlich niedrig«, sagt er. »Sie binden sich öfters mal an die Hulme Arch und bringen den Verkehr zum Erliegen, protestieren gegen den Kapitalismus. Hauptsache, sie haben ihre Nikes an, um da raufzuklettern.« Ein schlaksiger Typ in einer engen Lederjacke im Stil der Siebziger geht an ihnen vorbei, Wuschelkopf, Röhrenhose und dicke Brillengläser.

»Schon erstaunlich, oder?«, meint Svensson. »Er muss in den Spiegel gesehen und gedacht haben, heute Nacht werde ich eine ficken.«

Wieder in der Nähe der Alexandra Road zeigt er auf die Grenze zwischen Gooch und Doddington. Steve starrt auf die Frontlinie in der Dunkelheit. Da ist nichts außer einem Baum und einer Mauer, die zur Alexandra Road weiterführt. Svensson denkt an eine Mutter, die sich um die Gangmitglieder kümmert. Sie ist schon immer für sie da gewesen. Sie hat Merlin aufgenommen, als die Bullen hinter ihm her waren. Eines Nachts verfolgte Svensson einen Typ der Gooch in ihr Haus und stellte sie zur Rede.

»Er ist die ganze Nacht hier gewesen. Ja, er hat unsere Tina befummelt, riechen Sie mal an seinen Fingern.«

Tina ist ihre sechzehnjährige Tochter. Er erinnert sich auch, wie sie aus Angst vor einem Drive-by-Shooting bei Tinas Geburtstagsparty dafür sorgte, dass alle im Haus blieben. Svensson saß im Auto und hielt Wache, und diese Mutter brachte ihnen zu essen nach draußen, Gott segne sie. Sie wusste, dass Überwachungskameras installiert waren. Sie brachte eine Dose Stella rüber, der Verschluss war ab, und sie ließ sie im Wagen fallen. Es stank tagelang nach Bier.

»Gab's hier eine Schießerei?«, fragt Steve, immer noch erpicht, mehr zu erfahren.

Svensson schweigt. An so viele Schießereien erinnert er sich nur noch in Begriffen des jeweiligen Einsatzes, Namen, Automarken, Art der Waffen, selbst an die Riefen auf den Patronenhülsen. Dann muss er sich an all die unterschiedlichen Motive erinnern. Ein Streit wegen eines Autoradios, ein Streit wegen einer Jacke, eines Mädchens, eines Paars Turnschuhe. Steve merkt, dass er jetzt müde ist. Sie haben beide Dienst bis ein Uhr morgens, und dann müssen sie noch den Tagesbericht schreiben.

»Justin Maynard wurde genau hier erschossen, von zwei Jungs der Gooch. Sie sahen ihn, sind kurz verschwunden und kamen dann mit Sturmhauben zurück. Das war eine verdammt traurige Geschichte.«

Er muss weitermachen mit dem kumpelhaften Geplänkel: So vergehen die Stunden, wenn man in der Nachtschicht durch die Gegend fährt. Witze über ihren Kollegen Terry, der ein Kebab nur dann isst, wenn es mindestens fünf Sekunden auf dem Boden gelegen hat, über seine Merseyside-Herkunft, die er unterstreicht, indem er mit irischem Akzent spricht. Sie machen sich über Jenkins lustig, weil er aussieht wie Marti Pellow. Sie machen sich über Svensson lustig, weil er von Merlin und Flow so besessen ist, dass die Kollegen ihm zu Weihnachten ein T-Shirt mit dem Aufdruck »I love Merlin and Flow« schenken. Aber ausnahmsweise kann Svensson keine Witze mehr machen. Mit einem Mal fühlt er sich müde vom Kampf.

»Ich habe gearbeitet und ihn gefunden, wie er da auf dem Bürgersteig lag. Er hat nur ein Stück weiter die Straße rauf gewohnt, und dann ist seine Mum gekommen. Für mich als Detective war er jetzt nur noch ein Beweisstück. Es wäre sinnlos gewesen, ihn noch ins Krankenhaus zu bringen. Das Arschloch war tot. Und sie wollte nichts anderes, als ihr Baby mitnehmen. Ich rede heute noch mit ihr, und manchmal sehe ich sie spätnachts herumirren, vollkommen besoffen.«

»War sie vorher auch schon so?«

»Seitdem, Kumpel. Seitdem. Sie geht einfach zu den Kids auf der Straße und sagt: ›Geht nach Hause, geht nach Hause. Sie haben mir meinen Sohn genommen.‹ Und dann bekommt man Mitleid.«

»Ja. Letztlich sind wir alle gleich. Wenn man mitten in Moss Side aufgewachsen wäre, würde man es wahrscheinlich ganz genauso machen.«

»Kumpel, ich stand ganz dicht vor diesem Bullen während des letzten Prozesses. Kemi Miller, Kyles ältere Schwester, hatte gerade eine Zeugin sagen hören, dass sie ihren Bruder gefunden hatte und wie Blut aus jeder Öffnung seines Gesichts quoll. Sie verlässt weinend den Gerichtssaal. Dieser Streifenpolizist sitzt da und knurrt: ›Kein Mitleid mit der.‹ Musste ihn zur Rede stellen. Es ist verdammt noch mal kein Wunder, dass diese Leute nicht mit einem reden wollen.«

Svenssons Stimme ist jetzt leiser, fast nur noch ein Krächzen. Der jüngere Mann schüttelt den Kopf. Svensson dreht den Kopf und lässt die Halswirbel knacken.

»Es ist eben so, wenn man Kind ist. Man wächst auf, man spielt auf seinem Rad. Man macht, was die Kumpel machen.«

Als er anfing, in diesen Straßen zu arbeiten, wurden die Bullen in der Guy Fawkes Night aus den Häusern mit Raketen beschossen. Als Laser-Pointer auf den Markt kamen, fuhr man durch die Gegend und hatte überall rote Punkte. Heute ist alles anders. Es ist live. Er hat mit einem frischgebackenen Detective Inspector eine Tour gemacht und ist einem Burschen über den Weg gelaufen, der in der einen Hand eine Mac-10 und eine Faustfeuerwaffe in der andern hielt. Verrückter Scheiß. Aber wann immer er beruflich fortmuss, vermisst Svensson Moss Side. Er fragt sich, was er wohl tun wird, wenn er in Pension geht. Vielleicht kommt er einfach her und fährt durch die Gegend.

*

Die Chief Constable's Excellence Awards werden verliehen, und Svensson glaubt, dass sie eine gute Chance haben. Seine Arbeit in der Community spricht für sich, wie er sein Informantennetz aufgebaut hat. Die Verurteilung und Strafzumessung von Merlin und Flow müssen doch noch für irgendwas gut sein.

Er erinnert sich noch gut, wie er seine erste Empfehlung erhalten hat. Er war ein junger Mann Anfang zwanzig. Er hatte ein Auto angehalten, mit einem Typ im langen Mantel, und fand eine Schrotflinte im Kofferraum. Er sagte, er sei unterwegs zu einem Treffen. Svensson reagierte schnell, zog den Mantel an und fuhr mit dem Wagen fort. Als er die High Street erreichte, kamen zwei Typen zu ihm gelaufen und sprangen hinein. Sie hatten gerade eine Bank überfallen, und er war ihr Fluchthelfer. Danach wurde er Detective.

Auf dem Platz neben ihm knistert und knackt sein Polizeifunkgerät.

»Bewaffneter Mann in Longsight verhaftet.« Er verlässt seinen Schreibtisch und geht hinunter in den Arrestbereich, um ihn zu identifizieren, sobald er aus dem Transporter hereingeführt wird. Er könnte ihn erkennen. Für einen Cop ist es wie der Gewinn des Europapokals, wenn er ein Gangmitglied im Besitz einer Schusswaffe verhaftet. Svensson muss ihn persönlich einschätzen, ihm in die Augen sehen. Rache ist ein Gefühlszustand, das kann er nachvollziehen. Es sind die mit den toten Augen, die ihm Sorgen bereiten. Sie sind gefährlich. Sie könnten ein junger

Flow sein. Irgendwo dort draußen wird ein weiterer eiskalter Killer geformt. Höchstwahrscheinlich ist er ein Mann der leisen Töne, ruhig und selbstbewusst. Hinter dem Schreibtisch sitzt ein attraktiver Custody Sergeant, Wixsys Freundin. Wixsy spielte wirklich außerhalb seiner Liga.

Sein Telefon klingelt. Es ist sein Kumpel Pete, der einverstanden ist, sich mit ihm vor der Preisvergabe zu treffen.

»Wann treffen wir uns?«, fragt Svensson.

»Halb vier«, antwortet Pete.

»Scheiße, um halb vier? Dann sind wir hackedicht.«

Svensson taucht in seinem Smoking in einer Bar in der Stadt auf. Trotz des Gruppenzwangs bleibt er bei Wein, denn wenn er jetzt durcheinander trinkt, wird er sich anschließend fürchterlich fühlen. Sein Plan sieht so aus, dass er ein Glas Wein trinkt, dann eine Flasche Wasser, dann wieder ein Glas Wein. Eine Flasche Wasser lang hält er das durch. Er ist angetrunken, als sie dort ankommen. Pete glaubt, dass er ein todsicherer Kandidat für die Auszeichnung im Bereich Kommunikation ist. Doch als es so weit ist, erhält jemand den Preis, der sich mit der jungen Somali-Gemeinde beschäftigt hat.

»Ich glaub's einfach nicht, dass wir nichts bekommen haben«, sagt Pete ernüchtert.

»Ich auch nicht«, sagt Svensson. »Die Auszeichnungen werden diesmal sehr politisch vergeben.«

»Ich glaub's verdammt noch mal einfach nicht«, sagt der Junge wieder und füllt ein großes Weinglas bis zum Rand.

»Es liegt in der Natur der Sache, Pete. Hat was mit den Communitys zu tun.«

Sie lassen sich sehr, sehr übel volllaufen. Pete fällt vor dem Chief Constable und der Polizeidirektion auf den Hintern. Er versucht aufzustehen und reißt dabei den Tisch um. Es ist seine Schuld, denkt Svensson. Pete muss innerhalb einer Woche zum Detective Super. Es war eine gute Veranstaltung, anständiges Essen, alles recht kultiviert. Svensson ist bis um fünf im Presseclub. Er war noch nie nüchtern dort. Er kann sich noch erinnern, dass er mit einem Mädchen in einem schwarzen Kleid zusammen war. Und dann wacht er allein in seinem Hotelzimmer auf. Seine Kontaktlinsen hat er rausgenommen, wie er das geschafft hat, weiß er immer noch nicht. Um fünf Uhr morgens hat er einen Anruf verpasst. Er vermutet, dass er gegen halb vier gegangen ist, und sie wollte sich vergewissern, dass er gut angekommen war. Er hatte Probleme mit dem Gehen und Reden.

Er wirft einen Blick auf seinen Kalender. Whippet wird in wenigen Tagen entlassen. Es wird nicht lange dauern, bis er eine andere geladene Waffe findet. Svensson reibt sich die Augen und steht auf. Sein Kreuz tut ihm weh, und seine Beine fühlen sich steif an. Er geht in die Garage und stemmt eine Weile lang Gewichte. Dann nimmt er sein drittes Telefon und tätigt einen Anruf.

LONDON

5:

Geburtstag

Schon witzig, dass Pilgrims Dad immer weiß, wenn er gerade was vorhat. Der alte Herr bleibt in der Haustür stehen und versucht sich zusammenzureimen, wie ein weiterer Nachmittag in einem Teppich aus weggeworfenen Wettscheinen zu seinen Füßen enden konnte. Seine Silhouette zeichnet sich gegen das Licht im Flur ab. Er starrt zu dem Auto hinaus, das mit laufendem Motor wartet. Darin sitzen zwei junge schwarze Typen, aktenkundige Gangster in Jogginganzügen, die finster zurückstarren. Als sein Sohn acht war, hat er ihn aus Jamaika herübergeholt, aus einem Leben ohne Elektrizität oder Wasser, und jetzt, an seinem neunzehnten Geburtstag, ist der Junge ein ausgewachsener Mann und Gangster. Er ist ratlos, wie das passieren konnte. Pilgrim donnert die Treppe herunter, rauscht an ihm vorbei und lässt die Schultern kreisen, während er zu dem Wagen stürmt. Irgendwas ist für später geplant, es braut sich reichlich Ärger zusammen.

»Sohn, sei vorsichtig«, sagt er.

Beim Klang der nasalen, schleppenden Stimme seines Vaters dreht Pilgrim sich um. Er scharrt mit dem Fuß im Staub. Sein Snake-Eyes-T-Shirt von Avirex zeigt seinen durchtrainierten Oberkörper, seinen Stiernacken. Wenn er seinem alten Herrn eines zugutehalten kann, dann ist das sein ausgeprägter Sinn für Ärger. Er ruft Pilgrim immer gerade dann an, wenn der sich für einen Überfall rüstet. Es ist das Einzige, wofür er ein Gespür hat, denkt Pilgrim. Er verzockt seinen ganzen Lohn als Vorarbeiter bei Pferdewetten und gibt Pilgrims Stiefmutter und seinem

Stiefbruder das Wechselgeld. Pilgrim hat sich seinen Lebensunterhalt auf den Straßen verdient, seit er alt genug war, seine Hose selbst in der Badewanne zu waschen.

»Yo, Geburtstagskind, wohin geht's denn?«, ruft Steps aus dem Auto. Er ist einundzwanzig, hat eine hellere Haut, muskulöse Statur, trägt immer dunkle Kleidung. Ein Spaßvogel. Sein Arm hängt raus, der dicke silberne Ring klopft auf die schwarze Karosserie. Er ist scharf darauf, die Karre in Bewegung zu halten, mit seinen verchromten Spinners auf den Felgen zu protzen. Pilgrim wirft seinem Vater ein breites Grinsen zu.

»Old Street«, sagt er.

Sein Vater senkt den Blick. Pilgrim zuckt die Achseln, springt ins Auto. Sie feiern seinen Geburtstag.

»Hey«, sagt Steps. Er boxt Pilgrim gegen die Schulter. »Wie oft sieht man uns drei zusammen in einem Auto?«

Pilgrim sieht zuerst ihn an, dann Ribz hinten auf dem Rücksitz. Ribz ist eins dreiundsechzig mit sagenhaft grünen Augen, denen er seinen Ruf als Frauenchecker zu verdanken hat. Sein Dad ist schwarz, aber die Augen hat er von seiner indischen Mum.

»Das kommt nie vor«, grinst Ribz. »Das Dreamteam zusammen.«

Es stimmt. Jede Gang hat gesuchte Typen an der Spitze, die sich untereinander nie treffen. Nie mehr. Es ist nicht möglich, mehr als drei dieser Burschen an der Spitze zu haben. Aber hier sind sie, die Spitzentypen von drei Gangs zusammen. Holly Street, Rowdy Bunch und Love of Money in ein und demselben Auto. Sie haben heute in Hackney das Sagen. Sie haben ihre Hood fest im Griff. Vergiss Pembury, vergiss London Fields. Die können nicht mal mit Pilgrim reden. Niemand kann das. Nicht mal in der Premier League.

Die Stadt liegt vor ihnen wie ein riesiges schwelendes Kriegsgebiet. Sie ist aufgeteilt in die großen Schlachtfelder – South, North, East und West, ein sehr anderes London als das auf den

Plakaten seiner Kindheit auf Jamaika, keine Rede von Missus Queen, dem Commonwealth, Madame Tussauds oder den goldenen Reproduktionen des Big Ben, die auf Omas Kaminsims standen. Jede Gegend wetteifert mit Geschichten über brutale Krieger, die wegen ihrer gewalttätigen Übergriffe in mehreren Postleitzahlgebieten gefürchtet werden. Sparks war ein skrupelloser Gangleader, der jeden wie ein Amboss mit einem einzigen Schlag seiner rechten Geraden k. o. schlagen konnte. Dreihundertfünfzig Leute kamen zu seiner Beerdigung, um ihm Respekt zu zollen. Es gab nichts Ehrenvolleres für einen jungen Mann, als Soldat zu sein und seine Seite schonungslos gegen feindliche Übergriffe zu verteidigen und die Einkünfte aus dem Drogengeschäft zu schützen. Ein Busfahrer entführt und fünf Tage mit einem Dampfbügeleisen gefoltert, grauenhafte Verbrennungen am ganzen Körper, die Genitalien angeschmort – das alles wegen unbezahlter Drogenschulden. Es kursierten Geschichten über uneinnehmbare Festungen wie Stonebridge in Brent, mit hohen schwarzen Hochhäusern, von denen ein kleines Kind in den Tod gestürzt war und wo ein acht Monate altes Baby sechzehn Stunden lang zwischen den von Kugeln durchsiebten Leichen seiner Mutter, Tante und des zweiundsechzigjährigen Stiefvaters herumkrabbelte. Oder Broadwater Farm in Haringey, wo es zu heftigen Krawallen kam und ein Polizist mit einer Machete enthauptet wurde. Oder Brixton, wo ein stämmiger Rastafari, der jemandem ein wie eine Schusswaffe geformtes Feuerzeug an den Kopf hielt, von Cops mit vier Schüssen niedergestreckt wurde. Solche Geschichten erzählte man sich über London. Gefürchtet zu werden bedeutet, respektiert zu werden. Wir haben keine Angst vor dem Tod. Wir stehen hinter dir. Das ist der Codex der Straße. Tritt vor und sei ein guter Soldat.

»Wir gehen nicht mehr auf den Carnival«, sagt Pilgrim.

Nicht mehr, seit 2000 dieser Mann starb. Mehrere von denen hatten einem Kerl gegen den Kopf getreten, einen Müllcontainer auf ihn geworfen und ihn getötet, nur wegen einer Kette. Ganz schön bescheuert, aber so ist das eben.

»Du bist im Gefängnis, ich bin auf der Straße, du bist auf der Straße, ich bin im Gefängnis.« Ribz seufzt von hinten.

»Freunde verpassen sich ständig so.«

»Außer damals in den 90ern, als alle draußen waren«, sagt Pilgrim.

Man konnte sie vielleicht an einem späten Sommerabend sehen oder so, rauchend unter den Bäumen im Park. Oder wenn sie vom Land zurückkehrten oder wo auch immer sie sich trafen. Bisschen quatschen, so tun, als würde jeder jeden mögen. Klar, als Kinder habt ihr alle auf der Straße Münzen geworfen, aber das heißt nicht, dass man den anderen heute trauen kann. Wenn du Stress kriegst, sind diese Typen weg.

»Das wirst du nicht noch mal erleben«, sagt Steps mit grimmiger Miene und starrt dabei durch die Windschutzscheibe, wie von einem Todeswunsch getrieben. Sofern nicht jemand ermordet wird, denkt Pilgrim, und alle zur Beerdigung zurückkommen müssen. Wenn einer von ihnen umgelegt wird, reißen alle das Maul auf, dass sie andere Leute töten werden, aber es wäre ihnen egal. Step's tut immer so, als hätte er Bock auf Gewalt, bis es dann so weit ist. Sein älterer Bruder ist in der Gegend bekannt. Aber außer auf einer Beerdigung wird man nicht alle zusammen an einem Ort sehen. Pilgrim denkt an die Worte seines Vaters. Er spürt die Waffe, die sich gegen das Sitzpolster in sein Kreuz drückt.

»Halt an«, brüllt Ribz und schlägt von hinten so fest gegen den Vordersitz, dass Steps' Kopf nach vorne schießt. Ribz dreht sich um und mustert einen drahtig aussehenden Jungen in einer amerikanischen Pilotenjacke, der mit zwei schlaksigen Kumpels links und rechts die Straße hinaufstapft. Steps schaltet hektisch in den Zweiten runter und bremst ab, damit sie ihn richtig identifizieren können. »Das ist der Ficker, der Elijahs A3 hochgejagt hat.«

»War ne große Sache für ihn, die Karre zu kaufen. Hat viel Arbeit reingesteckt«, sagt Pilgrim. Er und Elijah sind Freunde, seit sie in dieses Land kamen. Sie wissen alle, dass Elijah hart arbeitet, ein guter Dealer ist. Wenn man in der Hood bleibt und dealt, macht man 500 bis 1 000 Pfund am Tag, wenn man Glück hat. Elijah steht morgens um halb acht auf, nimmt den Zug nach Colchester, Milton Keynes, wo immer er sein Fleckchen findet, wo ein Haufen Drogensüchtige zusammenkommt. Er könnte etwa 5 000 Pfund am Tag verdienen, abzüglich der 1 000 Pfund, die er braucht, um für den nächsten Tag wieder Ware einzukaufen. Also macht er einen Profit von 4 000 Pfund, bezahlt 500 Pfund die Woche an einen seiner Dealer und 350 Pfund, wenn er einen Fahrer hat. In der Hood verkauft er 0,2 für 20 Pfund, aber auf dem Land kann er 20 Pfund für 0,1 bekommen. Außerdem ist das Londoner Heroin reiner, direkt von der M25.

Wenn man einmal anfängt zu protzen, werden die Leute schnell neidisch. Dieser Typ war neidisch auf den A3, also hat er ihn eines Tages einfach angesteckt. Das Feuer griff auf den Benzintank über, und die Kiste flog in die Luft. Also will Ribz jetzt jemanden umlegen, noch bevor sie es in den Old Street Club geschafft haben.

Sie fahren an den Straßenrand und verfolgen, wie die drei Gestalten weiter die Lower Clapton Road hinuntergehen, vorbei an aufgerissenen Müllsäcken und den Neonreklamen von Fastfood-Schuppen. In der Hitze flimmert die Luft über den Teichen. Weiter vorn können sie am Horizont die Kuppeln der Chimes Bar und des Palace Pavilion ausmachen. Es ist klar, wohin sie gehen.

Pilgrim kann nicht glauben, wie schnell die Pläne für seinen Geburtstag außer Kontrolle geraten sind. In den letzten Jahren ist es so schlimm geworden, dass das Betreten des Palace Pavilion einem Ausflug auf den Todesstern gleichkommt. Sechs Gang-Hinrichtungen auf der Lower und Upper Clapton Road in zwei Jahren. Die Wahrscheinlichkeit, Schüsse zu hören, ist hier auf der Mördermeile höher als an jedem anderen Ort Großbritanniens. Die Bullen lungern eine Ecke weiter in ihren Streifenwagen herum, wissen genau, dass der Einsatzbefehl früher oder später kommt. Diese Bullen-Scharfschützen müssen ihre halbautomatischen Glock 17 und MP5-Maschinenpistolen von Heckler &

Koch nicht entsichern, bevor sie auf den Parkplatz des Clubs stürmen, um die jüngste Ballerei zu beenden. Sie treffen zu neunzig Prozent. Eine erheblich bessere Quote als die der Tinies und Babies da draußen, zwölfjährige Möchtegern-Gangster, die sich eher selbst die Füße zerschießen, als jemand anderen zu treffen. Und es wird schlimmer, dem Wahnsinn in Beirut immer ähnlicher. Auf der anderen Straßenseite wird ein Mann von einem Killer mit Afro-Perücke in dem karibischen Imbiss Too Sweet erschossen. Zwei Tage später wird ein Typ in seinem BMW Cabrio von zwei Motorrädern überholt und zum Anhalten gezwungen. Sie steigen ab und jagen Schüsse durch die Windschutzscheibe, der Fahrer windet sich noch aus der Tür, knallt mit dem Gesicht in den Dreck und die alten Kaugummis auf dem Bürgersteig, wo er stirbt. Eine Woche später wird ein sechsundvierzigjähriger Fußgänger grün und blau geschlagen und vor die Räder eines vorbeifahrenden Doppeldecker-Busses geworfen, der ihn zerquetscht wie eine Big-Mac-Verpackung. Warum? Tja, der Typ hatte einfach Pech. Genau wie Pilgrim Pech hatte, wenn er zu Hause verprügelt wurde. Die Probleme finden einen immer. Sie warten bereits hinter der nächsten Ecke.

Sie parken vor dem Pavilion. Die hauptsächlich von Jamaikanern besuchte Chimes Bar befindet sich direkt daneben. Das Palace Pavilion ist ein Club für Jüngere, die auf Garage, Hiphop und Rap stehen. Pilgrim ruft das Mädchen an, das drinnen arbeitet, und sagt ihr, dass sie reinkommen. Sie bleiben im Wagen sitzen und warten auf den Typen mit der Pilotenjacke. Nach einer Weile begreifen sie, dass er nicht auftauchen wird.

»Muss uns beim Parken ausgecheckt haben und hat sich verpisst«, faucht Ribz und stößt die Tür einen Spalt auf. Die Gummidichtung saugt die Luft mit einem Zischen ein.

»Seine Freunde sind drinnen«, sagt Pilgrim. Er hat die beiden schlaksigen Wiesel hineingehen sehen. Also gehen sie an der Schlange vorbei direkt zum Eingang, ignorieren das höhnische Gejohle. Der Türsteher, ein Hundert-Kilo-Bursche, vollgepumpt mit Steroiden und vor Knast-Muskeln strotzend, frisch aus

Wandsworth entlassen, sieht sie kommen und drückt den Eisengriff runter, um die schwere Metalltür zu öffnen. Aus einer Wolke säuerlichen Schweißes, schimmeliger Feuchtigkeit und süßlichen Hasch-Rauchs taucht ein Mädchen mit Mikro-Mini und glasigen Augen auf. Es begleitet sie direkt nach oben in den VIP-Bereich, wo es ruhiger ist. Unten auf der Tanzfläche rempeln und schubsen sich die Kids zu Pharoahe Monchs »Fuck You«. Für das ungeübte Auge könnte es wie eine Massenschlägerei aussehen, aber es ist nur die Art, wie die Kids tanzen. Sobald die Clubber sie dort oben sehen, wissen sie, dass jemand Ärger bekommt. Alle nicken Pilgrim zu, sind so nervös, dass sie drei- oder viermal nicken, bis er sie sieht. Pilgrim blinzelt in die Menge, lässt seinen Blick über ihre Gesichter streifen, bis er die beiden Wiesel findet, die sich am Ende der Bar auf die Ellbogen lehnen. Er stößt Ribz an. »Mach dein Ding und raus hier.«

Pilgrim fixiert die beiden Typen, sie reagieren gereizt. Seine Augen brennen, als er sich das verkohlte Gerippe von Elijahs A3 vorstellt. Man lässt die Finger von dem nagelneuen Audi eines Mannes. Er will, dass diese Trottel leiden, und spürt die Wut in sich aufwallen. Die anderen Kids im Club sehen zu, als wäre ein Scheinwerfer auf sie gerichtet. Man kennt sie. Wenn sie in der Nähe sind, passieren schlimme Dinge.

»Was auch immer er verdient, deine Entscheidung«, sagt Pilgrim zu Ribz, stachelt ihn auf. Ihre stärkste Waffe haben sie bereits verloren, den Überraschungseffekt. Ribz stützt sich auf seine Fäuste, prahlt damit, was er mit diesen Wichsern machen wird, redet sich in Fahrt. Er drückt seinen Rücken in den Ledersitz, damit er den Griff seiner Kanone spürt. Ribz verkauft außerhalb von London Drogen. Er kämpft nur dann, wenn er mit dem Rücken zur Wand steht. Das macht ihn zu einem gefährlichen Kämpfer, denn er wird versuchen, es so schnell wie möglich mit einem Messer, einer Waffe oder mit CS-Gas zu beenden.

Je länger Pilgrim zuhört, desto stärker wächst ein ungutes Gefühl in ihm. In diesem Spiel kann man die Minuten nicht einfach so verstreichen lassen. Im Club sind noch andere junge

Gangster, die inzwischen ihre Kanonen zerlegt und mit einer verfickten Bürste gereinigt haben könnten. Er steht auf und geht nach unten. Er riskiert keinen Ausflug aufs Scheißhaus, auch wenn ihm fast die Blase platzt. Er könnte dort in eine Falle geraten, ohne Platz zum Manövrieren und ohne Fluchtweg. Also sucht er sich einen Pfeiler und lehnt sich gegen die Wand, damit er abgeschirmt ist. Jetzt fühlt er sich besser.

Er geht in Clubs, seit er neun war. Vor elf Jahren hat sein Dad ihn aus Jamaika geholt, damit er in diesem Höllenloch lebt. Er hat ihn in die beengte Dreizimmerwohnung seiner neuen Frau geholt, wo er sich ein Zimmer mit ihrem Sohn teilen musste. Sie waren entsetzt, als er mit Pilgrim vom Flughafen kam. »Wann geht er wieder zurück?«, war alles, was Pilgrim hörte. Diese Leute wollten ihn nie in ihrem Haus haben. Du hast mich aus Jamaika und von meiner Mum weggeholt und in diese Hölle hier gesteckt, dachte er. Der Dad seines Stiefbruders lungerte immer noch herum, um seinem Sohn neue Turnschuhe, einen Computer, einen Game Boy, ein Mountainbike zu kaufen. Pilgrims Dad verspielte seinen Lohn als Vorarbeiter bei den Buchmachern und gab seiner Stiefmutter, was übrigblieb. Er war das letzte Kid in Stoke Newington, das einen Game Boy bekam.

Ständig streiten sie wegen Geld im Haus. Nach einer Weile kann Pilgrim es nicht mehr ertragen, im Zimmer seines Stiefbruders zu leben. Zwei junge Männer in einem vollgestopften Raum, das ist wie in einem Dampfkochtopf. Er fragt sie, ob er nicht ein eigenes Zimmer bekommen kann. Das einzige freie Zimmer ist die Kammer, in der die Gefriertruhe steht. Dort zieht er ein. Keine Fenster, kein gar nichts. Wie Aschenputtel. Aber in seinem eigenen Zimmer ist er glücklich. Er ist unten neben der Haustür, er kann raus und rein schlüpfen, wann immer er will. Lebt in seinem eigenen Zimmer, bringt später Mädchen mit, schmuggelt sie heimlich rein ins Haus und wieder raus.

Pilgrim ist wahrscheinlich einer der besten Kämpfer seiner Schule. Niemand will auf der Straße gegen ihn antreten. Obwohl er in Stoke Newington lebt, treibt er sich in Pembury herum, und mit dreizehn ist er der Anführer einer Gang in Pembury. Heute hört man viel von London Fields und Tottenham, aber damals wurde ganz Hackney von Pembury aus beherrscht, da waren alle wichtigen Leute, ein paar auch aus Clapton. Pembury war das Zentrum.

Pilgrim hatte es auf der Straße schon weit gebracht, als ein vierzigjähriger Weißer namens Wolf auf ihn zukam. Wolf war seit den 80er Jahren in der Szene. Pilgrim war fünfzehn, genoss einen Ruf als Schläger, der ankam, jemanden überfiel und dann zusammenschlug. Er war so was wie ein Auftragskiller. Die Spur seiner Opfer führte dazu, dass die London Field Boys seinen Skalp wollten. Wolf trat an Pilgrim heran, weil er wusste, dass er ein gefürchteter Kerl war.

»Du machst dir einen ziemlichen Namen in der Gegend«, sagte Wolf bei ihrem Treffen.

Pilgrim sah auf seinen schlaffen Hühnerhals, die grauen Stoppeln an seinem Kinn. Er hatte keine Angst vor diesem alten Typen. Nach seiner Berechnung hatte niemand Angst vor ihm, deshalb brauchte Wolf Pilgrim. Er war dabei, seinen Ruf zu verlieren.

»Aber ich verspreche dir die Schlüssel zu dieser Stadt«, fuhr Wolf verschlagen fort.

»Was springt für mich dabei heraus?«, schnappte Pilgrim. »Was hast du, was ich haben will?«

Wolf kniff die Augen zusammen. Seine winzigen schwarzen Pupillen fixierten den jüngeren Mann, während er an einer Selbstgedrehten saugte. »Zugang zu Waffen«, sagte Wolf.

Mit seinen jahrelangen Verbindungen zum organisierten Verbrechen konnte Wolf Pilgrims Bande genau die eine Sache liefern, die sie brauchten, um mächtiger zu werden. Also verbündeten sie sich eine Weile. Er schickte Pilgrim los, um Schutzgeld von Veranstaltern zu kassieren, der türkischen Community und Strip-Schuppen. Pilgrim musste keinen Eintritt mehr in Clubs bezahlen. Bei jedem Striplokal auf seiner Liste das gleiche Spiel: Er recherchierte, brachte in Erfahrung, wann die Veranstalter da waren, und tauchte entsprechend auf. Die anderen Clubgäste checkten die Champagnerflaschen aus, die an seinen Tisch gebracht wurden, und er baute sich Respekt auf. Promis, die sich an diesem Lifestyle versuchten und für eine Nacht gefährlich leben wollten, sprachen ihn an. Pilgrim nahm jeden Abend Mädchen mit auf sein Zimmer. Sie waren überrascht von seiner fensterlosen Kammer mit Kühltruhe.

Pilgrim spürt einen festen Griff auf seiner Schulter. Er dreht sich um.

»Yo, Pilgrim. Alles klar bei dir?«

Einer der kleinen Gangster aus der Gegend, mit Fransenschnitt und dicker Goldkette, wollte einfach nur beim Hallosagen gesehen werden. Der Junge verschwindet wieder und geht mit wilden Handbewegungen auf der Tanzfläche ab. Es läuft ein zorniger Ragga-Track. Pilgrim sieht sich in dem Club um. Keine Spur von den Wieseln. Er wirft einen Blick um den Pfeiler herum, sieht sie flüchtig, die Gesichter ernst, entschlossen. Pilgrim zieht sich zurück, mischt sich unter die Menge, arbeitet sich am Rand der Tanzfläche in die entgegengesetzte Richtung vor, dann rauf zu Ribz ins Séparée.

»Sie sind jetzt beim DJ in der Nähe. Wenn wir was tun wollen, dann jetzt«, sagt er. »Wir haben keine Zeit zum Nachdenken.«

So arbeitet Pilgrim am liebsten. Erledige, was du zu tun hast, und kümmere dich anschließend um die Konsequenzen. Die Typen haben sich postiert, werfen von der gegenüberliegenden Wand finstere Blicke zu ihnen hoch, als wüssten sie ganz genau, was als Nächstes passiert. Sie werden es nicht riskieren, hier drinnen zu schießen. Zu voll. Sie werden versuchen, sie nach draußen zu ziehen. Sie sind jetzt Beute. Ribz redet immer noch, aber Pilgrim beachtet ihn nicht. Durch sein ganzes Gequatsche hat Ribz jetzt ihren Vorteil verspielt. Er spürt sein Handy in der Tasche vibrieren.

»Wo bist du?« Es ist Lil Solja, einer der Chefs der Tottenham Boys. Pilgrim hat vergessen, dass Lil Solja ihn zum Geburtstag abholen und nach Tottenham bringen sollte.

»Im Palace Pavilion«, antwortet Pilgrim.

Es ist ein Risiko für Pilgrim, Verbündete bei den Tottenham Boys zu haben, seit langem besteht Streit mit Hackney. Aber Lil Solja war mal in seiner Klasse. Sie verstanden sich gut. Die Tottenham Boys dürfen nicht in die Nähe des Palace Pavilion kommen. Ihre düsteren Porträtfotos hängen in A4 an jeder Pinnwand in den Fluren der Polizei in Hackney: »Gesucht wegen bewaffneten Raubüberfalls«. Die jüngsten Hilfspolizisten oder Fahrer der Einsatzfahrzeuge werfen auf dem Weg zur Kantine kurze Blicke auf sie. Ihre Muttersprache ist Türkisch, sie halten Leuten Messer an die Kehle, kassieren Schutzgeld in Billardhallen und den Wohnungen von Nutten. Aber in Hackney sind sie tot. Erst neulich kroch ein türkischer Typ in dichtem Verkehr die Straße entlang, als ein Fußgänger hinüberging und durch die Scheibe sechsmal auf ihn schoss. Er steckte hinter einem Bus an der Kreuzung der Lower Clapton Road fest. Es war eine Hinrichtung am helllichten Tag, an einem sonnigen Nachmittag, inmitten von herumlaufenden Frauen und Kindern.

»Ich rufe dich an, wenn ich draußen bin«, sagt Lil Solja.

Pilgrim klappt sein Mobiltelefon zu. Er steht auf, um den Club zu verlassen. Fick den Scheißladen, denkt er, als er wieder nach unten geht und sich bei jedem jungen schwarzen Typen strafft, an dem er vorbeikommt. Er muss rauskommen, ohne gesehen zu werden. Bei den Toten der Schießereien in den letzten Monaten schien es sich ausnahmslos um Typen gehandelt zu haben, die aus der Chimes Bar nebenan kamen. Auf der anderen Seite der Tanzfläche steht ein Younger, den er kennt, posiert mit Sonnenbrille vor zwei übertrieben geschminkten Mädchen im Teenageralter. Aus seiner Körpersprache liest Pilgrim, dass er ihnen einen Macho-Bericht von einer Schießerei liefert, die nie stattgefunden hat, wobei er sich selbst als großen Helden darstellt. Ihre Blicke begegnen sich. Der Junge reagiert gereizt. Ein Younger muss sich einem Older wie Pilgrim unterordnen. Er wird an den Grenzen patrouillieren, bei feindlichen Übergriffen losziehen, Schulden eintreiben, Kanonen verstecken und sogar in den Knast gehen, alles in der vergeblichen Hoffnung, eines Tages an Pilgrims Stelle treten zu können.

Nach zehn Minuten klingelt Pilgrims Telefon wieder. Es ist Lil Solja. Er klingt nervös. In der Nähe der Chimes Bar abzuhängen und auf Pilgrim zu warten bringt ihn in Gefahr.

»Du brauchst zu lange.«

»Ich komme schon, ich komme.«

»Geh nicht vorne raus«, sagt Lil Solja. »Die Bullen sind hier. Wir treffen uns in der Ferry Lane. Da steigt auch die Party.«

Lil Solja legt auf. Pilgrim hält auf den Younger mit der Sonnenbrille zu.

»Leih mir die mal kurz, okay!«, sagt Pilgrim, zieht dem Kid die Brille von der Nase und setzt sie sich selbst auf. Der Jüngere weiß, warum er sie braucht, dass er unerkannt den Club verlassen muss. Trotz Lil Soljas Warnung geht er zum Vordereingang hinaus. Die Polizei ist ein Risiko, aber ein geringeres, als abgeknallt zu werden. Während er die Tür anpeilt, sieht er einen kleinen Tisch, auf dem stapelweise Flyer liegen. Er greift sich zwei und vergräbt Nase und Mund dahinter. Der Türsteher drückt den Metallbügel der Brandschutztür hinunter. Pilgrim zieht die Kapuze seiner Avirex-Jacke über und geht hinaus. Mit der Sonnenbrille, den Flugblättern und der Kapuze kann niemand erkennen, wer zur Hölle er ist. Die schwere Metalltür knallt hinter ihm zu, und die Musik blendet aus zu einem dumpfen Dröhnen. Er spürt sofort, dass etwas nicht in Ordnung ist. Der Parkplatz ist viel zu ruhig. Instinktiv blickt er nach rechts.

Da ist ein kleiner Junge, kauert auf einem Knie, eine Kanone mit kurzem Lauf in den behandschuhten Händen, zielt genau auf ihn. Pilgrim hört hinter sich die Türverriegelung einrasten. Er ist gefickt.

Die nächste Deckung erfordert einen Sprint von hundert Metern quer über eine Freifläche, um sich dann hinter eine Reihe parkender Autos zu werfen. Bis er nach seiner eigenen Kanone gegriffen und sie zum Zielen hochgerissen hat, hat er bereits vier Kugeln im Leib. Ihm bleibt nur eine einzige Möglichkeit. Wie verrückt schreiend und mit wild rudernden Armen stürmt er die Treppe hinunter genau auf den Killer zu. Der Junge zuckt kurz zusammen, als hätte er einen Wahnsinnigen vor sich, und lässt den Lauf einen Tick sinken. Er ist überrumpelt. Es dauert nur eine Sekunde, aber es ist lange genug, dass Pilgrim seine eigene Kanone aus dem Hosenbund reißen kann. Er zielt auf die Brust und drückt den Abzug. Nichts passiert. Die Waffe hat Ladehemmung. Pilgrim wartet nicht. Jetzt rennt er in die Nacht hinaus. Seine Arme pumpen wie Kolben, als er die Straße hinuntersprintet und abrupt Haken schlägt wie ein Quarterback, den er mal in der Glotze gesehen hat. Hinter sich hört er das Paaf! Paaf! Paaf!, als der Junge seine Waffe abfeuert. Eine Kugel peitscht in das Laub eines Baumes vor ihm. Er rennt über die Straße zum Teich hinüber. Je schneller er mit der Dunkelheit verschmilzt, desto besser. Die kurz aufeinanderfolgenden Schüsse verraten ihm, dass es eine Halbautomatik ist. Jetzt ist es also so weit, denkt er. Seine Lungen brennen, er hat einen metallischen Geschmack im Mund. Er kann kaum die Knie heben. Als würde er durch hüfthohes Wasser waten. Niemals wird er es von hier lebend zum Teich schaffen. Er wagt einen Blick zurück zu seinem Killer, sieht jedoch nichts als die in flirrenden Schwaden vom Boden aufsteigende Hitze. Sechs Schuss bislang.

Ein weiterer Knall. Peng! Peng! Er krümmt sich und schlittert. Etwas verbrennt seine Hand. Es ist wie heißes Wachs. So als hätte jemand ein Dampfbügeleisen darauf gedrückt.

»Fu-huck!«

Pilgrim reißt die Hand hoch. Sie ist stark angeschwollen, sieht aus, als wäre sie mit Zigarettenasche überzogen. Er wirbelt herum. Mehrere Gestalten mit Hoodies lösen sich jetzt aus den Schatten und kommen auf ihn zu. Viele Schießereien enden so, mit irgendeinem Idioten, der eine blockierte Kanone in der Hand hält. Wenn sie seine Leiche finden, werden die Bullen als Erstes vermuten, dass der Tote in der Hitze des Gefechts nicht genug Courage hatte, das Feuer zu erwidern. Dann finden sie heraus, dass die Waffe Ladehemmung hatte. Viele Kids da draußen sind schlechte Schützen, die nicht in der Lage sind, ein bewegliches Ziel auf hundert Meter zu treffen. Deshalb gibt es so viele Schießereien, bei denen jemand einen Schuss ins Bein oder einen Streifschuss abbekommt. In *Die Kunst des Krieges* hat er gelesen, wie wichtig Taktik und Waffentechnik sind. Während das Blut in seinen Schläfen hämmert, weiß er, seine einzige Hoffnung ist, die Ladehemmung zu lösen. Er muss schnell sein. Seine Angreifer sind vielleicht außer Schussweite, aber er hört sie schnell zu ihm aufholen. Nur noch ein paar Sekunden, dann sind sie nahe genug, um ihn nicht zu verfehlen.

Pilgrim hat sich Zeit genommen, sich mit den Mechanismen einer Waffe vertraut zu machen. Über seine Kanone hat er eine Socke gezogen, um keine Fingerabdrücke darauf zu hinterlassen. In der Socke steckt eine 9-mm-Browning-Selbstladepistole. Die Standardwaffe der Royal Air Force. Er hat sie mit Platzpatronen für 100 Pfund in dem Army Shop in Bethnal Green gekauft. Aufgebohrt und wieder funktionsfähig gemacht hat er sie selbst. Hat das Plastikteil rausgeschnitten und eine echte Ladekammer eingebaut. Hat in einer Eisenwarenhandlung Rohr gekauft und den Lauf erneuert. Dann noch der Schlitten und der Ladestreifen, und fertig. Jetzt musste er nur noch die Munition kaufen, 9-mm-Parabellum-Patronen. Alle Kids halten sich für große Ballistikexperten, aber sie wissen einen Scheißdreck. Bei den meisten Waffen, die heute auf der Straße im Umlauf sind, handelt es sich um Nachbauten, Schreckschusspistolen, Luftpistolen, die so umgebaut wurden, dass sie scharfe Munition abfeuern können. Pilgrim ist ein Techniker geworden. Er weiß, dass sich der Lauf nach mehreren Schüssen weitet, und wenn er sich weitet und danach wieder abkühlt, wird er enger. Dann blockiert das Ding oder aber es geht nach hinten los. Dabei kann es einem schon mal den Finger abhauen. Wenn Leute sich die Hand abschießen, dann weil sie den Lauf nachgebohrt haben und das Ding ausgebrannt ist. Manchmal geht die Knarre auch kaputt, wenn man zu viel Schießpulver nimmt. Oder weil man die Schlagfeder nicht eingesetzt hat. So viele Sachen können schiefgehen.

Pilgrim packt seine Browning 9 mm und findet den Sicherungsbügel. Jedes bewegliche Teil einer Waffe ist geriffelt. Wenn eine Waffe blockiert, versucht es ihr Besitzer in seiner Panik oft mit Gewalt, reibt mit seinen Fingern über die geriffelte Kante und verteilt seine DNA darauf. Damit wird die Kanone zum Traum jedes Kriminaltechnikers. Pilgrim zieht den Verschluss zurück und kippt die Waffe nach rechts. Die blockierte Kugel fällt in die Socke. Er hat schon viel zu viele Typen in den Knast wandern sehen, nur weil sie Patronenhülsen auf dem Boden zurückgelassen haben. Ein scharfsichtiger Bulle von der Spurensicherung hebt die Hülse mit einer Pinzette auf und jagt das Ding dann zur Analyse durch den Supercomputer des National Ballistics Intelligence Service. Die Riefen und Spuren auf den Hülsen sind wie eine Unterschrift, wie ein Fingerabdruck. Pilgrim lädt erneut durch. Jetzt ist die Waffe schussbereit. Er hört links hinter sich die Schritte seines Angreifers dumpf auf den harten Boden schlagen. Er wirbelt herum, hebt den Arm mit der Waffe und zielt auf das Geräusch. Da ist es. Er drückt ab. Der Schuss löst sich mit einem lauten Knall. Die Schritte verstummen. Stille. Dann sieht er, wie sich zwei Gestalten ducken und zurück in die Gasse huschen. Sie dachten, er sei unbewaffnet, als er das Feuer nicht erwiderte. Pilgrim schließt ein Auge und verfolgt sie beim Laufen. Er schießt wieder. Sie beschleunigen und sprengen auseinander wie Wild. Pilgrim dreht sich um, schiebt die Kanone unter seinen Hosenbund und eilt in die länger werdenden Schatten davon.

Eine halbe Stunde später hält Ribz' Wagen zwei Blocks entfernt. Pilgrim tritt aus einer Gasse und lässt sich auf die Rückbank fallen. Seine Hand schmerzt wie Sau, aber sie wischen die Wunde mit einem feuchten Lappen ab und verbinden sie. Mit einer Schussverletzung kann er unmöglich ins Krankenhaus. Genauso, als hätte er einen Messerstich ins Bein bekommen. Man kann mit so etwas nicht einfach in die Notaufnahme gehen, die melden das sofort der Polizei. Das muss man schon selbst klären.

Er sieht, dass die anderen trotz seiner Schmerzen darauf

brennen, die ganze Geschichte zu hören, seine Kriegsgeschichte von vorderster Front. Für dieses Ritual leben sie. Alles basiert auf dem Ruf, und Pilgrim hat eine Kugel abbekommen. Jeder will gefürchtet werden, denn gefürchtet sein bedeutet, geliebt zu werden. Gefängniszellen, Jugendgerichte, Straßenecken hallen wider von Prahlerei und Geschichten, während Männer gemacht werden.

Pilgrims Fingerspitzen zittern, als Ribz ihm eine eiskalte Flasche Red Stripe reicht. Er trinkt zwei große Schlucke, wischt sich mit dem Handrücken über den Mund und beginnt zu erzählen. Kommt mit der Brille nach draußen. Sieht den kauernden Schützen. Dann der Spurt über den Parkplatz. Die Ladehemmung reparieren. Er spreizt die Finger und versucht, die Hand gerade zu halten. Sie ist inzwischen dunkelrot angelaufen und stark geschwollen, als wäre sie entzündet.

»Ich hab mich umgedreht. Konnte den Schützen nicht sehen«, krächzt er. Er fühlt sich benommen. »Nur die Hitze. Wie sie in Wellen vom Boden aufstieg.«

»Das war nicht die Hitze«, sagt Ribz unheilverkündend. Die anderen sehen ihn stirnrunzelnd an. Er war ja nicht mal dabei. »Das waren Duppys, die dich holen wollten.« Böse Geister.

Aber Pilgrim hält nichts von schwarzer Magie. Er raucht kein Crack, trinkt normalerweise nichts. Aber vor allen Dingen glaubt er nicht, dass böse Geister wie bei *Dr. Who* einfach so auftauchen und dich holen.

»Ich kann diese Voodoo-Scheiße nicht ab«, faucht er.

»Die Duppys belästigen einen nicht, solange man lebt«, plappert Ribz weiter. »Aber wenn man dem Tod nahe ist, dann kommt der Duppy, um sich deinen schwarzen Arsch zu holen. Und das war die aufsteigende Hitze, die du gesehen hast. Du warst so nah dran.«

Zur Betonung hebt Ribz Zeigefinger und Daumen dicht unter Pilgrims Nase. Pilgrim ist sauer jetzt. Ribz mischt sich ein. Heute Abend ist es eine Schießerei-Geschichte, ein Mann-gegen-Mann-Duell.

»Diese Scheiße ist was für Frauen, die sich mit Zeug bespritzen lassen für schwarze Magie«, sagt er. »Das ist doch alles Quatsch. Weißt du, was echt ist? Dieser Junge, der seine Knarre auf mich abgefeuert hat, der ist echt.«

»Lass den Mann seine Geschichte erzählen«, sagt Steps ernst.

Am Ende sind alle einen Augenblick lang still. Er hat ihre ungeteilte Aufmerksamkeit.

»In Hackney sagt jeder Junge: Ich war schon mal in einer Schießerei«, meint Steps seufzend. »Wenn sie aber mit ihren Freunden und fünfzehn oder dreißig Leuten in einer Schießerei sind – das ist keine Schießerei. Mann-gegen-Mann, er hat eine Waffe, schießen oder erschossen werden. Das ist Respekt, Mann.«

Dann halten sie kurz an und setzen Pilgrim ab. Seine Hand pocht, als wäre ein Laster drübergerollt. Ihm wird kurz übel. Er ist hundemüde. Als er drinnen ist, geistern die Worte »Das ist Respekt, Mann« durch sein leeres Zimmer. Ribz reckt seine Faust aus dem Autofenster wie zu einem Black-Power-Gruß. Regen trommelt auf die Kühlerhaube, als der Wagen losfährt. Pilgrim hat ihnen nicht erzählt, dass er niemanden umbringen wollte, als er auf die Angreifer schoss. Er wollte einfach nur, dass sie sich verpissen und ihn in Ruhe lassen. Durch die Wand hört er das Schrillen eines Rauchmelders. Dann begreift er, es ist das ausdauernde Schreien eines Babys, das hungrig aufwacht. Die Stimme der Mutter besänftigt und beruhigt es, bis das Jammern verklingt. Seine eigene Mutter ist nun seit drei Jahren tot. Gerade mal eins fünfzig groß, aber die mutigste Frau, die er je kennengelernt hat. Er hatte ständig mit ihr telefoniert. Als er dann von einem Besuch bei ihr auf Jamaika zurückkam, wechselten sein Vater und seine Stiefmutter die Festnetznummer. Ihr sagten sie nichts davon. Sie hatte auf Jamaika keine richtige Adresse. Sie lebte einfach »die Straße runter«. Sie ging zum Telefon, um ihren Sohn anzurufen, kam aber nicht mehr durch. Sie schrieb ihm Briefe, die von seinem Dad abgefangen wurden. Sie schrieb und schrieb, gab es schließlich auf. Pilgrim lebte sein Leben in England und dachte, sie wäre tot. Wir sehen uns, wenn wir uns sehen. Seit er acht Jahre alt war, musste er mit solchen Dingen im Kopf leben. Er verlor den Kontakt.

Dann mit sechzehn erhielt er einen Anruf von seiner Tante. »Deine Mutter liegt im Sterben«, erklärt sie ihm. Sie hatte Gebärmutterhalskrebs. »Die haben versucht, das Ding wegzulasern. Aber die haben irgendwie nur an ihr geübt. Am Schluss haben sie zu viel weggebrannt in ihr. Als alles verheilt war, konnte sie nicht mehr aufstehen und auch nichts mehr essen.«

Er schält die Socke von seiner Browning 9 mm und hat den hölzernen Schaft auf seiner geöffneten Handfläche liegen. Wenn er erschossen worden wäre, auf welche Seite der Zeitung hätte er es dann geschafft, fragt er sich. Eine Schießerei unter schwarzen Jugendlichen ist nicht mehr die große Nachricht, die es früher mal war. Nur eine weitere Kreidekontur für Trident, die Sondereinheit zur Aufklärung von Straftaten mit Einsatz von Schusswaffen unter Schwarzen. Wenn er stirbt, wird er seine Mum wiedersehen. Es ist ihm egal, wenn wieder einer versucht, ihn umzulegen. Er kann ihn und seine Freunde umbringen. Innerlich ist er längst tot.

Zwei Tage später schmerzt seine Hand noch immer. Er steht bereits wegen versuchten Mordes unter Anklage und kann die Kanone kaum zum Zielen hochhalten. Er hat einen Ruf zu verlieren und braucht Geld. Er überfliegt die Nummern in seinem Telefon und ruft seinen Cousin an, einen Old-School Dealer, und während seine Hand heilt, geht er mit ihm auf Tour. Für seinen Geschmack gibt es zu viele Dealer in der Hood, also hat er ins West End expandiert, obwohl es von den Yardies kontrolliert wird. Die Yardies sind Jamaikaner aus Trenchtown in Kingston. Er kauft sich ein gebrauchtes schwarzes Taxi, einen Fairway TX1 Leichenwagen mit zwei Türen. Er schnappt sich einen Junkie, schmiert ihm Gel in die Haare und setzt ihm eine Brille mit Fensterglas auf die Nase seines pockennarbigen Gesichts, damit er wie ein echter Taxifahrer aussieht. Er bezahlt den Kerl in Klamotten. Die

Yardies stehen hundert Meter entfernt und rauchen. Es sind knallharte, muskulöse Gangster frisch aus Trenchtown mit nagelneuen Nikes und einer Glock, die sie sich hinten in den Bund ihrer Sporthose geschoben haben. Pilgrim und sein Cousin parken kurz vor acht im West End, machen ihre Lieferung und zischen wieder ab. Wie ein Uhrwerk. Sie lassen die Yardies draußen stehen, wo sie versuchen, über Nacht ihre Million zu machen. Pilgrim macht weiter Kohle. Er hört, dass Steps verhaftet wurde. Er fährt mit dem Taxi, bis die Narben dunkelrot werden und auf seiner Hand verwachsen.

Eines Nachts sind sie hinten in dem Taxi, als Pilgrims Telefon klingelt. Es ist ein alter Freund. Drek.

»Ich hab da einen easy Überfall. Ein Kinderspiel«, sagt Drek. »Komm mit. Zieh das Ding mit uns durch.«

Pilgrim runzelt die Stirn, hält das Telefon ans andere Ohr. Zuletzt hatte er gehört, dass Drek im zweiten Jahr an der Universität Aerodynamik studiert. Jetzt hat er sich in den Kopf gesetzt, ein großer Dealer zu sein, und weigert sich, an die Uni zurückzugehen. Tja, denkt Pilgrim, viel Glück damit.

»Ich bin gerade beschäftigt«, hält er ihn hin.

Ribz ist vom Radar verschwunden. Alle Anführer sitzen ein. Früher oder später werde ich auch im Knast landen, denkt er. Gegen seinen Willen spürt er, dass sein Leben endlich ist.

»Komm morgen vorbei«, sagt er zu Drek.

»Kentish Town, richtig?«

Als Pilgrim am nächsten Tag die Tür öffnet, steht Drek da mit einem anderen Typ. Der Fremde trägt ein sackartiges graues Sweatshirt wie ein Student. Der würde nicht mal einer alten Dame Angst machen. Pilgrim sieht ihn finster an und nimmt Drek beiseite.

»Bring keine Leute in mein Haus, Bro.«

Drek sieht ihn ausdruckslos an, als wäre Pilgrim größenwahnsinnig, würde sich einbilden, er stünde auf der FBI-Liste der meistgesuchten Männer. »Wer bist du – Dr. Kimble?«, witzelt er.

»Ich kenne deinen Freund nicht.« Er deutet auf den Fremden, der nervös Grimassen schneidet. »Wir beide könnten uns morgen anpissen, und dieser Idiot weiß jetzt, wo ich wohne.«

»Ist doch nur Jimmy.« Drek zuckt mit den Schultern.

Der Raubüberfall klingt wie ein Kinderspiel. Es geht um einen Lastwagen mit Designer-Klamotten. Sie überfallen die Karre mit Waffen, packen die Ladung in ein anderes Fahrzeug um. Das war's auch schon. Für Pilgrim sieht das ziemlich simpel aus. Das einzige Problem ist die Tauglichkeit dieser Truppe – Drek und Jimmy. Sie sind alles andere als schwere Jungs. Er wird sie keine Sekunde aus den Augen lassen dürfen. Aber eines ist ganz sicher – dies wird sein letzter Raubüberfall sein. Er hat die Schnauze voll von diesem Schwachsinn.

Ein paar Tage vorher holen Drek und sein Kumpel Pilgrim ab und fahren mit ihm nach Kingston. Dort treffen sie einen anderen Typen, Obi. Der Kerl ist Pilgrim auf den ersten Blick unsympathisch. Obi lächelt zu viel. Er lacht, reißt Witze. Er ist noch schlimmer als Jimmy.

»Was sollen diese ständigen Witze?« Pilgrim sieht ihn finster an.

Obi wirft ihm einen gehetzten Blick zu. Seine Blicke zucken von einer Seite zur anderen. »Ist doch nichts dabei, wenn man mal lacht und einen Witz macht«, meint er achselzuckend. Er ist wie ein Schuljunge, der inständig hofft, die richtige Antwort erraten zu haben, und lacht, weil ihm die ganze Sache eine Scheißangst bereitet. Pilgrim, der bewaffnete Räuber, der nicht einmal lächelt, macht ihm am meisten Angst.

»Hier geht's um einen Überfall«, faucht Pilgrim mit professionellem Stolz. »Das ist ernst. Seit ich dich kennengelernt habe, lachst du dumm rum. Ich will nicht, dass du mich verarschst.«

Inzwischen steckt er so weit in der Sache drin, dass er nicht mehr zurückkann. Er kann nur hoffen, diesen kleinen Idioten wenigstens etwas Verstand einzubläuen. Wenn er nur jemanden wie Marlon bei diesem Ding dabeihätte. Marlon war zwei

Jahre älter und nahm Pilgrim unter seine Fittiche. Er war ein erfolgreicher Krimineller, und er ging ins Gefängnis und überfiel Banken, und das alles seit der 8. Klasse. Er fing damit an, Frauen die Handtaschen zu entreißen. Es machte Spaß. Schnell verdientes Geld. Adrenalin. Manche von denen rannten einem hinterher, andere nicht.

Manchmal landete man einen Volltreffer und erwischte 50 Pfund und ein Mobiltelefon. Die Kreditkarten vertickte man an die Afrikaner und war für die ganze Woche versorgt. Nigerianische Betrüger – die »Onkels«. Noch besser waren Scheckhefte. Sie stellen keine Fragen. Die ziehen alle ihre Betrügereien ab und machen Kohle damit. Offensichtlich mehr als die 100 Pfund, die sie einem für die Karte geben. Als Kind stellt man nicht wirklich Fragen. Du hast 100 Pfund und kannst losziehen und dir kaufen, worauf immer du Bock hast.

Er drückt sich unmissverständlich aus. »Nehmt den Fahrern die Handys ab.«

Sie nicken.

»Zieht euch Strumpfhosen übers Gesicht.«

Sie nicken wieder.

»Wir brauchen einen Van, um das Zeug aus dem Laster umzuladen.«

Sie nicken. Die Gruppe geht auseinander.

Als der Tag da ist, wartet Pilgrim an der Ecke. Es ist früher Abend, und auf beiden Seiten preschen Schulkinder an ihm vorbei. Eines trägt eine weiße Totenkopfmaske. Ihre Hemden sind aus der Hose gezogen, sie werfen lachend die Köpfe in den Nacken. Ein paar Meter weiter öffnet sich die Tür eines Busses mit einem lauten Zischen, und die Kids drängeln sich hinein. Pilgrim könnte einsteigen und nicht zurückschauen. In wenigen Minuten hätten ihn die Straßen verschluckt. Ein Auto hupt. Er dreht sich um und entdeckt Jimmy am Steuer. Es ist ein Mitsubishi Colt, ein kleines Auto, dessen Kofferraum gerade groß genug ist für ein paar Einkaufstüten. Sie wollen einen ganzen Lastwagen überfallen. Pilgrim steigt ein und knallt die Tür zu.

»Ich hab doch gesagt, kommt mit einem Van«, faucht er und dreht sich mit wütendem Blick zu Jimmy.

»Wir fahren ja zu dem Van, Mann«, erwidert Jimmy.

Pilgrim starrt auf den Bus vor ihnen, der jetzt blinkt und sich schwerfällig in den Verkehr einfädelt.

»Wie sollen wir denn die Ladung eines verfickten Lasters in so eine kleine Karre bekommen?«

»Der Van steht in der Nähe der Uni.«

Scheißstudenten, denkt Pilgrim, die denken, sie würden einen Umzug machen. Alles wird viel zu lange dauern. Eine missmutige Stille hängt in der Luft, während sie sich durch den dichten Verkehr Richtung Treffpunkt schieben. Sie biegen um eine Ecke auf ein verlassenes Gewerbegebiet. Der Lastwagen parkt vor ihnen.

»Wenn ich mein Ding raushole, zieht ihr euch die Strumpfhosen über den Kopf und steigt aus«, sagt Pilgrim. Er wirft einen Blick zu Drek und Obi auf dem Rücksitz. Sie sitzen da mit großen Augen wie Kinder. Als sie näher heranfahren, ragt der Laster wie ein Eisberg bedrohlich über ihnen auf. Pilgrim springt aus dem Wagen und marschiert zur Fahrertür hinüber. Der Fahrer klettert gerade aus dem Führerhaus, wirft seine halb gerauchte Kippe weg und blinzelt Pilgrim aus seinem zerfurchten Gesicht neugierig an.

»Willst du 'ne Jeans?«, fragt der Fahrer. Er glaubt, einen schnellen Verkauf nebenbei machen zu können, bevor er das Zeug im Depot abliefert. »Welche Größe hast du?«

»Weite Sechsunddreißig«, sagt Pilgrim. Der Fahrer führt ihn zum Heck und hebt die Plane hoch, brummt dabei irgendwas über die Marken. Pilgrim zieht seine Kanone und drückt dem Mann den Lauf ins Genick.

»Weißt du was – ich nehm gleich den ganzen Laster«, sagt Pilgrim. »Hol deinen Freund raus.«

Mit gezogener Waffe holt er den Beifahrer raus. Pilgrim gibt Obi und Drek ein Zeichen zum Umladen der Ware. Er steht da und hält die Waffe auf die beiden Fahrer gerichtet, während die anderen die Waren in den winzigen Kofferraum des Mitsubishi stopfen. Er geht auf die Beifahrerseite hinüber, hält die Kanone weiter über das Dach des Wagens, reißt die Tür auf, springt rein. Jimmy gibt Gas, und sie brausen davon. Der Wagen schießt wie eine Rakete von dem Gelände, und saust dann, immer noch im ersten Gang, eine Reihe parkender Autos entlang. Sie sind aufgeputscht.

»Schmeißt die Handys aus dem Fenster«, brüllt Pilgrim und kurbelt seine Scheibe herunter. Nichts passiert. Schweigen hinten. Er wirbelt herum, rammt Obi seine geöffnete Handfläche ins Gesicht. Drek und Obi starren auf ihre Knie, schaffen es nicht, ihn anzusehen. Ihre Gesichter stecken unter so feinen Strumpfhosen, dass sie klar und deutlich zu erkennen sind. Genauso gut hätten sie Spinngewebe tragen können.

»Hey, Scheiße, was habt ihr da an?«, brüllt er sie an, während der Wagen hin und her schlingert. »Was Dickeres konntet ihr nicht finden? Meine Oma könnte euch bei einer Gegenüberstellung ohne Brille identifizieren.«

Pilgrim fordert mit einer Handbewegung die Mobiltelefone ein. Obi starrt finster aus dem Fenster und verzieht das Gesicht.

»Sag nicht, du hast es vergessen«, sagt Pilgrim ungläubig. Er beugt sich vor und vergräbt sein Gesicht in den Händen. Eine Wutwelle erfasst ihn, er reibt sich hektisch den Kopf. Es fühlt sich an, als wimmelten seine Haare vor Flöhen.

»Die haben längst die Bullen angerufen. Todsicher«, sagt er. Dann lässt er die Hand aufs Armaturenbrett krachen. Sie fahren zur Uni, um dort den Van zu treffen. Pilgrim sieht auf seine Uhr. Wenn er nicht innerhalb von fünf Minuten hier wieder raus ist, landet er im Knast. So lautet seine Regel. Seine Uhr sagt sechs Minuten und läuft weiter. Die anderen haben viel zu viel Angst, um den Mund aufzumachen. Pilgrim sieht sich auf dem Campus um. Studenten rennen mit dicken Aktenordnern unter dem Arm herum, tragen praktische Turnschuhe und Rucksäcke. Weiße Kids in pastellfarbenen Klamotten von GAP kauen Kaugummi und hören Musik mit ihren iPods.

»Wo ist der Transporter, Jimmy?«, fragt Pilgrim.

»Ich ruf ihn mal an«, erwidert Jimmy nervös. Man hat dem Fahrer des Vans nicht gesagt, dass er an einem Raubüberfall beteiligt sein wird. Als er zurückkommt, sind weitere Minuten verstrichen. Die Studenten hören auf, Kaugummi zu kauen, stellen ihre iPods auf Pause. Es wird dunkel, aber trotzdem starren sie zu den drei schwarzen Jungs hinüber, die Designerklamotten aus einem Mitsubishi Colt in einen Van umladen. Noch bevor sie fertig sind, hält Pilgrim inne und lauscht auf das Geräusch, mit dem er schon gerechnet hat. Eine Sirene heult einen Block entfernt. Sie werfen einander einen letzten vorwurfsvoll finsteren Blick zu, jeder gibt dem anderen die Schuld, dann trennen sie sich. Pilgrim rennt die Straße hinunter. Inzwischen sind von überall Sirenen zu hören. Die Fahrer müssen Sekunden nach dem Überfall angerufen haben. Vor ihm liegt eine Sackgasse, ohne erkennbaren Ausweg. Er bleibt stehen und sieht sich um. Hinter ihm das pulsierende Licht der Einsatzfahrzeuge, das über die Hauswände flackert. Die Straße ist mit Holzzäunen gesäumt, Stacheldraht obendrauf schützt die Vorgärten. Pilgrim weigert sich, in den Knast zu gehen. Nicht so. Nicht mit einer Bande von Amateuren bei einem verpfuschten Raubüberfall.

Er entscheidet sich in einem Sekundenbruchteil und hält sich rechts, läuft auf den Zaun zu, springt auf einen grünen städtischen Abfallbehälter und katapultiert sich darüber hinweg. Er hat nicht genug Schwung, um sauber auf die andere Seite zu kommen, also packt er den Zaunpfosten, um sich zusätzlich abzudrücken. Stacheldraht schneidet sich in seine Hand. Sein Körper bewegt sich weiter, fliegt über den Zaun, die Füße voran, dreht sich in der Luft. Er hört den Zaun splittern, als er schwer auf dem Boden aufschlägt, sich das Schienbein schürft. Er ist wieder auf den Füßen und rennt. Über sich hört er das mächtige Schwirren von Rotorblättern, als der Polizeihubschrauber in Position geht. Das grelle weiße Licht seiner Suchscheinwerfer streicht über den Boden. Hinter ihm zerren kläffende Hunde an den Leinen ihrer Führer. Es gibt nichts, wovor Jamaikaner mehr

Angst haben als Hunde, hat sein Vater ihm erzählt. Wahrscheinlich sind es Schäferhunde, die abgerichtet sind, ihm die angeschossene Hand abzubeißen. Er kann nicht in den Knast. Nicht so. Der weiße Lichtkegel schwingt zurück, erfasst ihn. Der Hof ist hell erleuchtet wie ein Fußballstadion. Jeder Müllsack, jedes Graffiti blendet ihn. Über ihm schlagen die Rotorblätter. In den Häusern geht Licht an. Fenster werden aufgerissen, als das ganze Viertel geweckt wird. Wie lange kann er weiterrennen? Ist schon mal jemand einem Polizeihubschrauber davongelaufen? Es ist unmöglich. Ihm bleiben noch Sekunden, um sich etwas einfallen zu lassen, irgendein Ass aus dem Ärmel zu ziehen. Fünfzig Meter vor ihm auf der Straße befindet sich eine Reihe von Kanaldeckeln. Er läuft hinüber und geht auf ein Knie runter. Aus der Tasche zieht er seinen Wohnungsschlüssel, einen Chubb, und schiebt ihn wie einen kleinen Hebel unter den Deckel. Mit der unverletzten Hand wuchtet er die Metallplatte hoch. Dann lässt er sich langsam und steif in das dunkle Loch hinunter. Mit den Turnschuhen tastet er nach Sprossen.

Unten angekommen, taumelt er den Tunnel hinunter. Mit einer Hand über dem Kopf tastet er sich voran, seine Fingerspitzen streifen über rauen Beton. Er rennt blind in die Dunkelheit, lauscht auf das Echo seiner Schritte im Wasser. Alle zwanzig Meter bleibt er stehen, krümmt sich und würgt, bis er nur noch trockene Luft kotzt. Dann torkelt er weiter. Er weiß nicht mehr, wie lange er schon unter der Erde ist, welche Strecke er bereits in dem dunklen Gestank zurückgelegt hat. Eine Welle der Wut steigt in ihm auf und treibt ihn weiter.

Schließlich, seine Bauchmuskeln schmerzen vom Würgen, finden seine Finger ein Loch in der Decke. Er tastet herum, bis sie sich um eine metallene Sprosse schließen, die in die Ziegel eingelassen ist. Dicht unterhalb der Straßendecke verharrt er und lauscht. Keine Verkehrsgeräusche. Er will nicht in dichten Verkehr hinausklettern, angestrahlt von Straßenlaternen. Mit einer letzten Anstrengung drückt er den schweren Gullydeckel hoch und wuchtet sich hinaus.

Nachdem er sich eine Stunde lang durch kleine Seitenstraßen geschlängelt hat, findet er sich vor einer Gegensprechanlage in Tottenham wieder. Vor kurzem hat er ein paar Mal in der Wohnung dieses Mädchens übernachtet. Sie weiß, was er tut. Er ist gekommen, um sie zu überraschen. Sie öffnet Pilgrim die Tür mit dem Summer, und er sagt ihr, dass er sich eine Weile bei ihr verstecken muss. Die Bullen werden nicht auf die Idee kommen, auf feindlichem Gebiet nach einem Jungen aus Hackney zu suchen.

In den frühen Morgenstunden umstellt Polizei seine Wohnung in Kentish Town und lauert ihm dort auf. Für diese Adresse bezieht er Wohngeld. Am nächsten Tag erreicht Pilgrim die Nachricht, dass die anderen verhaftet wurden. Die Augenzeugen berichten nur von drei Personen. Pilgrim hört auf, seine Bankkarte zu benutzen, und schickt das Mädchen zum Einkaufen. Jetzt hinterlässt er keine zurückverfolgbare Spur mehr. Am dritten Tag nach dem Überfall ruft er seinen Vater an.

»Die Polizei ist jeden Tag hier und fragt nach dir.«

Pilgrim hörte die Anspannung in der Stimme seines Vaters. Er hatte nicht geahnt, wie es sich anfühlen würde, ihn zu hören.

»Hast du irgendwen umgebracht?«, fragt er.

Pilgrim seufzt lang und tief durch die Nase. »Nein.«

»Was hast du getan?«

Er legt den Kopf in den Nacken und reibt sich den Schlaf aus den Augen. Wie lange kann er wegrennen? Er erinnert sich an das Gesicht seines Vaters, wie er als Silhouette in der Tür stand. Er sah so alt aus. Er denkt daran, welche Belastung das Leben seines Sohnes für seinen Vater ist.

»Ich werde einfach ins Gefängnis gehen«, sagt er seinem Vater. »Ich geh und sitze meine Strafe ab.«

An diesem Nachmittag geht er durch den Vordereingang des Polizeireviers und stellt sich. Die Bullen verlesen ihm seine Rechte. Er sitzt in einem nackten Raum mit einer Neonröhre, einem Becher Kaffee und einem Tonbandgerät. Ein glatzköpfiger Bulle in schwarzem Polartec-Fleecepulli und Jeans sitzt ihm gegenüber.

»Die anderen drei, Drek, Obi und Jimmy, behaupten, dass sie genötigt wurden«, sagt der Bulle. »Sie werden vor Gericht aussagen, dass du alles Mögliche mit ihnen angestellt hast, um sie zu diesem Raubüberfall zu zwingen.«

Pilgrim lächelt ihn ironisch an und schüttelt den Kopf. Er hatte es nicht anders erwartet.

»Reden wir über Elijah«, sagt der Bulle. Sie wollen, dass Pilgrim ihnen Elijah liefert, den Typ, dessen Audi A3 in die Luft gejagt wurde. Sie waren ins Palace Pavilion gegangen, um diesen Jungen für Elijah umzulegen. Elijah wird wegen versuchten Mordes gesucht.

»Ich werde ihn nicht verraten«, sagt er den Bullen. »Ich gehe in den Knast und sitze meine Strafe ab.«

Pilgrim geht vor Gericht, wo er nach Erwachsenenstrafrecht wegen bewaffneten Raubüberfalls zu sechs Jahren verurteilt wird. Zunächst wird er in das Portland Young Offenders Institute verlegt. Auf den Klippen der Isle of Portland in Dorset findet Pilgrim sich zwischen jungen Teenagern wieder. Er hört Gerüchte über Gewalt, Schikanen und brutale Wärter. Als die Tür sich hinter ihm schließt, denkt er, dass er seinen einundzwanzigsten Geburtstag an einem Ort wie diesem verbringen wird.

6:

Gefängnis

Es ist Pilgrims erste Nacht im Aylesbury Prison. Dorthin wurde er aus Portland verlegt, weil er angeblich Unruhe gestiftet hatte. Von seinem Etagenbett aus starrt er auf ein kleines hohes Fenster, das auf einen eingemauerten Hof führt. Durch die Scheibe hört er, wie ein Häftling seinen Zellennachbarn zum Selbstmord aufstachelt. Die Sticheleien halten Pilgrim wach. So geht es erbarmungslos Stunde um Stunde. Es folgt eine Phase der Stille, dann flammt die Wut des Tyrannen wieder auf. Aus der Nachbarzelle kommt kein Laut, fast als hätte er sich bereits umgebracht. Am nächsten Morgen, als die Türen aufgeschlossen werden, stolziert der Tyrann heraus, um sein Werk zu begutachten. Er rechnet damit, dass sich sein Opfer mit dem Gürtel aufgehängt hat. Doch Pilgrims Zellennachbar steht da, hält eine Tasse in beiden Händen. Sein Gesichtsausdruck ist ruhig und gelassen, kaltschnäuzig. Dann stürzt er vor und schleudert dem Tyrannen den Inhalt der Tasse ins Gesicht. Es ist eine Mischung aus kochendem Wasser und Zucker. Der Zucker klebt auf der Haut und verstärkt die Verbrennungen. Eine klassische Angriffsmethode im Gefängnis. Der Tyrann schreit und haut um sich, seine Finger zucken instinktiv zu seinen Augen. Pilgrim beobachtet die Begegnung. Er muss die Augen offen halten. Er lernt eine wichtige Gefängnis-Lektion. Man muss sich anderen gegenüber behaupten, sonst ist man erledigt.

Aylesbury ist voller siebzehn- bis einundzwanzigjähriger gewalttätiger Strafgefangener, die den ganzen Tag lang weggesperrt sind. Langeweile und Druck machen sie fertig. Am Anfang hakt Pilgrim noch die Tage ab. Aber es fühlt sich an, als würde seine Haftstrafe nie enden, also macht er einfach dicht. Er stellt keine Besuchsanträge. Die Familie zu sehen macht ihn nur fertig. Er ruft nicht zu Hause an. Am schnellsten vergeht die Zeit, wenn er in der Küche arbeitet. Geschirr spülen ab acht Uhr morgens, nicht vor neun Uhr abends zurück in seinem Zellentrakt. Manche Kids schließen sich dem Prislam an. Sie tun es, weil sie Freundschaft und Schutz suchen. Prislam ist eine riesige Gang mit besonderem Essen. Manche sind verrückt und sagen, sie werden alle Drogendealer umbringen. Und danach werden sie von ihrem Geld Toiletten in der Moschee finanzieren, denn für was anderes taugt es nicht. Pilgrim beginnt, mehr über den Islam zu lernen, nur damit sie ihn in Ruhe lassen.

Als er einundzwanzig wird, bekommt er die Verlegung in einen Männerknast, er wird nach Swinfen Hall in Staffordshire verlegt. Sein Herz wird schwerer, je weiter er von London wegmuss, hinaus aufs Land. Bislang hat sein Ruf auf der Straße Pilgrim den Respekt der Teenager im Knast garantiert. Weiter weg von London bedeutet das einen Scheißdreck. Seine einzigen Verbündeten – eine Handvoll Typen, die mit ihm im Transporter sitzen.

»Hört zu«, sagt er und beugt sich weit vor. »Sechs von uns sind aus London. Falls irgendwas abgeht, müssen wir zusammenhalten.«

Als er das Gefängnis betritt, begegnet er lauter jungen Männern im Alter von einundzwanzig bis fünfundzwanzig, die Haftstrafen zwischen vier Jahren und lebenslänglich absitzen, aber nicht ein bekanntes Gesicht. Er kassiert eine Menge schräger Blicke, als er den Korridor hinuntergeht. Er ist ein Frischling und ganz allein im B-Flügel, und er ist gefährlich isoliert. Es kann zu einem Gewaltausbruch kommen, wenn sich jemand in der Warteschlange vor der Essensausgabe vordrängelt. Wenn du ihm nicht Paroli bietest, werden es ihm am nächsten Tag alle gleichtun. Er checkt die Lage aus und begreift, dass er schleunigst einen Überlebensplan benötigt.

Als Erstes sammelt er Informationen. Er kundschaftet das

Gefängnis aus. Alles in allem neun Flügel. Er macht einen älteren jamaikanischen Häftling aus, der mit jedem labert, wartet den richtigen Moment ab und spricht ihn an.

»Zu welcher Gang gehörst du?«, fragt der alte Typ.

»Love of Money.«

»Das hört sich an wie ein Haufen Londoner Fotzen«, lautet die zornige Antwort. »Hier drinnen bist du nichts, wenn du nicht aus der zweiten Stadt kommst.«

»Manchester?«

»Scheiß auf Gunchester, vergiss es. Birmingham. Da laufen die Drogengeschäfte der ganzen West Midlands zusammen, da gibt's die besten Clubs des Landes. Wenn du hier drinnen nicht zur Johnson Crew gehörst oder zu den Burger Bar Boys, bist du so gut wie tot.«

»Nie von denen gehört. Ich interessier mich nicht für Typen vom Land.«

Während er sich in ihrer Mitte bewegt, kann er das Gewicht der von ihnen ausgehenden Bedrohung förmlich spüren. Er muss unbedingt eine Allianz bilden, und wenn's nur mit einem oder zwei anderen Häftlingen ist. Einzelgänger werden leicht angegriffen oder ausgenutzt. Er hält die Augen nach Kontaktmöglichkeiten auf. Also bringt er zwischen acht Uhr morgens, wenn die Häftlinge zum freiwilligen Frühsport aus ihren Zellen gelassen werden, bis zum Ende der Häftlingsarbeit um neun Uhr abends so viel in Erfahrung wie möglich.

»Zwischen der Johnson Crew und den Burger Bar Boys gibt's seit Jahren Beef, Mann. So ungefähr seit zehn Jahren. BB hat früher mal zu Johnson gehört, dann haben sie ihr eigenes Ding gemacht. Johnson stellt die Türsteher der Clubs, verkauft drinnen Drogen. Ihr Revier ist Aston, Erdington und Lozells.«

»Und die anderen?«

»Seit 2000 ist es das reinste Chaos. Silvester haben die Burger Boys zwei junge Mädels erschossen, und die Zeitungen sind durchgedreht. Also mussten die Bullen alle wichtigen Gangster einlochen.«

»Danke. Geil.«

Pilgrim sperrt den ganzen Tag die Ohren nach Londoner Akzent auf. Ab sechs Uhr abends dürfen die Gefangenen sich frei bewegen. Sie duschen, gehen in die Bibliothek, machen Telefonanrufe oder treffen sich ungehindert mit anderen Häftlingen ihres Flügels. In dieser Zeit wird er aktiv. Er tritt an einen Häftling heran und raunt ihm zu: »Bist du aus London?«

Der Typ beäugt ihn misstrauisch. Da die üblen Gangs aus Birmingham den Laden schmeißen, wird er das nicht so ohne weiteres zugeben.

»Ich komm aus East«, sagt Pilgrim. »Hackney.«

»South«, antwortet der Typ leise und blickt dabei von links nach rechts. »Aber behalt das für dich, Bro.«

»Gibt's noch mehr?«

»Klar. Aus South. Aber die haben Schiss, den Mund aufzumachen. Wir sind den Brummies zahlenmäßig unterlegen. Jede Made hier klingt wie Ozzy Osbourne.«

Um acht Uhr werden sie in ihre Zellen zurückgebracht. Pilgrim braucht einen Plan, um die Zeit zu verkürzen. Er beschließt, alle Typen aus London in seinen B-Flügel zu bekommen. Während er rumläuft, sagt er ihnen, sie sollen Ärger machen und dafür sorgen, dass sie verlegt werden. Also kommt es überall zu Schlägereien. Am Billardtisch geht es los, jemand kommt aus heiterem Himmel mit zwei Kugeln in einer Socke an. Einer nach dem anderen werden die Londoner in Pilgrims Flügel verlegt. Bevor die Wärter mitbekommen, was abgeht, ist es zu spät.

Auf dem Weg zur Bibliothek packt ein Junge seinen Arm. »Ne Nachricht von draußen«, flüstert er und starrte dabei stur geradeaus. »Von einem deiner Soldaten.«

Pilgrim nickt. Es ist gut, dass seine Soldaten ihn nicht vergessen haben. Pilgrim hat sich seit der Schulzeit um diese Jungs gekümmert, sie zu mutigen Männern gemacht.

»Ein Kid will dich töten«, berichtet ihm der Bote. »Sagt, er wird dich kaltmachen. Bei der ersten Gelegenheit.«

»Jetzt schicken mir diese Fotzen Morddrohungen.« Pilgrim zuckt mit den Schultern. »Als ich nebenan wohnte, haben sie sich nichts getraut. Die Younger wissen nicht, wo ihr Platz ist.«

Es gab Hellhäutige, denen würde er seine Schwester nicht anvertrauen. Auf Jamaika bekommt man mit einer helleren Haut einen besseren Job, und es gibt Leute, die kaufen sich dafür Bleichmittel. In seiner Crew sind es die Hellhäutigen, die hinter den Frauen her sind, aber sie sind schwach. Die haben nicht genug Seele. Sie greifen Mädchen an. Sie hauen ab, wenn ein Messer gezogen wird.

»Du bist drinnen, wo echte Gangster auf dem Hof rumlaufen«, sagt der Bote. »Die sind dein Problem. Ein falscher Blick, und sie holen dich.«

»Sieh mich an, Bro.« Pilgrim lächelt ihn an. Er legt eine bedrohliche Leichtigkeit in seine Stimme. »Sehe ich aus, als hätte ich Angst? Lass mich wissen, wie viele Typen aus South hier sind«, sagt er und geht.

Er beschließt, dass er eine Waffe benötigt. In seiner Zelle trampelt er auf seinem Einwegrasierer herum, um an die Klingen zu kommen. Dann nimmt er seine Zahnbürste und erhitzt das Ende mit einem Feuerzeug, damit er die beiden Klingen hineindrücken kann. Am besten kommt er von hinten an sein Opfer ran, greift dann nach vorn und zieht ihm die Klinge vom Mund aus übers Gesicht.

Schritt für Schritt versammelt er alle Kids aus South London und bildet seine eigene Gang. Er kann sich sogar vorstellen, mit einigen der Älteren zusammenzuarbeiten, wenn er rauskommt. Aber die Birmingham-Crew beherrscht den Knast. Und die Wärter haben inzwischen gecheckt, was Pilgrim vorhat. Es ist fünf Uhr morgens, und er wird von quietschenden Schlüsseln im Schloss geweckt. Die Tür fliegt auf, und Männer drängen sich herein. Sein Bett wird umstellt. Er schaut auf in ihre Gesichter. Es sind ausnahmslos Wärter.

»Mach dich reisefertig«, schnauzt einer. »Du wirst verlegt.«

So ist es immer. Er wird in ein neues Gefängnis verlegt. Er

trifft ein, baut seine Crew auf. Es gibt so lange Schlägereien und Stress, bis sie zusammengelegt werden. Seine Crew beraubt die Dealer und stiehlt Mobiltelefone. Er muss alles in Bewegung halten. Also versucht er, den Knast zu übernehmen. Dann verlegen ihn die Wärter. Wieder und wieder.

Aber all diese Monate im Knast machen ihn nachdenklich. Die ganze Zeit starrt er gegen die Decke, die sich nur wenige Zentimeter über seiner Pritsche befindet, hört zu, wie sein Zellenkumpan nur wenige Meter entfernt kackt. Dann ein paar Minuten Freigang auf dem Hof. Und die ganze Zeit über fragt er sich, wie es dazu kommen konnte, dass er seine frühen Zwanziger in diesem Drecksloch verbringen muss.

»Scheiß auf die Bullen. Alles nur Rassisten«, erklärt sein Zellenkumpan. Das ist eine beliebte Theorie hier drinnen. »Die Kids heutzutage wissen nichts über Jamaika. Sklaven mussten sich den Arsch aufreißen für ein bisschen Zucker im Tee. Heute machen sie immer noch die Scheißjobs, und keiner sagt danke. Die Bullen halten immer nur schwarze Kids an und filzen sie. Du trägst weite Hosen und einen Nike-Trainingsanzug, und schon landest du in der Gang-Datenbank. Mann, die kriminalisieren dich, nur weil du jung bist. Wenn's ein zweites Toxteth gibt, werde ich der Erste da draußen sein, der einen Molotowcocktail auf den Bullentransporter schmeißt.«

»Bullshit«, schnauzt Pilgrim. »Dauernd höre ich diese Rassismus-Nummer. Sobald man die Erwartungen übertrifft, hört man nichts mehr davon.«

»Ach, ja? Und wie kommt's, dass so viele Schwarze im Knast sitzen?«

»Weil sie blöd sind. Nur einer von zehn Typen geht in den Knast. Du kannst hier jeden fragen, warum er hier ist. In den meisten Fällen haben sie einen Fehler gemacht: ›Oh, dieser Typ hat mich verpfiffen.‹ Tja, warum hängst du überhaupt mit solchen Typen ab? Such dir Freunde, die den Mund halten können. Ich bin hier, weil ich mit einem Pack Vollidioten einen Raubüberfall gemacht habe.«

Pilgrim hält die Augen offen, lernt ständig dazu. Es gibt unterschiedliche Typen.

Es gibt zum Beispiel die Rude Boys, die sich aufführen wie in einem Rap-Video. Es ist ihnen wichtig, dass jeder weiß, sie machen Geldwäsche und verticken Drogen. Sie springen immer herum, gehen, als hätten sie ein Bein gebrochen, auf eine Seite geneigt. Wenn man ein echter Gangster ist, hält man sich bedeckt und versucht, nicht aufzufallen. Dann gibt es die Muskel-Typen, die nichts anderes tun, als zu pumpen. Sie schlucken Steroide und sind aufbrausend. Er beobachtet, dass diejenigen mit langen bis lebenslänglichen Haftstrafen erheblich entspannter sind und alles langsam angehen lassen. In Untersuchungsgefängnissen wie Pentonville und Brixton sind sie optimistischer wegen des ständigen Wechsels. In Feltham waren die jungen Kids alle aufgeregt. Es war wie eine Auszeichnung für sie. Manche hatten Angst, aber das konnten sie nicht zeigen. High Down liegt dicht bei dem Frauengefängnis Dornview, man hat einen gemeinsamen Parkplatz. Man kann durchs Fenster mit den Frauen reden, allerdings hört auch jeder zu.

Manche Typen bilden sich. Sie lesen über die Geschichte der Sklaverei, Marcus Garvey und Malcolm X. Darauf steht Pilgrim nicht. Manche Bullen sind Wichser, aber es gibt überall gute und schlechte. Kein rassistischer Bulle hat ihn gezwungen, eine Kanone in die Hand zu nehmen und Stress zu suchen. Er denkt darüber nach, wie es dazu kommen konnte, dass er seine Jugend im Bau verbringt, und ab wann alles schiefging.

Zum ersten Mal bekam er in der Grundschule mit, dass es schlecht für ihn lief, als er in den Schwimmunterricht ging. Er hatte immer Angst davor. Der Schwimmunterricht fand in einer berüchtigten Schule namens Hackney Downs statt. Es war wie in einem Gefängnis mit den schlimmsten Kids der Gegend. Wenn sie zum Schwimmen kamen, wurden sie von den älteren Jungs erwartet wie von einem Mob Hooligans. Er und seine Freunde rückten nervös vor, drängten sich immer aneinander. Pilgrim wurde von einer Rakete schmerzhaft am Kopf getroffen. Weißer

Rauch hüllte ihn ein. Seine Augen brannten, die Tränen flossen. Er krümmte sich in einem Hustenanfall und würgte, als müsse er auf seine Schuhe kotzen. Sein Herz hämmerte wie verrückt. Er stolperte blindlings in den Schwimmbereich. »Scheiße, was war das?«, keuchte er und sabberte den Boden voll.

Die Lehrer ließen sie im Becken, während sie sichtlich schockiert in einem engen Kreis zusammensaßen und debattierten. Als sie gingen, trommelten sie die Schüler zusammen, um sie aufzubauen.

»Die benutzen hier CS-Gas«, sagte der Lehrer kreidebleich. »Wenn wir jetzt gehen, laufen wir alle dicht zusammen schnell durch die Tür hinaus.«

Das war seine Lektion des Tages. Er war damals zehn. Als er es sicher nach Hause geschafft hatte, stand er zwischen dem Unisex-Frisör und dem Laden mit Haushaltsgeräten, dessen Ware mit »garantierten Tiefstpreisen« draußen gestapelt war. Er sah zum Stoke-Newington-Polizeirevier hinüber. Zwielichtige Gestalten aus der Gegend fuhren oft auf ihren Mopeds vor und betraten das Polizeirevier, um sich zu melden.

»Alles klar, Pilgrim«, rief eine Stimme.

Pilgrim drehte sich um und sah diesen Typen an der Bushaltestelle warten. Er trug einen dunkelgrünen Anzug und ein dunkles Hemd, das eng an seinem schlanken, durchtrainierten Körper anlag. Wahrscheinlich Versace. Er sah halb indisch, halb schwarz aus. Die helle, blau getönte Pilotenbrille hatte er auf den Nasenrücken hochgeschoben. An der Hand trug er zwei dicke Silberringe, ein dünnes Goldkettchen war unter seinem aufgeknöpften Hemd zu sehen. Der Typ stand auf Schmuck, er fiel auf. Außerdem wirkte er selbstbewusst, wenn auch ein bisschen zu angespannt, so als könnte er nur mit Mühe einen Gewaltausbruch zurückhalten.

»Alles klar. Schicke Pilotenbrille. Woher haste die?«

»Das ist eine Ray Ban 3025.« Der Typ lachte. »Ich besorg dir auch eine. Kenn da einen Typ. Der macht mir ein gutes Angebot. Was für eine willste denn?«

»Nie im Leben! Warum solltest du mir ’ne Brille besorgen? Was hast du davon?«

»Nichts. Ich helfe den Kids, das ist alles. Ich besorg dir verspiegelte Gläser.«

Pilgrim konnte es nicht glauben. Dieser Typ war scharf. Er hatte Geld. Diese Sonnenbrille hatte bestimmt locker um die 200 Pfund gekostet.

»Wie alt bist du?«

Als Pilgrim es ihm sagte, hob er eine Augenbraue.

»Du siehst älter aus«, sagte er. Pilgrim gefiel es, dass dieser Typ ihn mit Respekt behandelte. Er war anderes gewohnt. »Wann bist du mit der Grundschule fertig?«

Pilgrim hörte sich um und erfuhr, dass es sich bei dem Typen um Solo handelte. Er wusste nicht, ob er ein Dealer war.

»Solo? Er ist ein echter Kerl. Ein ernster Typ«, erfuhr er von seinem Freund. »Ein Typ, mit dem sich keiner anlegt.«

»Wieso das?«

»Weil, wenn du irgendwas mit ihm machst, dann kommt er wieder und macht was Schlimmeres mit dir. Er verdient Kohle. Er wird dich entweder abknallen oder er wird dich abstechen.«

Die Olders wie Solo warteten immer draußen vor der Schule, interessierten sich für die Kids, suchten nach neuen Rekruten. Sie standen Schlange und nahmen Pilgrim unter ihre Fittiche. Gaben ihm neue Turnschuhe oder einen Fünfziger.

»Da gibt’s noch viel mehr, wo der herkommt«, sagten sie dann am nächsten Tag. Bald verkauften die Kids Drogen für sie. Es gab Olders, die kamen nach Gras stinkend vorbei. Pilgrim rauchte nicht, also verkaufte er das Zeug, wenn sie ihm Gras gaben. Nach und nach verdiente er sich den Respekt der Olders, denn er brachte Kohle für sie rein. Sie waren immer auf der Suche nach dynamischen jungen Kids, die ihnen Geld machten und ihr kleines Reich ausdehnten. Solo war ein Typ, der, wann immer Pilgrim ihn sah, stets die neuesten Turnschuhe anhatte, die neuesten Armani-Klamotten, das neueste Zeug von Versace und Avirex. Was immer zu einem beliebigen Zeitpunkt gerade auf dem Markt war. Er hatte immer eine ordentliche Frisur, stufig geschnitten oder kurz an den Seiten und im Nacken, und alle heißen Mädchen. Schick. Als sie sich das nächste Mal trafen, fragte Pilgrim ihn nach seinen Klamotten.

»Es geht nicht um Kleidung. Du kannst alles Mögliche haben, aber es kommt mehr drauf an, wie du deine Sachen trägst«, sagte Solo ihm. »Wenn man einen Raum betritt, sollten die Leute wissen, dass du da bist.«

»Wie meinst du das?«

»Selbstvertrauen«, sagte Solo und legte seine Hände schützend um sein silbernes Zippo. »Wenn du kein Selbstvertrauen hast, bist du nichts auf dieser Welt. Und das ist alles. Du kannst so smart sein, wie du willst, kannst so viele Schulabschlüsse haben wie nur was, aber ohne Selbstvertrauen bist du ein Nichts.«

Er steckte eine weitere Zigarette an der Glut der ersten an und reichte sie Pilgrim. Er senkte die Stimme, als wollte er ihm etwas ganz besonders Wichtiges mitteilen.

»Mal abgesehen davon, dass ich klar im Kopf bin, ist es mein Selbstvertrauen, das mich am Leben gehalten hat. Ich war schon in Situationen, da hat ein Typ versucht, mich umzulegen, und ich weiß genau, er hat Angst vor mir, also greife ich ihn an. Genau deshalb lebe ich immer noch.«

Für die eigene Sicherheit war es besser, wenn einer der Olders einen unter seine Fittiche nahm. Andernfalls konnte irgendein fünf Jahre älterer Typ einem die Scheiße aus dem Leib prügeln, nur weil ihm gerade danach war. Es war gut, Kids zusammenzuschlagen, sich einen Namen zu machen als gewalttätiger Typ. Auf den Straßen liefen eine Menge Leute herum, die versuchten, sich einen Namen zu machen. Die Pembury Boys waren auf dem Weg nach oben. Dann war da Daniel Cummings, ein Killer der Hackney Boys. Jahre später erschoss er einen großen Gangster, Adrian Crawford von den Tottenham Man Dem. Setzte sich mit seinem Vectra quer vor dessen Wagen, baute sich auf der Straße auf und durchsiebte den Kerl mit Kugeln, während seine schwangere Freundin hinter dem Kofferraum kauerte. Es war eine dreiste Aktion, und genau so baut man sich einen Ruf auf. Als Daniel am nächsten Tag verhaftet wurde, trug er seine schusssichere Weste und wartete auf Vergeltung. In dieser Gegend gab es eine ganze Menge Leute, die geld- und machthungrig waren. Aber Solo war ein echter Typ und ist es noch heute. Immer schick und protzig, immer einen Schritt voraus. Er war ein guter Lehrer, und Pilgrim lernte Sachen von ihm, die ihn am Leben hielten.

Es gab noch einen Older genannt Sweet, denn er hatte ein echtes Milchgesicht. Er war der Boss der Wood Green Boys. Wie Solo war er eine große Nummer auf den Straßen. Also passten auf Pilgrim zwei hochrangige Leutnants auf, die sich längst ihren Rang verdient hatten.

Pilgrim sah die anderen Kids an, die mit ihrem neuen Handy, den Air Jordans oder irgendeiner Kette angaben. Über was anderes redeten die Leute nicht. Zu Hause wurde immer über Geld gestritten. Es gab keine Ferien, nichts zu tun, als Kind keine neuen Spielsachen, nichts Neues zu essen außer Konserven der Eigenmarke aus dem Supermarkt, in der Glotze nichts als herumalbernde C-Promis und Werbung mit wunderschönen Menschen, die mit glitzerndem sexy Zeug herumspielten wie in einem Porno. Er spürte eine gigantische Wut in sich, weil ihm tausend Sachen fehlten, mit denen andere Kids in der Schule herumprotzten. Diese Wut brannte in ihm wie Säure, bis er es nicht mehr aushielt.

Sweet brachte ihm bei, wie man im West End Turnschuhe und Avirex-Jacken klaut.

»Geh in einen Laden«, sagte er. »Klau den linken Schuh in Wood Green und den rechten Schuh im West End. Oder du gehst ins West End, lässt dir drei verschiedene Paar Turnschuhe holen, bringst die Leute durcheinander und rennst dann aus dem Geschäft.«

Er fuhr mit ihm in der Tube ins West End. Als er am Oxford Circus ans Tageslicht kam, war das für ihn wie eine völlig neue Welt. Pilgrim wartete mit Sweet an der Bushaltestelle und hörte ihm aufmerksam zu.

»Du gehst in das Geschäft da, der linke Schuh ist in der Auslage, den nimmst du dir und gehst einfach.« Sweet deutete mit dem Kopf auf das Schaufenster eines Sportgeschäfts. »Dann zurück nach Wood Green, da steht der rechte Schuh in der Auslage, nimm ihn und geh. Ganz einfach. Das war's. Oder aber du lässt dir Turnschuhe in deiner Größe holen und klaust einen Schuh einfach aus dem Karton. Oder du probierst beide Turnschuhe an, lässt deine alten Schuhe im Laden und rennst raus.«

An diesem Nachmittag kehrte er mit einem brandneuen Paar Turnschuhe nach Hause zurück. Als er zu seinem Haus ging, pfiff ihm einer der Youngers bewundernd nach.

»Wo hast du die her?«, fragte sein Vater und schielte über den Rand seiner Brille. »Wo du doch nirgends arbeiten gehst.«

»Hab ich vom Taschengeld gekauft«, erwiderte er achselzuckend. Sein Vater setzte die Brille ab und starrte ihn an.

»Wie zum Teufel schaffst du es, Turnschuhe für 100 Pfund das Paar von 5 Pfund die Woche zu kaufen?«

Das nächste Mal kam er mit einer neuen Jacke nach Hause. Sein Vater sagte nichts. Er trank seinen Tee und warf schweigend einen müden Blick auf die Nähte und den Designerschnitt. Er zog eine Augenbraue hoch, um zu zeigen, dass er genau wusste, diese Jacke stammte nicht von TK Maxx. Aber er hörte auf, Fragen zu stellen. Pilgrim war bereits ein junger Stier. Sein Vater besaß nicht mehr die Kraft, ihn aufzuhalten. Er verhängte Hausarrest, um ihn zu bezwingen. Aber Pilgrim schlich sich einfach aus dem Haus. Am Ende der Straße wartete Sweet auf ihn, stets zuverlässig, immer interessiert an der weiteren Entwicklung des Jungen. Pilgrim fing an, über Nacht wegzubleiben. Er steckte die Schläge ein und kam erst sonntags wieder nach Hause. Nach einer Weile begann sein Vater, die Polizei anzurufen und ihn als vermisst zu melden. Da draußen sind viele schwierige Kids unterwegs, sagte die Polizei, wir geben uns alle Mühe, sie stets im Auge zu behalten.

»Ruf einfach an und lass uns wissen, dass es dir gutgeht und was du machst«, sagte sein Vater. Seine Haut war ledrig und runzlig. »Wir können dich nicht kontrollieren. Eines Tages wirst du deine Lektion lernen.«

Als Pilgrim fünfzehn war, wurde sein Stiefbruder siebzehn. Auch er veränderte sich. Als Pilgrim einmal zu ihm in sein Zimmer ging, da hatte er Tüten voller Geld und in anderen lagen Beutel mit Crack.

»Du bringst diese Scheiße mit nach Hause, Bro?«, flüsterte Pilgrim erstaunt.

»Was geht's dich an?«, fauchte sein Bruder zurück. »Kleiner Gangster-Bruder.«

Sein Bruder war ihm immer wie ein kleiner Streber voller großer Pläne vorgekommen. Seine Mum wollte nicht, dass er sich auf der anderen Seite der Siedlung aufhielt. Doch er schlich sich raus. Er steckte alles, was er besaß, in seinen Drogenhandel und machte damit viel Geld. Jeder, der ihm blöd kam, wusste, dass Pilgrim rauskommen und ihm helfen würde.

Pilgrim besuchte dann die weiterführende Schule Hackney Downs. Eine Menge der Kids dort landete später im Gefängnis oder auf der Straße. Die Gemeindeverwaltung ließ Hackney Downs jahrelang vergammeln, bis sie sich schließlich für nichts mehr interessierten. Lehrer bleiben nie lange, die Kids erschienen nicht zum Unterricht, und die Schulgebäude zerfielen. 1995 wurde die Schule dann geschlossen, das komplette Kollegium wurde entlassen. Anschließend wurden rund zweihundert schwierige Kids, die bereits von anderen Schulen geflogen waren und nur gebrochen Englisch sprachen, auf eine andere Schule in Hackney abgeschoben. Der Gemeindeverwaltung war es vollkommen egal, ob es zu einem Blutbad kam. Als die Kids aus der Hackney Downs eintrafen, war es der reinste Alptraum. Die Kämpfe endeten tödlich. Pilgrim sah, wie Leute abgestochen, wie Lehrern Mobiltelefone und Taschen gestohlen wurden.

Es war in der achten oder siebten Klasse. Pilgrim war mit seinen Freunden auf dem Weg in die Pause. Sie kamen an einem

Klassenraum vorbei, dessen Tür offen stand. Sie warfen einen Blick hinein und sahen ein paar der Problemkids aus der Hackney Downs. Dann hörte er jemanden aufschreien.

»Hört auf!«

Eine Frauenstimme. Sie linsten um die Tür. Die Meute umringte eine Lehrerin. Sie war so um die dreißig. Sie drückten sie nieder. Einer hatte ihr seine Jacke über den Kopf gelegt. Sie befummelten sie, ließen Hände über ihre Brüste und Schenkel gleiten.

»Verpisst euch!«

Pilgrim verspürte eine schmerzhafte Furcht zwischen den Rippen. Er und seine Freunde waren noch sehr jung. Sie hatten draußen auf der Straße schon einiges gesehen, aber es war das erste Mal, dass sie so etwas mitbekamen. Was sie in diesem Klassenzimmer sahen, vergaßen sie nie wieder. Sie treffen sich nicht besonders oft, weil sie so ziemlich alle im Knast sitzen. Aber wenn doch, dann sagen sie: »Weißt du noch, das eine Mal in der Schule, als wir gesehen haben, wie die über die Lehrerin hergefallen sind?«

Jeder erinnert sich daran. Es verfolgt sie. Die Kids wurden nie dafür bestraft.

Als die beiden Schulen zusammengelegt wurden, gab es jeden Tag ab drei Uhr Kämpfe. Irgendwie wurde es zu einem festen Bestandteil des Stundenplans und ging sogar bis ins neue Jahr weiter. Pilgrim hatte ungefähr vier Drei-Uhr-Termine, bei denen irgendwer sich mit ihm prügeln wollte. Er eckte mit irgendwem an, und schon hieß es: »Friedhof. Drei Uhr.«

Wenn er nicht daran glaubte, dass er die Schlägerei gewinnen würde, sah er an einem solchen Tag im Klassenzimmer ständig auf die Uhr und zählte die Stunden. »Alle meine Freunde werden da sein.«

Sie hatten sich bereits mit den Holly Street Boys zusammengetan. Sie mussten sich nicht wirklich Sorgen machen, denn egal, wer in Schwierigkeiten steckte, ein anderer würde einspringen und sie halfen sich gegenseitig. Niemand verlor je einen Kampf. Genau darum ging es doch bei den Gangs – um Schutz, Sicherheit durch Masse.

Da war mal dieser eine Typ, der immer ohne Geld in die Schule kam und Pilgrim um was zu trinken bat. Warum sollte Pilgrim ihm was zu trinken geben, nur damit er sich das Geld sparen kann? Pilgrim trank eine große schwarze Flasche Tango aus, dann pinkelte er hinein. Jeder sah zu, als der Junge aus dem Sportunterricht angelaufen kam, schweißgebadet, und Pilgrim reichte ihm die Flasche. Der Junge stürzte das Zeug gierig hinunter, dann erstarrte er. Er spuckte es sofort ins Gras. Alle wussten Bescheid, und jeder fing an zu lachen. »Friedhof. Drei Uhr«, sagte er.

Dieser Junge hatte einen älteren Bruder, ein Jahr über ihnen. Die zwei waren London Field Boys. Pilgrim war damals bei Holly Street. Auch wenn sie in derselben Klasse waren, konnten sie nach der Schule keine Freunde sein. Also machte das die Sache nur noch schlimmer, Holly Street Boy gegen Fields Boy. Der Friedhof war nicht das MGM Grand in Las Vegas, aber die Sache wurde so groß angekündigt wie der Kampf Holyfield gegen Tyson. Pilgrim hatte gesehen, wie Tyson sich von seiner Ghetto-Raserei mitreißen ließ, seinen Kopf an Holyfields Hals vergrub wie Dracula, ihm ein großes Stück von seinem Ohrläppchen abbiss und es ausspuckte. Eine große Zuschauermenge kam zu diesem Kampf nach der Schule. Jedes Mal, wenn Pilgrim dem Jungen einen Schlag verpasste, zuckte der ältere Bruder, als bekäme er einen Herzinfarkt. Jeder sah, dass Pilgrim dem Jungen ernsthaft weh tat. Blut strömte über sein Gesicht, ein Auge war zugeschwollen und das T-Shirt blutbespritzt. Nach einer Weile war er einfach fertig und konnte nicht mehr. Der Bruder brach aus der Menge aus und nahm Pilgrim in den Schwitzkasten. Er fing an, blindwütig auf ihn einzuschlagen. Zum Glück war einer von Pilgrims alten Freunden da, ein Pembury Boy. Pilgrim war kein Pembury Boy mehr, aber sein Kumpel griff dennoch ein. Es war das erste Mal, dass er in der Schule übel zusammengeschlagen wurde.

Pilgrim war ein talentierter Räuber, also wechselte er die Gangs, wie ein Stürmer aus der Premier League zwischen Manchester United und dem AC Milan pendelt. Er fing an in Pembury, dann Holly Street. Er überlegte sich, dass man am besten Geld macht, indem man andere Dealer beklaut. Wenn man einen normalen Bürger bestiehlt, geht der sofort zur Polizei, die daraufhin – vom Steuerzahler finanziert – gegen deinen Arsch ermittelt. Beklaut man hingegen einen anderen jamaikanischen Drogendealer, hey, was will der schon groß tun?

Etwa zu dieser Zeit hatte er angefangen, über Ladentresen und solche Dinge zu springen. Immer mit den älteren Typen unterwegs, fingen sie bald an, ihre Überfälle bewaffnet durchzuziehen. Manche Leute wollten ihren Kram einfach nicht abgeben, also drückte er ihnen die Kanone ins Gesicht. Er musste sich entscheiden, ob er das wirklich durchziehen wollte. Eine Gruppe Freunde aus der Schule ging morgens los und überfiel Läden. Nachts zogen sie los und klauten Autos. Die verkauften sie dann an die afrikanischen »Onkels«, deren Geschäft der Export gestohlener Autos und Kreditkarten war. Jeder muss sich schließlich spezialisieren.

Was sie verband, ging jedoch tiefer als der Rausch des Verbrechens. Sie hatten alle ähnliche Probleme zu Hause. Vielleicht war ihr Dad nicht da. Sie mussten bei ihrer Oma leben. Irgendeine Scheiße ging ab. Das war es, was sie alle verband und zu besten Freunden machte. Pilgrim hielt es zu Hause kaum aus. Es nervte ihn, was seine Schwester ihm anvertraut hatte. Als sie einmal allein in ihrer Wohnung waren, sagte sie zu ihm: »Weißt du eigentlich, warum deine Mum wieder zurück nach Jamaika ist?«

»Nein, warum?«

»Ich werd's dir ein andermal erzählen.«

Pilgrim zuckte die Achseln. Sein eigener Vater, Leeroy, war als kleines Kind verlassen worden. Seine Mum war mit einem neuen Mann verschwunden, der selbst sieben Kinder hatte. Wenn man auf Jamaika überleben wollte, musste man schon seine fünf Sinne beisammenhaben. Er wartete auf seine Chance, da herauszukommen. Leeroy wurde Pilgrims Mum am Telefon vorgestellt. Sie war eine alleinerziehende Mutter, die mit ihrer Tochter herumzog und einen Neuanfang wagen wollte. Sie lief vor irgendetwas in ihrer Vergangenheit davon. Am Telefon kamen sie gut miteinander klar, bis sie schließlich mit ihrem ganzen Kram von England nach Jamaika umzog, und sie heirateten. Pilgrim kam auf Jamaika zur Welt.

Kurz darauf machte Leeroy Urlaub in England. Er kehrte nie mehr zurück. Er suchte seine eigene Mutter und ihre anderen Kinder, und schließlich heiratete er wieder. Pilgrims Mutter musste feststellen, dass sie jetzt auf Jamaika festsaß.

Rasender Zorn zwingt Dinge an die Oberfläche, die tief vergraben sind. Inzwischen lag seine Mutter im Sterben, und Pilgrim wurde von Wut verzehrt. Er hatte einen heftigen Streit mit seiner Stiefmutter und führte sich so gemein und grausam auf, wie er nur konnte. Am Ende zitterte sie.

»Ich werd's deinem Dad sagen, wenn er nach Hause kommt«, brüllte sie.

»Mach doch!«, brüllte Pilgrim.

Sein Dad kam nach Hause. Es war ein feuchter, nasskalter Abend. Sie saßen einander am Tisch gegenüber. Zu diesem Zeitpunkt war Pilgrim so gefährlich wie nie. Er hörte seinem tobenden und rasenden Vater zu. Eine heiße Glut brannte in seinem Solarplexus, genau zwischen den Rippen. In den Schläfen spürte er das Blut rauschen. Seine Finger zitterten.

»Ich mag nicht, wie du mit mir redest«, unterbrach er. Er saß da und hatte die 9 mm Browning hinten im Hosenbund stecken. »Ich bin ein Gangster. Du solltest aufpassen, was du sagst, Bro.«

Pilgrims Vater hatte als Kind ganz allein auf Jamaika überlebt, er war alles andere als ein Engel. Er kannte einige Moves. Aber Pilgrim war inzwischen ein kaltblütiger Krieger. Er war erwachsen und strebte auf der Straße ganz nach oben. Tief verwurzelt im Lebensstil der Gangs, kam er allein mehr als nur gut zurecht.

»Draußen auf der Straße gibt es Leute, die Angst um ihr Leben haben müssten, wenn sie so mit mir reden würden wie du jetzt.«

Das war eine Drohung. Seinem eigenen Vater gegenüber. Er erhob sich vom Tisch.

»Ich habe dich in diese Welt gebracht«, presste sein Vater zwischen zusammengebissenen Zähnen hervor. »Ich bringe dich auch wieder raus.«

Der Stuhl seines Vaters lag auf dem Boden. In einem anderen Zimmer wimmerte jemand. Ein Herzschlag. Dann noch einer.

»Wenn du nicht nach meinen Regeln leben kannst, dann kann es nur einen Mann unter diesem Dach geben«, sagte sein Vater. »Also musst du gehen.«

Pilgrim wusste im Grunde seines Herzens, dass er seinen eigenen Vater nicht erschießen konnte. Egal, wie blind die Wut auch immer in seinem Kopf toben mochte, sein Vater war sein Blut. Das Einzige, was er tun konnte, war zu gehen. Also verließ er sein Elternhaus, war verbannt. Eine Zeitlang wohnte er bei seiner Schwester. Eines Nachts, erschöpft nach dem täglichen Rauben und Stehlen auf den Straßen, wurde er von Geschrei geweckt. Der Lärm kam aus dem Korridor. Es war seine Schwester, die ins Telefon brüllte.

»Und wer ist dann bitte mein richtiger Dad?«

Pilgrim stützte sich auf die Ellbogen auf und fügte die Einzelheiten der Unterhaltung zusammen. Während er zuhörte, erfuhr er, dass seine Mutter vergewaltigt worden war. Von ihrem eigenen Vater. Er schwängerte sie, und sie brachte seine Tochter auf die Welt.

»Wie kannst du mir so was sagen?«

Seine Schwester schluchzte am Telefon. Sie wiederholte immer wieder diesen einen Satz.

Pilgrim war schockiert. Nur aus diesem Grund hatte seine Mum England verlassen, war nach Jamaika gegangen und hatte dort Pilgrims Vater geheiratet, um ihrem Vater zu entkommen, der sie missbrauchte. Seine Schwester schrie weiter.

»Scheiße, was redest du da?«

Später wurde es schlimmer. Pilgrims Vater und seine Schwester kamen nicht miteinander aus. Seine Schwester behauptete, er missbrauche sie. Pilgrims Mutter stritt das ab. Pilgrim wollte nicht darüber nachdenken. Sein eigener Vater und seine eigene Schwester. Geschichten von Mädchen aus der Siedlung kamen ihm zu Ohren. Eine geht zu einem Freund, weil sie mit ihm PlayStation spielen will, doch dann betreten drei seiner Freunde den Raum und vergewaltigen sie. Oder Mädchen müssen nacheinander einer ganzen Reihe von Gangmitgliedern einen blasen, und die filmen das Ganze mit ihren Handykameras.

Also verdrängte er das alles einfach. Er verdrängte eine Menge Dinge. In seinem Kopf ging er einfach an einen anderen Ort, genau wie er einfach so tat, als könnte er nichts hören. Das hatte er von klein auf gelernt. Er konnte einfach abschalten und darüber nachdenken, Geld zu machen. Über etwas anderes dachte er gar nicht nach. Nur übers Geldverdienen.

Es ging nicht lange gut bei seiner Schwester. Beide konnten nicht gut mit Menschen zusammen sein. Pilgrim war wie ein Reisender, er musste in Bewegung bleiben. Sie wollte ihn aus der Wohnung haben. Dem Wohnungsamt erzählte sie, sie habe medizinische und psychische Probleme. Sie erzählte ihnen, Pilgrims Vater sei gestorben.

Sie waren nicht in der Lage, ihm eine Wohnung zu besorgen, allerdings fand man für ihn ein Zimmer in einem Altersheim.

»Immerhin größer als die Besenkammer«, seufzte Pilgrim, als er sich umschaute. Er untersuchte das Bett. Ein weißes Metallbett mit einem Metallrahmen und obendrauf fünfzehn Zentimeter Matratze. Das ganze Ding war am Boden festgeschraubt. Er legte sich darauf. Es war ausgesprochen unbequem, die Sprungfedern bohrten sich ihm in den Rücken. Es war ein Gefängnisbett.

Er wohnte jetzt mit Alten zusammen. Seinen richtigen Namen verriet er nicht. Sie sahen alle aus, als könnten sie jeden Moment sterben.

»Ach, David, du gehst nicht zum Abendessen?«

»Nein, ich gehe duschen.«

»Komm und plaudere mit uns.«

Aber er wollte keinen Kartoffelbrei und grüne Erbsen essen. »Ich esse morgen mit euch.«

Der Typ im Zimmer neben Pilgrim legte jeden Morgen dieselbe Schallplatte auf. Es war ein Sänger mit einer tiefen, kehligen Stimme. Er sang schmachtend ein paar einsame Songs. Pilgrim steckte den Kopf ins Zimmer. Sein Nachbar, weiß, Engländer, gepflegt gekleidet mit glänzend polierten Schuhen, tanzte auf irgendeine altmodische Art durchs Zimmer, setzte einen Fuß zur Seite und zog dann den anderen nach. Immer rundherum.

Pilgrim plauderte mit ihm. Er kam aus dem East End, arbeitete früher an einem Obst- und Gemüsestand auf dem Markt in der Brick Lane. Er sagte, als er aufwuchs, hätte er die Krays gekannt und alles. Er musste in das eine oder andere Ding verwickelt gewesen sein, davon war Pilgrim überzeugt. Pilgrim musste lachen, wie er die Krays bewunderte. Wie kann man zu solchen Männern aufsehen? Pilgrim hatte nie eine Vaterfigur respektiert, auf der Straße gab es niemanden, dem er vertraute, es gab keinen General oder Chef, den er bewunderte. Er kam nur mit Solo zurecht, weil Solo ihn mit Respekt behandelte.

»Reiß nicht alle Brücken hinter dir ab, sonst wird dich niemand besuchen kommen wollen«, sagte der alte Mann ihm. »Lebe dein Leben auf die richtige Art und Weise, denn früher oder später wirst du so enden wie ich.«

Er erzählte Pilgrim, dass sich seine Familie nicht mehr um ihn kümmern konnte. »Ich will keinem zur Last fallen.«

Er wusste, dass Pilgrim nachts heimlich Mädchen auf sein Zimmer schmuggelte. »Hab dich letzte Nacht gesehen«, sagte er augenzwinkernd. »Wenn du schon nicht brav sein kannst, dann sei zumindest vorsichtig.«

In der Zelle denkt er an all diese Augenblicke zurück. Schließlich verweilt er bei seinem Vater. Viele der anderen Häftlinge sind vaterlos. Ihre Dads haben sich bereits in frühen Jahren davongestohlen. Sein Vater ist bei ihm geblieben. Er stellt sich die Hölle vor, in die er diesen Mann geschickt hat, als Gangster-Kind, das sich auf der Straße Geld verdient. Es schmerzt ihn.

Er sitzt seine sechs langen Jahre ab und beendet die Haftstrafe im Bullingdon Prison in Oxford, einem neuen Gefängnis mit Galerien. Es ist gefährlich überfüllt mit neunhundert Insassen, die dort vor sich hin brodeln. Die mit zwei Mann belegten Zellen sind extrem beengt. Die Fortbildungsmöglichkeiten sind ziemlich schlicht. In der Bibliothek gibt es keinen Platz. Ein Häftling erträgt das alles nicht mehr und bricht aus. Pilgrim ist ein Sträfling der Kategorie B, eine Stufe unter Kategorie A für die gefährlichsten Verbrecher, die in Hochsicherheitsgefängnissen untergebracht werden.

Schließlich wird er auf Bewährung entlassen. Er findet sich auf den Straßen von Hackney wieder. Es ist 2005. Im Knast hat er sich geschworen, sein Leben zu ändern. Jeder schaut gespannt auf seinen nächsten Schritt. Zwei Monate vor seiner Entlassung wurde sein Stiefbruder niedergestochen. Es geht ihm durch den Kopf. Er trägt Sonnenbrille und Lederjacke und streift verstohlen durch sein ehemaliges Revier, versucht, keinen alten Feinden über den Weg zu laufen.

»Yo, Pilgrim. Seit wann bist du draußen?«

Es ist Jay, ein alter Schulfreund. Jay ist derzeit der gefährlichste Typ in ganz Hackney. Die Youngers bei Jay werfen ihm finstere Blicke zu. Pilgrim kann kaum glauben, wie jung manche von denen sind. Sie sehen aus, als wären sie gerade mal sieben oder acht Jahre alt. Sie begrüßen ihn, weil er immer noch ein gefürchteter Typ ist. Wenn ein Younger früher zu weit ging, rief man seinen Boss an und sagte, sag deinem Younger Bescheid, andernfalls werde ich ihn ausschalten müssen. Heute ist es anders.

»Seit letzter Woche erst«, sagt Pilgrim.

»Respekt für diesen Mann, Leute«, sagte Jay grinsend. Er trägt schicke Klamotten und viel Bling-Bling. »Er ist ein echt harter Kerl. Einer der besten Gangster aus Hackney. Kommt frisch aus Bullingdon.«

Jay bekommt einen Anruf auf seinem Mobiltelefon und entfernt sich ein Stück, lässt Pilgrim mit den Youngers zurück.

»Yeah, Pilgrim«, sagt einer der jungen Typen. »Hab schon von deinem Ruf gehört.«

»Mit wem hängst du jetzt so ab?«

»Leute. Ich bin gerade erst rausgekommen. Schon möglich, dass ich nicht mehr auf die Straße zurückkehre.«

Die anderen lachen. »Wirst es zu sehr vermissen.«

»Ich werde euch nicht anlügen: Wenn ihr da draußen auf der Straße seid, ist es cool«, meint Pilgrim grinsend. Er entwickelt väterliche Gefühle für diese Kids. »All diese Filme, wenn ihr euch die anseht, dann seht ihr doch, was am Ende passiert, wenn ihr nicht aufhört, bevor es zu spät ist. Ihr könnt gut leben, wenn ihr krumme Dinger dreht, lasst euch von keinem was anderes erzählen. Wenn ihr es richtig macht. Aber man muss immer wissen, wann es Zeit ist zu gehen.«

Die Youngers scheinen nicht zuzuhören. Sie sind viel zu aufgedreht.

»Es ist geil da draußen auf der Straße«, sagt einer. »Wenn du Autos verleihst, lockst du die Mädchen raus. Man bekommt Ruhm, Geld und Respekt, yeah.«

Jay beendet sein Gespräch und kommt zurück. Er nimmt Pilgrim beiseite.

»Wie alt sind die Kleinen da?«, flüstert Pilgrim.

»Ach, das sind Tinies. Acht oder zehn. Man sieht das heute oft. Die werden eigentlich nie von der Polizei angehalten. Der Anführer ihrer Gang ist ungefähr vierzehn.«

»Acht Jahre alt?«

»Gibt sogar noch Jüngere. Richtige Babys sind schon dabei. Wenn du fünfzehn bist, haben sie dich schon so oft niedergestochen, dass du schon so was wie ein Veteran bist.«

Pilgrim kann nicht glauben, was er da hört.

»Wir hatten damals einen Codex«, sagt er. »Zieh niemals kleine Kinder mit rein. Greif niemals ein Familienmitglied an.«

»Hat sich manches verändert, während du weg warst«, meint

Jay. »Die Kids heute, die gehen zum Haus deiner Mum. Überfallen deine Mum auf offener Straße. Laufen deiner Schwester in Schuluniform auf der Straße hinterher und vergewaltigen sie dann einer nach dem anderen. Ich rede mit Kids, bei ihrer Mum wurde mit Schrotflinten auf die Haustür geballert und dann ist irgendwer sonst aus dem Haus erschossen worden.«

»Gibt es denn keinen General mehr, der die Youngers unter Kontrolle hat?«

»Heutzutage kannst du ab vierzehn General werden. Schieß drei Leuten ins Bein, und schon bist du der Boss. Jedes kleine Kind besitzt heute eine 9-mm-Baikal. Ein Older hat ihm gesagt, bewahr die Pistole für mich auf. Der Junge legt sie unter sein Kopfkissen, und dann wandert dieser Idiot in den Knast. Was soll der Junge tun? Er nimmt die Kanone in die Hand und kommt sich vor wie Superman. Diese Baikals und Tokarews kommen pünktlich zu Weihnachten massenweise aus Litauen ins Land.«

Er schnipst seine Zigarettenasche auf einen Zeitungsständer mit einer Schlagzeile über eine »kläffende Horde« von Gangmitgliedern. Jay kann nicht länger mit Pilgrim reden. Pilgrim gehört immer noch zu Love of Money, nicht zu Jays Gang. Aber manchmal respektieren sich Leute, die zusammen zur Schule gingen, gegenseitig. Pilgrim ist nicht mit seinen Freunden zusammen und Jay nicht mit seinen. Sie können auf der Straße stehen bleiben, herumflachsen und Witze reißen. Wenn aber Jay mit seinen Leuten unterwegs wäre und er Pilgrim allein erwischen würde, dann müsste er eben tun, was er tun muss. Genau so läuft das, und nicht anders.

Pilgrim nickt Jay zu und schlendert weiter.

Er fühlt sich nicht mehr wohl in Hackney. Seine Feinde haben offene Rechnungen zu begleichen. Sie warten auf den passenden Augenblick für ihre Rache. Praktisch jeden Tag könnte ihm jetzt jemand auf den Fersen kleben und versuchen, ihn zu töten. Wenn er unvorsichtig ist, wird er erschossen.

Allerdings muss er ein bisschen Geld beiseitelegen. Man kennt ihn ja bereits als Räuber, also macht er sich diesen Ruf zunutze und erpresst Leute in der Gegend. Schließlich bleibt ihm keine große Wahl, als Wolf zu treffen, der jetzt amtierender Anführer seiner alten Crew ist. Auch dort sind jetzt neue, jüngere Gesichter, die an ihrem eigenen Ruf arbeiten. Einer von denen bereitet ihm Sorgen. Es ist ein alter Feind, ein Typ, den er versucht hatte umzulegen, bevor er in den Knast ging. Er wartet, bis Wolf allein ist.

»Warum ist dieses Arschloch hier Mitglied?«

»Nee, ist cool, Mann. Er bringt Geld rein.«

Auch Wolf interessiert sich nicht mehr für den Codex. Er will einfach nur alle guten Dealer in seiner Truppe haben. Mit Geld bekommt man Waffen, Autos, alles, was man will. Die Leute kaufen die Drogen heute direkt bei Wolf, der Mittelsmann ist ausgeschaltet.

»Einmal Verräter, immer Verräter«, sagt Pilgrim.

»Du hast früher doch Dealer wie ihn ausgeraubt«, sagt Wolf und hebt eine Augenbraue. »Wenn du aus dem Knast kommst, fragen sich die Leute, ob du noch kämpfen kannst.«

Pilgrim begreift, das ist eine Herausforderung. Er muss beweisen, dass er es immer noch draufhat. Also beschattet er die Wohnung von diesem Kerl. Er sieht ihn aus einem blaugrauen BMW-Kleinwagen steigen. Pilgrim zwingt ihn mit vorgehaltener Pistole, zu seiner Wohnung zurückzufahren, wo er ihn um sämtliche Waffen und alles Geld erleichtert. Das alles übergibt er Wolf. Anschließend verkauft er den BMW für 6000 Pfund. Schnell verdientes Geld, und außerdem ein klares Statement. Später ruft Wolf an und sagt, er solle den Wagen zurückholen. Pilgrim ist überrascht.

»Die Bullen suchen nach den Typen, die seinen Wagen gestohlen haben«, sagt Wolf. »Ich warne dich, hol ihn zurück, andernfalls hast du die Trojaner an der Backe.«

Trojaner steht für eine bewaffnete Polizeieinheit. Pilgrim ist noch nicht lange genug draußen, um das riskieren zu können. Er ruft die Käuferin an, sagt ihr, er brauche seinen Wagen zurück, doch ehe er dort eintrifft, wird das Auto mitten in der

Nacht abgeschleppt. Er denkt über Wolf nach. Sein Dealer bringt immer noch Geld für ihn rein, obwohl Wolf jetzt seine Kanonen und sein Cash hat. Es erinnert ihn an ein Buch, *Power: Die 48 Gesetze der Macht*. Die erste Regel lautete: »Niemals den Meister in den Schatten stellen.« Er fragt sich, ob er Wolf und der Love-of-Money-Gang noch vertrauen kann.

Kurze Zeit später ruft Wolf an. »Ich will, dass du jemanden umlegst. Für 15 000 Pfund«, sagt er. »Keiner, den du kennst.«

»Klingt interessant. Ich ruf dich in zehn Minuten zurück.«

Pilgrim legt auf und ruft seinen Freund an, einen bekannten Auftragsmörder aus Tower Hamlets. Er schildert ihm das Angebot.

»Wie viel kriegt man normalerweise für solche Hits?«

»Fünfundzwanzig, wenn du die Person nicht kennst«, sagt der Mann. »Fünfzehn, wenn doch.«

»Ich kenne sie nicht, und dieser Typ bietet mir fünfzehn an.«

»Er betrügt dich um zehn Riesen.«

Pilgrim ruft Wolf später an, um weitere Einzelheiten des Auftrags zu erfahren. Es geht um einen Geschäftsmann aus der City. Diesmal will Wolf weitere 5000 Pfund von den 15 000, als Provision, weil er ihm den Auftrag besorgt. Also kassiert er fünfzehn von fünfundzwanzig, und Pilgrim hat die ganze Arbeit.

Pilgrim muss sich von Wolf zurückziehen. Allerdings gehen ihm die Leute aus, denen er noch vertrauen kann. Sein altes Leben holt ihn ein. Er muss unbedingt Geld verdienen, hat aber gleichzeitig fast alle Brücken hinter sich abgerissen. Er muss eine Entscheidung treffen. Alle warten auf seinen nächsten Schritt.

7:

Brown

Pilgrim nimmt den Hörer in die Hand.

»Hast du schon mal in West London gearbeitet?«

»Ja. Hab schon in West gearbeitet. Um was geht's?«

»Es gibt da einen Neuen, den du kennenlernen sollst«, sagt die Stimme. Pilgrim sitzt am Computer in seinem Büro in Hackney. An der Wand hinter ihm hängen Fotos von einigen der Typen, mit denen er auf den Straßen unterwegs war, damals. Einer ist tot, der andere ist im Knast. Pilgrim ist inzwischen fast fünfundzwanzig. Im Verlauf der letzten fünf Jahre hat er Kontakte in ganz London aufgebaut, allerdings mit Schwerpunkt auf Lewisham und Southwark, wo es richtig abgeht. Diese beiden Stadtteile sind heute viel schlimmer, als es Hackney je war. Er hält sich nicht gern in seinem alten Viertel auf und wohnt woanders. Es gibt hier zu viele Feinde, offene Rechnungen und Opfer. Er sieht ständig in den Rückspiegel, schlängelt sich zügig durch den dichten Verkehr auf der Stadtautobahn. Wenn er alte Freunde in seiner Hood trifft, hängt er nicht zu lange mit ihnen herum. Man kann niemandem vertrauen.

»Wo?«

»In Southall. Ein Somali. Hat vielleicht schon in jungen Jahren Waffen benutzt. Heute ist er vierzehn und auf dem besten Weg, ein erfolgreicher Vollstrecker zu werden.«

»Okay. Klär zuerst mit ihm ab, ob es okay ist, wenn du mir seine Nummer gibst.«

»Er ist wirklich schwer zu finden. Noch schwerer ist es, ihn zu treffen. Auf der Straße wird er Troll genannt.«

Pilgrim trägt ein gebügeltes beiges Hemd, das zu seinem T-Shirt passt, einen Diamantstecker im Ohr und einen silbernen Anhänger an einer eleganten Kette. Er schnappt sich ein Stück Papier und kritzelt darauf: »Southall. Troll.«

Das Licht schwindet. Zwei junge Asiaten entfernen sich von dem Sikh-Tempel aus weißem Marmor und Granit, dem Gurdwara, hinter dem Friedhof. Sie gehen in Richtung der weitläufigen Havelock Estate in Southall. Einer schleppt sich mit einer großen Sporttasche ab, die mit schweren Metallgegenständen gefüllt ist. Sie bewegen sich im Schatten eines hölzernen Gartenzauns, der sich unter drei Reihen kürzlich gespannten Nato-Drahts biegt. Dahinter ragt die Havelock auf. Derbe dreistöckige Blöcke verdecken die tiefstehende Sonne. Die Männer zögern an der Ecke, verschränken kurz die Arme und blinzeln in das Labyrinth dunkler Gassen. Es ist eine No-go-Area für die Bullen. Sie machen einen Schritt nach vorn und werden von einer pechschwarzen Öffnung zwischen nackten Betonwänden verschluckt. Kaum drin, geht man zügig weiter, versucht so schnell wie möglich auf der anderen Seite wieder herauszukommen, ohne unterwegs jemandem zu begegnen. Kam, ein magerer Zwanzigjähriger, hockt sich hin und lässt die Finger tastend über das Mauerwerk gleiten, bis sie einen engen Spalt auf Augenhöhe finden. Er drückt sein Gesicht gegen das Loch und linst hinein. Eine riesige unbeleuchtete Tiefgarage liegt hinter der Mauer. Kam ist ganz ruhig, und eine stumpfe Verträumtheit legt sich über ihn. Der Raum dehnt sich vor ihm aus wie eine Meereshöhle. Kämpf dagegen an, denkt er, konzentriere dich. Er gräbt seine ungeschnittenen Nägel in die Knöchel der anderen Hand. Wieder wachsam bemerkt er eine Bewegung in der Finsternis. Drei Gestalten sind nur schemenhaft auszumachen, sie lehnen sich auf ihre Fahrräder. Sie tun gerade nichts, sind aber gefährlich wie Raubtiere. Jas taucht an seiner Seite auf und beugt sich herab, um selbst zu sehen.

»Das sind die Typen, die mich vor zwei Tagen überfallen haben«, flüstert er auf Panjabi und deutet zittrig mit dem Kopf auf sie. »Haben mir einen Stein ins Gesicht geschlagen.«

Seine Nase ist gebrochen. Die Anstrengung des Kauerns löst einen Krampf in Jas' Beinmuskel aus. Nach zwei Tagen ohne Schuss ist er krass auf Entzug. Seine Nase läuft, die Augen tränen und sein Kopf schlingert. Kam ist mager, aber Jas ist ein Skelett. Mit sechsundzwanzig hat das Brown, eine Form von Heroin, sämtliches Fleisch von seinen Knochen gebrannt. Ein aufgeschwemmter, behelfsmäßiger Verband klebt auf der Innenseite seines Unterarms.

»Somalis«, sagt Kam. »Die hacken immer auf Asiaten herum.«

Aber er wird sich auch von Jas' Angst vor den Somalis nicht davon abhalten lassen, in der Tiefgarage auf Klautour zu gehen.

»Die sind tödlich«, stöhnt Jas.

Er hat einen weichen Knubbel hinter der Schläfe, seit er ein paar Nächte zuvor zwischen den Grabsteinen auf dem Friedhof an der Havelock Road geschlafen hat. Den Somali-Gangs gehört die Havelock. Sie lassen kleine Kids in ihren Schuluniformen stundenlang in den Treppenhäusern des Wohnsilos dealen. Wer sich weigert, wird in den Park gebracht, nackt ausgezogen und ausgepeitscht. Dann bekommen sie eine Tasse Tee und werden zu ihren Müttern zurückgebracht. Ein Junge aus einer Siedlung in der Nähe wurde nackt zu einem Pitbull in einen Fahrstuhl gesteckt und in den fünfzehnten Stock hochgeschickt. Als die Tür sich schließlich öffnete, wartete dort bereits ein anderes Gangmitglied und filmte den Jungen.

Nachts liegt Jas wach und lauscht, wie der Spott und die Pfiffe der Gang durch das Labyrinth hallen. Er hat Angst. Er hat Schulden bei Troll, einem somalischen Dealer. Es heißt, Troll sei der bösartigste Junge in der Havelock. Ein anderer Typ hat Drogen auf Pump von ihm genommen: großer Fehler. Er sagte, er würde zwei Tage später bezahlen. Er schaffte es, Troll eine Woche lang aus dem Weg zu gehen. Doch dann schickte der Dealer seine Freunde los, um ihn zur Strecke zu bringen. Als sie ihn erwischten, schlugen sie ihm in einer Gasse die Knochen aus dem Leib.

Er konnte nicht mehr aufstehen. Sie sagten ihm, er solle das Geld in zwei Stunden liefern. Jas ist gehetzt und verzweifelt. Er braucht unbedingt Geld.

Einmal wöchentlich geht er mit Kam auf Diebestour. Lieber würde er sich das Taubengewimmel beim Füttern ansehen oder vor dem Tempel sitzen, aber sie sind an der Reihe, die Sucht der anderen zu befriedigen. Es ist ein täglicher Kampf, die Kohle zusammenzubekommen. Noch ein Tag mit leeren Händen, und sie werden ihn verprügeln oder er wird sogar von der Gruppe verstoßen. Kam kann Jas kaum noch ertragen. Er ist faul, und er vertraut ihm nicht. Es hat den Anschein, dass die obdachlosen Sikhs gemeinsam überleben, doch sie dienen nur einem Herrn – dem Brown. Sie würden alles riskieren, nur um sich in seine wohlig warme Umarmung sinken lassen zu können. Nach zwei Tagen liegt ein süchtiger Junkie-Hunger in seinen Augen. Er hat es darauf abgesehen, Kam zu plündern und seine Portion an sich zu reißen, wenn er sich wegen eines Streichholzes abwendet.

Die beiden Männer zwängen sich durch zerbrochene Latten in die Tiefgarage und suchen dann schnell Deckung hinter einer Reihe parkender Autos. Kam setzt die Tasche ab. Das Montiereisen und der Wagenheber wiegen eine Tonne, und er keucht schwer. Er hörte deutlich das Poch-Poch-Pochen seines Pulses in der Schläfe. Falls er von den Bullen angehalten werden sollte, wie will er das schnell ins Gebüsch werfen? Die Havelock-Somali-Gang wird ihm mit dem Montiereisen die Schienbeine zerschmettern. Er stößt Jas fest an. »Mir nach.«

Sie flitzen auf eine Seite, halten sich tief gebückt. Alle drei Autos geht Kam in die Hocke, damit Jas zu ihm aufholen kann. Sie verschnaufen hinter dem Kofferraum eines alten Ford. Jas kontrolliert den Standort der Gang. Sie reden noch immer mit gedämpfter Stimme.

»Die werden uns nicht sehen«, flüstert Kam. »Hier ist kaum Licht.«

»Ach, ja?«, keucht Jas. Er ist bereit, Feierabend zu machen, wird aber immer noch von der Vorstellung verfolgt, was Troll ihm antun wird. »Was kriegt man für diese Reifen?«

»60 Pfund. Die Läden verkaufen sie dann für dreihundertfünfzig weiter. Vierhundert.«

»Nehmen wir den hier«, keucht Jas und zeigt mit dem Daumen auf den Ford, an den sie sich gerade lehnen. »Verkaufen wir denen zwei für 150 Pfund.«

»Sieh dir das an«, blafft Kam und verzieht das Gesicht. Der Wagen ist mit einer Staubschicht bedeckt, Rostflecken auf den verchromten Stoßstangen. Steinzeit, die Karre. Wahrscheinlich weder Steuern bezahlt noch zugelassen. »Du kriegst keine fünf Rupien für diese alten Reifen, sind schon ganz abgefahren. Die wollen entweder fabrikneu oder höchstens zwei Jahre alt. BMW, Mercedes, hinter denen sind sie her.«

Er reckt den Hals um das Bremslicht herum und blinzelt zwischen den Wagen durch. »Da hinten steht ein silberner Mercedes«, flüstert er.

Jas richtet sich auf wie ein Erdmännchen und wirft einen Blick durch die Heckscheibe des Ford. Einen Scheiß kann er sehen. Der Auspuff des Ford lässt ihn würgen. Ungefähr drei Wagen von den Somalis entfernt entdeckt er den silbernen Benz. Drei Autos entfernt! Das ist Selbstmord. Es sind schlanke, durchtrainierte und muskulöse Typen, Schläger aus der Gegend. Wieder betastet er die Beule an seiner Schläfe. Es fühlt sich an, als könnte sie jeden Moment platzen. Es ist Zeit zu gehen und ein paar Schokoriegel oder Schnaps bei Tesco zu klauen. Das hier ist der reinste Wahnsinn.

Kam arbeitet sich wie eine Krabbe vor, die Knie gebeugt, findet mit den Fingern immer wieder Halt an den Stoßstangen und Zierleisten der Autos. Wie kann der Kerl sich nur so verdrehen, fragt sich Jas. Seine Knie tun ihm weh, als wäre er ein alter Mann. Nur sein Verlangen treibt ihn weiter, das Versprechen, dass sich schon bald aller Schmerz auflösen wird wie in einem heißen Bad. »Also«, sagt er leise vor sich hin. »Los jetzt.«

Jas füllt seine Lungen mit einem tiefen Atemzug und stürzt

dann mit dem Kopf voran seinem Freund hinterher. Es kommt ihm vor, als bewege er sich in Zeitlupe. Schließlich kniet er hinter dem Benz und zwängt sich ungelenk in die Lücke neben Kam, der sich nicht umdreht. Kam arbeitet schnell. Zuerst inspiziert er das Profil des vorderen linken Reifens. Dann zieht er den Reißverschluss der Tasche auf und nimmt den Wagenheber heraus. Geschickt schiebt er ihn hinter den Reifen und setzt die Kurbel ein.

»Du machst das«, befielt er. Jas grunzt, setzt sich auf und dreht die Kurbel. Er hört auf, als er damit ein metallisch rasselndes Geräusch macht. »Na los, mach schon.«

Er kurbelt wieder. Es geht schwerer, als das Gewicht des Fahrzeugs auf dem Wagenheber lastet. Kam wird ungeduldig. Er gräbt seine Finger in Jas' Arm. »Mach endlich!«

Plötzlich eine Explosion. Ein schrecklicher Lärm dröhnt in ihren Ohren. Einen Moment rudert Jas wie wild in der Luft, so als würde er von einem Schwarm kreischender Fledermäuse angegriffen. Kams entsetztes Gesicht taucht vor ihm auf, wird von gelben Blitzen beleuchtet. Dann ist es verschwunden. Ein eiskalter Schrecken überkommt Jas – eine Alarmanlage.

»Wer zur Hölle ist da!«

Es sind die Somalis. Wie eine militärische Einheit umzingeln sie blitzschnell den Benz.

»Klaut ihr unsere Autos?«

»Verfickte Autodiebe!«

Kam rast den Gang entlang, schrammt mit den Schultern gegen die Wände und stürmt kopfüber in die Dunkelheit. Er spürt hinter sich zumindest einen Somali auf seinem Mountainbike, bremsend und schwankend wie ein Einradfahrer. Jas, vergessen, zurückgelassen, hat keinen Fluchtplan. Er kriecht zitternd unter ein Auto in der Nähe und beißt die Zähne zusammen. Schüsse hallen durch die Nacht. Er kriecht weiter, zieht sich wie eine Spinne unter den nächsten Wagen. Dort liegt er bibbernd und umklammert seinen Magen, damit der nicht so laut grollt.

»Hurensohn!«

»Ein Typ ist noch hier drinnen!«

»Macht ihn fertig!«

Zwei Somalis fahren auf ihren Rädern Schleifen, die Füße immer auf den Pedalen. Einer hält seine Waffe ausgestreckt und streicht damit die Wagenreihe entlang. Sie müssen diesen Eindringling zur Strecke bringen. Sie sind an vorderster Front. Das hier ist ihre Hood. Er muss gefunden und an ihm muss ein Exempel statuiert werden. Sie spitzen die Ohren, lauschen auf ein scharfes Einatmen, ein leises Wimmern ihrer Beute. Jas liegt still, ist gelähmt vor Angst, ein Loch brennt sich in seinen Bauch. Er schließt die Augen und betet zu seinem Guru. Er wird dem Heroin abschwören und zu seiner Familie zurückkehren.

»Yo! Seht euch das an!«

Ihre Aufmerksamkeit richtet sich auf die Tasche mit Werkzeugen. »Die sind hinter den Reifen her«, sagt einer. »Bestimmt Junkies.«

Einer prüft das Gewicht des Montiereisens und lässt es durch die Luft zischen. Schon bald kehrt der Vorreiter außer Atem zurück. Er hat Kam irgendwo im Labyrinth verloren.

Jas liegt bewegungslos in der Dunkelheit, während die Kälte in seine Knochen kriecht. Es kommt ihm wie eine halbe Stunde vor, ehe sie die Suche abbrechen und weiterquatschen. Jas kriecht ans Ende der Reihe, schleicht sich aus der Tiefgarage. Er flitzt durch die Siedlung, sieht immer wieder über die Schulter zurück. Seine Orientierung wird durch die Angst beeinträchtigt, aber nachdem er einige Mal falsch abgebogen ist, findet er sich in einer engen Betonschlucht wieder. Am Ende ist eine blaue Tür eingelassen. Dorthin läuft er und duckt sich dann rechts in eine winzige Mauernische. Da kauert er völlig außer Atem im Dunkeln.

Auf Augenhöhe befindet sich eine quadratische Öffnung in der Wand, in die Leute ihre Abfallsäcke schmeißen. Jas beugt sich in den dunklen Schacht. Am anderen Ende sickert Licht unter einer mit einem Vorhängeschloss verriegelten Tür durch.

Der süßliche, feuchtkalte Gestank von Abfällen sticht ihm in die Nase.

Jas hievt sein Knie auf den unteren Sims des Schachts und wuchtet sich hinüber. Zylindrische stählerne Mülltonnen engen ihn ein. In diesem winzigen Raum befindet sich der gesammelte Müll eines ganzen Blocks. Jas schiebt die Tonnen vorsichtig gegen den Schacht, um sich abzuschirmen. Er erkennt Kams Silhouette in seinem Schlafsack auf dem Betonboden dahinter. Sie begrüßen sich flüsternd, während Jas sich setzt und steif seine Army-Boots aufbindet.

»Haben diese Typen unsere Gesichter gesehen?«, fragt Jas.

»Nein«, sagt Kam. Seine langen Fingernägel sind verkrustet mit schwarzem Dreck, und er klaubt ein Insekt aus seinen Haaren. »Wir sind fünfzehn, vergiss das nicht. Verteilt auf sechs Räume mit Mülltonnen.«

»Alles Panjabi?«

»Ein Pakistaner.« Dann fügt er hinzu: »Die werden nicht wissen, wer es war. Könnte auch jemand von außerhalb gewesen sein.«

Jas ist nicht beruhigt. Troll ist immer noch da draußen und wartet. Southall war drei Generationen lang die Heimat der Panjabi-Sikhs und bot billigen Wohnraum in Flughafennähe. Doch Jas' etwa hundertköpfige Gruppe besteht aus obdachlosen Junkies und Ausgestoßenen. Selbst der Tempel kann ihm den Zutritt verwehren. Die Tatsache, dass man im Glassy Junction Pub mit Rupien bezahlen kann und man kein einziges Wort Englisch benötigt, um zehn Jahre in der King Street zu leben, wird ihm nicht helfen, wenn Soldaten der hiesigen Gangs wie Murder Dem Pussies oder Grit Set Jagd auf ihn machen und ihn wegen nicht bezahlter Schulden abstechen.

Aus seiner Nase läuft ein juckendes Rinnsal über seine Oberlippe. Seine Schultermuskeln sind schmerzhaft verspannt, und wenn er sich bewegt, graben sich seine Zehen in den Boden, als könnte er sonst umfallen. Die ganze Nacht werden in der Tiefgarage und an den dunklen Stellen der öffentlichen Anlagen das

Geschrei und die Rufe der Dealer zu hören sein, aus deren Mobiltelefonen blecherne Musik scheppert. Eine Mutter flehte die Stadtteilpolizei an und brach dann schluchzend auf dem Boden zusammen, sagte, sie könne die Bedrohung nicht länger ertragen. Die Bullen erinnerten sie daran, dass sie die gleiche Anwohnerin war, die sich geweigert hatte, für die Räumung eines Crackhauses zu unterschreiben. Jas legt sich zu Kam neben die Rollen eines Müllcontainers.

»Ich habe einen Typen im Gurdwara getroffen«, sagt Jas. »Er wohnt in einer nicht mehr genutzten Kindertagesstätte des NHS. An der Hamborough Road. Die haben da Licht und Wasser.«

Kam will Jas' Gejammer im Moment nicht hören. Er will schlafen, während das Brown zu wirken beginnt. »Du denkst nur daran, weil du noch nicht gedrückt hast«, sagt Kam.

Er braucht das Brown, damit er schlafen kann, um all die Scheiße auszublenden, die ihm in den Kopf kommt. Kam spritzt jeden Tag Heroin im Wert von 30 Pfund, damit er sich in Watte packen kann. Bis Tagesanbruch wird ihn jetzt nichts mehr quälen, und dann wird er sich aufs Neue darum kümmern, wie er seine drei Beutel zusammenbekommt. Er denkt an die drei Jahre zurück, die er auf einem Bauernhof in Italien Felder bestellt hat. Damals war er sauber. Vor zwei Jahren ist er rübergekommen und arbeitete sechs oder sieben Monate als Bauarbeiter. Doch die Arbeit versiegte in der Krise, und er hatte keine Wohnung. Er lernte andere obdachlose Typen aus dem Punjab kennen, und die Älteren unter ihnen brachten ihn darauf als Mittel gegen die Kälte. Er hat Freunde, die eine Arbeit haben und ihm Geld geben. Es gibt nicht nur Somali-Dealer, sondern auch Sikhs. Kam sagt sich immer wieder, dass er mit den Drogen aufhört und sich wieder einen Job sucht, wenn ihm jemand hilft. Es ist kalt im Winter, und sie werden den Spalt unter der Tür verstopfen müssen, doch die Ratten werden trotzdem reinkommen. Er schließt die Augen und stellt sich vor, wie grün das Gras nach einem starken Regenguss in Jalandhar ist.

»Es könnte schlimmer sein«, sagt Kam. »Ein paar Typen aus

Nawashahar und Ludhiana wohnen in einem verlassenen Pub auf der anderen Seite des Broadway, im Northcote Arms. Einer hat einen Abszess am Bein. Er lässt sich nicht behandeln. Er denkt, wenn er das Bein verliert, bekommt er eine unbefristete Aufenthaltsgenehmigung.«

Darüber muss er leise lachen, weiß aber nicht wirklich, was daran so komisch ist. Diesen Typen ginge es auf der Straße besser. Das Northcote ist feucht und nass, das Dach ist undicht. Es stinkt fürchterlich nach Krankheit. Einige von denen haben feuerrote Pusteln, die ständig jucken. Die sind überall, an Fingern und Zehen, auf den Ellbogen und in den Hautfalten ihrer Eier. Das ist die Krätze. Früher oder später erwischt es sie alle, wie Erkältungen oder die Grippe. Während der letzten zwei Jahre sind ein paar von denen tot aufgefunden worden. Kams Miene hellt sich auf, als er einen harten Klumpen in seiner Tasche findet. Es ist das Nokia-Handy, das er am Nachmittag gestohlen hat.

»Sieh mal.« Er schwenkt ein kleines weißes Licht von dem Telefon hin und her. »Müsste man auf der South Road locker einen Zehner für kriegen.«

Die afghanischen Sikh-Händler kaufen einem offensichtlich obdachlosen Junkie mit stecknadelkleinen Pupillen ein Telefon ab. Sie wissen, dass sie bei dem schnellen Deal nur 10 Pfund oder 20 Pfund zahlen müssen und für 100 Pfund weiterverkaufen können. Die Süchtigen klauen Kleidung, eine kleine Stereoanlage, einen Fernseher. Am häufigsten jedoch werden Mobiltelefone gestohlen, die neueren Modelle von Nokia. Alles dreht sich um das Überleben von einem Tag auf den anderen, von der Hand in den Mund. Eine Abhängigkeit, die jeden Tag 30 Pfund kostet, das sind 210 Pfund die Woche und 900 Pfund im Monat.

»Kann ich mal sehen?«, fragt Jas verschlagen und streckt mit brennenden Augen die Hand danach aus. Kam wirft ihm einen finsteren Blick zu und lässt die Trophäe schnell in den Tiefen seines Schlafsacks verschwinden. Niemals wird er sich das Ding wegnehmen lassen, also kann Jas ruhig aufhören zu betteln. Er dreht sich um und kehrt ihm den Rücken zu.

Die Sucht hält Jas im Dunkeln wach. Er wünscht sich, er hätte nicht wie jede Woche bei seinen Eltern angerufen. Er schämte sich zutiefst, als seine Mutter ihm sagte, sein Vater käme von der Arbeit auf dem Feld ins Haus gelaufen, um mit ihm zu sprechen. Während er in dem Billig-Telefonladen an der King Street wartete, sah er einen rundlichen, glucksenden Sikh in der benachbarten Zelle. Sein Bauch schwabbelte beim Lachen wie Wackelpudding. Sein BMW parkte draußen. Er hatte Skype-Kopfhörer über seinem Turban, trug ein sauberes, am Hals offenes Hemd und einen gepflegten Bart. Er lachte den Computerbildschirm an, auf dem zwei Frauen in leuchtend bunten Saris auf einer Bettkante saßen und mit ihm lachten. Offenbar zogen sie ihn mit einem Familien-internen Witz auf. Er schüttelte sich so sehr, dass sein eiserner Kara gegen den Schreibtisch schlug. Jas hat seinen Eltern gesagt, dass er keinen Zugang zu Skype hat. Er will nicht, dass sie ihn in seinem ausgemergelten, hohläugigen Zustand sehen.

Dann hatte er seinen Vater am Telefon. Er keuchte vom Laufen.

»Ich habe gerade den Weizen abgespritzt«, entschuldigte er sich.

»Wenn du Pestizide spritzt, musst du Schutzkleidung tragen«, warnte Jas.

»Die Schädlinge sind viel zu gerissen«, meinte sein Vater lachend. »Die entwickeln sich viel zu schnell für diese neuen Pestizide. Ich weiß gar nicht, wieso ich das viele Geld ausgebe. Der Boden ist schlecht. Verpestet und völlig durchweicht.«

Jas versuchte, seinen Vater aufzumuntern, indem er ihm erzählte, dass er eifrig einen Job sucht. Er denkt an die von der schweren Arbeit auf dem Feld schwieligen und gefühllosen Hände seines Vaters, die ständig den giftigen Pestiziden ausgesetzt sind. Sein Vater, der hart gearbeitet und gespart hat, damit Jas ein besseres Leben führen kann. Vor zwei Jahren hat er ein Studentenvisum für Jas bezahlt, damit er auf dem North West London College Betriebswirtschaft studieren konnte. Er fand nicht genug Arbeit bei den zwanzig Stunden, die er wöchentlich dafür zur Verfügung hatte, und verbrauchte das Geld seines Vaters schnell für die Miete. Als er nach drei Monaten nicht mehr zahlen konnte, warf ihn sein Vermieter raus, und er fand sich wieder bei den obdachlosen Punjabi auf den Straßen von Southall.

»Die Freunde, bei denen ich wohne, sind liebenswürdig«, log Jas. »Es sind sehr liebenswürdige, gute Menschen.«

Sein Vater schnurrte zustimmend.

»Im Sikhismus lehrt unser Guru uns, dass wir so werden wie die Menschen, mit denen wir unsere Zeit verbringen«, sagte er.

Wie wahr, dachte Jas. Als er nach Southall kam, war er als einziger Obdachloser nicht heroinabhängig. Wenn man mit anderen zusammen ist, dann liegt es in der Natur des Menschen, dass derjenige, der nicht heroinsüchtig ist, es bald wird. Besonders, wenn es draußen schneit. Er könnte seinem Vater gegenüber niemals den Raum mit den Mülltonnen, die Drogen, die Ratten, die tägliche Plackerei des Stehlens erwähnen.

Während er jetzt in der Dunkelheit des Abfallraums zittert, kann er die alles verzehrende Schuld nicht ausblenden, die er empfindet. Also beißt er die Zähne zusammen und denkt angestrengt darüber nach, wie er Kam das Telefon stehlen kann. Nichts anderes zählt im Moment.

Die Ironie von allem ist, dass er sich gestern einen Beutel besorgen konnte. Er legte das braune Pulver in der gefalteten Alufolie vorsichtig auf seine Knie. Er konnte es kaum noch erwarten, die Flamme darunterzuhalten, zu sehen, wie es sich zu verflüssigen begann, zu einem Kügelchen verschmolz, die Farbe von Coca-Cola annahm. Wenn zu viel Mannitol untergemischt ist, wird es rötlich braun und macht dich nicht high. Rot bedeutet, der Dealer hat dich beschissen. Er hat dich gefickt. Du hast im Grunde nichts als Scheiße gekauft. Manche Leute kaufen Mannitol und kriegen einen Flash, aber das ist dumm. Manchmal ist es nicht besonders rein und es kann zu stark mit Backpulver verschnitten sein. Am Anfang ist es rein, unverfälscht, und dann bearbeiten die Dealer den Stoff. Sie mischen Mannitol unter, damit es sich verflüssigt, denn andernfalls würde reines Heroin da auf dem sechs mal sechs Zentimeter großen Stück Alufolie liegen und einfach verbrutzeln.

Er griff in die linke Tasche nach einem Streichholz. Keine Streichhölzer da.

Freunde von Jas sind an einer Überdosis gestorben. Oder sie nahmen an einem Programm teil, um vom Smack loszukommen. Sie nehmen Naltrexon, das die Opiatrezeptoren blockiert. Aber mit zwölf Tabletten pro Schachtel, wer soll die bis zum Schluss nehmen? Methadon bringt auch nichts. Der Staat würde gern alle Junkies auf Methadon parken, weil es so billig ist. Hitler hat das Zeug erfunden, damit er seine Soldaten zum Selbstmord in die Schlacht schicken konnte.

»Hast du ein Streichholz?«, fragte er Kam.

Nirgendwo in Großbritannien kann man billiger erstklassige Drogen kaufen als in Southall. Freunde sind ihm weggestorben, weil das Heroin in Southall zu stark ist. Er braucht lediglich 10 Pfund, um ein 0,3-Gramm-Briefchen Brown oder Brandy zu kaufen. 0,6 Gramm kosten 20 Pfund, aber man kann beschissen werden und erhält eigentlich nur 0,4 Gramm. Man kann auch »eins von jedem« nehmen, eine gemischte Tüte mit Whisky und Brandy, Crack und Smack für 20 Pfund. Crack für 10 Pfund ist genug für zwei oder drei Pfeifen. Damit erhält man einen kurzen 15-Minuten-Flash, und anschließend raucht man für den Rest des Tages das Heroin zum Runterkommen.

»Da, neben deinem Fuß«, sagte Kam. »Siehst du's?« Sein Knie senkte sich eine Idee, und die Folie segelte zu Boden. Er ließ die Hand zu spät vorschnellen, griff in die Luft, während das Pulver in einer feinen Staubwolke verschwand. Für einen Junkie ist es dasselbe, wie sich aus seiner Wohnung auszusperren. Saublöd. Er warf den Kopf zurück und stieß einen erstickten Verzweiflungsschrei aus. Und jetzt waren vierundzwanzig Stunden vergangen, ohne irgendwas im System. Kam war wieder ruhig. Jetzt könnte der ideale Moment zum Handeln gekommen sein.

»Kam?«, fragt er prüfend. Er hört Kams leises Schnarchen. Er schiebt sich vorsichtig neben ihn, um sich zu vergewissern, dass er weggetreten ist. Um wirklich sicherzugehen, schnipst er mit den Fingern vor Kams Gesicht. Dann schiebt er ganz vorsichtig eine Hand in die Öffnung des Schlafsacks und tastet sich auf der Suche nach dem Mobiltelefon in dessen Tiefen vor. Er vermutet, dass Kam es sich zwischen die Oberschenkel geschoben hat. Sein Arm gleitet bis zum Ellbogen hinein, und seine Hand wandert über Kams Bauch, wobei er vorsichtig klopft, um das harte Gehäuse zu finden.

Kam grunzt und dreht sich um.

Jas dreht sich mit ihm, dann zieht er seinen Arm wieder heraus und legt sich hin. Wenn man jemanden zu oft bestiehlt, denkt Jas, wird man zu einem Ausgestoßenen. Es wird eine lange und harte Nacht.

Noch vor sechs Uhr morgens stehen sie auf. Einer von ihnen geht zur Arbeit. Kam kann nichts riskieren, wenn Jas so auf Entzug ist. Um halb sieben machen sie sich zum Frühstück auf den Weg in den Tempel.

Der Gurdwara ragt auf wie eine Festung aus Marmor und Granit. Das vergoldete Kuppeldach scheint weit über ihnen in den Wolken zu schweben. Touristen versperren den Bürgersteig, richten ehrfürchtig ihre Kameras nach oben. Der Gurdwara Sri Guru Singh Sahba ist der größte Tempel der Sikhs in Europa, der Bau hat 17,5 Millionen Pfund gekostet. Jas' Augen schweifen gierig über die teuren Nikon-Objektive und Herrenhandtaschen aus glänzendem Leder, dann trotten er und Kam langsam die schimmernden weißen Marmorstufen hinauf in den Korridor.

Jas rechnet schon halb damit, dass einer der Aufseher vortritt und ihnen den Weg versperrt. Wenn sie stark unter Drogen stehen, verweigert man ihnen den Zutritt. Wenn sie nach Alkohol riechen, bringt man ihnen das Essen nach draußen. Vor der Tür bleiben sie stehen, ziehen ihre Schuhe aus und stellen sie auf der hölzernen Ablage ab.

»Dieser Tempel sammelt jeden Monat eine halbe Million Spenden«, sagt Kam.

»Wie kommt's?«, fragt Jas.

»Ein-Tages-Gebet. Drei-Tages-Gebet. Man bezahlt in Form von Spenden, damit oben in den gläsernen Kabinen Gebete gesprochen werden.«

Sie nehmen orangefarbene Tücher aus einem großen Behälter und binden diese sorgfältig um ihren Kopf, dann gehen sie durch die Marmorflure in einen Saal. Er ist riesig und bietet Platz für dreitausend Menschen. Lange schmale Läufer erstrecken sich vor ihnen zu den Tischen, wo die kostenlose Mahlzeit, der Langar, serviert wird. Männer und Frauen sitzen auf den Teppichen und essen. Sie nehmen metallene Servierbretter mit Unterteilungen und stellen sich in die Schlange. Ältere Sikhs mit Turban teilen wortlos traditionelle indische Chapatis und Dal aus Linsen aus, dazu gewürzte Kartoffeln, dann süßen Grieß und Joghurt. Tee und Wasser wird in braunen Plastikbechern gereicht. Die Männer, die das Essen austeilen, sind Freiwillige.

Jas und Kam schämen sich zu sehr, um nach oben zu gehen und auf der ersten Etage zu beten. Ein guter Sikh muss sich waschen, saubere Unterwäsche tragen und rein im Geiste bleiben. Sauberkeit ist ein wichtiger Grundsatz des Sikhismus. Jas und Kam sind schmutzig und riechen schlecht, in ihrem Blut schwimmen verbotene Drogen. Sie gehen mit ihrem Essen in eine dunkle Ecke, hinter eine Säule, und schlingen es mit dem Gesicht zur Wand hinunter. In der Nähe entdeckt Jas einen befreundeten Dieb, der für sich allein isst.

»Ich gehe rüber zu Vijay«, sagt Jas und entfernt sich. »Später versuch ich mein Glück bei Tesco.« Vijay wirft ihm einen Blick zu, als er mit seinem Tablett herüberkommt. Er ist der erfolgreichste Dieb in Southall. Mit seinem enormen schwarzen Bart und dem widerspenstigen dichten Haar sieht er aus wie ein Piratenkapitän. Vijay und Jas waren wie Brüder, aber sie zerstritten sich beim Klauen. Einmal schleppte Vijay gleich zehn Damenmäntel über dem Arm aus einem TK Maxx. Er ging trotz schrillender Alarmanlage einfach raus, während der Sicherheitsdienst einen anderen Typen schnappte. Die Wahrheit war, dass der Sicherheitsmann einfach Mitleid hatte mit seinem Sikh-Bruder und wegsah.

»Was geht ab?«, fragt Jas. »Ich bin voll auf Entzug.«

»Lass uns bei Tesco Alk holen«, sagt Vijay und streicht sich dabei über seinen Bart.

»Wie viel?«

»So für 500 Pfund.«

Jas sieht ihn skeptisch an. Vijay ist sauer, dass Jas Zweifel an ihm hat.

»Das letzte Mal hat mich der Chef des Sicherheitsdienstes tatsächlich gefragt, wie ich es gemacht habe. Er hat vorgeschlagen, ich solle bei Tesco als Berater anfangen. Ich hatte ihnen eine Sicherheitslücke in ihrem System gezeigt. Aber die Wahrheit ist ganz simpel.« Er hebt eine Hand, damit Jas sie sich genau ansehen kann. »Siehst du, Vijay hat unglaublich starke Nägel. Ich hab einfach sämtliche Sicherheitsaufkleber abgefummelt. Das kann sonst keiner.«

»Diesmal sehen sie dich doch schon aus einer Meile Entfernung.«

»Diesmal ist es anders. Wir arbeiten mit drei Typen.«

»Drei? Wieso?«

»Ein Typ geht mit einem Rucksack rein. Er stellt sich vor die Überwachungskamera, ein zweiter Typ packt dann ungeniert Flaschen in den Rucksack. Die Kamera sieht alles. Das alarmiert den Sicherheitsdienst. Dann gehst du um die Ecke, wo ein dritter Typ mit Einkaufswagen und leeren Tesco-Tüten wartet. Du packst den Alk in die Tüten. Dann verlassen Einkaufswagen und Köder gleichzeitig durch die Tür den Laden. Der Sicherheitsdienst schnappt sich den Typen mit dem Rucksack.«

Diese Ideen sind gut. Sie verabreden sich für später, und Vijay verlässt den Tempel.

»Wie sieht der Plan aus?«, fragt Kam, als er herüberkommt. Jas fragt sich, ob Kam wohl wach war, als er versucht hat, ihm das

Mobiltelefon zu stehlen. Hat er gespürt, wie seine Hand in den Schlafsack wanderte?

»Tesco«, sagt Jay und mampft sein Chapati. Er beschließt, Kam nichts von Vijays Plan zu verraten. »Die haben diese großen Schoko-Riegel. ich kann sie dann für 50 Pence in den Läden am Broadway verkaufen.«

»Das macht zwanzig Riegel«, meint Kam unbeeindruckt.

»Kein Problem.«

Jas fragt sich, ob er eine Weile dealen könnte, um sein Leben wieder auf die Reihe zu bekommen. Er erinnert sich an das eine Mal, als er fünfzehn Tage für die Somalis gedealt hat. Sie zahlten ihm 40 Pfund am Tag. Er verkaufte sechsunddreißig Briefchen und nahm damit 360 Pfund für sie ein. Aber die haben alle Messer. Sie sind gelangweilt, ungebildet, zocken Geld vom Sozialamt ab, weswegen sie nicht arbeiten müssen. Sie rauchen ausnahmslos Skunk. Am fünfzehnten Tag haben sie ihn ausgeraubt.

Eine einsame Gestalt beobachtet sie, wie ein Wächter.

Von seinem Platz hinter einem Tisch starrt der Mann unverwandt zu ihnen herüber und hebt dabei ein Glas Wasser. Er trägt seinen Turban wie eine Krone, ein stolzer Botschafter seines Glaubens. Er hat einen sauberen, ordentlich gestutzten Bart, seinen Dolch, den eisernen Kara-Armreifen, seine fünf Kakars. Dunkle Mächte sind am Werk, schwächen unser Volk, denkt er, als er diese gebeugten, elenden Typen betrachtet. Wie konnten diese Männer aus dem Punjab, erst Anfang zwanzig und voller Versprechen, so enden, im Freien schlafen, abhängig von starken Drogen?

Der Beobachter erinnert sich, dass er in seiner Jugend in den 1990er Jahren im Southall College nie auch nur einen einzigen Sikh hatte Drogen nehmen sehen. Er bemerkte, dass es stetig mehr Spirituosengeschäfte gab, während sie sich langsam den Engländern anpassten, einer Nation von Trinkern. Er schreitet zu ihnen hinüber und begrüßt Jas und Kam. Er hat sie einige Wochen nicht gesehen.

»Wie geht's euch, Jungs?«, fragt er.

»Gut. Hi, Hardeep.«

Sie erinnern sich an seinen Namen.

»Wo schlaft ihr jetzt?«

»In einem Müllraum in der Havelock.«

Hardeep versucht seine Nase gegen den Gestank zu verschließen, den sie absondern. Kams Kopf fällt schläfrig nach vorn. In all der Zeit, die er sich unter Obdachlosen bewegt hat, ist er nie einem Junkie oder obdachlosen Alkoholiker begegnet, der einen Turban trug, denn ein anständiger, gläubiger Sikh würde sich niemals so tief sinken lassen. Die neue Generation junger Sikhs ist anders. Es gab mal einen alten Kerl, Singh, der lebte in einer ehemaligen Autowerkstatt. Er sagte, er würde arbeiten, aber er verlor seinen Job, und der Vermieter setzte ihn auf die Straße. Sie gaben ihm das Geld für eine Monatsmiete, genug, damit er wieder auf die Beine kommen konnte. Aber es ist einfacher, jemanden von Heroin runterzubekommen als von Special Brew oder hartem Alkohol.

»Ihr müsst mutig sein«, sagt Hardeep zu Kam und sieht ihm dabei fest in die Augen. »Unser Guru lehrt uns, dass wir mutig und stets in Hochstimmung sein sollen, da ihr nach Gottes Willen eines Tages das Leuchten der Freiheit erleben werdet.« Er gestikuliert durch das Atrium des Gurdwara auf ein Porträt an der Wand. Kams Blick wandert träge über die Theke, an der das Essen ausgeteilt wird, dann fokussiert er auf ein riesiges Porträt eines der Heiligen der Sikh, Jarnail Singh Bhindranwale. »Erinnert euch, wie Jarnail für uns gekämpft und uns gelehrt hat, sich gegen jede Unterdrückung zur Wehr zu setzen.«

Hardeep sucht in Kams Augen nach Anzeichen von Wiedererkennen, sieht aber nur das Flimmern seiner halb geschlossenen Lider.

»Indien hat uns Unabhängigkeit versprochen, aber in der Verfassung sagen sie, dass wir immer noch Hindus sind. Sie sind in unser größtes Heiligtum eingedrungen, haben junge und alte Sikhs ermordet. Und nichts davon steht in den indischen Medien.«

»Ja, genau«, setzt Kam an. »Eine Abwärtsspirale.«

»Dad hat immer gesagt, dass das Punjab die reichste Gegend Indiens wäre«, schaltet sich Jas ein. »Heute haben die Pestizide den Boden vergiftet. Keine Arbeit mehr für die Jungen.«

Hardeep nickt traurig. Diese Jungs mussten davon geträumt haben, dass in England alles besser würde. Er versucht diesen Kids zu helfen, wieder auf die Beine zu kommen, aber die alten Knaben, die den Tempel leiten, stecken ihre Köpfe in den Sand. Sie helfen zuerst den Frauen. Für die ältere Generation sind Junkies eine Schande, sie nehmen sich keine Zeit für sie. Jas und Kam haben viel zu viel Angst, um zu ihren Eltern in den Punjab zurückzukehren und ihnen zu sagen, dass sie Scheiße gebaut haben. Er weiß von einem Jungen, der seinen Eltern Schande gemacht hat, weil er mit vierzehn Drogen in seinem Zimmer geraucht hat, und daraufhin zu einem Leben auf den Straßen von Southall verbannt wurde. Die entehrte Familie kehrte lieber in den Punjab zurück, als mit dem Stigma zu leben, einen Drogensüchtigen unter ihrem Dach zu beherbergen. Als er jung war, da rauchten Jungs Zigaretten, und dann um 1994, 1995 herum kamen ihm Geschichten von Leuten auf seiner Schule zu Ohren, die Cannabis rauchten. Heute haben Southall und die Punjabi ein massives Drogenproblem.

Die Probleme haben muslimische und Sikh-Gangs wie die Holy Smokes und Tuti Nuns hervorgebracht. Da war die Nagelbombe, die den Pub an der Lady Margaret Road in die Luft gejagt hat. Niemand hat etwas gesagt, aber das stand ganz klar in Verbindung zum Drogenhandel. Dann gab es ein Konzert mit Dizzie Rascal als Protest gegen die zunehmende Zahl von Verbrechen mit Schusswaffen, und irgendwas ging im Tudor Rose ab. Ein Typ ballerte durch das Holz der Trennwände und tötete zwei junge Männer. Das Tudor Rose ist heute mit Brettern vernagelt. Aber junge Typen machen Geld mit Drogen. An einer Wand bei den Bullen hat er dreißig Fotos von Gangmitgliedern gesehen.

»Warum geht ihr nicht einfach los und verhaftet sie?«, fragte er die Bullen.

»Die Bürokratie!«, lautete die Antwort.

Die Regierung sagt, sie sind illegal. Wenn sie nicht von den Drogen runterkommen, streichen sie ihnen jede Unterstützung. Hardeep will ihnen aus humanitären Gründen auch weiterhin helfen, ob sie nun illegal sind oder nicht.

»Erinnerst du dich an Dick Whittington?«, sagt Kam verträumt. »Ist nach London gekommen, weil er gehört hatte, hier wären die Straßen mit Gold gepflastert. Doch als er hier eintraf, überließ man ihn einfach den Ratten. Dann kam eine magische Katze, tötete alle Ratten und rettete ihn.«

Hardeep runzelt die Stirn. Er sieht zu Jas und Kam hinüber. Sie sind noch so junge Männer, gerade mal zwanzig. Wohin soll diese Geschichte führen? Er nickt beiden zu, als verstünde er, dass es ein Insiderscherz war.

»So«, sagt Kam schließlich. »Wo ist die Scheißkatze?«

Jas lacht idiotisch, sein Kopf sackt nach vorn. Hardeep stößt einen tiefen Seufzer durch die Nase aus. Es ist Zeit zu gehen. Sie reden Unsinn. Er gibt ihnen einen warmen Händedruck. »Wir werden versuchen, euch zu helfen«, sagt er wieder. »Ich werde jetzt für euch beide beten.«

Er entfernt sich und geht die Marmortreppe hinauf, vorbei an dem hoch aufragenden Buntglasfenster. Das Licht flutet durch orange-safrangelbe Banner, die über einem Krug mit dem heiligen Wasser Amrita flattern. In dem Wasser steht ein zweischneidiges Schwert. Während der Gebete wird es wieder und wieder durch das Wasser gezogen, schneidet das Gebet hinein und macht das Wasser heilig. Außerhalb des Gebetssaals verbeugt sich Hardeep und nimmt mit hohlen Händen eine glänzende Kugel süßen braunen Reis auf. Er schlendert zum Altar, wo ein heiliger Mann einen gefiederten Stab hin und her schwenkt. Wenn die Obdachlosen das doch nur sehen könnten, aber sie schämen sich zu sehr, um hier hoch zu kommen.

Jas und Kam verlassen den Tempel und laufen in die Stadt. Kam verschwindet mit dem Telefon in einem Geschäft auf der King Street, um sich seinen Zehner zu holen. Danach werden sie zu den Dealern gehen, damit er seine Ladung bekommt. Jas bleibt draußen. Er ist recht zuversichtlich, was seinen Tesco-Plan angeht. Dann sieht er auf der anderen Straßenseite Vijay. Er ist von vier Streifenpolizisten eingekreist, die seine Taschen leeren. Vijay sieht stur, aber auch jämmerlich aus.

»Und was ist dann passiert?«, fragt ihn einer der Uniformierten laut, damit es die ganze Straße hören kann. Es sind zwei junge Polizistinnen dabei. Sie haben Klemmbretter in Händen und starren Vijay an, machen gelangweilte Geräusche.

»Wie ist das in deine Taschen gekommen?«, fragt ein anderer trocken.

Jas geht weiter, hält Ausschau nach anderen Junkies, um zu sehen, was sie vorhaben. Alle Junkies kennen sich untereinander, kennen ihre jeweiligen Geschichten. Als Kam wieder zu ihm kommt, sehen sie einen weißen Typen, Tony. Seine hellblauen Augen sind ganz klein. Tony war auf Entzug in Gloucester. Er ist vierundzwanzig und hat eine On-Off-Freundin in Hammersmith, die Software programmiert. Er träumt immer davon, Vater zu werden. Aber sie haben ein Kind bei einem Spätabort verloren, dann kam ein weiteres Kind auf die Welt, das kurz nach der Geburt an Leukämie starb. Tony ist wortgewandt, spricht leise, ja er ist sogar sanft. Aber das Brown hat ihn verwirrt, und während er spricht, werden die Einzelheiten in seinem Kopf verschwommen und vage. Seine Freundin sagt, wenn er von den Drogen loskommt, wird sie ihm dabei helfen, einen Limo-Service aufzubauen – so wie der, den er früher hatte. Aber gibt es sie überhaupt? Niemand weiß das mit Sicherheit. Jas weiß nur so viel, dass jeder Junkie einen Plan hat, mit den Drogen aufzuhören. Wenn Tony es nach Perivale schafft, hat er ein Zimmer, wo er für 19 Pfund die Woche wohnen kann, und dort könnte er die drei Tage durchziehen. Aber es gibt nur einen Busfahrer, der ihn für lau mit dem 607er nach Uxbridge fahren lässt, wenn keine Kontrolleure in der Nähe sind. Also wartet er auf ihn.

Das Duo kommt vorbei an älteren weißbärtigen Sikhs mit dunklen Turbanen, an Ladenfronten mit grellbunten Saris in

Pink und Violett, besetzt mit goldenen Pailletten. Bhangra-Musik, der Duft von Gewürzen. Ein junger Asiate mit Cornrows und mit flaumigem Bärtchen schlurft vorbei. Die Jeans hängen ihm bis weit unterhalb der Pobacken, eine graue Boxershorts ist zu sehen. Neben der silbernen Beschriftung TULIP Hair and Beauty gibt es einen billigen Juwelier mit Modeschmuck. Kam geht weiter und blickt mit offenem Mund glasäugig zum Himmel auf.

An der Ecke zur Havelock Road starrt eine Gruppe Junkies gebannt auf eine Ansammlung von Tauben. Ein Typ steht da, die Arme weit ausgebreitet, stellt sich vor, er habe sie geschickt so dicht zusammengetrieben, während die Tauben übereinander her klettern. Ein gutaussehender Pakistani von Anfang dreißig verbeugt sich vor Kam. Er hat dichte Bartstoppeln und plaudert mit hübschen Mädchen, während er schläfrig durch verschiedene Gemälde blättert. Er verkauft sie an Restaurants, allerdings nicht, weil das sein Beruf wäre, sondern weil es gerade genug Kohle für Brown abwirft. Kam kennt auch seine Geschichte, dass er in Slough auf die Oberschule und zur Universität ging, spezialisiert auf IT, dann aber nach der Scheidung anfing, Heroin zu nehmen. Er gibt seiner Exfrau die Schuld an seinem Abstieg, weil sie ihm die gemeinsame Tochter weggenommen hat. Er wohnt bei seiner Familie und hat ihnen versprochen, keine Drogen zu nehmen. Sie müssen blind sein, wenn sie das nicht sehen können. Im Moment ist er nur ein Mann im freien Fall. In ungefähr sechs Monaten wird er bei ihnen und den Mülltonnen sein.

Ein Dutzend rastlose Somali-Teenager stehen mit ihrem Drogen-Bauchladen am Eingang des Parks, nur wenige Meter entfernt von der Tudor-House-Villa, der mittelalterlichen Fassade mit schwarzem Fachwerk, darin befindet sich das Gemeindezentrum. Einer steht Schmiere neben einem hohen Kriegerdenkmal aus Granit, das die Worte trägt: »In Dankbarkeit denen gewidmet, die ihrem Vaterland ihr junges Leben geopfert haben.« Hier wartet Jas und sieht dabei beklommen aus. Als Kam sich den Dealern nähert, erwacht in einer Straßenlaterne versteckt hinter getöntem Glas eine leistungsstarke Kamera surrend zum Leben. Sie zoomt an ihn ran, verfolgt seinen Weg die Green hinauf und sendet ein körniges Bild auf einen Fernsehmonitor, der vor einem Officer flackert, der im Dunklen in einer Art Besenkammer sitzt und zu einer Reihe von sechs Bildschirmen aufschaut. Er befindet sich im Obergeschoss des Polizeireviers Southall. Der Polizist bewegt behutsam den Hebel der Steuerung, um Kam nicht aus dem Bild zu verlieren.

»IC4, männlich, eins achtzig, vermutlich User, dunkelblauer Trainingsanzug, nähert sich Zielbereich«, sagt er.

Die Bildschirme zeigen Bilder von Überwachungskameras aus dem ganzen Stadtbezirk. Der Beamte zupft an seinem Kragen. Es ist heiß und stickig in diesem beengten Zimmer, doch er hört nicht auf, die Bilder genau zu beobachten. Er genießt seine Rolle als zentrale operative Beobachtungsstelle, kurz OP, in einer sich langsam entwickelnden Observation. Er meinte ein aufgeregtes Raunen bei der morgendlichen Dienstbesprechung aufgeschnappt zu haben, als die Observation mit Hilfe einer Powerpoint-Präsentation detailliert vorgestellt wurde. Zielpersonen dieser ersten Phase sind User wie Kam und Jas. Seine Personenbeschreibung von Kam wird an drei Zivilfahrzeuge der Polizei und weitere Fahrzeuge mit Streifenpolizisten übertragen, die auf strategische Positionen verteilt das Territorium der Dealer umstellen. Polizisten in Zivil werden die Verfolgung der Zielpersonen mit Hilfe der detaillierten Beschreibungen zu Fuß aufnehmen. Sie werden ihnen einige Blocks weit folgen, dann werden Streifenpolizisten die Zielperson aufhalten und durchsuchen. Falls sie ein Briefchen finden, wird die Zielperson wegen Besitzes von Rauschgift festgenommen. Je mehr User festgenommen werden, desto sicherer wird die Anklage gegen die Dealer. Zumindest theoretisch. Der OP lässt seinen Kopf kreisen. Er will seine Rolle spielen, die, so entscheidet er, darin besteht, dass er ständig für sie kommentiert, wie ein DJ. Er bemerkt, dass Kams schwerer Schritt leichter wird, je näher er dem Erwerb seiner morgendlichen Dosis kommt.

»Er hat einen federnden Schritt«, sagte der OP. Die Worte des OP knistern in den verdeckten Ohrhörern von drei Detectives – zwei Frauen und einem Mann –, die in einem verbeulten Mondeo sitzen, der in einer Reihe mehrerer Autos auf einem nahe gelegenen Gewerbegebiet zwei Blocks entfernt steht.

»Scheiße.« Der weibliche Detective auf dem Rücksitz zuckt zusammen. Eine falsche Frequenz schrillt in ihrem Trommelfell.

Kam bemerkt den freundlichen Umgang der Dealer untereinander. Er sieht das nicht zum ersten Mal. Wie sie sich umarmen, die Fäuste aufeinander schlagen, zur Begrüßung ihre Unterarme ergreifen. Einige fahren auf ihren Mountainbikes herum. Unter ihnen ist auch ein kleiner, stämmiger Junge, der eine graue, auf den Hüften sitzende Hose und schwarze Turnschuhe trägt. Er dreht sich um, will Jas warnen.

Es ist Troll.

8:

Vollstrecker

Jas erstarrt. Die lockere Gruppe von Dealern mustert ihn mit finsteren Blicken, hält die Köpfe aggressiv gesenkt. Troll spricht mit einem Freund, der auf den Pedalen seines Mountainbikes balanciert, die Beine blockiert. Ihm wird die Sicht auf Jas verdeckt von einem wind- und wetterbeständigen Golfschirm mit dem Aufdruck Ricoh, der ihn klein erscheinen lässt, ein riesiger Fliegenpilz. Wenn er über die Schulter blickt, wird er einen Typ mit Drogenschulden sehen, der ihn seit vier Tagen hinhält. Jas weiß, was mit solchen Typen passiert. Er hat die Geschichten über die Prügel gehört, die Knüppel, die Hämmer. Troll hat den Ruf, brutal zu sein, und er ist bereits vierzehnmal vorbestraft. Hinter seiner kindlichen Fassade steckt ein skrupelloser Kämpfer, ein kleiner Mann aus Stahl. Er ist vierzehn, aber man erzählt sich, dass er bereits einen Mann getötet hat. Ohne auf Kam zu warten, schlängelt sich Jas steif fort in den Menschenstrom und verschwindet in einer Gasse, lässt seinen Freund allein zurück bei den Dealern und Troll und dem schwebenden Auge der Polizei von Southall.

»Nimm mich hinten drauf«, sagt Troll zu dem Freund auf dem Fahrrad. Für einen Moment wirkt er genau wie jedes andere Kind, das auf dem Gepäckträger mitfahren will. Er besitzt weder die hohe Stirn noch die sanften, eleganten Gesichtszüge mancher Somali-Jungs. Er ist verbissen, untersetzt und dunkelhäutig mit einem dichten Lockenkopf. Auf ihm lastet bereits ein Gewicht, das ihm den Kopf schwer in die Schultern drückt. Wenn er spricht, ist er kaum zu verstehen. Er lächelt niemals.

Das kommt gut an bei den Tinies und den Youngers, die es mit Bedrohlichkeit verwechseln. Nur seine Mutter sieht den schüchternen Teenager, der sie bis vor zwei Wochen, als er sie wegen Geld für Zigaretten anschnauzte, noch nie angebrüllt hatte. Seine Kleidung ist eher schlicht. Er protzt weder mit einem angeberischen Farbcode noch mit Bling-Bling wie so viele andere Möchtegern-Gangster.

Er ist im zehnten Schuljahr, dem vierten Jahr auf der weiterführenden Schule, aber sein Englisch bewegt sich immer noch auf Grundschulniveau. Andere gewitzte asiatische Dreizehnjährige stöhnen und lassen die Stirn auf den Schreibtisch fallen während seiner langsamen, schleppenden Antworten. Aber das machen sie genau ein einziges Mal. In der Pause bringt er sie zur Strecke mit einer entfesselten Gewaltorgie. Fünf Kinder haben zu viel Angst, zur Schule zu gehen. Ein Lehrer winkt Troll mit gekrümmtem Finger nach vorne. Troll erkennt darin eine Beleidigung, die in Somalia Hunden vorbehalten ist, und fühlt sich verachtet. Er wirft sich in Positur und funkelt den Mann wütend an.

»Leg dich nicht mit mir an!«, raunt er.

Trolls Mutter putzt weiter das Haus, macht ihm zu essen, holt ihn um halb vier ab und weiß nicht, dass sie außerdem an Treffen in der Schule teilnehmen, ihm bei den Hausaufgaben helfen und sich regelmäßig über den schulischen Fortschritt ihres Sohnes auf dem Laufenden halten soll.

Sie bekommt förmliche Ermahnungen von der Schule zugestellt. Sie gibt sie zur Übersetzung an Troll weiter. In den Briefen wird ausführlich beschrieben, wie gewalttätig er ist, dass andere Kinder wegen ihm Angst haben, in die Schule zu gehen. Wenn er weiterhin so gewalttätig ist, wird die Schule ihn auf Dauer vom Unterricht ausschließen. Er liest ihr laut vor: »Ihr Sohn ist der beste Schüler seiner Klasse. Wir haben schon lange keinen so guten und netten Jungen mehr erlebt. Es ist ein Freude, ihn zu unterrichten.« Sie klatscht vor Begeisterung in die Hände.

Über Monate bemerkt sie nicht, dass er aus der Klasse genommen wurde und nun mit zwei anderen Unruhestiftern in einem beengten, stickigen Raum sitzt, in dem der Heizkörper tobt. Er ist entfremdet. Sie schicken ihn zum Sprachtherapeuten und zum Psychologen. Aber draußen auf den Korridoren und dem Schulhof setzte er immer noch auf Gewalt zur Lösung von Problemen. Schließlich sagt man ihm, dass es sein letzter Tag war, dass er nicht mehr zurückkommen kann.

Die Kids verlassen nacheinander und gesittet die Schule. Troll rempelt an ihnen vorbei, plattfüßig, missmutig. Seine Augen suchen die wartenden Autos ab. Er sieht, wie ein Kind eine bemalte Gesichtsmaske schwingt. Ein anderer protzt mit einem neuen MP3-Player. Sie lächeln ihre Eltern an, die sich bei ihnen erkundigen, wie der Tag war, und sie mit klimpernden Schlüsseln zum Wagen begleiten. Troll beobachtet das alles ausdruckslos. Auf ihn wartet keine Familie. Aber aus den Autos hängt in Designer-Shirts und mit klobigen Silberringen die zweitbeste Wahl – die Olders.

Trolls Blick fällt schließlich auf Ali, ein Somali-Older. Ali lehnt an seinem VW Golf, der mit 16 000 Pfund ein erschwingliches und solides Fluchtfahrzeug für die Gangster darstellt, die sich einen Audi A3 nur mieten können. Er trägt eine weiße Baumwoll-Djellaba. Er trägt sie nicht, weil Kleidung im Saudi-Stil den somalischen Ma'awiis Sarong ersetzt hätte oder weil seine Mum möchte, dass er sich wie ein anständiger muslimischer Junge kleidet, sondern weil die mehrheitlich weiße Polizei ihn mit größerer Wahrscheinlichkeit nicht anhält und filzt, wenn er eine Djellaba trägt statt seines schwarzen Nike-Jordan-Basketball-Hoodies. Grime plärrt aus dem offenen Fenster. Er nickt Troll zu, der wütend zu ihm herübergestapft kommt, sein plattfüßiger kleiner Soldat, sein Geldautomat, sein Mann aus Stahl. Ali ist erleichtert zu sehen, dass Troll immer noch Einzelgänger ist, ohne offensichtliche Mentoren oder Freunde unter Lehrern oder Schülern.

Aber ein hübsches asiatisches Mädchen winkt Troll zu. Sie

weiß, dass er auf Handys steht, also zeigt sie ihm die Schutzhülle aus Aluminium für ihr neues Nokia N97. Es scheint ihn zu verwirren, dass sie freundlich zu ihm ist. Die meisten Mädchen haben keinen Bock auf sein rudimentäres Englisch. Dann winkt sie noch einmal und ist fort, hopst zu ihren Freundinnen.

»Wer ist das?«, fragt Ali stirnrunzelnd.

»Sie ist in meiner Klasse.«

Der Older bekommt große Augen.

»Wer interessiert sich schon für Mädchen, Mann? Mädchen taugen nur als Köder. M. O. B. Money over bitches.«

»Sie heißt Geeta.«

»Egal. Pass auf dich auf, Kleiner. Hübsche Mädchen sind Luder. Hörst du mir zu? Sie wird Glitzerkram und Scheiße auf den Lidern und einen Pony tragen. Sie wird dich fragen, ob du mit ihr im Park spazieren gehst. Nur du und sie. Aber das ist eine Falle. Es werden vielleicht so zehn Typen da sein, mit Baseballschlägern und Messern und Scheiße. Du wirst dein Leben verlieren. Weil du nämlich nur damit gedacht hast.« Ali greift sich durch die Djellaba in den Schritt.

Troll sieht ihn stirnrunzelnd an. Er bezweifelt, dass Geeta so ist, sagt aber nichts. Der Older sieht, dass er nicht überzeugt ist. Die Autostereoanlage dröhnt auf die Straße hinaus. Tinie Tempahs »Frisky«.

»Erinnerst du dich an diesen Shakilus aus der Zeitung, der Junge, der oben in Thornton Heath in South London erstochen wurde? Diese Tussi hat ihn in eine Sexfalle gelockt. Sie ist mit ihm irgendwohin mit dem Bus gefahren. Und die ganze Zeit über hat sie der anderen Gang gesimst: Ja, er kommt, er kommt. Und als er dann da ankam, ist er von einem ganzen Rudel abgestochen worden. Die haben ihn so übel zugerichtet, dass er dran gestorben ist.«

Troll scharrt mit dem Fuß auf dem Boden, sieht die Straße hinunter. Geeta ist bereits an der Ecke. Ein paar Haarsträhnen fliegen ihr ins Gesicht. Sie hält sich die Hand über den Mund und kreischt, als sie zusammen die SMS einer Freundin lesen.

Troll hatte gehört, dass ein aus Feltham entlassener Somali-Older sich in ein Pakistani-Mädchen verliebt und dann beschlossen hatte, für sie der Straße den Rücken zu kehren. Ihr Vater sagte, er wäre nicht gut genug für sie, weil er keine Bildung besäße. Also meldete er sich zu einem Kurs an und bezahlte im Voraus 6000 Pfund von seinem Drogengeld. Man stelle sich vor – die ganze hart verdiente Kohle für'n Arsch, nur für irgend so ein Mädchen.

»Wir benutzen Mädchen«, sagt der Older ruhig und folgt seinem Blick. »Wenn ein Dealer einen auf dicke Hose macht und ordentlich Kohle verdient, schicken wir ihm ein Mädchen, um ihn auszuchecken, um ganz nah an ihn ranzukommen, um herauszufinden, wo er seine Kohle aufbewahrt. Wir versprechen ihr einen Anteil. Dann gehen wir vorbei, treten dem die Tür ein, mischen seine Bude auf. Nehmen uns sein Geld.«

»Echt?«

»Yo. Wenn er blöd genug ist, sie in sein Haus zu lassen, ihr zu erzählen, wo sein Schatz vergraben ist, dann verdient er es, ausgeraubt zu werden.«

Sie hören sich so eiskalt an, diese Mädchen, denkt Troll. Besser, wenn er einen Bogen um Geeta macht.

»Wer braucht schon ein Mädchen?« Troll zuckt die Achseln. »M. O. B., stimmt's?«

»Stimmt.« Ali seufzt. Wenigstens dringt seine Botschaft zu ihm durch. »Besser, du machst erst mal Kohle und wirst Millionär.«

Ali brachte Troll dazu, Drogen für ihn zu verkaufen. Die Kids fangen jung an, noch in Schuluniform stehen sie im Treppenhaus des Hochhauses. Die Olders teilen ihnen eine Ganztagsschicht zu, rund um die Uhr, um sie einzufangen. Nach etwa einer Woche sorgen sie dafür, dass jemand sie ausraubt, damit sie ihre Schulden zurückzahlen müssen. Dann sind sie endgültig am Haken. Wenn die Mutter zur Polizei geht, kümmern sie sich um sie. Manchmal wird sie vergewaltigt. Bei seinem Drogengeld zieht Troll um jeweils hundert Pfund ein Gummiband und versteckt es in einem Metallkoffer, an den man nur durch ein Loch in der Wand seines Zimmers gelangt. Darin hat er seine Kleidung aus Somalia herübergebracht. Inzwischen ist dieser Koffer fast voll. Wenn er ein Older ist, wird er schon wissen, wofür er dieses Geld ausgeben soll. In Mogadischu hatte seine Familie niemanden, der ihnen aus dem Ausland Geld schickte, das machte sie verwundbar. Alles war zu haben. Ein Auto, ein Pferd, eine Tüte Lebensmittel.

Als Troll acht war, hielt neben ihm und seinem kleinen Bruder ein Jeep. Das Dach des Jeeps war abgeflext und ein Maschinengewehr darauf montiert. Ein Mann in Kampfanzug schob seine Sonnenbrille in die Stirn und blinzelte den Jungen an.

»Wo ist dein Vater?«, fragte er und steckte sich eine Zigarette an. Er wartete die Antwort gar nicht erst ab. Er wusste, dass er fort war.

»Dann bist du jetzt bestimmt der Mann in der Familie, was?«, fuhr der Mann fort, während er Trolls Kleidung musterte. »Und sorgst für deine Mutter.«

Er werde ihm Geld geben, wenn er Waffen für ihn trüge, sagte er. Zuerst gab man ihm eine Peitsche zum Tragen. Dann ein russisches AK-47-Sturmgewehr. Abgesehen von einer Privatschule in der Innenstadt von Mogadischu gab es keine Schulen. Der Bürgerkrieg hatte für jedes Kind die Schulzeit beendet. Jetzt würde er seine eigene Ausbildung unter Männern bekommen. Sie zahlten ihm zwanzig Pfund die Woche, was ein guter Verdienst zu sein schien. Sie zwangen ihn und andere Kinder, sich freiwillig zu melden.

Troll saß hinten im Jeep, während sie über Schlaglöcher holperten und Mogadischu hinter sich ließen. Die weißen, eingeschossigen Gebäude der Stadt verschwanden in der Ferne. Schon bald waren um sie herum nur noch offenes Gelände und schmale, drahtige Bäume ohne Laub. Das Feldlager bestand aus zwei Plastikplanen, mit denen Zelte improvisiert wurden. Ein Haufen trockener Dornbüsche brannte. Ihr Ausbilder war ein Mann aus dem Kaukasus mit hellerer Haut. Eine Gesichtshälfte war mit Narben überzogen, seine Zähne waren nur noch Stümpfe. Er sprach mit den Jungs auf Arabisch und Englisch. Er zeigte ihnen, wie man das Magazin herausnahm, die Schussmechanik überprüfte, das Gewehr zerlegte und wieder zusammensetzte.

»Und jetzt macht ihr das mit verbundenen Augen«, befahl er. Sie legten die Einzelteile sorgfältig vor sich in den Sand. Als Troll die Waffe hochhielt, kam der Mann und trat ihm brutal gegen die Beine, damit er sie spreizte, das Gewicht besser verteilte und so eine standfestere Haltung einnahm. Als er dann durch das Fadenkreuz zielte, zitterten seine Hände, und der Horizont schwankte auf und ab.

»Leg dich hin! Auf den Bauch!«, schnauzte der Ausbilder. »Beine auseinander, dann hältst du es ganz ruhig!«

Der Mann deutete auf eine Reihe Metallgegenstände, die etwa zwanzig Meter vor ihnen in der Sonne funkelten. Troll drückte den Abzug und spürte, wie der Schaft gegen seine Schulter krachte. Er kniff ein Auge zu und blinzelte ins Visier. Die Gegenstände machten Pling, wenn er sie traf. Es war heiß, und als sie fertig waren, war er vom Kinn abwärts mit einer feinen Staubschicht überzogen.

Sie fuhren zurück, und er wurde an einer Kreuzung am Markt stationiert, wo er Leute kontrollieren sollte, wenn sie aus dem Bus stiegen. Männer, die Hosen in westlicher Länge trugen oder Zigaretten rauchten, wurden herausgegriffen und ausgepeitscht. Jeder Mann, der mit einem Mädchen sprach, das nicht seine Tochter oder Ehefrau war, wurde weggebracht.

Zwei Milizionäre stiegen in den haltenden Bus und führten einen Jugendlichen ab, einige Jahre älter als Troll. Die Füße des Jungen schleiften in zwei langen Schlangenlinien durch den Sand.

»Komm mit«, gaben die Männer Troll zu verstehen. Sie rissen dem Jungen das Hemd herunter und fesselten seine Hände an einem Baum. Dann gaben sie Troll die Peitsche. Troll starrte auf den gekrümmten Rücken des Jungen, auf seine Rippen und die sich unter der Haut abzeichnenden Wirbel. Die Peitsche schnitt mit einem scharfen Knall in die Haut, es klang wie ein zerbrechender trockener Zweig. Nachher zogen sie dem Jungen das Hemd wieder an und gaben ihm eine Zigarette. Sie klebte in einem Speichelfaden an seiner Unterlippe, fiel dann in den Sand.

»Du bist ein richtiger kleiner Soldat«, sagten die Männer zu ihm. Sie waren zufrieden. Er war immer noch nicht sicher, was der Junge falsch gemacht hatte, aber es hatte irgendwas damit zu tun, dass er die falschen Kleider trug.

Eines Tages brachten sie ihn zu einer Farm hinaus und sagten, er solle sein Gewehr auf die Leute richten, die dort lebten.

»Sie müssen glauben, dass du abdrückst«, sagten sie zu ihm. »Wenn sie keine Angst vor dir haben, hast du auch keine Macht über sie.«

Er sah, wie erwachsene Krieger ihm ihre Tiere überließen, ihr Land, ihre Häuser, alles. Seine Mutter kaufte von einem Teil seines wöchentlichen Solds einen kleinen Beutel Salz, Reis, Spaghetti, Dosenfleisch und Gemüse. Er kaufte sich eine einzige Zigarette. Er wurde zum Mann im Haus.

»Ich hoffe, du steckst nicht in Schwierigkeiten«, sagte seine Mutter.

Somalia versank immer tiefer im Chaos. Aber die Männer sahen, wie mutig er war, und sie sagten ihm, er werde an ihrer Seite kämpfen müssen. Sie gingen in die Innenstadt von Mogadischu, wo die Gebäude zerfielen und die Wände mit Einschusslöchern übersät waren.

»Wenn du jemanden mit einer Waffe siehst, erschieß ihn sofort«, sagten sie. »Sonst wird er dich umbringen.«

Und so saßen sie hinter einer niedrigen Mauer, lauschten auf Schüsse, rannten, suchten Deckung. Er stolperte, schürfte sich die Handflächen an einem Dornbusch auf, Sand und Staub gerieten in die Wunde. Er blickte zurück, wollte wissen, worüber er gestolpert war, und sah eine Leiche. Er erinnerte sich an seine Ausbildung, behielt die Augen auf und schoss.

»Ich bin müde«, sagte er zu den Männern.

»Nimm das«, sagten sie und gaben ihm weiße Pillen und ein Büschel Khatblätter, die er kauen sollte. »Das wird dich nachts zu einem Hyänen-Mann machen. Du wirst wie verrückt kämpfen können.« Danach fühlte er sich wach und hatte auch keinen Hunger mehr. Sein Verstand konnte sich auf das Kämpfen konzentrieren. Sie wollten, dass er achtundvierzig Stunden ohne Pause kämpfte. Er fühlte sich so sicher und selbstbewusst, als hätte er wirklich die besonderen nächtlichen Sinneswahrnehmungen des Hyänen-Mannes angenommen.

Mit acht Jahren war er eines Tages an einem Feuergefecht in einer zerstörten Straße beteiligt. Ein Mann in Sandalen und einem Ma'awii kam schießend auf ihn zugelaufen. Troll erschoss ihn. Er sah, wie er zu Boden ging und nicht mehr aufstand. Troll nahm sein Gewehr und lief fort. Er hörte, wie die anderen hinter ihm hergelaufen kamen, aber er war schneller und leichter. An diesem Abend sprach er nicht mit seiner Mutter, lag einfach nur zitternd in seinem Zimmer. Draußen sah er die Silhouette schmaler, schwarzer Bäume vor rotgestreiftem Himmel.

»Können wir fort?«, fragte er seine Mutter am nächsten Morgen.

Jeder versuchte wegzukommen. Nach Kenia, Äthiopien, Holland, Deutschland, England, Amerika. Europa war wie eine Festung, um Somalis draußen zu halten. Aber seine Mutter gab nicht auf, hörte sich um.

Schließlich fand sie heraus, dass sie im Vereinigten Königreich Asyl beantragen könnte, wenn sie sich als Äthiopier ausgaben. Sie erzählte ihm, ein besseres Leben warte auf ihn, dass sie nur so lange in London wohnen würden, bis sich die Lage in Somalia wieder beruhigte.

»Alle Somalis träumen von dem Tag, an dem sie in ihr Land zurückkehren«, sagte sie ihm voller Stolz.

Er hatte all seine Kleider und Besitztümer in dem kleinen Metallkoffer bei sich. Als sie in London eintrafen, fanden sie sich in den Golflinks Estates in Hayes wieder, in der Nähe des Heathrow Airport. Es war eine heruntergekommene Siedlung, aber wenigstens kein Slum. Und es gab auch keine zerbombten Gebäude. Es gab Graffiti und zerbrochene Fensterscheiben, und nachts waren Kämpfe zu hören und sogar Schüsse. Es war 2005. Troll war zehn Jahre alt.

In seiner neuen Schule wurde Troll von Mitschülern verspottet, die Ausgaben der *Daily Mail* schwenkten, in der es immer wieder anti-somalische Artikel gab: »Entwicklungshelfer von Piraten entführt« oder »Sozialschmarotzer bekommt Acht-Zimmer-Haus« oder »Somali-Gang ermordet Polizistin auf dem Weg zum Geburtstag ihrer kleinen Tochter«. Somalis wurden als Unruhestifter dargestellt.

Er lernte schnell, dass er in diesem Block nur als Mitglied der herrschenden Gang überleben konnte. Kids wurden als Mutprobe überfallen und ausgeraubt. Als Younger musste er sich seine Sporen verdienen. Ein paar ältere Kids fielen im Treppenhaus über ihn her, aber er verteidigte sich rücksichtslos.

Nach der Schule, wenn die Kids mit dem Klingeln herausströmten, warteten die Großen immer auf der Mauer auf Troll. Sie winkten ihn zu sich herüber, lehnten auf Motorhauben und quatschten mit ihm. Ali gehörte ebenfalls zu seinem Clan, war vom Stamm der Hawiye in Süd-Somalia und Mogadischu. Wie Troll war er im Chaos auf die Welt gekommen, in einem gesetzlosen Gebiet.

Seine Mutter machte weiter, als wäre sie zu Hause. »Du weißt, du hast eine Somali-Mutter, wenn sie zu dir sagt: ›Mach den Fernseher aus und lies den Koran, zieh deine Schuluniform aus und eine Djellaba an und bete fünf Mal am Tag‹«, witzelte Ali. »Wir suchen einen Younger wie dich, der Kohle verdienen will«, sagte er zu Troll. »Du bist der Mann im Haus. Wir suchen immer einen guten Soldaten zur Verstärkung des Grit Set.«

Es war wieder genau wie in Mogadischu.

Der Grit Set war die Gang in seinem Viertel. Ihre Gegner waren die MDP oder Murder Dem Pussies, bekannt für ihre Kampfhundezucht.

»Wie sind die MDP denn so?«, fragte Troll.

»Gottverdammt tödlich, Mann. Die stechen im ganzen Stadtbezirk die Leute ab, Mann.«

»Echt?«

»Im April haben sie in Hammersmith diesen Jungen abgestochen, diesen Kizzle. Ein smarter Bursche, echt, hat seinen Abschluss in zehn Fächern gemacht. War mit seinem Mädchen unterwegs, mit Cookie, unten im Hammersmith Broadway Shopping Centre. So ein Typ von da hat ihn dann blöd angequatscht. Das konnte er nicht ungestraft durchgehen lassen, obwohl Cookie wollte, dass er einfach weitergeht, nicht drauf eingeht. Geht also um die nächste Ecke, und zack, latscht voll in den Hinterhalt. Neun Typen von den MDP. Messer, Hämmer und alles. Die haben ihre Pitbulls auf ihn gehetzt, haben ihn abgestochen. Haben ihn praktisch umgebracht. Dann hauen sie ab. Voll drauf, lachend, total aufgedreht. Die Jungs aus dem Krankenwagen sehen sofort, dass sie nichts mehr tun können. Direkt ins Herz gestochen.«

»Kommen die auch hierher?«

»Ja. Im September sind sie rauf bis zum Windmill Park. Fünf Monate nach Kizzle. Haben einen Typen abgestochen, weil irgend so einem Fünfzehnjährigen das Handy geklaut wurde.«

Er erzählt die Geschichte. Ein Rudel von ungefähr zwanzig MDP-Kids drängte sich in den 207er Bus und jagte einen zweiundzwanzigjährigen somalischen Studenten, Yasin, mit abgeschlagenen Flaschen, Stöcken und Messern quer durch Windmill. »Du bist Grit Set, du bist Grit Set«, brüllten sie. Stachen ihn drei Mal in den Kopf. Yasin fiel ins Koma und starb eine Woche später. Er gehörte nicht mal zum Grit Set.

»Und woher sind die gekommen?«, fragte Troll.

»Von überall her, Mann. Southall, Willesden, Acton, Shepherds Bush und West Ealing. Der ganze Westen.« Einer der Gruppe war ein zwölfjähriger Junge. Der Anführer, ein Older, war neunzehn.

Mit zwölf ist Troll bereits ein aktives Gangmitglied. Er hat sich frühzeitig entschieden, sein Glück mit diesen Hawiye-Kids zu versuchen. Sie versprechen ihm neue Turnschuhe und 120 Pfund pro Tag. Die Dealer erklären ihm die Regeln.

»Nimm jeweils vier Briefchen. Wenn du nichts mehr hast, gehst du einfach rüber auf die andere Straßenseite ins Restaurant Cambuulo und holst dir vier neue.«

Dort wird der Vorrat gebunkert. Sie orientieren sich an den Leitlinien der britischen Staatsanwaltschaft – wird man mit zwanzig Steinen Crack erwischt, ist eine Verurteilung wegen Besitzes mit dem Vorsatz des Handels so gut wie sicher, und damit eine Haftstrafe von bis zu zweieinhalb Jahren. Das Cambuulo war als Crack-Haus bereits vor einigen Jahren geschlossen worden, hatte aber wieder eröffnet.

Troll wurde bei der Polizei schnell als Straßendealer bekannt, ein weiterer Junge, der beweisen will, wie schwer er sich ins Zeug legen kann.

Mittlerweile hat er so viele Waffen gesehen, dass er begreift, er muss sich selbst schützen. Seit seinem achten Lebensjahr hat er Leute mit vorgehaltener Waffe überfallen. Er ist ein guter Schütze. Er stellt fest, dass manche Somalis ihre Verwarnungen wegen antisozialen Verhaltens wie einen Orden tragen. Er weiß, dass man sich Respekt und einen guten Ruf erwirbt, wenn man gefürchtet ist. Früher hatte es mal einen Ehrencodex gegeben, nach dem man niemals Familienangehörige angriff, nach dem ein Younger seinen Platz kannte. Doch das war heute Geschichte. Indem man die Schwester oder Mutter von irgendwem angriff, bekam man mehr Macht. Es bewies, dass man der härteste Typ der Siedlung war. Es gab Hitzköpfe, die zu viel Khat kauten, die jemanden bereits bei einem schiefen Blick abstachen. Er hatte in Somalia gesehen, dass ein Mann Khat kauen und anschließend immer noch zur Arbeit oder ins Kino gehen konnte. Aber hier konnten die älteren Männer nicht aufhören, sie waren ständig drauf. Manche liefen mit großen Augen herum und brabbelten Schwachsinn. Ein Older konnte jeden Younger vermöbeln, der ihm über den Weg lief, also musste man von einem anderen Older beschützt werden.

Mit vierzehn hatte er bereits eine stattliche Zahl an Verurteilungen angesammelt. Er will sich vom Dealen auf der Straße hocharbeiten. Dealen ist Schwachsinn. Wenig Geld, aber großes Risiko, verhaftet zu werden. Er rekrutiert zwei Typen für seine eigene kleine Crew. Jetzt verdient er 100 Pfund am Tag und verfügt über einen großen Brocken Cannabis, etwa ein Kilo. Er hat einen asiatischen Freund, der innerhalb von etwa zehn Minuten Stoff im Wert von 3 000 Pfund besorgen kann. Er ist halb Pakistani, halb Afghane. Die anderen Olders sind ein Gemisch aus Sikh, Asiaten und Somali.

Jeder in der Gegend kennt inzwischen Trolls Ruf. Wenn sie kommen, um gegen ihn zu kämpfen, wissen sie, dass er Geld und Waffen besitzt. Er kommt an eine Mac-10 heran. Eine kleine Pistole kostet ihn 850 Pfund, eine ordentliche 9 mm rund 1500. Er bringt Hunde mit. Er hat zwei Pitbulls, die in einem anderen Haus leben, die er benutzen kann.

Die Older hören von seinem wachsenden Ruf als ein Kid, das keine Angst kennt und bereits getötet hat. Ein ehemaliger Kindersoldat ist besonders wertvoll bei so vielen Posern. Sie stellen ihm immer wieder die eine Frage: »Was ist dein Preis? Tust du's für einen Riesen?«

Manchmal sagen sie mehr. Das ist erheblich mehr, als der Warlord anzubieten hatte. Sie setzen ihn stärker unter Druck. Ein Sikh-Typ hat die Freundin eines Older vergewaltigt. Sie müssen ihre Ehre rächen.

»Wenn du ihn fertigmachst, geben wir dir Geld«, sagen ihm die Older.

Es ist ein regnerischer, kalter Abend, als der Wagen neben Troll und zwei anderen Younger hält, Dreizehn-, Vierzehnjährige, gute Kämpfer. Im Fond des Autos sitzt die Freundin, zusammengesunken, die Arme verschränkt, hebt kaum den Blick von ihren Knien. Sie fahren die Lancaster Road entlang, bis das Auto schließlich langsamer wird und die Freundin einen Mann auf der

Straße identifiziert. Es ist ein fünfundzwanzigjähriger Sikh, er geht mit gesenktem Kopf und in den Taschen vergrabenen Händen durch den Regen. Troll sagt ihnen, sie sollen hinter der nächsten Ecke parken. Er steigt mit den anderen aus. Sie schlagen den Burschen von hinten nieder und fixieren ihn auf dem Boden. Sie schlagen weiter auf ihn ein. Troll verpasst ihm Schlag um Schlag. Zuerst wehrt er sich noch, schlägt wild um sich, greift in die Luft wie ein Mann, der fällt. Dann werden seine Bewegungen langsamer. Schließlich ist er völlig schlaff. Sie schlagen ihn weiter, treten ihn. Wieder und wieder, bis er sich überhaupt nicht mehr rührt. Und dann, keuchend und mit Blutspritzern auf seinem Sweatshirt, sagt Troll Stopp. Mit einem Mal hat er Angst, weil der Mann sich nicht mehr rührt. Er läuft mit seinen Jungs weg. Auf der anderen Straßenseite beobachten Leute den Zwischenfall und rufen die Bullen. Aber sie sind schwarze Jungs in Hoodies. Es ist Nacht. Nichts passiert. Als er zu Fuß nach Hause geht, versucht er es auszublenden und stellt auf seinem MP3-Player Kiss FM ein. Sie spielen Travie McCoys Song »Billionaire«.

Die nächsten paar Wochen lässt ihm seine Mutter keine Ruhe. Sie besteht darauf, dass Troll sich eine andere Schule sucht, und brüllt ihn an, bis er einwilligt, sich mit einem ihrer wenigen Freunde aus der Gemeinschaft der Somalis zu treffen – mit Jama. Jama ist seine einzige Hoffnung auf eine Ausbildung.

Troll findet ihn in einem winzigen kabuffartigen Büro am Ende einer von der Western Road abzweigenden Gasse, direkt gegenüber der Bushaltestelle, wo seine Freunde dealen. Jama ist fünfzig Jahre alt und sieht wie ein Intellektueller aus mit seinem dünnen Bart, der Brille, einem Sakko und der Krawatte über seiner weißen Baumwoll-Djellaba. Er hat Somalia zehn Jahre zuvor verlassen und an Universitäten in Italien und Großbritannien studiert. Er hat eine Ausbildung als Sozialarbeiter und bringt der Somali-Community in Southall Englisch und verschiedene Qualifikationen bei. Eine Etage höher gibt es einen Raum mit Computern. Die Miete von 2500 Pfund im Monat nimmt ihm fast die Luft zum Atmen.

»Wir werden versuchen, für dich eine Schule zu finden«, sagt Jama zu Troll. Seine Stimme ist sanft und freundlich. Zuerst spricht er die Verwaltung in Ealing an, beißt aber schon bald auf Granit. Da Troll von einer Schule auf Dauer ausgeschlossen wurde und eine ganze Reihe von Vorstrafen hat, will kein Schulleiter ihn aufnehmen. Jama bemerkt bei den Leuten, die er bei der Bezirksverwaltung und im Arbeitsamt anspricht, eine deutliche Feindseligkeit gegenüber Somalis. Für die schon länger ansässigen ethnischen Communitys bedeuten sie Ärger. Aber wie können sie die Somalis nur so behandeln, wenn sie doch früher genau das Gleiche selbst durchgemacht haben? Jama hat schon viele Straßenkinder wie Troll gesehen. Alle zwei Wochen besucht er aufgewecktere, sprachgewandtere achtzehnjährige Somalis im Feltham Young Offenders Institute. Er hat selbst acht Kinder.

Während Jama in großen Schritten zur Schule geht, um seine Kids abzuholen, sieht er Troll mit den Dealern an der Bushaltestelle oder im Rec Park abhängen. Er fragt sich, wie er allein die ganze Community seiner Leute retten soll. Drinnen massiert er mit Daumen und Zeigefinger seine Stirn. Er ist ausgemergelt und erschöpft nach einem Monat Ramadan. Mit geschlossenen Augen telefoniert er und lässt sich von einem Verwandten sagen, wann er endlich wieder normal essen kann. Als er kurz darauf mit seinem Kollegen über Troll spricht, beginnt er vor lauter Frustration zu zittern.

»So viele Kinder werden an Nicht-Somalis in Pflege gegeben«, sagt er. Sein Kollege ist ein fröhlicher Lehrer mit weißem Schnurrbart, der wie ein altmodischer Gentleman Tweedjacke, Hose und polierte Budapester trägt. Auch er ist aus Somalia geflüchtet, auf einem kleinen Boot über die offene See. »Das System ist nicht auf Troll vorbereitet. Wie könnte er nach fünf Jahren bei den Warlords zusammen mit ganz normalen Kindern in einer Klasse sitzen, die niemals selbst Krieg erfahren haben? Es ist keine Überraschung, dass er auf der Straße landet. Troll ist es gewohnt, Menschen eine Waffe an den Kopf zu halten und sie um ihr Leben betteln zu sehen.«

Jama weiß, wie grausam Somalis sein können. Sie sind ausgebildete Krieger. Als er eines Abends um elf Uhr die Moschee verlässt, sieht er, wie ein Auto absichtlich vor dem Restaurant Cambuulo einen Mann überfährt. Dann setzt der Wagen zurück und fährt noch einmal über den Mann, und noch einmal, bis er nur noch eine schlaffe Stoffpuppe ist. Kurz darauf greifen die Somalis das Cambuulo mit automatischen Waffen an, zerschmettern die Scheiben und alles. Die Somali-Gangs werden so mächtig, denkt Jama, sie übernehmen London.

Schließlich muss Jama Troll aufgeben. Die Zukunft des Jungen auf der Straße bedeutet entweder Gefängnis oder, falls er bleibt, Tod. Er empfiehlt Trolls Mutter, den Jungen zurück in den Norden Somalias zu schicken. Dort ist die Situation stabiler, ein gutes Stück weg von Mogadischu und den Klauen der al-Shabaab und Warlords. Sie haben bereits einen Teenager und Mitglied einer Gang zurückgeschickt, und er ist ein Religionslehrer geworden. Ein anderer hat geheiratet.

Troll gefällt der Plan gar nicht. Er baut sich einen Ruf auf der Straße auf, und sein Koffer füllt sich mit Geld.

»Meine Mum will sich Hilfe beim Sozialamt holen, um mich zurück nach Somalia zu schicken«, erzählt er Ali. »Wenn ich zurückgeschickt werde, muss ich bei Verwandten wohnen.«

»Im Norden bist du okay. Oder in Kenia. Aber in Mogadischu bist du gefickt, Mann. Wenn die al-Shabaab dich in Jeans und T-Shirt herumlaufen sehen, hacken sie dir einfach die Beine ab.«

Die meiste Angst hat Troll nicht vor seiner Mutter, sondern vor der Polizei. Noch eine weitere Vorstrafe, und sie könnten ihn abschieben. Die Polizei rückt ihm dichter auf die Pelle. Bullen der Aktion »Safer Neighbourhood« wissen, dass die Somalis die Havelock Estates fest im Griff haben, und die Zivilbullen ziehen langsam die Schlinge zu. Seit mehreren Tagen haben sie nun mit ihren Überwachungskameras Jas, Kam und die anderen Junkies sorgfältig dabei gefilmt, wie sie Drogen bei den Somali-Teenagern kaufen. Ein pakistanischer User bleibt vor den Dealern stehen, reibt sich das Kinn und verlangt »eins von jedem«.

Die Dealer geben ihm ein Briefchen mit Heroin und ein weiteres mit zwei Steinen Crack. Er gibt ihnen die 20 Pfund, die er während der letzten beiden Tage mit dem Verkauf von Bildern eingenommen hat. Dann ist er weg. Als er die Straße hinuntergeht, dreht sich die hoch oben an einer Straßenlaterne versteckte Kamera und folgt ihm.

»Großer IC4, männlich, verlässt bekannten Dealer«, sagt der OP in seinem engen, unbeleuchteten Raum, wo er gekrümmt vor einer Reihe von Überwachungsmonitoren sitzt. Er spricht alle Beobachtungen in das Mikro der Einsatzzentrale. »Trägt eine braune Dishdasha. Den Stoff scheint er in seinem Ohr zu verstecken. Geht in südliche Richtung.«

Diesmal wird die Beschreibung von Zivilpolizisten aufgenommen. Sie tragen Hoodies, Jeans, Turnschuhe und sitzen in einem verbeulten Auto. Eine weibliche Polizeianwärterin schließt das Handbuch für die Prüfung zum Detective Constable. Sie haben stundenlang gequatscht und darauf gewartet, dass irgendetwas passiert. Greg, ein gutaussehender hohläugiger Detective, fährt mit einem Finger über eine Seite des *A-Z* von London. Der erfahrene Straßenbulle, seit fünf Jahren DC, setzt eine Baseballkappe auf und springt aus dem Wagen. Einer der anderen drückt die hintere Tür auf und folgt ihm mit ein paar Schritten Abstand. Sie arbeiten in Zweiergruppen und müssen sich für ein paar Blocks nun zu Fuß an die Fersen des Junkies heften.

»Zielperson passiert jetzt Wettbüro. Er scheint es eilig zu haben«, fährt der OP fort. »Vor ihm befinden sich zwei einzelne Typen in weißen T-Shirts. Sie werden jetzt die Straße überqueren.«

Greg hebt eine Hand dicht an den Mund. Unter seinem Fleece trägt er ein verborgenes Funkgerät. Ein fleischfarbenes Kabel verläuft auf der Innenseite seines Arms. Es hat einen Knopf, den er zum Sprechen drücken muss. Mikrofone sind in den Aufschlägen versteckt und mit den Ohrhörern verbunden. »Welchem folge ich?«, sagt er kurz zu seinem Handgelenk.

Seine Partnerin übernimmt die Beschattung, hält sich in diskretem Abstand hinter dem User. Sie drückt den Knopf an ihrem Handgelenk, um einen Funkspruch abzusetzen, aber nichts passiert. Sie drückt und drückt, aber die anderen Cops hören lediglich eine Abfolge gedämpfter Pieptöne. Der OP blockt sie und belegt die Frequenzen mit seinem laufenden Kommentar. Fünf Minuten später reißt sie die Autotür auf und schmeißt ihr verheddertes Funkgerät hin.

»Warum hält der nicht mal die Schnauze?«, stöhnt sie.

Ein paar Blocks weiter erkennen zwei Streifenpolizisten den verdächtigen User dank der Personenbeschreibung und treten vor, um ihn abzufangen.

»Routinekontrolle«, sagen sie zu ihm, damit er nicht Troll oder die Dealer warnt. Nachdem sie das Briefchen bei ihm gefunden haben, lesen sie ihm seine Rechte vor und verfrachten ihn in den Streifenwagen. Greg ist immer noch nervös, dass sich die Nachricht verbreitet und ihre Tarnung auffliegen könnte.

»Das wird nicht gutgehen«, nuschelt er im Auto und schüttelt den Kopf. »Die ganze Aktion ist zusammengeschustert worden, um die Öffentlichkeit zu beschwichtigen.«

Zu Beginn der morgendlichen Dienstbesprechung hatte die erschöpfte und ausgepowerte Einheit der detaillierten Klage des örtlichen Imams über einen Anstieg von Schüssen und Schießereien auf den Straßen zugehört. Das CID, das Criminal Investigation Department, hatte eine »Kaufen-und-Verhaften«-Operation gestartet, um die somalischen Straßendealer am unteren Ende der Nahrungskette aus dem Verkehr zu ziehen. Mr. Big an der Spitze der Drogenhierarchie bleibt unangetastet. Greg weiß, wer er ist, in welchem Haus mit fünf Schlafzimmern er lebt. Ein Pakistani und Geschäftsmann, der sogar einen verlegenen Jama in der örtlichen Moschee umarmt und ihn »Onkel« nennt. Aber diese Operation wird ihm nichts anhaben. Der Straßenhandel mit Drogen wird für eine Weile in den Untergrund abgedrängt, und es wird einige gute Publicity geben. Aber das alles hilft nur kurzfristig. Der Krieg gegen die Drogen läuft bereits seit dreißig Jahren.

Greg schlägt vor, eine Kamera zu installieren in der Wohnung gegenüber des Cambuulo, wo der ganze Stoff gebunkert wird.

Jama sieht zu, wie die Polizei ihr Bestes gibt. Aber er weiß, dass es unaufhaltsam ist. Er erkennt die undercover arbeitenden Cops, wie sie Leute bei Festnahmen in Autos schleppen. Die Cops sehen krank aus, ausgezehrt, sie haben lange, strähnige Haare; fast, als seien sie obdachlos.

Mit Einsetzen der Dunkelheit geht die Überwachungsoperation in Southall zu Ende. Es gab vier Festnahmen, und das Polizeirevier in Southall hat nicht genug Arrestzellen für alle. Das Team des CID benötigt mehrere Wochen, um Durchsuchungsbefehle zu erwirken und Razzien in zehn Wohnungen durchzuführen, in denen Drogenverstecke vermutet werden. Das Team trifft sich bei Tagesanbruch.

»Dieser Kerl hält sich in der Siedlung für unantastbar«, sagt der leitende Detective verächtlich, als sie im Konvoi losfahren. »Wenn man reinkommt, hängt an der Wand ein Samurai-Schwert. Und es gibt einen Pitbull.«

Vier Fahrzeuge machen sich auf den Weg. Eines davon ist ein Mannschaftswagen, in dem Polizisten mit Helmen, Kampfausrüstung und feuerfesten Overalls sitzen. Dieses Team ist von der Borough Support Unit, einer Spezialeinheit mit bestens ausgebildeten Polizisten, die Türen aufbrechen und einen schnellen Zugriff sichern. Zwei von ihnen sind ausgebildete Sanitäter. Es ist kühl bei Tagesanbruch, als sich die Männer der BSU flach an die Wände eines Sozialbaus drücken. Sie kauern wie Sprinter, stehen vor der Tür bereit. Sie atmen schwer unter den Visieren ihrer Helme. Sie haben jetzt nur noch Sekunden, um sich Zugang zu verschaffen. Ein Brecheisen wird in einen Spalt der Tür geschoben und öffnet sie leicht. Die Metallzähne einer hydraulischen Hochleistungszwinge gleiten hinein. Ein Mann betätigt mit dem Fuß energisch die Pumpe. Ein riesiger Kerl umklammert die Handgriffe der leuchtend roten Türramme, bereit, sie zu schwingen. Bei einem Knacken holt er wieder aus und legt sein gesamtes Gewicht in den Schwung. Die Ramme kracht auf den Türrahmen und bricht die Tür aus ihren Scharnieren. Die anderen stürmen an ihm vorbei und rasen die Treppe hinauf.

»POLIZEI!«, brüllen sie.

Man hört das Bellen eines wütenden Hundes hinter der geschlossenen Küchentür. Ein speziell ausgebildeter Polizist setzt sich in Bewegung. Der ruhige, grauhaarige Mann trägt einen marineblauen Fleecepullover und Brille. Er schlüpft hinein und schließt sofort hinter sich die Tür. Der Kampfhund wirft sich auf ihn. Er lässt seine Kiefer sich um den Armschutz schließen, zieht ihm geschickt ein Lasso um den Hals und zieht es fest zu. Dann zieht er sich ans Ende einer langen Metallstange zurück. Als etwa die Hälfte der Durchsuchungsbefehle an diesem Morgen abgearbeitet ist, stehen die Polizisten neben dem Transporter und ziehen Zwischenbilanz. Einer zieht seinen Helm ab und reibt sich das Gesicht, erschöpft davon, Treppen hinaufzustürmen. Sie sind enttäuscht. Eine Zielperson entzieht sich der Festnahme, weil er bei seiner Freundin ist. Eine zweite Zielperson ist nicht zu Hause. Gab es vielleicht ein Problem mit der Qualität ihrer Informationen?

An einem kühlen, feuchten Dienstag nach den Razzien bei Tagesanbruch bringt Jama somalischen Müttern einige stockende englische Redewendungen bei. Seit Wochen hat er nichts mehr von Troll gehört oder ihn gesehen. Trolls Mutter berichtet, dass ihr Sohn manchmal die ganze Nacht über fortbleibt und erst Tage später zurückkommt. Sie macht sich Sorgen, dass er ihr entgleitet und noch tiefer in der Unterwelt versinkt. Als er die Straßen entlanggeht, begegnet er dem Pakistani-User, der bei der jüngsten Polizeiaktion verhaftet worden war. Er ist bereits wieder auf der Southall High Street unterwegs und verkauft Gemälde an Restaurants. Ein paar hundert Meter weiter kommt er an Jas und einer Gruppe Junkies vorbei. Wie gewöhnlich starren sie auf einen Kreis zusammengekauerter Tauben. Es ist heute nicht viel los, aber Jas hat noch bis zum späten Nachmittag, bevor der Entzug einsetzt. Er hat gehört, dass die Dealer nach dem scharfen Durchgreifen der Polizei für eine Weile abgetaucht sind, aber er hat ihre Handynummern. Man findet sie immer, wenn man sie finden will.

Pilgrim verlässt den Zug und betritt den Bahnsteig in Southall. Heute trägt er keinen unverwechselbaren Diamantstecker im Ohr und auch keinen silbernen Anhänger um den Hals. Er trägt unauffällige dunkle Kleidung. Seine drei Mobiltelefone liegen zu Hause in seinem Kleiderschrank; stattdessen hat er ein billiges schwarzes Prepaid-Nokia 1661 dabei. Ein Hochgeschwindigkeitszug donnert am Bahnsteig nebenan vorbei wie eine Atomrakete. Er wirbelt einen staubigen Sturm aus Abfall auf. Fahrgäste wenden sich ab und starren noch auf die Gleise hinab, als er schon längst fort ist. Pilgrim nutzt die Ablenkung, um in seiner Sporttasche zu kramen, nachzusehen, ob noch alles da ist.

Gestern hat er mit Troll gesprochen, um das Treffen zu bestätigen. Er trifft früh ein, um den Ort auszukundschaften und herauszufinden, wohin der Hinterausgang führt und welche Tische nicht am Fenster stehen. Er macht das aus reiner Gewohnheit. Aber es ist anders heute. Jetzt arbeitet er für die Bullen.

Er ist Troll noch nie begegnet, trotzdem kennt er den Jungen. Er weiß nichts über seine Geschichte, kann aber problemlos den Kick und das Adrenalin spüren, das dieser Junge aus dem Leben auf der Straße zieht. Pilgrim weiß, wie es ist, ein gefürchteter vierzehnjähriger Gangster zu sein. Vergangene Woche hat er einen anderen gefährlichen Vierzehnjährigen in Lewisham getroffen; der Junge will General werden. Die Woche davor war er mit einem Jungen in Southwark, der durch den Briefschlitz von jemandem eine Schrotflinte abgefeuert hat. Die gleiche Geschichte, totales Chaos. Meistens ist es zu spät, sie noch zu retten, sie stecken schon zu tief drin, also erzählt er ihnen einfach seine eigene Geschichte. Das gibt ihnen etwas, worüber sie nachdenken können, bevor sie von der Dunkelheit verschlungen werden.

Pilgrim zieht den Kragen seiner Jacke bis zum Kinn hoch. Er gleitet verstohlen durch die überfüllten Straßen, sieht niemanden direkt an. Als der Wind auffrischt, ziehen sich manche schutzsuchend unter die Markisen eines Geschäfts zurück, das bunte, perlenbesetzte Saris verkauft. Pilgrim senkt den Kopf und geht weiter. Er will den Jungen nicht hängenlassen.

GLASGOW

9:

Einundsiebzig

»Egal, was Sie tun, erzählen Sie niemandem davon«, sagt der Detective Chief Superintendent und sieht dabei Karyn McCluskey direkt in die Augen. Sie sind allein in seinem Büro, die Tür ist geschlossen. Sie erwidert seinen Blick aus hellblauen Augen unter einem nussbraunen Pony. Ganz in Schwarz bis auf ein Seidentuch, das sie um den Hals trägt.

»Das erklärt, warum Sie so früh gegangen sind. Sie sagten, Sie trainieren für den Triathlon.«

»Ich trainiere immer noch. Ich kann nichts trinken. Ich bin ein unglaublich billiges Date. Bin bekannt dafür.«

Mein Gott, denkt er, McCluskey ist ein harter Knochen, sie rennt immer noch bei Tagesanbruch die Malvern Hills hinauf. Erst sechs Wochen zuvor hatte er sie zur Chefin der Abteilung Intelligence bei der West Mercia Police ernannt, und jetzt ist sie schwanger. Die Leitung einer Einheit mit rund zweitausend Beamten, und einige meinen immer noch, die Rolle der Frau bestünde in der Zubereitung von Tee.

»Es wird noch Monate dauern, bis man etwas sieht«, meint sie achselzuckend. Und damit ist das Thema erledigt.

»Kommst du denn nicht zurück nach Schottland?«, fragt der Vater des Babys seufzend am Telefon, als er die Neuigkeit erfährt.

»Nein, ich bin doch gerade erst hierhergekommen«, erwidert sie.

Liebend gern hätte er gewollt, dass sie nach Glasgow zurückkommt und das Kind gemeinsam mit ihm großzieht. Er ist Schreiner, und sie kennen sich, seit sie drei waren. Aber nur wenige Männer können sich mit dem Tatendrang messen, den Karyn von ihrem Vater geerbt hat. Der Mann hatte den sechsten Dan im Judo und gehörte mit seinem schwarzen Gürtel der britischen Olympiamannschaft an; er verlor seinen Job, als die Zeit der Dampflokomotiven endete, und schulte dann einfach an der University of Stirling um zum Biologielehrer. Sie ist überzeugt, sie kann alles tun. Viele Männer aus Glasgow schaffen es nie bis ins Zentrum, geschweige denn, dass sie je die Stadt verlassen. Sie stehen heimlich eine Zigarette rauchend in der Tür ihrer Stammkneipe, und mit einem Mal sind sie fünfzig. Aber sie hat bereits in Tansania, Nordirland und jetzt Lancashire gearbeitet. Sie ist sehr glücklich in West Mercia und bleibt mehrere Jahre dort. Es braucht schon etwas ganz Besonderes, um sie zum Gehen zu bewegen.

Als das Angebot dann schließlich kommt, ist die Herausforderung viel zu groß, um sie zu ignorieren. Die Leitung der Abteilung Intelligence bei der größten Polizeibehörde Schottlands, der Strathclyde Police: achttausend Polizeibeamte und die Chance, alles auf Vordermann zu bringen.

Ihre ersten Tage bestehen aus jeder Menge Vorstellungen, Kennenlern-Gesprächen bei Tee und Keksen. Eines dieser Gespräche wird von einem Polizisten unterbrochen, der seinen Kopf durch die Tür hereinsteckt. Etwas an seinen kurzgeschnittenen grauen Haaren und den dicken Tränensäcken unter den Augen lässt sie vermuten, dass er ein Detective ist.

»Wir brauchen einen Analytiker«, sagt er. »Es gab einen Mord in Barrowfield.«

»Irgendwelche weiteren Details?«, fragt sie.

»Ein Teenager. Rivalisierende Gangs. Der Täter wird nicht weit weg sein.«

Das hat nicht lange gedauert, denkt Karyn, sie hat kaum ihren Kram ausgepackt. Einige Stunden später taucht ein anderer Cop auf, jünger und ehrgeizig. »Wir haben einen Mord. In Shettleston. Drogenmilieu.«

So langsam kommt es ihr vor wie die schottische Krimiserie *Taggart*. Schon bald laufen die Ermittlungen in sechs Mordfällen gleichzeitig. In ganz West Mercia gibt es nur ein paar Morde pro Jahr. In Glasgow sind es einundsiebzig. Es ist die gewalttätigste Stadt Europas. Die Morde entstehen aus der ausgeprägten Gang-Kultur in den abgelegenen Sozialsiedlungen Glasgows. Es sind die Kids in den ausgedehnten, trostlosen Wohnsiedlungen aus den 50er Jahren wie Easterhouse. Gangmitglieder sind ortsansässige weiße Jugendliche. In einem typischen Mordfall betrinkt sich ein Sechzehnjähriger, um seine Nerven zu beruhigen, trifft sich dann keine halbe Meile von seiner Wohnung entfernt mit anderen Kids aus der Nachbarschaft zu einer zuvor verabredeten Messerstecherei und wird von einem von ihnen getötet. Es geht nur um Hoheitsgebiete und Reviere. Den ganzen bitterkalten Winter über schlagen diese chronisch unterernährten Typen sich gegenseitig tot, um ein paar mit Graffiti vollgeschmierte Straßen und ein Stück Brachland zu beschützen. Jeder, der sich außerhalb seines Gebietes verläuft, riskiert den Angriff einer rivalisierenden Gang.

Karyn ist vollkommen fassungslos. Zur Hälfte besteht der Job daraus, mit den hereinkommenden Leichen Schritt zu halten.

»Einundsiebzig Morde in einem Jahr«, sagt sie und schenkt kochendes Wasser in die Reihe Becher ihrer Mitarbeiter. »Das ist ja schrecklich.«

Ein stämmiger Mittvierziger wartet neben ihr in seiner vor Messerstichen schützenden Kevlarweste, bis er an der Reihe ist. »Das ist der niedrigste Stand seit Jahren«, sagt er und nimmt ihr den Kessel ab. Er wirft ihr diesen speziellen Blick zu, den mit der hochgezogenen Augenbraue. Sie kennt das nur zu gut. Dieser Blick sagt, ich werde mir von keinem Informationssammler, gleich welchen Dienstgrades, unsere harte Arbeit kaputtmachen lassen. Ganz besonders nicht von einer Frau. »Wir haben eine Aufklärungsrate von 98 Prozent.«

Er ist einer der altmodischen Bullen, die Analytiker gern Zivilisten nennen, weil sie ja keine richtigen Polizisten sind. Dabei stachelt er sie nur noch weiter an. Einundsiebzig Morde sind immer noch schrecklich. Schon möglich, dass sie hervorragende Aufklärungsarbeit leisten, allerdings scheinen sie nicht in der Lage zu sein, auch nur einen einzigen zu verhindern. Sie äußert einigen Leuten gegenüber, dass sie die Problematik der Bandenkriminalität unbedingt grundsätzlich in den Griff bekommen will. Margaret, eine ältere Analytikerin mit einem feinen fuchsroten Bubikopf und einer Strickjacke von Pringle of Scotland, ruft sie in einen abgedunkelten Raum.

»Sehen Sie sich das an.« Auf Margarets Computermonitor erscheinen flackernde Bilder. Karyn erkennt schnell, dass es sich um körniges Filmmaterial von Überwachungskameras handelt. Nichts hat sie auf das vorbereitet, was sie dann zu sehen bekommt. Sie verfolgt eine ausgewachsene Massenschlägerei der Gangs, ein regelmäßiges Ereignis an Freitagabenden, wenn sich Kids aus den weiter draußen liegenden Sozialsiedlungen in der Glasgower Innenstadt oder auf Brücken über den Clyde treffen. Sie bekämpfen sich mit Beilen und Gerüststangen, die sie von Baustellen holen, oder mit Samurai-Schwertern und Macheten, die normalerweise einen Ehrenplatz über dem Kamin einnehmen. Auf dem Bildschirm stürmt eine Truppe Jungs über die Sauchiehall Street, Glasgows Hauptstraße, drischt vor einer belebten Einkaufspassage auf ihre Rivalen ein und läuft zurück. Ein Opfer sinkt hinter einem Auto zu Boden. Fünf Typen stehen über ihm. Machetenhiebe regnen auf ihn nieder. Karyn sieht mit grimmiger Miene zu. Es sieht so aus, als versuchten sie, ihm den Kopf abzuhacken.

»Sehen Sie sich diese Kerle an«, sagt Margaret ruhig und tippt seitlich auf den Monitor. Karyns Blick wandert von dem Angriff auf den Bürgersteig direkt daneben. Ältere Passanten schlendern mit Einkaufstüten in der Hand vorbei, plaudern auf ihrem Nachhauseweg. »Wie bei einem Sonntagsspaziergang.«

Karyn beugt sich weit in ihrem Stuhl vor, als die Kamera auf einen einzelnen Jungen mit Baseballmütze zoomt. Er hat ein Messer in der Hand. Irgendwer rennt an ihm vorbei, und er zieht ihm das Messer quer über die Brust. Der Junge sieht das Blut auf seinem Messer an, dann reckt er jubelnd seine Faust in die Luft. Er ist blutverschmiert, hat sich seine Sporen verdient. Karyn registriert das alles.

»Das Opfer erhielt einen Stich in den Oberkörper«, erläutert Margaret. »Er hat nichts mit dem eigentlichen Kampf zu tun. Ist nicht mal ein Gangmitglied. Einfach nur ein unschuldiger Passant. Er starb noch am Tatort.«

»Und was ist mit diesem Jungen?«

»David«, sagt Margaret. »Er hat das Messer schon früher an jenem Abend benutzt, um jemandem die Baseballkappe abzunehmen. Er bekommt sieben Jahre wegen Totschlags.«

Karyn sitzt da und sagt nichts.

»Es war nicht sonderlich schwierig, den Fall aufzuklären«, fährt Margaret fort, »mit dem Filmmaterial der Überwachungskameras, der DNA und den Augenzeugen.«

»Nicht schwierig aufzuklären«, sagt Karyn schließlich. »Aber schwierig zu verhindern.«

»Jep.« Margaret zuckt die Achseln. Sie schaut auf die Uhr.

»Ich will alles über das Leben dieses Jungen wissen«, sagt Karyn. »Familiärer Hintergrund. Seine komplette Geschichte, seit er ein kleiner Junge war.«

Margaret nickt und geht. Einige Tage später erscheint sie in Karyns Büro und legt einen braunen Ordner auf ihren Schreibtisch. Sie zieht sich einen Stuhl heran und stellt ihn energisch neben Karyns Schreibtischsessel, blättert schnell durch die Ergebnisse ihrer Nachforschungen.

»Sein Bezirk steht auf Platz vierzehn der am meisten benachteiligten Wohngegenden Schottlands. Es gibt dort jede Menge Gangs, die massiv ihr Revier verteidigen und ausnahmslos nur zum Spaß Gewalt ausüben. Mit Messern, Golfschlägern, Ziegeln oder Flaschen – was immer gerade zur Hand ist. David hat mit einer dieser Gangs zu tun. Mit zwölf ist er zweimal angeklagt wegen Ruhestörung. Vermutlich haben seine Eltern jegliche Kontrolle über ihn verloren. Mit dreizehn Anklagen wegen Einbruch, Körperverletzung, Ladendiebstahl und Diebstahl. Zwischen vierzehn und fünfzehn klaut er Autos, trinkt mehr, schnüffelt Lösungsmittel.«

»Mit anderen Worten, er ist ein Ned«, sagt Karyn trocken. »So würde es die Boulevardpresse ausdrücken. Ein gewalttätiger Schläger, ein Hooligan, ein Halbstarker, Abschaum, Asozialer, verwildertes Kid. Nur ein weiterer außer Kontrolle geratener Jugendlicher, der vor nichts und niemandem Respekt hat.«

»Aye.«

»Fahren Sie fort.«

»Geboren ist er Mitte der achtziger Jahre. Seine Mum ist Alkoholikerin und lebt von der Sozialhilfe. Er hat eine Schwester. Im Alter von drei Jahren zieht er wegen häuslicher Gewalt mit seiner Mutter aus. Im darauffolgenden Jahr ziehen er und seine Mum wegen anhaltender Belästigungen durch den Expartner der Mutter wieder um, diesmal in den Bezirk, der auf Platz neun der Liste der schlimmsten sozialen Brennpunkte liegt. Drei Jahre später ziehen sie erneut um. David ist sieben. Als David acht wird, kommt seine Mutter nicht mehr mit ihm zurecht, und David zieht unter der Woche zu seiner Großmutter. In diesem Haushalt leben drei erwachsene Onkel, die es zusammen auf einhundertzwanzig Vorstrafen bringen, in erster Linie wegen Drogen und gewalttätiger Übergriffe. Ein Jahr später wird Davids Familie ein weiteres Mal umgesiedelt, weil der Expartner wieder auftaucht. Im Verlauf der folgenden drei Jahre zieht die Familie aufgrund von Entwicklungsplänen der Bezirksverwaltung zu Abriss und Erneuerung von Wohnvierteln noch dreimal um.«

»Was ist mit der Schule?«

»Die ganze Zeit über geht er zur Schule. Als er Anfang der 90er Jahre auf die weiterführende Schule wechselt, ist er rein körperlich eher schwächlich und verglichen mit anderen Jungs seines Jahrgangs geradezu unterernährt. Er hat angefangen, sich mit den Gangs einzulassen. Mit dreizehn schwänzt er die Schule, und es liegen zwei Vergehen wegen Störung der öffentlichen Sicherheit und Ordnung vor, woraufhin Sozialarbeiter eingeschaltet werden. Er terrorisiert kleine Kinder und wird vom Unterricht ausgeschlossen. Er bricht in Wohnungen ein, das Jugendamt kümmert sich verstärkt um die Familie, er erhält drei Verweise wegen Körperverletzung, Ladendiebstahl, Diebstahl und Störung der öffentlichen Sicherheit und Ordnung. Er trinkt. Mit fünfzehn. Seine Familie sagt den Mitarbeitern des Jugendamtes, sie könnten sie kreuzweise. Später in diesem Jahr wird er angeklagt wegen Autodiebstahl. Im nächsten Jahr arbeitet er sich hoch zu Körperverletzung, schwerer Körperverletzung, versuchtem Mord und Mord.«

»Und kein Mensch hat die Warnzeichen mitbekommen?«, fragt Karyn.

»Als er wegen Totschlags zu sieben Jahren verurteilt wird, schreibt der Richter in seinem Bericht über das Verfahren: ›Es schien keinerlei Hinweis weder in seiner Vorgeschichte noch in den weiteren Unterlagen zu geben, dass David etwas anderes ist als ein ziemlich durchschnittlicher Teenager. Er schien eine anständige und stützende Familie zu haben.‹«

»Wie ist er im Gefängnis klargekommen?«

»Er war neunzehn, als seine Mum an einer Überdosis Heroin starb. Seine Schwester lebt in einer Pflegefamilie. Er wurde mit zwei anderen Häftlingen beim Drogenhandel erwischt. Im folgenden Jahr wurde er auf Bewährung entlassen und kehrte in das gleiche Haus in der gleichen Straße zurück. In seinem Entlassungsbericht heißt es: ›Die Justizverwaltung bemerkt, dass David bei seiner Haftentlassung mit starker Unterstützung durch seine Großmutter und das weitere Familienumfeld in Glasgow rechnen kann, und seine Aussichten, eine Arbeit zu finden, sind günstig.‹«

Klar, jede Menge schwere Jungs des organisierten Verbrechens im East End brennen nur darauf, einen rechtskräftig verurteilten Mörder zu beschäftigen, denkt Karyn. Die stehen Schlange. Sie notiert sich den Namen der Siedlung, in der David wohnt. Easterhouse. Eine Sozialsiedlung in einem Vorort im Nordosten von Glasgow.

Karyn ist fasziniert und beunruhigt zugleich, wie gewöhnlich Davids Geschichte ist. Sie braucht mehr Zahlen.

»Finden Sie bitte heraus, wie viele Gangs es dort gibt. Mit wie vielen Mitgliedern. In welchem Alter sind sie?«

Eines Abends zieht Karyn ihren Mantel an und ist fast auf dem Weg, um Rowan von der Schule abzuholen, als ein weiterer dicker Aktenordner auf ihren Schreibtisch kracht. Er liegt auf dem Beifahrersitz, als sie vor dem Haus ihrer Eltern in Grangemouth vorfährt. Ihre Mum liest Rowan gerade *Tochter des Himmels*, ein schottisches Märchen, vor. Karyn schleudert ihre Schuhe fort und zieht sich mit der Akte auf ihr Zimmer zurück. Die Akte belegt, dass es einhundertsiebzig Gangs mit dreieinhalbtausend Mitgliedern im Alter von etwa elf bis dreiundzwanzig gibt. In dieser Nacht kann sie nicht schlafen und hat immer wieder Davids Bild von der Überwachungskamera vor ihrem inneren Auge. Gibt es dort draußen auf den Straßen eine wachsende Armee von dreitausend gewaltbereiten Kindern und Jugendlichen? Durch die kalte Fensterscheibe sieht sie am Horizont das orangefarbene Licht der Türme und Gasfackeln der BP-Raffinerie. An welchem Punkt hätte man noch einschreiten und das Blatt für David wenden können? Gab es einen Moment, an dem man sich mit ihm hätte zusammensetzen und versuchen können, sein Verhalten zu ändern? Als seine Mum starb, oder vielleicht früher, als er den Justizbehörden zum ersten Mal aufgefallen war? Oder wäre es besser gewesen, seiner Mum während ihrer Schwangerschaft und Davids ersten Lebensjahren zu helfen?

Sie ist immer noch aufgewühlt, als sie am nächsten Tag zur Besprechung des Criminal Investigation Department geht. Es sitzen etwa fünfzig Männer um einen riesigen Tisch. Sie ist die einzige Frau. Das hier ist die größte Gang in Glasgow, denkt sie. Am Kopfende sitzt Graeme Pearson, der Deputy Chief Constable. Er ist gut gekleidet und hat eine in tiefen Falten liegende Stirn. Er kommt ihr vor wie ein Politiker.

»Meine Dame und Herren«, beginnt er zur Eröffnung der Besprechung. Sie bemerkt eine Reihe von Blicken.

Nachher mischen sie sich und plaudern. Pearson ist bärbeißig, aber er ist auch geradliniger Polizist, ein Workaholic und Kämpfer, der mit einundzwanzig zum Criminal Investigation Department, dem CID, gekommen ist. Seine erste Messerstecherei hat er mit zwölf in einer Pommesbude gesehen. Dann findet sie sich in Gesellschaft eines untersetzten Polizisten in Uniform mit graumeliertem Haar wieder, dessen dichte schwarze Augenbrauen in der Mitte zusammengewachsen sind. Er erzählt von Kämpfen der Gangs. Instinktiv versucht sie, ihn für ihre Ideen zu gewinnen.

»Was ist mit einem Campus Officer, der sich ständig auf dem Schulgelände aufhält?«, sagt sie. »Gutes männliches Rollenvorbild. Alle werden sich sicherer fühlen. Die Schwänzerei wird zurückgehen.«

»Und wer soll das bezahlen?«

»Die Schulen zahlen die Hälfte.«

»Ach, wirklich? Sie müssen da niemanden verhaften. Und wir verlieren einen Polizisten, der da draußen Streife geht und den Kerl mit dem Samurai-Schwert jagt.«

»Man muss die Gewalt verhindern, bevor sie stattfindet«, insistiert sie und fuchtelt dabei mit ihrer Hand in der Luft herum. »Wenn er erst mal das Samurai-Schwert besitzt, ist es zu spät.«

Sie beginnt, Davids Geschichte zu erzählen, dass er die Schule schwänzt und sich mit seinen Kumpeln aus einer Gang herumtreibt. Während sie spricht, hebt er einen Finger, um ihr zu verstehen zu geben, dass er auch etwas sagen möchte. Sie ignoriert es aber, bis er ihr bedrohlich nahe kommt. Sobald sie fertig ist, lässt er eine Tirade über Haushaltsplanung ab.

»Sie sagen mir, ich soll Cops von der Straße abziehen, während ich gleichzeitig Jungs da draußen habe, die kaum noch ihr Pensum schaffen? Das Problem lässt sich nur mit knallharter Durchsetzung der Gesetze lösen.«

Er redet so laut, dass man sich vereinzelt nach ihnen umdreht. Andere Unterhaltungen versiegen. Karyn spürt förmlich die vielen Augen, die in diesem Moment auf ihnen liegen.

»Normalerweise lege ich mich bei einem geistigen Wettstreit nicht mit einem bewaffneten Mann an«, sagt Karyn, »aber bei Ihnen mache ich mal eine Ausnahme.«

Ein Herzschlag. Er sieht sich verschwitzt um. Dann beginnt er zu lachen. Andere grinsen breit und entspannen sich. Die gereizte Stimmung löst sich auf. Ich muss unbedingt ein paar Verbündete finden, denkt sie, als sie in die Fahrstuhlkabine tritt. Ich brauche einen ranghohen, erfahrenen Cop mit Abzeichen auf der Schulter, der mir den Rücken stärkt. Die Bullen vom alten Schlag hören auf Abzeichen. Sie sind eine Frau ihres Kalibers nicht gewohnt, die eine so glasklare Vorstellung hat und unbeirrbar ein einziges Ziel verfolgt. Ihre Schwestern sind genauso. Die eine lebt in Daytona und fliegt einen Learjet für einen Multimillionär namens Randy. Die andere ist in Nordirland, eine in Oxford ausgebildete Forscherin, die sich auf Diabetes spezialisiert hat. So karriereorientiert, dass keine von ihnen bislang Kinder hat.

Sie benötigt knallhartes Beweismaterial, wenn sie irgendwen überzeugen will.

»Karyn? Wir haben einen Mord im Drogenmilieu.« Sie blickt von ihrem Schreibtisch auf. Vor ihr steht ein ranghoher Detective mit einem gepflegten weißen Spitzbart.

»Woher wissen Sie, dass Drogen im Spiel sind?«

Er kommt unbefangen in das Büro geschlendert, sieht sich neugierig um, eine Hand in der Hosentasche. Er hat so ein Funkeln in den Augen.

»Ausgebranntes Auto einige Meilen vom Tatort entfernt. Das Opfer ein bekannter Dealer. Zwei Kopfschüsse.« Sie telefoniert kurz und lässt einen Analytiker kommen. Er ruft jemanden aus seinem Team zu einer kurzen Besprechung.

»John Carnochan«, sagt er und streckt die Hand aus. »Stellvertretender Leiter des CID. Ich fand recht interessant, was Sie da über Campus Officer gesagt haben.«

Es ist jetzt nicht der richtige Augenblick, um die Diskussion über Etats neu aufzurollen, also belässt sie es bei Small Talk.

»Warum sind Sie Detective geworden, John?«, fragt sie.

»Ich erinnere mich noch gut, wie ich als Streifenpolizist eines Nachts so gegen zwei, drei Uhr morgens klitschnass draußen stand, zu dem Zeitpunkt hatte ich bereits zwei Jahre Dienst in Lanarkshire hinter mir, und die Leute vom CID fuhren in einem Auto an mir vorbei. Und ich dachte, gottverdammte Scheiße, das will ich jetzt auch.«

Sie lachen. Er ist ihr sympathisch. Ihr Blick fällt auf Davids Akte. Da klebt ein Post-it mit dem einen Wort: »Easterhouse«.

»Schon mal in Easterhouse gearbeitet?«

»Ich war auf Streife in Easterhouse. Das war super. 1986. Das war unmittelbar nach den Aufständen in Barlinnie.«

»Haben Sie schon viele Kämpfe von Gangs erlebt?«

»Das war normal.« Er setzt sich mit einer Pobacke auf die Kante ihres Schreibtischs, kommt in Fahrt, anscheinend ein ziemlicher Geschichtenerzähler. »Wir hatten Braune-Papiertüten-Tage. Ein Braune-Papiertüten-Tag war ein Samstag oder Sonntag. Wenn man zur Tagschicht reinkam, lagen auf der ganzen Treppe braune Papiertüten voller blutiger Kleidungsstücke, wissen Sie, mit raushängenden Schildern. Irgendwer sagte dann so was wie: ›Finger weg! Das gehört mir! Hab das noch nicht zugeordnet!‹ Dann kam man in den Wartebereich, und da lagen dann zwei Leute und schliefen, und es gab Zeugen, die viel zu besoffen waren, also behielt man sie zum Ausnüchtern da, damit man sie morgens vernehmen konnte.«

Es ist immer in Verbindung mit zu viel Alkohol, denkt Karyn. Muss irgendwie mit Angeberei zu tun haben.

»In der Nachtschicht haben wir nicht viel geschafft. Wir konnten nur auswählen und Feuerwehr spielen. Man war da und tat, was man tun konnte. Wenn es sich um eine schwere Körperverletzung oder einen Tötungsversuch handelte, fuhr man runter ins Krankenhaus, stellte die Kleidung sicher, versuchte eine Aussage des Opfers zu bekommen. Wenn sie einem sagten, man solle sich verpissen, ließ man sie noch im Notizbuch unterschreiben. So hatte man morgens immerhin einen Vermerk, aus dem hervorging, was man gemacht hatte, was noch getan werden musste und um wen es ging. Im Grunde versuchte man nur, seine Arbeit zu erledigen.«

»Das hat der andere Typ auch gesagt«, meint Karyn. »Seine Arbeit erledigen.«

Danach plaudert sie bei jeder sich bietenden Gelegenheit mit John. Sie sind wie Yin und Yang, aber er ist beliebt und vorurteilsfrei. Er ist bereits sechsunddreißig Jahre dabei. Die Leute unterbrechen ihre Arbeit und hören John zu. Außerdem hat er jede Menge Abzeichen auf der Schulter. Sie arbeiten immer noch hart, ihre Abteilung, die ganze Kriminalpolizei, sie alle. Gegen Jahresende lässt sie eine Zeitung auf Johns Schreibtisch fallen und tippt mit einem Finger auf eine Überschrift. »Lies das«, sagt sie. »›Neuer Bericht der schottischen Regionalregierung veröffentlicht.‹«

John nimmt die Zeitung in die Hand und schlägt sie auf. »›2003 hatte Glasgow die höchste Mordrate aller westeuropäischen Städte‹«, liest er laut vor.

Es wird 2004, und die Zahl der Toten geht nicht zurück. In drei Monaten sind achtzehn Morde zu verzeichnen. Im März kommt es zu einem dermaßen brutalen Mord, dass die gesamte Polizei erschüttert ist.

Der fünfzehnjährige Kriss Donald wird in Pollokshields auf offener Straße von einer Gang in ein Auto gezerrt. Sie fahren ihn zweihundert Meilen nach Dundee und wieder zurück, hängen dabei die ganze Zeit an ihren Handys auf der Suche nach einem Haus, zu dem sie ihn bringen können. Sie fahren ihn nach Glasgow zurück, zum Clyde Walkway in der Nähe des Stadions von Celtic Glasgow. Dann halten sie ihn fest und stechen dreizehn Mal auf ihn ein, wobei ein Lungenflügel und die Nieren verletzt werden. Er lebt noch. Während er stöhnend auf dem Boden liegt, überschütten sie ihn mit Benzin und zünden ihn an.

Als der verkohlte Leichnam später gefunden wird, hält man ihn zunächst für ein Tier.

Karyn legt die Akte aus der Hand, schüttelt den Kopf und sagt zu John: »Können Sie sich vorstellen, was dieser arme Junge durchgemacht hat? Er gehörte nicht mal einer Gang an. Hat einfach nur in der falschen Gegend gewohnt.« Sie steht auf und geht im Büro auf und ab. »Was tun wir hier eigentlich? Was richten wir wirklich aus? In dreißig Jahren hat sich nichts verändert. Wir leisten hervorragende Arbeit bei der Aufklärung von Straftaten, aber an unserer Mordrate haben wir nie wirklich etwas geändert.«

Einen Monat später, im April, wird in einer Sackgasse in Springboig ein sechsundvierzigjähriger Drogenbaron zusammengesunken hinter dem Steuer seines silbernen Mercedes aufgefunden. Kopfschuss. Und freitagnachts gehen die Gangs immer noch mit Äxten und Tischlerhämmern aufeinander los.

»Ich habe so eine dunkle Ahnung, dass die Mordrate tatsächlich noch erheblich höher ist, als wir denken«, sagt Karyn zu John. Sie klopft auf einen Bericht aus Cardiff. Darin wird nachgewiesen, dass viele Opfer von Gewalttaten, die in eine Notaufnahme schwanken, das Verbrechen nicht einmal zur Anzeige bringen. Sie haben viel zu viel Angst vor Racheaktionen. Oder sie sind selbst Gangmitglieder, die nicht wollen, dass die Bullen etwas erfahren. »Jede Wette, bei uns ist es nicht anders.«

»Sie werden Beweise brauchen«, erwidert John lächelnd, ganz der Detective.

Also ruft Karyn die Verwaltung der Notaufnahme des Glasgow Royal Infirmary an. »Ich würde gern mal vorbeikommen und mit Ihnen über Gewalttaten sprechen.«

»Was genau meinen Sie mit Gewalttaten?«

»Ich weiß nicht. Lassen Sie uns drüber reden.«

Sie trifft sich mit einem Facharzt namens Michael Sheridan, einem bodenständigen Glasgower.

»Im Allgemeinen hört man immer von der Mordrate«, sagt Michael. »Aber wir sehen hier die versuchten Morde.«

»Wie viele?«

»In einem Jahr? Etwa dreihundert.«

Karyn ist erschüttert. Dies ist weit mehr als die offizielle Zahl. »Was ist mit Messerstechereien?«

»Alle sechs Stunden bekommen wir eine schwere Gesichtsverletzung rein. Überwiegend hat's auf die eine oder andere Art mit Gangs zu tun.«

Wie der Zufall es will, führt Michael gerade eine eigene Studie durch. Das könnte ein starkes Beweismittel werden, denkt sie. Wie Karyn vermutet, haben die meisten Menschen zu viel Angst, um die Polizei einzuschalten. Michael schätzt, dass rund siebzig Prozent der Gewaltverbrechen nicht einmal angezeigt werden. Was das Auf und Ab der Verbrechensstatistik auf blutige Weise ad absurdum führt.

Während der nächsten paar Abende, die Rowan brav und geduldig in ihrem Büro sitzt, verfasst Karyn basierend auf Michaels abschließenden Forschungsergebnissen einen Bericht. Sie steht neben John, als er ihn liest. Er pfeift leise und schüttelt den Kopf. »Nur dreißig Prozent unserer Gewalttaten werden gemeldet?«

Karyn brennt darauf zu erfahren, wann sie ihre Erkenntnisse dem Chief Constable und den anderen hohen Tieren präsentieren können. All diese grauhaarigen, hochdekorierten Männer. Sie nestelt an der Perlenkette um ihren Hals, etwas, das sie immer macht, wenn sie erregt ist.

»Sie werden sich noch einen Tag zurückhalten müssen«, sagt John. »Wir fahren nach London. Wir sind zu einem runden Tisch ins Innenministerium zitiert worden.«

Eine Einladung, die man nicht ablehnen konnte. Sie fliegen noch am gleichen Tag runter. Im Ministerium finden sie sich in einem kleinen Raum mit etwa zwanzig Leuten wieder: Innenminister John Reid sitzt am Kopfende. Er ist älter, als er im Fernsehen wirkt, und auch kleiner. Man stellt eine Tasse Tee und ein Biskuit vor ihn.

»University of Stirling«, raunt Karyn John zu, der neben ihr sitzt, und schielt in Reids Richtung. »Wie mein Vater.«

Es ist eine förmliche Besprechung mit Stapeln gedruckter Unterlagen. Reid wird flankiert von Männern in zerknitterten grauen Anzügen. »Sein Handlanger.« John stupst sie an, mit Blick auf einen von ihnen, einen jüngeren Typ mit harter, an einen Streber erinnernder Miene, der von politischen Risiken spricht. Karyns Gesicht ist ausdruckslos. »Sein Sonderberater.«

»Über das Wochenende wurden in Peckham vier junge Männer ermordet«, beginnt Reid ernst. Er skizziert die Details, die landesweite Besorgnis wegen der Jugendkriminalität. Eine etwa vierzigjährige, elegant wirkende Schwarze meldet sich zu Wort, ihr Auftreten ist leicht theatralisch. Sie stellt sich vor als Decima Francis.

»Das brodelt nun bereits eine ganze Weile«, sagt sie. »Nach dem Mord an Damilola haben wir in Southwark die Untersuchungen abgeschlossen. Wir hatten diese brutalen Mobs, größere Meuten, darunter auch Mädchen, die ein einzelnes Kind angriffen. Zehn gegen einen. Aber inzwischen gibt es eine Tendenz hin zu Schusswaffen. In Birmingham haben wir zusätzlich das Problem von Grenzüberschreitungen. Ein Mädchen, mit dem ich gesprochen habe, hatte viel zu große Angst, die Straße zu überqueren, um ihre Mutter im Krankenhaus zu besuchen, da sie dachte, sie würde dann zusammengeschlagen oder sogar umgebracht.« Decima ist wütend. Karyn ist von ihrer Leidenschaftlichkeit beeindruckt. »Ich habe mehrere Jahre in Boston gearbeitet, und was wir hier haben, folgt dem gleichen Muster wie drüben in den Staaten. Die Kids sind heute immer jünger und jünger. Es kommt aus Amerika. Wir übernehmen heute nur noch den Müll. Musiker nennen Frauen Schlampen und Nutten. Ich komme aus St. Kitts, und nachdem wir das amerikanische Fernsehen bekamen, hat es das Land innerhalb von fünf Jahren total verändert. Die Gangs fingen an, sich zu bekriegen, Familien brachen auseinander, Schießereien waren an der Tagesordnung. Junge Menschen übernehmen die Gang-Kultur, weil sie es sexy finden, gefährlich, unbesiegbar, wagemutig. Aber hier in England geht es um Klasse, Haltung, Sprache, Etikette. Das alles haben wir verloren. Wir haben unsere korrekte Sprache verloren. Jeder ist so unglaublich feige geworden.«

Decima arbeitet mit benachteiligten jungen Schwarzen, die in Bandenkriminalität verwickelt waren. Sie hat bei der Preisverleihung der MOBO Awards auf der Bühne gestanden und den schwarzen Musikern im Zuschauerraum zugebrüllt, sie sollten endlich aufhören, sie Schlampe und Nutte zu nennen.

»Es geht hier um das Versagen junger schwarzer Männer«, fährt Decima fort und richtet dabei ihren Blick direkt auf die am Tisch sitzenden Leute. »Als ich 1995 aus Amerika zurückgekehrt bin, da habe ich diese jungen Schwarzen auf der Straße herumlungern sehen. Ich fragte mich: Was tun die da? Warum sind die da? Weil es so viele waren. Sie sagten, sie seien vom Schulunterricht suspendiert worden. Wir sind hier in England. Wer ist auf diese ausgesprochen dumme Idee gekommen? Man kann doch Kinder nicht aus ihrer eigenen Gesellschaft ausschließen. Dort verbringen sie den größten Teil ihrer Zeit. Dort entwickeln sie ihre Persönlichkeit. Dort haben sie ihre Freunde. Wenn man das mit Erwachsenen macht, werden sie innerhalb von sechs Monaten depressiv. Was glauben Sie denn, was mit den Kindern passiert? So wie sich die jungen Menschen kleiden und benehmen, und die Worte, die sie benutzen, das alles ist nicht britisch, das ist nicht karibisch und das ist nicht afrikanisch«, sagt Decima. »Wir sagen nicht ›Nigger‹, wir benutzen solche Worte überhaupt nicht. Was ich beobachtet habe, ist, dass dieses Wort, das über die Musik nach Großbritannien gekommen ist, jetzt Teil der Alltagssprache unserer jungen Menschen geworden ist. Die jungen Menschen behandeln sich gegenseitig genauso wie der Ku-Klux-Klan im tiefen Süden, und wir töten uns als junge Menschen gegenseitig auf genau die gleiche herzlose, brutale und unmenschliche Art und Weise, in völliger Missachtung von allem und jedem. Sie schießen morgens, vor einer Schule, vor einer Imbissbude, in einem McDonald's, vor Eltern und Kindern – und sie benutzen dieses Wort. Bevor wir es benutzten, gab es diese Form des Mordens nicht – nicht durch Kinder an Kindern –, und sie sind die Einzigen, die es benutzen, also müssen wir sehr aufmerksam sein. Wenn die asiatischen oder die weißen jungen Leute eine solche Musik produzieren würden, dann würden Sie es im Nu unterbinden, Sie würden es sofort beenden.«

Karyn sieht sie an, als sie mit der Faust auf den Tisch schlägt. Warum sind die Menschen in Schottland nicht so zornig, fragt sie sich. Warum hat Schottland nicht so eine Stimme, eine schottische Decima Francis? Schottland hat seine Seele verloren.

»Was fehlt, ist doch, dass wir vergessen haben, was es bedeutet, britisch zu sein«, fährt Decima fort. »Heute ist es nicht mehr okay, britisch zu sein. Es ist nicht mehr okay, stolz zu sein. Es ist nicht okay zu sagen: ›Reinigt die Straßen. Putzt eure Fenster. Sorgt dafür, dass alles nett aussieht. Schmeißt euren Müll nicht einfach auf den Boden. Steht auf für alte Damen und kleine Kinder. Benehmt euch wie Erwachsene, und benehmt euch anständig. Wir leben in einem zivilisierten Land.‹ Das alles tun wir nicht mehr, und wir müssen dringend wieder damit anfangen.«

Als Nächster spricht Reverend Nims Obunge von der Peace Alliance. Er ist wortgewandt, energiegeladen und trägt feinen Zwirn. Auch er schlägt mit der Faust auf den Tisch und spricht davon, dass wir eine komplette Generation junger schwarzer Männer der Straße überlassen. Karyn beschließt, dass es an der Zeit ist, sich zu Wort zu melden.

»Es geht hier nicht um junge schwarze Männer«, unterbricht sie. »Es geht um junge Männer.«

Decima und Nims und John Reid drehen sich zu ihr um. Sie haben meinen Glasgower Akzent bemerkt, denkt sie.

»Denn die Männer, mit denen wir es in Glasgow zu tun haben, sind ausnahmslos junge Weiße. Die Opfer sind ohne Ausnahme junge weiße Männer. Die Täter sind ohne Ausnahme junge weiße Männer.«

Das sitzt. Nun hat sie ihre ungeteilte Aufmerksamkeit.

»In London, Manchester und Birmingham sind ethnische Minderheiten in großer Zahl in Gangs organisiert. Okay. Aye, und die Rasse kommt sicher als erschwerender Faktor hinzu, wenn es um Benachteiligung und eine ganze Reihe weiterer Dinge geht, aber unsere Mordrate ist genauso hoch. Verstehen Sie mich bitte nicht falsch, das hier ist kein Wettbewerb, bei dem es darum geht, wer die höhere Mordrate vorzuweisen hat, denn jede ist definitiv zu hoch.«

John Reid kritzelt eine Notiz auf seinen Block. Sie fährt fort.

»In Glasgow gibt es das alles bereits erheblich länger, und es geht dabei nicht um Hautfarbe oder Rasse, es geht vielmehr um Männlichkeit. Der sprichwörtliche harte Mann aus Glasgow. Es ist sehr bequem zu denken, ja, so ist das schon immer gewesen, also wird man nie etwas daran ändern können.«

Alle nicken. Die Diskussion geht weiter. Reid ist engagiert und verbindlich. Der perfekte Politiker. Gelegentlich melden sich seine Ministerialbeamten zu Wort. Sie drücken sich klug aus, aber hinter ihren schönen Worten scheinen sie vor allem nichts Neues tun zu wollen. Am Ende begrüßt Reid Karyn und John herzlich als Schotten, da er ja selbst einer ist, gibt ein bisschen politischen Klatsch auf Kosten von Premierminister Gordon Brown zum Besten und geht dann weiter. Decima Francis kommt zu ihnen.

»Ich kenne Glasgow«, sagt sie. »Ich habe im Tron Theatre gearbeitet, als es 1981 eröffnet wurde.« Sie nimmt Karyns Arm. »Sie haben recht, es ist genau die gleiche Einstellung. Wenn es arme Menschen betrifft, neigt man dazu, die Augen zu verschließen und sie einfach zu ignorieren. Aber es geht um sie. Es geht um die Armen.«

Während des Rückflugs ist John redselig. »Wie fanden Sie es?«, fragt er.

»Decima Francis. Nims Obunge. Die waren sehr eindrucksvoll«, sagt Karyn. Sie gießt ein Döschen Sahne in ihren Kaffee. »Ich sehe die Leute an diesem Tisch und begreife: Das ist es, was

Schottland nicht hat. Die haben eine Stimme dort unten. In London sind sie in unmittelbarer Nähe des Innenministeriums.«

»Sie sind noch wütend«, sagt John kopfschüttelnd. »Wütend, weil junge Menschen ermordet werden. Und wir sind es nicht.«

»Das sagt etwas aus über Schotten, darin unterscheiden sie sich sehr von den Leuten im Süden.«

Karyn beugt sich vor und fixiert John.

»Wir werden zu einem runden Tisch nach London zitiert, weil in Peckham vier Jugendliche getötet wurden. Aber allein an diesem Wochenende sind in Glasgow fünf Menschen ermordet worden. Da gab's keinen runden Tisch. Es hat noch nicht mal irgendwer erwähnt.«

Das lassen beide erst einmal auf sich wirken. Fünf Morde, und niemand schickt ein Team rauf nach Glasgow.

»Erinnern Sie sich an Philip Lawrence? Der Rektor wurde vor seiner eigenen Schule erstochen, und alle sagten: Jetzt reicht es. Oder Damilola Taylor. Die zwei haben dort unten im Süden eine Wende eingeleitet. Aber neulich las ich einen Zeitungsausschnitt über eine Frau aus dem Glasgower East End. Ein sechzehnjähriger Junge wurde niedergestochen, sie kam aus dem Haus und hielt seinen Kopf, während er in der Gosse verblutete. Ich dachte, wenn die Menschen diese Geschichte lesen, dann werden sie denken: Es reicht jetzt, wir haben genug. Aber nichts ist passiert. Und wissen Sie was, ich konnte es einfach nicht glauben. Diese arme Großmutter, die diesen Jungen nicht kannte, ging hinaus auf die Straße und hielt seinen Kopf, während er starb. Und alle interessieren sich einen Scheiß dafür. Er ist ermordet worden, na und?«

Sie zieht ihre Perlenkette über den Kopf und knallt sie auf ihren Schoß.

»Ich erinnere mich an Aufnahmen eines jungen Polizisten aus Ayre, der von einem Jungen berichtet, dem mit einem Schraubenzieher ins Herz gestochen wurde, durch die Brust, und zwar so fest, dass die Spitze aus seinem Rücken rauskam, und während er auf dem Boden liegt und verblutet, sagt er: ›Ich will nicht sterben, wo ist meine Mum?‹ Der Polizist weint sogar in diesem

Film, und wir haben das rausgeschnitten. Aber ich kann Ihnen sagen, ich kann das kaum mit ansehen. Da wird man doch verdammt noch mal wütend, dass so etwas passieren kann.«

»Aye«, bestätigt John kopfnickend. »Da war dieser Mord neulich. Eine alte Frau wurde ermordet, es wurde sehr schnell entdeckt, und man verhörte Leute auf der Straße, unter anderem auch zwei Kerle aus Glasgow, vielleicht vierzig, fünfzig Jahre alt. Die waren okay. Sie sagten: ›Es ist doch einfach lächerlich, verstehen Sie. Man kann nicht mal mehr in seinem Bett schlafen, es ist absolut ungeheuerlich, und noch dazu so eine alte Frau, was sich die Leute so erlauben.‹ Sie waren großartig, die zwei. Dann sprachen wir mit zwei jungen Typen in Jogginganzügen, siebzehn, achtzehn Jahre alt. Haben kaum einen geraden Satz auf die Reihe gekriegt. Man wusste gar nicht, was die da eigentlich reden. Sie wussten selbst nicht, was sie da redeten. Brabbelten so vor sich hin.«

Einen kurzen Moment sitzen sie schweigend da.

»Also ist irgendwas passiert«, sagte John. »Es ist nicht immer so gewesen.«

»Es ist etwa seit den Achtzigern so, oder?«

»Aye. Wir sind nicht immer so besoffen gewesen. Irgendetwas ist in den vergangenen zwei oder drei Jahrzehnten passiert, und es hängt damit zusammen, dass unser Gemeinwesen vor die Hunde geht, dass der Gemeinschaft der Lebenssaft abgezapft wurde und nichts mehr übriggeblieben ist. Sie können nichts mehr bewältigen. Hoffnungslos. Hoffnungslose Männer.«

Karyn lacht.

»Das gefällt Ihnen.«

»Hoffnungslose Männer. Das kapiere ich.«

Weit unter ihnen die verstreuten Lichtsplitter einer Stadt.

»Viele dieser jungen Burschen sind alles andere als unschuldig«, sagte Karyn. »Gelegentlich bringen sie sich in Situationen, in denen sie sich nicht befinden sollten. Sie trinken zu viel, sie gehen Risiken ein und noch viele andere Dinge. Aber niemand hat das Recht, ihnen das Leben zu nehmen. Niemand.«

Wieder im Polizeipräsidium, beschließen sie, damit bis ganz nach oben zu gehen, eine Besprechung mit Chief Constable William Rae anzuberaumen. Karyn ballt die Fäuste und verpasst John einen liebevollen Schlag auf die Schulter. Es hat sich so ergeben, dass er der Verbündete ist, auf den sie gewartet hat.

Nach ein paar Tagen taucht er an ihrer Tür auf.

»Willie ist ein absoluter Gentleman«, sagt John. »Er wird uns empfangen. Er ist ein wortgewandter und nachdenklicher Mann.«

Noch nie zuvor hat Karyn so viele Abzeichen in einem Raum versammelt gesehen. Sie tragen ihr Anliegen so nachdrücklich wie nur möglich vor. Vor Rae liegt Karyns Bericht mit sämtlichen Belegen für ihre These. Gegen Ende sagt sie: »Sie müssen sich die Kernaussage unseres Berichts bewusst machen: Lediglich dreißig Prozent unserer Gewaltverbrechen werden überhaupt angezeigt. Wenn man also sagt, die Mordrate ist zwei Prozent gestiegen oder drei Prozent gesunken, dann bedeutet das eigentlich gar nichts.«

Es folgt ein kurzes Schweigen, während er darüber nachdenkt. Er ist ein entspannter Vorgesetzter, der lieber andere im Rampenlicht stehen lässt. Er erkundigt sich nach ihrer Arbeit.

»Im Moment machen wir nichts anderes, als gewissermaßen den Patienten zu stabilisieren. Und das machen wir ziemlich gut. Bei Morden haben wir eine Aufklärungsrate von über neunzig Prozent. Es ist völlig unkompliziert. Allerdings schnappen wir die Schwachen und Dummen, die erwischen wir. Diese Gangs gibt es seit vierzig, fünfzig Jahren. Die Grundeinstellung hat sich nicht geändert. Also wissen wir, bestimmte Dinge müssen wir anders angehen. Zum Teil geht es dabei um klassische Polizeiarbeit, zum Teil geben wir aber auch Aufgaben an Partner ab.«

Karyn berichtet von den Notaufnahmen, von der Analyse der Informationen über die Gangs, die von ihren Leuten durchgeführt wird.

»Das Motto der Polizei ist schützen, sichern und bewachen«, sagt sie. »Wenn man beschützen will, muss man auch vorbeugen. Also müssen wir viel früher anfangen. Noch bevor wir mit unserer eigentlichen Polizeiarbeit beginnen.«

Rae nickt nachdenklich. Er wendet sich an John.

»Wissen Sie, auf welchem Terrain Sie sich hier bewegen? Ich meine, haben Sie so etwas wie … eine Landkarte?«

John starrt ihn schweigend an. Heikle Frage. Vieles von dem, worüber sie nachgedacht haben, ist intuitiv, einfach nur Ideen, die ihnen kamen, weil die aktuellen Mittel nicht mehr funktionieren. Aber er ist Detective, und Detectives sind bekannt für schnelle Reaktionsfähigkeit.

»Nein«, sagt er. »Aber wir haben einen Kompass.«

»Das gefällt mir. Das gefällt mir.«

Rae lässt seinen Blick bedächtig über die Gesichter der ranghohen Männer am Tisch wandern, sucht den richtigen Detective Superintendent, dem er die Aufgabe übertragen kann. Sein Blick kehrt zu John und Karyn zurück.

»Nun, Sie beide scheinen ja eine ziemlich klare Vorstellung zu haben, warum übernehmen Sie es dann nicht auch?«

Karyn zieht die Augenbrauen hoch und sieht John an. Sie haben von Rae erwartet, dass er die Idee delegiert oder ihnen Ressourcen zur Verfügung stellt, aber sie haben nicht erwartet, dass er ihnen einfach so freie Hand gibt. Mein Gott, denkt Karyn, wir werden dieses Ding tatsächlich durchziehen müssen.

Sie stürmen die Treppe hinunter und durch die Glastüren nach draußen. Karyn wirbelt zu John herum und wirft ihm einen Blick zu, der sagt: Was jetzt?

»Partner«, sagt er einfach. »Wir brauchen eine Koalition der Willigen.«

Aber auch Rae bleibt nicht untätig. Wann immer er jemandem über den Weg läuft, sagt er, Sie müssen unbedingt mit John und Karyn sprechen, die beschäftigen sich auf neue Art mit Gewaltverbrechen. Frühzeitig vereinbaren sie einen Termin mit einem ranghohen Beamten der Polmont Young Offenders Institution, der größten schottischen Jugendstrafanstalt. Alle jungen Gangmitglieder enden hier, und vor Jahren hatte Karyn ebenfalls hier gearbeitet. Früher war es ein kleines, schäbiges Gefängnis, denkt sie, absolut furchtbar. Karyn zieht ihre Tasche durch den Röntgen-Scanner und nimmt einen Aufbewahrungsschein für ihre Schlüssel und das Mobiltelefon entgegen. Sie und John passieren ein Drehkreuz aus dicken Stangen aus rostfreiem Stahl. Es ist immer noch ein ziemlich schrecklicher Ort: Die Blocks sind sehr schmal und sehr alt.

Sie sitzen mit ihrer Kontaktperson in einem stickigen Konferenzzimmer.

»Wir haben 2003 einen komplett neuen Sanitärtrakt dazubekommen«, sagt der Mann. »Jetzt müssen in Polmont endlich nicht mehr jeden Morgen die Abortkübel geleert werden.«

»Und ich weiß, dass sie immer noch zu zweit in Zellen hausen müssen, die eigentlich für einen Insassen sind. Immer noch den ganzen Tag weggeschlossen«, sagt Karyn. »Schottland hat eine der höchsten Raten an Gefängnisinsassen in Europa. Bar-L, Greenock, Polmont. Alle überfüllt. Achttausendvierhundert Häftlinge. Sie haben hier über sechshundert junge Männer. Das funktioniert nicht. Wir versuchen es nun seit vierzig, fünfzig Jahren. Wir haben versucht, sie einzusperren. Es funktioniert nicht. Wir müssen zusätzlich noch etwas anderes tun.«

Der Typ hört stirnrunzelnd zu. Er ist noch nicht fertig mit seinem Bericht von den neuen Toiletten. Er saugt an seinen Zähnen, als hätte er einen schlechten Geschmack im Mund.

»Wir müssen sie immer noch einsperren, verstehen Sie mich nicht falsch«, fährt Karyn fort. »Ich bin die Frau, die versucht, einige dieser Leute wegzuschließen. Aber wir wollen etwas gegen die Gewalt tun. Wir wollen etwas wirklich völlig anderes tun. Versuchen, den Kreislauf über Generationen hinweg zu durchbrechen – damit man nicht länger Großväter, Väter und Söhne da drinnen hat.«

Er nickt. Stell dich mit den Aufsehern auf den Hof, und sie können dir die Söhne von Insassen oder Exinsassen aufsagen, die das System durchlaufen haben. Er hört zu, doch am Ende hebt er die Hand.

»Es wird nicht funktionieren«, sagt er und schüttelt den Kopf.

»Wieso nicht?«, fragt Karyn.

Er sieht sie an, als läge die Antwort glasklar auf der Hand. »Es ist eine Nummer zu groß«, sagt er seufzend. »Sparen Sie sich die Mühe.«

Dann schiebt er seinen Stuhl zurück, und im Handumdrehen erhalten sie ihre Mobiltelefone und Schlüssel zurück. Durch das Drehkreuz zurück an der frischen Luft. Karyn entfernt sich mit großen Schritten von den hohen Mauern und kocht innerlich. John muss sich beeilen, um mit ihr Schritt zu halten. Auch er ist aufgebracht.

»Zu groß, sich die Mühe sparen?«, sagt John fassungslos und breitet die Arme aus.

»Wir geben unsere Eindämmung der Gewalt auf«, faucht Karyn. »Du hältst ihn fest, ich knall ihm eine.«

»Er ist institutionell gelähmt. Er wird es einfach so weiterlaufen lassen.«

»Aye, es sind ja nur dreckige, miese Leute in einem bestimmten Teil der Stadt, sie haben das schon immer so gemacht und werden es auch weiter tun.«

Schon bald stellen sie fest, dass dieser Kerl nicht der Einzige ist. John lässt seine Beziehungen spielen, um sie mit einem hochrangigen Regierungsbeamten zusammenzubringen. Er trägt einen dunkelblauen Anzug. Die Leibesfülle seines mittleren Alters wird sorgfältig überdeckt von einer anscheinend brandneuen Krawatte aus der schicken Shopping Mall Buchanan Galleries. Außerdem trägt er ein permanentes Lächeln, das immer breiter wird, je mehr John ihn umgarnt. Er sagt ständig, »Sie haben vollkommen recht, John«, und John ist genervt. Er weiß, hinter seiner charmanten Fassade beabsichtigt er, nichts zu tun.

»Sie machen seit einer Ewigkeit genau die gleichen Dinge«, faucht John ihn an. »Wann werden wir denn endlich handfeste Resultate zu sehen bekommen?«

»Wahrscheinlich in sechs Monaten«, antwortet er lächelnd. »Vielleicht dauert es auch noch ein wenig länger.«

Anschließend im Parkhaus sieht John Karyn an und schüttelt den Kopf. »Diese superliebenswürdigen Typen gehen mir wirklich so richtig auf den Sack.« Sie nickt.

»Sechs Monate, vielleicht auch mehr«, ruft er frustriert aus. »Zwei Jahre vielleicht? Oder fünf? Besteht gar die Möglichkeit, dass es mit Ihrer Pensionierung zusammenfallen könnte? Na, das ist ja mal eine klare Vorstellung.«

Beide werden zunehmend verärgerter darüber, wie resistent die Leute sich gegenüber Veränderungen zeigen. Karyn schläft nicht gut. Am nächsten Morgen fühlt sie sich leicht reizbar, als sie Rowan in der Adelaide's Baptist Nursery absetzt, praktischerweise direkt gegenüber dem Polizeipräsidium in der Pitt Street. Sie warten im peitschenden Regen darauf, dass die Tagesstätte um acht aufmacht. Dann muss sie sich beeilen, zur Morgenbesprechung zu kommen – ebenfalls um acht – und sich dort um fünf nach einschleichen.

»Ich habe sie gebeten, es für ein Jahr zu verlegen«, stöhnt sie später Margaret gegenüber, während sie den Regen von ihrem Mantel schüttelt. »Besprechungen kann man verschieben. Besprechungen sind nur Besprechungen. Aber ein Kleinkind kann ich nicht vor dem Tor stehen lassen.«

»Was haben sie geantwortet?«, fragt Margaret.

»Nein. Entweder sind Sie da oder eben nicht. Ich bin die einzige Frau.«

»Ich weiß wirklich nicht, wie du das allein schaffst.«

»Ich werde aufhören hinzugehen. Wenn sie von mir Input haben wollen, können sie zu mir kommen.«

Margaret nickt, ist beeindruckt davon, dass Karyn kein Nein akzeptiert, nicht akzeptiert, wenn man sagt, etwas sei unmöglich. Alles ist möglich, wenn es nur das Richtige ist: Man wird immer Leute finden, die einem helfen. Margaret schleicht sich aus der Tür, deutet mit dem Daumen entschuldigend auf ihren Schreibtisch. Karyn ist in den Bericht über einen Mord versunken.

»Margaret«, sagt sie, ohne aufzusehen. »Du bist Freitagabend um zehn in der Shettleston Road. Wer wird dich eher niederstechen: ein Typ, der ein Messer bei sich hat, oder ein Typ, der zuerst nach Hause gehen und eins holen muss?«

»Der mit dem Messer.«

Karyn nickt ihr verschlagen zu, als hätte sie sich längst für ihre Intuition entschieden. Karyn flitzt aus dem Büro, marschiert durch die Pendeltür in einen anderen Raum. Polizisten in Uniform mit kurzärmeligen schwarzen Hemden arbeiten sich durch Aussagen auf den Computermonitoren. Sie klopft einem Bekannten auf die Schulter.

»Was passiert, wenn ein Mann mit einem Messer auf der Straße erwischt wird?«

»Der Cop lässt diesen Burschen überprüfen, ob was gegen ihn vorliegt. Nein, wir haben ihn nicht im Computer, und er ist auch nicht vorbestraft. Dann nehmen wir ihm nur das Messer ab, machen einen Vermerk und lassen ihn laufen.«

»Nehmen ihm das Messer ab, lassen ihn laufen.« Karyn nickt, verarbeitet das. »Das ist nicht direkt klar erkennbare Justiz.«

Karyn ruft ihr Team zu einer schnellen Besprechung zusammen. Ihre neue Vermutung lautet: Es ist wahrscheinlicher, von jemandem ermordet zu werden, der in der Vergangenheit bereits ein Messer bei sich geführt hat. Es gibt eine Menge schwebender Verfahren, die darauf warten, vor Gericht verhandelt zu werden. Sie müssen für ein neues System werben. Von jetzt an, wenn ein Typ mit einem Messer erwischt wird, wandert er in die Arrestzelle, man nimmt eine DNA-Probe, die Fingerabdrücke, behält ihn bis zum nächsten Tag in Gewahrsam und stellt ihn dann vor Gericht. Schnelle und deutlich erkennbare Justiz.

Sie fechten es bis zum Ende durch. Es ist nicht leicht. Es gelingt ihnen, die Richtlinien des Generalstaatsanwalts zur Untersuchungshaft zu ändern. Aber den Cops kann sie es immer noch nicht verkaufen. Sie hört ihr leises Murren über die zusätzliche Arbeit.

Manchmal begreifen Menschen erst, wenn etwas Unvorhergesehenes passiert.

Kurz nach Tagesanbruch an einem kalten Morgen im Oktober macht Thomas Waddell, 19, Feierabend von seinem Job in einer die ganze Nacht geöffneten Autowaschanlage an der Maryhill Road und steigt in den 40er Bus. Er macht ein paar anzügliche Bemerkungen Mädchen gegenüber, prahlt bei dem Busfahrer mit seiner jüngsten Eroberung und schläft dann ein. Gegen halb acht steigt er aus dem Bus und geht das letzte Stück zu Fuß am Ufer des River-Kelvin-Kanals entlang. Ihm kommt eine powerwalkende Frau entgegen; sie trägt ein rotes Baumwoll-Top, Jeans und Turnschuhe. Farah Noor Adams, Sozialarbeiterin bei der örtlichen Bürgerberatungsstelle, hat gerade ihre achtjährige Tochter zur Schule gebracht. Die zierliche vierunddreißigjährige Pakistanerin hat langes schwarzes Haar. Sie bemerkt, dass der hagere, irgendwie fahrig wirkende Waddell ihr folgt. Sie wählt die Notrufnummer 999. Doch ihre Anrufe kommen nicht durch. Er kommt immer näher. Sie versucht es wieder, aber immer noch keine Verbindung. Dann wird sie plötzlich von hinten gepackt, sehnige Hände zerren sie zu Boden. Er schleift sie ins Gebüsch in den Schatten einer Überführung. Dort schlägt er ihr einen Backstein ins Gesicht und vergewaltigt sie. Sie bettelt um ihr Leben, aber er stranguliert sie. Der Überfall dauert eine halbe Stunde. Es passiert am helllichten Tag.

Zwei Arbeiter finden sie. Die Polizei sperrt den Tatort weiträumig ab und sichert DNA-Spuren an ihrem Körper und ihrer Kleidung. Sie jagen die DNA durch ihre Computer und finden nichts. Waddell ist nicht einschlägig vorbestraft. Er ist sauber. Nach einer Woche sind die Cops entmutigt, sie gehen nicht mehr davon aus, ihn zu schnappen. Die Öffentlichkeit ist zutiefst erschüttert. Die Zeitungen greifen den Fall auf und bringen Fotos des Opfers, erhöhen den Druck auf den für die Ermittlungen zuständigen Detective Superintendent Kenny Watters. Er gibt die folgende Pressemeldung heraus: »Die Resonanz der Öffentlichkeit auf unseren Aufruf ist enttäuschend. Es hat sich immer noch niemand gemeldet, der Farah gesehen hat, nachdem sie ihre Tochter zur Schule brachte.«

Alles sieht danach aus, als würde Waddell ungestraft davonkommen. Er wohnt nicht mal in der Gegend. Allerdings hatten die Cops die in jüngster Zeit entnommenen DNA-Proben noch nicht in das Computersystem eingespeist. Zehn Tage zuvor war Waddell angehalten und mit einem Messer erwischt worden. Nach dem alten System hätte man ihn gehen lassen, aber so wurde er aufs Revier gebracht, wo man eine DNA-Probe und Fingerabdrücke von ihm nahm sowie einen Aktenvermerk anlegte. Als man eine Woche später die DNA-Spuren erneut durch den Computer jagt, erscheint sein Name.

Karyn und John verfolgen die Nachricht über Waddells Festnahme im Fernsehen.

»Das ist das Beste, was wir bislang gemacht haben«, sagt sie zu John. »Ich habe keine Ahnung, wie viele Morde damit verhindert werden, aber es kann einfach nur gut sein.«

»Damit können Sie es den Cops verkaufen, also ist es nicht schlecht.«

»Es ist ein Anfang.«

Sie sieht ihn an, kneift die Augen zusammen. »Wenn wir das hier in Glasgow schaffen, dann schaffen wir es überall.«

Sie weiß, dass die Kids in den Siedlungen des East End immer noch jeden Freitag- und Samstagabend Gang-Kämpfe inszenieren. Irgendwie muss sie in diese Kultur eindringen. Irgendwie muss sie komplett verstehen, wer diese Kids sind und warum sie kämpfen.

Sie wirft sich ihre Jacke über die Schulter und wartet vor dem Fahrstuhl. Die Tür schrammt auf, und dahinter kommt der uniformierte Polizist mit den dichten schwarzen Augenbrauen zum Vorschein, mit dem sie in ihrer Anfangszeit diskutiert hatte. Sie zwängt sich neben ihn in die Kabine.

»Ohne euch hätten wir ihn niemals geschnappt«, sagt er und drückt auf den Knopf. Der Fahrstuhl fährt scheppernd nach unten.

10:

Samstag

Es ist Robbies dreizehnter Geburtstag. Seine Mutter überreicht ihm ein Geschenk, das in eine braune Papiertüte eingewickelt ist. Er balanciert es auf seinen Handflächen, prüft das Gewicht. Er zieht das Papier zurück und enthüllt zunächst einen geriffelten Schaft, dann eine dicke Klinge. Es ist eine Machete.

»Wir können dich nicht beschützen«, sagt seine Mutter achselzuckend. »Du musst dich selbst schützen.«

Samstag in Easterhouse. Der gefährlichste Tag der Woche. Eltern halten jetzt bis Montag die Luft an. Robbie späht durch das regennasse Fenster nach draußen. Er sieht nicht mehr als die schwarzen Konturen karger Hügel und gesichtslose Häuserreihen. Sein Blick ruht auf den dunklen Flecken Brachland, weit entfernt von jeglicher Infrarot-Überwachungskamera. Über dieses zerklüftete, steinige Gelände werden die Schlachten wogen. Er sieht sich selbst, wie er sich mit hocherhobener Machete ins Getümmel schiebt. Die anderen greifen ihn aus der Dunkelheit an. Er ist nicht schnell genug. Ein Schlag gegen seinen Hinterkopf. Er stolpert. Schließt die Augen, ihm wird schlecht. Gäbe es heute Abend einen Ausweg aus dem Ganzen, er würde ihn nehmen. Er reckt den Kopf nach links, damit er die Bushaltestelle sehen kann. Jeder würde sehen, wie er einsteigt. Würde er in Gorbals oder Cowcaddens leben, dann könnte er einfach ins Zentrum gehen. Doch diese Stadtteile im Nordosten sind verdammt noch mal meilenweit entfernt. Sie würden ihn auf dem Oberdeck des 38er Busses oder des X19 entdecken. Sie schmeißen Ziegel durch die Scheiben. Sie warten an der Bushaltestelle auf ihn, steigen mit zahlenden Fahrgästen ein, greifen ihn an und stoßen ihn durch den Notausgang hinten nach draußen.

Polizisten der B Division versammeln sich im Hauptquartier an der Shettleston Road. Sie schließen die Reißverschlüsse ihrer Stichschutzwesten, überprüfen die Handschellen. Der Reihe nach gehen sie durch den Hinterausgang des Gebäudes zu den wartenden Transportern, vorbei an einem riesigen Behälter voller Waffen, die sie beschlagnahmt haben. Beile, Schwerter, Feuerwehräxte, Spitzhackenschäfte, Klauenhämmer, Macheten. Ihr Auftrag lautet, das Brachland auf Kämpfe zwischen Gangs zu kontrollieren, überall in Easterhouse, Baillieston und Shettleston. Sie patrouillieren auf und ab an Brennpunkten wie der Edinburgh Road. Vor den Bullen wegzulaufen ist Teil des Spiels für die Kids, die über Zäune springen, im Dunkeln durch Parks und Wäldchen rennen. Aber die B Division ist extrem fit. Ein Police Constable ist mit dem Fahrrad siebzehn Meilen hin und zurück von Airdrie in die Innenstadt gefahren, nachdem sein Dad einen Bypass bekommen hatte. Sie rutschen auf ihre Plätze. Der Motor des Transporters wird angelassen.

In Easterhouse beginnt es damit, dass die jüngeren Kids, die oben auf dem Hügel sitzen, ihre Gegner auf dem Hügel gegenüber mit Steinen bewerfen. Zwischen den Hügeln erstrecken sich mehrere Hundert Meter Sportplätze, die sich die beiden örtlichen Schulen, Rogerfield und Sinclairs, teilen. Es ist das ideale Schlachtfeld. Siebenjährige wärmen sich auf für das Hauptereignis. Einer mit rasiertem Schädel rennt hinunter aufs Spielfeld und wirft einen Stein, der nie jemanden treffen sollte. Er behauptet seine Stellung. Seine erstarrten Finger fuchteln wütend durch die Luft, während er sie provoziert.

»Geh nach Hause zu deinen Spielsachen!«, spotten sie zurück.

Es hallt in den dünnen Bäumen nach. Der Junge beobachtet, wie ein Gegner in einem weißen Jogginganzug den Hügel herunter und auf ihn zugestampft kommt. Er stößt einen letzten

Schrei aus, dann flitzt er den Sportplatz entlang, ohne sich noch einmal umzusehen, bis er keuchend wieder auf seinem eigenen Hügel angekommen ist. Dieses Jagdspiel deutet an, was da noch kommen wird.

Robbie drückt den Stummel des Joints aus und fächelt den Rauch aus dem Fenster. Sie nicken. Es ist Zeit. In einer kompakten Fünfergruppe ziehen seine Kumpel öde, gewundene Straßenzüge entlang, vorbei an schmutziggelben Häusern mit grauen Dächern. Robbie wohnt im Hoheitsgebiet der Drummys. Bei ihnen heißt es nie Lochend. Es ist Drummy. War schon immer so. Eine Ansammlung von Häusern, ein paar Straßen. Weit muss er nicht gehen bis zur Gebietsgrenze der Den Toi, einen Steinwurf entfernt von der Rogerfield Primary School. Dort läuft er Gefahr, angegriffen zu werden. Wenn er für eine Tüte Skittles die Westerhouse Road runterflitzt, befindet er sich in Aggro-Gebiet.

Am frühen Morgen war er beim Friseur und hat acht seiner Kumpels mitgenommen. Nur zwei von ihnen haben sich die Haare schneiden lassen. Aber wenn er allein gewesen wäre, dann hätten sie ihn ordentlich zusammengeschlagen. Wenn er nach Norden geht, zum Sportzentrum, kann's passieren, dass die Auchinlea Road von der Garthamlock Gang versperrt wird, den Jewt, die singen: »Mit ner Flasche und nem Stein und nem Knüppel. Wir sind die Jetto!«

Daher verlassen sie niemals die Drummy-Straßen. Schaffen es nie in die Innenstadt von Glasgow. Er wird auf dieser Quadratmeile leben und sterben.

»Scheiß auf den Rest.«

Sie putschen sich für den anstehenden Kampf auf, während sie an mit Brettern verschlagenen Fenstern und einem hinter Metallgittern verbarrikadierten Spar vorbeimarschieren.

»Wir sind die Nummer eins.«

»Scheiß auf die Provvy.«

»Verräter«, blafft einer und deutet mit dem Kopf auf eine Wand voller Graffiti: »Nimm dich in Acht, Keiran Ross. Wie der Vater, so der Sohn.« Die Wand gehört Keirans siebenundsiebzigjähriger Oma. Robbie rennt los, um im Gebüsch nachzusehen, wo sie die Waffen deponiert haben. Alles noch da. Man kann ein feststehendes Taschenmesser beim Angelbedarf in Shettleston kaufen oder einen Golfschläger in der Stadt. Äxte und Tischlerhämmer unten im Baumarkt. Beile auf der Baustelle. Samurai-Schwerter haben einen Ehrenplatz über dem Kaminsims. Oder nimm einfach ein kleines Küchenmesser.

Sie haben eine Ewigkeit benötigt, um herauszufinden, wie sie Fotos von sich mit Stinkefinger und Buckie in der Hand ins Netz stellen können. Aber ein Typ der Aggro hat eine Flash-Website mit den zehn besten Gang-Fotos gebastelt. Die Fotos wechseln, je nachdem, wie viele Stimmen sie kriegen. Jeder redet von ihm und seiner schwulen Software. Flash-Bastard.

Sie gehen den Hügel hoch. Robbie fröstelt bei dem Gedanken an das, was passieren wird. Er fühlt sich benommen, hat einen Wahnsinnsdurst. Ihm rutscht das Herz in die Hose, als er nur Kleine ums Feuer sieht.

»Wo sind die Truppen?«

Schon bald treffen ältere Teenager ein, erfahrenere Gang-Fighter, schlanke, schnelle Läufer mit drahtigen Figuren. Einer in einem G-Star-Raw-T-Shirt ist erst kurz wieder draußen nach einer Haftstrafe wegen schwerer Körperverletzung.

»Wie war's in Polmont?«

»Easy. Wie Urlaub.«

Er hat eine große Tüte dabei, das Zeichen, dass es übel enden wird. Drei Liter Frosty Jack für drei Pfund müssen reichen. Mad Dog 2020. Eine halbvolle Flasche Buckie wird Robbie in die Hand gedrückt. Er nimmt einen Schluck. Es ist süß wie eine Coke. Geht locker runter. Die Glasflasche ist auch praktisch als Geschoss. Das Koffein wird ihn auf Zack halten. Er hat jetzt weniger Angst, fühlt sich gestählt für den Kampf.

»Scheiß auf die Den Toi«, brüllt er. Jetzt ist er voll drauf. Sein Dad war in einer Gang. Es gibt sie schon immer, seit Easterhouse in den 50ern errichtet wurde. Die Drummy, die Provvy, Aggro, Den Toi und die Bal Toi.

*

John und Karyn sitzen in einem Auto im Regen vor dem Shandwick Shopping Centre und essen Cheeseburger. Sie kommen gerade von einem Treffen mit einem örtlichen Sozialarbeiter.

»Ich kann Ihnen sagen, die Gangs, die die meisten Probleme verursachen, sind nicht die Bal Toi«, sagt John. »Die Gangs, die die meisten Probleme verursachen, sind das Gesundheitswesen, das Jugendamt, das Schulwesen, die Polizei, die Bezirksregierung und die schottische Regierung, denn die liefern sich Revierkämpfe genau wie alle anderen auch. Das fällt in unseren Etat, nein, in unseren, das können wir nicht ausgeben, das hat nichts mit uns zu tun. So läuft es doch ständig.«

Karyn will den letzten Bissen nehmen, zögert dann. »Sie haben hier schon als Streifenpolizist gearbeitet, richtig?«, erinnert sie sich.

Er nickt. »Wir hatten hier mal einen Oranier-Marsch.« Er gestikuliert mit der Hand aus dem Fenster. »Es gab ein paar kleinere Probleme, also hatte der zuständige Superintendent entschieden, die Sache abzubrechen. Wir landeten dann in der Cairnbrook Road, die zwischen zwei Highschools verläuft – St. Leonards gibt es heute noch, aber die Lochend Secondary war so etwas wie eine nichtkonfessionelle Gemeinschaftsschule. Dort parkten wir. Vor uns eine Gruppe sehr unglücklicher Leute. Überwiegend junge Typen. Da waren Flaschen und Steine. Es war eine echte Pattsituation. Ich erinnere mich, wie unser Superintendent vortrat, und ein Mitglied der Marschkapelle ebenfalls. Er sagte: ›Lasst die Jungs von der Band in die Busse steigen und fahren.‹ Alles war bestens. Und dann kam aus dem hinteren Teil der Menge diese Flasche angeflogen, ich kann mich immer noch genau an das Geräusch erinnern, das sie gemacht hat – fffäh-fffäh-fffäh –, wie sie durch die Luft segelte. Irgendwer sagte, ›Pass auf, Flasche!‹, und der Superintendent sagte, ›Pass selber auf!‹, und er drängte den Typ von der Band vor und schob ihn genau in die Flugbahn. Es hätte nicht besser sein können, wenn er ihn wie ein Ziel aufgestellt hätte, jedenfalls landete die Flasche sauber mitten auf seinem Schädel.«

Beide lachen. John dreht den Zündschlüssel.

»Man nannte es einen Donnybrook in Cairnbrook. Ein Donnybrook ist eine wüste Keilerei.«

Sie hebt den Blick zum Himmel. Sie weiß, was ein Donnybrook ist. Der Wagen fährt in Richtung M8, zurück in die Innenstadt.

*

Hinter ihnen legt sich Dunkelheit über die Cairnbrook Road. Die Kids stecken die Köpfe zusammen und sprechen ihre Taktik durch, fast als wäre es ein Fußballspiel. Es lohnt sich nicht, sich so mit Alkohol den Kopf zuzuballern, dass man nicht mehr gerade stehen kann. Wenn man überleben will, muss man auf den Beinen bleiben. Wenn du stolperst, fallen sie in Scharen über dich her, bevor du es noch mal versuchen kannst. Der Trick besteht darin, Schläge wie in einem Rausch auf den anderen Wichser prasseln zu lassen, solange er unten ist.

Diese Zehnjährigen können laufen wie der Wind. Und es spielt überhaupt keine Rolle, ob du von einem Zehnjährigen oder von einem Zwanzigjährigen ein Beil übergezogen bekommst: Acht Stiche sind's dann so oder so. Robbie sieht Drew, der am Rand steht und mit einem Stock im Feuer stochert. Ihn beschäftigt etwas. Er geht rüber.

»Hab zum Geburtstag 'ne Machete gekriegt«, sagt er.

»Irre«, antwortet Drew. »Von wem hast du sie?«

»Meiner Mum.«

Drew sieht von schräg unten zu ihm auf. Es ist schwer, diesen Ausdruck zu lesen. Dann stochert er weiter in den Flammen.

»Erinnert mich an eine kleine Geschichte«, sagt er. »Von Arthur und seinem Sohn.«

Robbie kauert sich neben ihn. Drew kann gut Geschichten

erzählen. Im East End gibt es einen Kerl namens Arthur, ein echter Typ aus dem East End. Er war bekannt für seine bewaffneten Raubüberfälle mit einer Schrotflinte, immer gut geplant und mit äußerster Gewalt durchgeführt. Er war furchtlos. Bei jeder Kleinigkeit rastete er gleich aus. Die Bullen und andere Wichser wagten sich nur mindestens zu dritt an ihn heran.

Arthur stach seinen Vater nieder, als er sieben war. Er wuchs in Besserungsanstalten, Heimen und im Gefängnis auf. Als Jugendlicher gehörte er Gangs an, und er hatte ein zügelloses Temperament. Starkes Saufen war so ziemlich das Einzige, was er und seine Frau sonst noch kannten. Er schlug sie, und sie schlug zurück.

Als er das letzte Mal aus dem Gefängnis entlassen wird, ist er zweiundfünfzig. Sieht aus wie siebzig. War nur fünf Monate inhaftiert wegen Waffenbesitz. Der Suff hat ihm halb den Verstand geraubt. Es ist Weihnachten. Er war aus seiner Wohnung geflogen. Sämtliche Obdachlosenunterkünfte lassen ihn nicht rein wegen seiner Wutanfälle. Es ist eine bitterkalte Nacht, draußen herrschen minus zehn Grad. Arthur schlurft durch die Schneeverwehungen zu einem Taubenschlag, wo er sich zum Schlafen zu den Tauben legt. Sein Sozialarbeiter gibt ihm jeden Morgen eine Thermoskanne mit heißem Tee und telefoniert herum, wo er unterkommen könnte. Es ist die kälteste Zeit des Jahres. »Nimm keine Lebensmittel mit in den Taubenschlag«, warnt er ihn, »das lockt die Ratten an.« Arthur nimmt Lebensmittel mit. In dieser Nacht kommen die Ratten. Sie beißen ihn nachts so übel, dass er ins Krankenhaus eingeliefert werden muss.

»Und er hatte einen Sohn?«

Arthur ist völlig fertig wegen seines Sohnes. Paul. Er ist neunzehn. Er hat von einem Dealer jede Menge Koks für umsonst bekommen, bis er schließlich drauf war. Jetzt ist er bei dem Dealer mit 4000 Pfund verschuldet. Also wendet er sich an seinen Dad. Im East End von Glasgow, sagt Arthur zu ihm, gibt's nur eine Art, Geld zu machen, und überreicht ihm seine Schrotflinte. Also überfällt Paul damit den Wachmann von einem

Geldtransporter. Er nimmt ihm das Bargeld ab, geht um die Ecke und knallt es ohne zu zählen dem Dealer vor die Nase. Es sind 40 000 Pfund.

Robbie denkt darüber nach. Pauls Dad hat ihm seine Knarre gegeben.

Sie hocken da und starren in die Flammen. Dann sieht Drew sich nach einem Drink um, aber die Tüte ist leer. »Wo ist Caprice mit den Einkäufen?«

Caprice ist ein Quartier-Springer. Sie kann sich zwischen Drummy und Den Toi bewegen. Sie geht mit Chris von den Den Toi. Sie kennen sich von der dortigen weiterführenden Schule, der Lochend. Chris zieht bei ihr über Drew her. Ihr ist nicht ganz klar, wann der ganze Ärger angefangen hat. Irgendwas an Drew mag Chris nicht. Wahrscheinlich liegt es daran, dass er ein Drummy ist. Chris sagt, Drew ist ein Penner, hast du das schon von ihm gehört, er ist dies und er ist das. Dann erwischt sie Chris dabei, wie er einem anderen Mädchen SMS schreibt, um sie abzuschleppen, und sie legt sich mit ihm an. Er beißt ihr in den Arm. Das will sie ihm heimzahlen. Also hängt sie mit den Drummy ab und geht mit Drew und erzählt sämtliche Geschichten weiter, die Chris ihr über ihn erzählt hat. Chris sagt dies über dich, meint sie zu Drew. Sie übertreibt und dichtet noch was dazu. Chris sagt dies und das über deine Mum und deinen Dad. Er wird dir dies antun. Es wird via Facebook und Bebo verbreitet. An jeden gesimst. Das heizt die Stimmung auf. Es muss nicht unbedingt um eine Tussi gehen. Es ist eine Sache zwischen Drummy und Den Toi.

Sie hat Glück. Ihre Mum und ihr Dad arbeiten ganztägig. Ihr älterer Bruder passt wahnsinnig auf sie auf, bis er von einer Überwachungskamera bei einer Schlägerei gefilmt wird und in den Knast muss. Sie gerät in schlechte Gesellschaft und entwickelt sich zu einem lästermäuligen Aufhetzer. Caprice hasst die Schule, weil sie viel lieber in der Siedlung mit den Jungs abhängen will, die die Schule schwänzen. Die sind oben an der Pommesbude und prügeln sich. Dort gibt es ein kleines Rasenstück neben der Straße. Die Jungs rennen hin und her, und die Mädels brüllen, singen und stacheln sie an.

Heute Abend ist sie früh unterwegs, um die Bullen zu meiden, und kauft eine Drei-Liter-Flasche Frosty-Jack-Cider. Es schmeckt nach Chemikalien. Caprice kann zum Postamt in Wellhouse gehen, wo es jede Menge Alkohol gibt, oder zu Jaspers in Provanhill, wo auch den Kleinen ohne Ausweis alles verkauft wird. Stattdessen jedoch geht sie zu einem Kiosk, in dessen Fenster das Schild hängt: »Kaufen Sie eine Flasche Wodka, und das Brot gibt's gratis dazu.« Sie geht schnell, will niemandem über den Weg laufen, den sie kennt. »Mach nur gerade ein paar Besorgungen für meine Mum«, sagt sie, wenn sie angesprochen wird.

Es ist kalt. Ihre Finger schmerzen. Sie stellt sich in einer Schlange an, um ein Burger-Brötchen zu kaufen. Zwei Schulmädchen mit kurzen Krawatten singen zu der Musik aus einem winzigen Radio. Die eine hat den Kopf gesenkt, die andere sieht mit verächtlich verzogenem Mund zu Caprice auf. Hinter ihr an der Wand hängt ein Plakat mit einer alten Lady darauf, die ihre Tür einen Spaltbreit aufmacht. »Dealern ist es egal, woher das Geld kommt.« Daneben hängt ein Plakat für eine Hausversicherung für 50 Pence die Woche. Zwei Mädchen aus der Apotheke in hellgrüner Arztkleidung stehen mit verschränkten Armen da und zittern.

Sie bezahlt das Brötchen und geht. Sie schlägt einen weiten Bogen um das Centaur Pub, um nicht zufällig ihrem Großvater in die Arme zu laufen. Er ist jetzt sechzig und hat als Spengler auf der Werft gearbeitet, wo seine beiden kleinen Finger zerquetscht wurden, als sie zwischen die schweren Metallplatten gerieten. Heute sind die Finger permanent nach innen gekrümmt, und er stellt vergnügt sein Pint darauf ab. Er sitzt an der Theke, während ein Schweißer ihm seine beiden Mobiltelefone zeigt.

»Zwei Handy-Schweißer«, blafft er. »Schieb's dir in den Arsch. Ich kann Schweißer nicht ausstehen.«

Er weiß nichts davon, dass seine Teenager-Enkelin mit den Einkäufen rauf auf den Hügel geht.

Sie gibt Drew den ersten Schluck. Er erzählt ihr von seinem Tag. Er schläft lange, sieht fern, geht zu einem Freund, um *Saints Row II* zu spielen. Er spielt gerne Fußball, aber die Spielfelder sind Privatgelände, also muss er einen hochaufragenden Maschendrahtzaun erklimmen, wenn er spielen will, und verstaucht sich beim Sprung hinunter auf die andere Seite beinahe den Knöchel. Ein paar Typen haben Brieftauben, aber das ist nichts für ihn. Er sieht sich als Ned, und da kann er genauso gut bei seinen miesen kleinen Ned-Gewohnheiten bleiben. Die Kämpfe der Gangs geben ihm den Adrenalinkick. Sie warten die ganze Woche darauf. Drew versucht sich in Stimmung zu bringen, um das Schwert zu suchen, das er versteckt hat. Caprice stachelt ihn auf, Chris eine ordentliche Abreibung zu verpassen. Er erinnert sich an die Sticheleien und den Spott online. Die Sachen, die Chris über seine Ma losgelassen hat. Er bekommt einen heißen roten Kopf. Er trinkt einen weiteren Schluck.

Der Regen peitscht inzwischen fast waagerecht über den Boden. Auch Graupeln sind dabei. Seine Finger brennen, die Knöchel stechen weiß hervor. Er gräbt in der Erde und holt das Schwert heraus. Es ist acht oder neun Uhr und pechschwarz bis auf die Feuer, die oben auf den Hügeln brennen. Die orangefarbenen Flammen wehen seitlich und zischen im Regen. Lange werden sie nicht mehr durchhalten. Drew hat inzwischen genug getrunken, um jemanden zusammenzuschlagen. Er nickt seinem kleinen Bruder zu.

»Wenn du älter bist, wirst du einer von uns und die Den Toi jagen. Du beschützt deine Siedlung.«

Sein Bruder weiß, was das bedeutet. Er darf hier jetzt nicht mit. Drew zerzaust ihm die Haare. Sie hören, wie Chris und die Den Toi höhnische Bemerkungen über Drew brüllen. Drew steht auf der Hügelkuppe und spürt den Regen auf seinem Gesicht. Caprice und die Mädchen hinter ihm stacheln ihn weiter an.

»Keine Gang kann dich fangen, Drew«, brüllt sie in den Wind.

»Das sind alles nur Scheißer. Die halten sich für voll geil, können aber nur Junkies verprügeln.«

Drew vergewissert sich, dass seine Kumpels rechts und links von ihm sind, dann stürmen sie zu fünft den Berg hinunter. Er hört sie direkt hinter sich. Der Abhang ist matschig. Er taumelt zur Seite, als sein Fuß wegrutscht, findet aber schnell das Gleichgewicht wieder. Das war knapp. Egal, was auch passiert, er darf nicht ausrutschen. Falls doch, ist er erledigt. Drew rennt auf die weite Fläche des Spielfelds hinaus. Es ist so dunkel und nass, dass er nicht weiß, wer wer ist. Er kann nicht sicher sein, dass hinter ihm sein Kumpel ist. Jemand stürmt an ihm vorbei, schlägt durch die Luft. Er umklammert sein Schwert und holt aus gegen die heranstürmende Gestalt. Es erwischt jemanden an der Schulter. Ein schmerzerfüllter Aufschrei. Weiß der Henker, wer das war. Man drischt einfach auf den Nächststehenden ein. Wie oft sie sich schon untereinander verletzt haben. Aye, zigmal hat er das schon erlebt.

Drew keucht jetzt, ist bereits außer Atem. Er wirbelt hierhin und dorthin, seine Hand um den Schwertgriff ist erstarrt. Von wo werden sie ihn angreifen? Er sieht lediglich die Schatten von Ziegeln, durch die Luft sausende Knüppel. Es klingt wie ein Glockenspiel, als sie auf die metallenen Torpfosten direkt neben ihm krachen. Dann hört er das dumpfe Schlagen von Füßen auf hartem Boden. Klingt näher. Er macht Waffen aus, die zum Himmel hochgerissen sind. Dunkle Gestalten kommen über die Freifläche auf ihn zugerast.

Schwerfällig weicht er mit Lehm verschmierten Schuhen aus. Er hört sie hinter sich, wie sie ihn keuchend verhöhnen. Die Schnelleren holen zu ihm auf. Es passiert alles so schnell, es wirkt wie ein geplanter Hinterhalt. Er strengt sich an, um in Sicherheit zu kommen, aber es sind einfach zu viele.

»Schei-ße!«

Er hätte vorsichtiger sein sollen. Über sich sieht er so gerade eben das Orange des Drummy-Feuers. Er muss sich wieder am Fuß des Hügels befinden. Hinter seinem Kopf saust ein stumpfer Gegenstand durch die Luft. Er macht einen Satz nach vorn, nimmt seinen Körper aus der Reichweite. Noch ein paar Schritte zum Gipfel, und er ist wieder sicher unter seinen Freunden. Es ist furchteinflößend, aber aufregend. Er spürt den Kick.

Doch der Hügel ist steil und inzwischen rutschig. Sein Jogginganzug klebt ihm am Leib. Er macht einen weiteren Satz nach vorn zum nächsten Halt, doch dann rutscht sein Fuß in einem unmöglichen Winkel ab. Sein Knöchel verdreht sich, er stürzt vornüber, reißt die Hände hoch, um den Sturz abzufangen. Der harte Boden kommt auf ihn zugerast, sein Kopf wird zurückgeschleudert. Benommen drückt er die nasse Erde beiseite, rappelt sich wieder auf. Der Mob kreist ihn ein. Er ist gelähmt vor panischer Angst. Er hört das Rauschen einer herabsausenden Klinge. Ein vernichtender Schmerz wirft ihn zu Boden. Kalter Matsch drückt sich in seine Augen und Nase. Seine Finger krallen sich um die Steine. Die Schatten verschlingen ihn.

»Stecht ihn ab!«

»Springt ihm auf den Kopf!«

Die Luft vibriert heftig, ist ein einziges wirbelndes Chaos aus Gürtelschnallen, Golfschlägern und Messern.

Als die Angreifer verschwinden, bleibt Drew verdreht und geschunden zurück auf dem Boden. Jede Faser seines Körpers schmerzt. Er ist zerfetzt und aufgeschlitzt. Aber er ist immer noch so aufgeputscht vom Kämpfen, mit Alkohol und Koffein in den Adern, dass er nicht sicher ist, wie schwer seine Verletzungen sind.

Er liegt ewig dort und hat Angst, dass sie zurückkommen. Mehrere Hände greifen ihn und schleifen ihn den Berg hinauf. Plappernde Stimmen. Ob ihm vielleicht mal einer dieser Idioten einen Krankenwagen ruft? Er ruft nach seiner Mum. Dunkles Wasser verschluckt ihn.

Als er wieder zu Bewusstsein kommt, jault eine Sirene. Er liegt auf einer Krankentrage unter einer Decke. Auf seinem Gesicht ist eine Sauerstoffmaske befestigt. Das Adrenalin hält ihn am Leben, stellt die normale Durchblutung in Körperteile ein, die er nicht unbedingt zum Überleben benötigt. Er ist ein gesunder junger Mann, schnell wie ein Windhund auf dem offenen Moor. Er kann den großen Blutverlust wegstecken.

Bei der Geschwindigkeit, mit der sie fahren, muss es die Edinburgh Road in die Innenstadt sein. Ich verlasse Easterhouse, denkt er vage. Am Nordende der Umgehungsstraße schwenkt der Krankenwagen so abrupt und heftig nach links zur Einfahrt der Notaufnahme ab, dass er um ein Haar von der Trage rollt. Sie heben ihn aus dem Wagen und rollen ihn dann durch die Türen. Einer der Ärzte entfernt mit einer Schere seine Kleidung und erkundigt sich nach seiner Atmung. Drew ist zu sehr neben der Spur, um irgendwas zu sagen. Der Arzt drückt seinen Kiefer auf, und sie saugen geräuschvoll Blut aus seinem Mund. Er klopft mit seinen Fingern auf Drews nackte Brust, lauscht. Der Arzt beugt sich über sein Gesicht und richtet den weißen Strahl einer Taschenlampe genau in sein Auge.

»Drew?«

Die Krankenschwester hält seinen Kopf, während sie die Maske auf seinen Mund drückt. Sie schließt Beutel mit Flüssigkeiten an. Schläuche laufen hinunter zu seinem Arm.

»Was ist passiert, Drew?«

»Zusammengeschlagen«, krächzt Drew.

Die Gesichter verschwimmen und verblassen. Sie murmeln irgendwas zu ihm. Er fragt, ob seine Mum da ist.

»Wenn er halbwegs stabil ist, sehe ich ihn mir noch mal näher an und kümmere mich um die Gesichtsverletzungen. Rufen Sie den Spezialisten für Gesichtschirurgie.«

Christine liegt schlafend im Bett, als ihr Piepser losgeht. Sie tastet danach, schaltet das kleine Gerät aus.

»Schläfst du?«, flüstert sie ihrem Mann zu.

»Jetzt nicht mehr«, stöhnt er und dreht sich um.

Er ist Zahnarzt, und es ist ein echter Streitpunkt, wenn ihr

Piepser ihn nachts weckt. Jetzt ist der Schaden angerichtet. Sie steigt aus dem Bett und ruft vom Flur aus das Krankenhaus an.

»Junger Typ ist aus Easterhouse eingeliefert worden«, sagt der Arzt der Notaufnahme, erstattet Bericht über Drews umfangreiche Verletzungen. Christine hört zu und nickt.

»Dann sollte ich wohl besser kommen«, sagt sie.

Sie wird wegen einer Vielzahl unterschiedlicher Dinge angerufen, von denen manche unkomplizierter sind als andere. In manchen Nächten bleibt sie gleich im Krankenhaus. Sie zieht sich schnell an und schleicht auf Zehenspitzen über zwei schlafende Hunde. Sie kratzt die vereiste Windschutzscheibe frei, dreht den Zündschlüssel und fährt los. Sie fährt um diese Zeit schneller als gewöhnlich, da praktisch kein Verkehr unterwegs ist. Sie benötigt nur zwanzig Minuten.

Sie geht sofort zu Drew, der in einem grünen Kittel auf einem Bett liegt. Die Krankenschwester drückt die Sauerstoffmaske fest auf sein Gesicht. Christine erkennt sofort, dass er in ziemlich schlechter Verfassung ist.

Von Anfang an hat Christine Opfer von Gewalteinwirkung wie ihn gesehen, junge Männer aus schwierigen Verhältnissen und aus sozial benachteiligten Gegenden der Stadt. Sie werden mit großen offenen Wunden im Gesicht eingeliefert, die von Messern, Hieben mit einem Baseballschläger gegen den Kopf oder von einer Machete stammen. Ihre Verletzungen sind schwer, nicht unbedingt lebensgefährlich, aber immer schlimme Entstellungen. Narben wie diese kann keine plastische Chirurgie wegzaubern. An einem typischen Freitag- oder Samstagabend kommt Christine herein und findet einen Jungen wie Drew vor, sitzend, das Gesicht blutverschmiert, der Rücken mit Tätowierungen und älteren, kleineren Narben von Stichverletzungen übersät. Es passiert überall in Glasgow. Als sie noch in Lanarkshire arbeitete, kamen die Leute für gewöhnlich aus Coatbridge, dem raueren Ende der Stadt. Sie rochen nach Alkohol, waren allerdings nicht so betrunken, dass sie nicht mehr wussten, was sie taten. Diese Burschen trinken nicht, um betrunken zu werden.

Sie erinnert sich an einen, der mitten in der Nacht eingeliefert wurde. Er hat eine gewaltige, klaffende Schnittwunde quer über dem Gesicht, vom Mundwinkel bis zum Ohr, erheblich schlimmer als ein senkrechter Schnitt, denn der verschwindet nicht in einer der natürlichen Falten des Gesichts. Eine Mund-Ohr-Narbe verblasst niemals, denkt sie, während sie ihn unter örtlicher Betäubung näht und dann ins Bett legt. Er ist leicht angetrunken bei der Einlieferung, also behält sie ihn noch etwas länger da.

Sie macht am nächsten Tag die Visite und geht dann kurz vor der Besuchszeit noch einmal zu ihm.

»Ich dachte, ich komm besser noch mal vorbei und rede mit dir, weil du jetzt nüchtern bist und diese riesige Narbe im Gesicht hast«, sagt sie. »Wir mussten sie mit ziemlich vielen Stichen nähen. Du sollst wissen, dass du jetzt wahrscheinlich für den Rest deines Lebens eine Narbe behalten wirst, denn es hat dich an einer ziemlich ungünstigen Stelle erwischt. Wir konnten sie nicht einfach so verschwinden lassen, deshalb wollte ich, dass du dir darüber im Klaren bist, bevor du das Krankenhaus verlässt.«

Er blickt vom Bett aus zu ihr auf. Er ist ungefähr sechzehn.

»Mach dir deshalb mal keine Gedanken, Kleines«, sagt er. »Ist echt kein Thema.«

Christine sieht ihn überrascht an.

»Für mich wäre es ein großes Thema. Deshalb wollte ich ja mit dir darüber sprechen.«

Kurz darauf kommen vier oder fünf seiner Kumpels zu Besuch hereinmarschiert. Sie haben alle eine Narbe im Gesicht. Jetzt passt er besser zu den anderen. In späteren Jahren werden jedes Mädchen, das er kennenlernt, oder Leute auf der Straße sein Gesicht sehen und denken, dass er ein ziemlich harter Kerl ist, dass er schon in Gewalt verwickelt gewesen ist.

Christine sieht, dass Drew außerdem weitere Verletzungen durch stumpfe Gewalteinwirkung davongetragen hat. In Glasgow werden eine Menge Baseballschläger verkauft, aber nur wenige Bälle, wie man so schön sagt. Sie spielt die Möglichkeiten in Gedanken durch. Vom Hals aufwärts sind es in der Regel Jochbeinfrakturen, Unterkieferbrüche, ausgeschlagene Zähne, gebrochene Nasen. Wenn ein kleiner Junge so richtig zusammengeschlagen wurde, trägt er eine Kombination all dieser Verletzungen davon. Man spricht dann von einer sogenannten Mittelgesichtsfraktur, bei der es zu einer Dislokation, das heißt Verschiebung oder Verdrehung von Teilen des Gesichtsschädels, kommt. Die Bruchstücke seines Gesichts erinnern dann an ein Schokoladenosterei, das auf einen Tisch geknallt wurde. Nicht lebensgefährlich, aber schwierig wieder in Ordnung zu bringen. Ein gebrochener Kiefer zieht ihn wahrscheinlich für einige Wochen aus dem Verkehr. Es wird sehr unangenehm sein, er wird nur unter Schmerzen essen können, stark an Gewicht verlieren; Unterlippe und Kinn werden gefühllos. Noch lange Zeit später wird es sich nicht richtig anfühlen, wenn er in Nahrung beißt, die Zahnreihen passen nicht mehr aufeinander. Gelegentlich kommt es durch Schläge mit dem Baseballschläger oder einem Golfschläger zu einem Bruch des Jochbeins in Verbindung mit einem massiven Bruch des Augenhöhlenbodens, so dass nichts mehr da ist, was das Auge an Ort und Stelle hält. Der Augapfel sackt leicht nach unten. Das Opfer scheint zu schielen. Er sieht doppelt und kann kaum Auto oder Fahrrad fahren oder Billard spielen. Wenn er einen Volltreffer aufs Auge abbekommen hat, führt dies zu einer Blutung hinter der Augenhöhle, und der Sehnerv wird zerquetscht. Er wird auf diesem Auge erblinden. Die üblicherweise bei Gang-Kämpfen benutzten Golfschläger sind die sogenannten Hölzer. Sie besitzen längere Schäfte, wodurch sich mit größerer Wucht zuschlagen lässt. Die Haut kann aufplatzen wie eine Tomate.

Christine nimmt Drews Kopf vorsichtig in die Hände und neigt ihn nach vorn. Sie wirft einen Blick unter die Sauerstoffmaske. Da ist noch etwas, ein wellig verlaufendes Hämatom. Sie lässt einen Finger daran entlanggleiten: anscheinend der Abdruck eines Schuhs. Jemand hat Drew auf den Kopf getreten. Sie kann es sich bildlich vorstellen.

»Drew, wann ist das passiert?«

»Letzte Nacht«, stöhnt er. »Auf einem Spielfeld in der Siedlung.«

Sie freut sich, dass er ansprechbar ist. Er ist nicht verwirrt, also keine Blutung, Gehirnschäden oder Schlaganfall. Wenn jemand auf einen Kopf tritt, kann es dazu führen und zu einer Schädelfraktur.

Das Pflegepersonal sieht mitgenommen aus, ihre T-Shirts violett und blau. Sie geben sich die größte Mühe, einen Patienten mit Herzstillstand wiederzubeleben, dann hören sie auf und machen einen Vermerk zum Todeszeitpunkt. Einer geht, zieht die Maske vom Gesicht, verschwindet dann in einem Nebenraum, um es den Angehörigen zu sagen. Jemand atmet kummervoll scharf ein. Ein Baby auf dem Arm eines engen Freundes der Familie. Menschen ziehen vorbei, zutiefst erschüttert von dem, was sie eben mitbekommen haben.

Christine beugt Drew vor und untersucht seinen Rücken. Da sind einige ältere, kleinere Narben und frische Prellungen.

»Du bist früher schon mal hier gewesen, stimmt's?«, fragt sie.

»Aye.«

Drew hat eine scheußliche Schnittwunde im Gesicht, aber soweit sie es erkennen kann, ist der Knochen darunter in Ordnung. Eine Machete hätte einen tieferen Schnitt hinterlassen und den Kieferknochen zertrümmert. Sie hätten den Kiefer mit kleinen Plättchen und einer großen Rekonstruktionsplatte neu aufgebaut, ein strapazierfähiges Metallstück anstelle der Knochenfragmente. Der Patient verliert ein paar Zähne, kann nicht mehr lächeln und behält eine erschlaffte untere Gesichtshälfte zurück, da der Gesichtsnerv beschädigt wird.

»Behalte meinen Finger im Blick.«

Verlorene Augen, aus Nasen und Ohren abgebissene Stücke gehören zum Schlimmsten, was Christine zu sehen bekommt. Sie dachte immer, Ohren würden nur bei *Reservoir Dogs* abgeschnitten, bis sie es mit eigenen Augen sah. Drews Zustand ist stabil genug, also vernäht sie die Schnittwunde.

»Ich sehe morgen wieder nach dir«, sagt sie. Sie kann keine Angehörigen von Drew finden. Sie beauftragt die Schwester, jemanden ausfindig zu machen, und fährt dann nach Hause.

Der Raum ist verschwommen. Eine Neonröhre brennt ihm in den Augen. Drew blinzelt. Sein Mund ist staubtrocken. Der Kopf einer Frau ragt über ihm auf, nicht die Blondine von vorhin, diese hier hat hellblaue Augen, einen dunkelbraunen Pony. Sie sieht aus wie eine Krankenschwester, aber ohne Uniform. Ganz in Schwarz, mit dicken, schwarzen Perlen um den Hals.

»Ich heiße Karyn«, sagt sie ruhig. Dann kehrt der Schmerz zurück, schwillt an, bis sein ganzer Körper und sein Gesicht so sehr schmerzen, dass es sich anfühlt, als könnte sein Kopf explodieren.

»Es läuft nicht wirklich gut für dich, was?«, fragt sie ruhig.

*

Das Café im Centre for Contemporary Arts ist brechend voll. Es liegt in einem Innenhof, unter einem gläsernen Atrium. Total trendig, mit hausgebackenen Scones, Muffins und Kuchen, Frikadellen aus geräuchertem Schellfisch und Bio-Früchtetees.

»Ich habe Rowan einen Spoodle besorgt«, sagt Karyn. »Sie ist allergisch auf manche Hunde.«

Karyn weiß, dass Christine Hundeliebhaberin ist. Sie haben sich kennengelernt, weil sie ihr nachgestellt hat. Karyn hat eine Menge Leute angeschrieben und um Hilfe gebeten, und Christine hat als eine der Ersten geantwortet. Karyn zeigte ihr das Band der Überwachungskamera mit der Gang-Schlägerei, erzählte ihr Davids Geschichte. Auch Christine brennt leidenschaftlich für ihre Arbeit und verzweifelt über Jungs wie Drew, die sich ohne Grund gegenseitig aufschlitzen. Als sie geht, beschreibt Karyn ihr noch den Weg zu einer Schule, die sie besucht: Christine hat sich freiwillig gemeldet mitzukommen.

Ein paar Wochen später sitzt sie vor einer Klasse in einem der Vororte. Die Kinder sind vierzehn Jahre alt und so klein, dass sie unterernährt wirken. Die kleinen Jungs sind ein ziemlich lebendiger Haufen.

»Ihr dürft kein Messer bei euch führen, weil es verboten ist und ihr ins Gefängnis kommt«, sagt Christine.

Die Jungs denken lange und scharf darüber nach.

»Könnten wir denn zwei Billardkugeln in eine Socke stopfen und das dann mitnehmen?«, fragt einer. »Denn weil das ist ja offiziell keine Waffe.«

»Wenn ihr all diese Energie ins Denken steckt, dann lässt sich gar nicht absehen, was ihr alles tun könntet.« Christine lächelt. »Was wollt ihr denn machen, wenn ihr erwachsen seid und die Schule verlasst?«

»Keine Ahnung, hab wirklich echt keinen Schimmer.«

»Ihr könntet Arzt werden. Oder Zahnarzt oder Krankenschwester.«

»Oh, das könnte ich nie.«

»Was tut ihr, damit ihr sicher seid dort, wo ihr wohnt?«, fragt Christine.

Da ist ein nettes kleines Mädchen, gut erzogen und adrett gekleidet. Leuchtende, große Augen voller Interesse.

»Der Block, in dem ich wohne, da im Treppenhaus, der Wächter unten, der verkauft immer Drogen und bedroht uns, wenn wir an ihm vorbeikommen«, sagt sie. »Und er hat meinen Bruder abgestochen.«

Am Ende fragt Christine die Kids, was sie gelernt haben. Das kleine Mädchen hebt die Hand.

»Man muss einfach nur man selbst sein.«

Christine nickt. »Aye. Das stimmt.«

Sie packt ihren Kram zusammen und macht Anstalten zu gehen. Dann dreht sie sich noch einmal zu dem Mädchen um, prägt sich ihr Gesicht ein und winkt. Wie lange wird sie es schaffen, sie selbst zu sein, wenn sie doch von all diesen Sachen bedrängt wird? Der Gedanke daran nimmt sie mit. Wenn ich dich doch einfach mit nach Hause nehmen könnte, denkt sie.

»Ich mag meine kleinen jungen Straftäter, ich mag sie wirklich«, sagt Karyn zu Christine. Sie hat sie mit nach Polmont genommen, um mit Jungs wie Drew zu reden.

»Hat einer von euch schon mal häusliche Gewalt erlebt?«

Alle heben die Hand.

»Hat jemand einen Dad in der Familie?«

Alle Hände bleiben unten.

»Seid ihr schon mal niedergestochen worden?«

Wieder gehen alle Hände hoch.

Einer der Jungs ist neunzehn. Er zieht sein Shirt hoch. Sie zählt etwa sieben Stichwunden.

»Was hat deine Mutter denn dazu gesagt?«, fragt Karyn.

Er beugt sich auf seinem Stuhl vor, und sie sieht nun seine Augen aus nächster Nähe. Sie sind wie zwei schwarze Löcher.

»Meine Mutter hat mich rausgeschmissen, als ich vierzehn war«, sagt er. »Die weiß ja nicht mal, wo ich wohne.«

11:

Stürmer

Cathy klopft an die Tür einer Villa mit bröckelnder gelber Fassade in Dennistown, im East End von Glasgow. Sie ist groß, trägt eine hautenge schwarze Cordhose, hat das dichte schwarze Haar hochgesteckt. Man lässt sie herein, und sie geht nach oben. In einem Zimmer befindet sich ein Mann von Ende dreißig, er trägt ein weißes Sakko. Er ähnelt ein wenig dem Fußballer Paul Scholes, wenn Scholes ein von Sucht gezeichnetes und hartes Leben im Glasgower East End geführt hätte. Sein Kopf schwingt sanft hin und her.

»Hallo, Kenny«, sagt sie.

Schläfrig räumt er für sie Kleidung von einem Stuhl. Es befindet sich kaum etwas in diesem Raum. An der Fußbodenleiste lehnen ein paar Krimis auf DVD sowie Biographien von Alex Ferguson und Wayne Rooney. Daneben liegt ein Paar billige Turnschuhe. Er freut sich, Cathy zu sehen. Sie ist das Beste, was ihm seit langem widerfahren ist. Das erste Mal hat sie ihn in Bar-L besucht, als er wegen häuslicher Gewalt saß. Sie sprach eine Empfehlung für seine Bewährung aus und kümmerte sich fünf Monate um ihn. Kenny sieht sie mit großen Augen erwartungsvoll an. Die Augen eines Kleinkinds. Er spricht langsam, so als wäre jeder Satz ein weiteres Puzzleteilchen.

»Die Bude hier hängt mir zum Hals raus«, sagt er. »Es sollten sechzehn Wochen sein, und jetzt bin ich schon zwanzig hier.«

»Glaube mir, es gibt viel Schlimmeres«, versichert Cathy ihm ruhig.

Sie hat schon Einrichtungen gesehen wie ein Alki- und Obdachlosenheim, berühmt-berüchtigt im East End. Es ist fürchterlich. Von außen sieht es aus, wie das Great Eastern Hotel früher mal ausgesehen hat, innen ist es nichts anderes als eine große Anzahl stinkender Zimmer. Gewalt. Drogen. Das Personal dort unternimmt nicht wirklich etwas, um dem Treiben ein Ende zu setzen. Sie sollten eine Menge von denen feuern. Liefern Drogen, verkaufen Drogen, verkaufen Diebesgut. Die Zahl der Todesfälle. Die meisten stehen am Rande des Todes. Cathy hat einen anderen Klienten unten in einem Pennerheim in Dalmarnock. Dort kann man junge Kerle sehen, denen Gliedmaßen fehlen. Ein paar werden dort unten ihre letzten Tage verbringen. Dann gibt es Einrichtungen wie Fordneuk oder Kirkhaven, wo das Personal einfach nur toll ist. Die Insassen trinken zwar noch, tun es aber in erheblich netterer Umgebung.

Das Hope House der Heilsarmee unten am Clyde ist vermutlich das größte Obdachlosenasyl. Am Eingang wird ganz offen gedealt. Es liegt quasi genau gegenüber dem Glasgow Sheriff Court. Im Büro nennen sie es das No Hope House. Auf den Straßen sieht Cathy überall Dealer. Wenn sie täglich um Viertel vor fünf Feierabend macht und zur Bushaltestelle geht, steht ein Typ bei dem Immobilienmakler an der Ecke und verkauft Heroin. Die Polizei muss das wissen. Als neulich ein Kollege nach dem Mittagessen am Hope House vorbeiging, rannte ein offensichtlich betrunkenes Mädchen um die Ecke in eine kleine Gasse, zog ihre Hose herunter und pinkelte. Der Kollege sah sich um und begriff, dass offensichtlich alle mit Heroin zugedröhnt waren und es überhaupt nicht mitbekamen, wenn jemand um zwei Uhr mittags in aller Öffentlichkeit und vor aller Augen eine Wand vor dem Büro anpinkelte.

»Wie geht's dir, Kenny?«, fragt sie, achtet darauf, langsam und ruhig zu sprechen. Er denkt wieder über die Vergangenheit nach.

Er lebte im East End, bei seiner Mum, seinem Dad, drei Brüdern und einer Schwester in Parkhead. Parkhead ist so nahe am Stadion von Celtic Glasgow, dass er die tobende Menge hören konnte. Er war der Älteste. In der Grundschule war Kenny ein guter Fußballer. Seine Familie war intakt. Er verließ das Haus um sieben Uhr, bevor die Schule anfing. Er spielte in der Schulmannschaft. Auf dem Platz war er etwas ganz Besonderes, zerfetzte die gegnerische Verteidigung mit einem frechen Grinsen. Er gewann einen Pokal, als er neun war. Er träumte davon, Alex Ferguson in den Profi-Fußball zu folgen. Fergie hatte den FC St. Mirren wie ein Kugelblitz aufgemischt, hatte sie von den letzten Plätzen der Second Division 1977 zur Meisterschaft in der Premier Division geführt. Wenn Fergie, der Sohn eines Schlossers aus einer Mietskaserne an der Govan Road, mit sechzehn Jahren Stürmer beim FC Queen's Park werden konnte, dann konnte Kenny auch Mitglied der Parkhead-Jugendmannschaft werden.

An dem Tag, als er den Pokal gewann, stürmte er aufgeregt nach Hause, um es seinem Vater zu erzählen. Sein Vater verließ morgens um fünf das Haus, ging zur Baustelle und tauchte jeden Abend um sechs wieder zu Hause auf. Kenny riss die Tür auf.

»Dad! Wir haben in der Schule einen Junior-Pokal gewonnen. Im Fußball.«

Die harte körperliche Arbeit in der Parkhead-Schmiede hatte seinen Dad gebeugt. An diesem Abend hing seine Unterlippe schlaff herab, er sabberte und keuchte wie ein Hund, sein Atem roch abgestanden und abstoßend nach McEwan's Export. Er walzte herein, die Augen stumpf vor Wut, und stieß Kennys Mutter gegen die Spüle zurück. Ihre Hand schoss blitzschnell in seine Tasche und brachte eine Handvoll Münzen zum Vorschein.

»Glaubst du vielleicht, eine Dose Makkaroni und eine Tüte Chips reicht für vier Kids?«, fauchte sie.

Dann schlug das Arschloch sie. Kenny erstarrte. Er schlug sie, bis ihr Kopf erschlaffte, ihre Haare auf dem Gesicht klebten. Stöhnend sackte sie über dem Herd zusammen. Kenny warf sich seinem Dad in den Rücken, um ihn wegzustoßen. Sein Vater drängte den mageren Neunjährigen mühelos in die Ecke und schlug ihn zusammen. Der Gestank von Zigaretten, Schweiß und Dreck war alles, was Kenny roch. Sein Vater wischte sich mit seinem Hemd über den Mund, dann trat er Kenny mit seinen Arbeitsschuhen mit den Stahlkappen die Beine unter dem Hintern weg. Weil er den ganzen Tag lang ein Beil schwang, hatte er das Kreuz eines Riesen. Er legte sein gesamtes Gewicht in die Schläge aufs Gesicht des Jungen.

»Du bist Davy Ross' Junge«, keuchte er.

Von diesem Tag an gingen die Prügel weiter. Eine Unterbrechung gab es nur, wenn er auf einem Sessel zusammenbrach und einschlief. Einmal versuchte seine Mutter, ihn von Kenny wegzuziehen, aber er trug sie quer durchs Zimmer und warf sie durch das Fenster der Mietskaserne. Kenny hatte immer viel zu viel Angst, wieder ins Haus zu gehen. Er lief fort und zitterte nachts auf dem eiskalten Innenhof. Die Kälte fraß sich in seinen mageren Körper. Manchmal nahmen seine Kumpels ihn bei sich auf, aber sie lebten bei ihren Eltern, also schlief er die meiste Zeit in Hütten oder leerstehenden Häusern. So ging es weiter, bis er dreizehn war. Seine Ma fand ihn und schleifte ihn zurück ins Haus, stellte ihn neben den warmen Herd, bis er zu zittern aufhörte. Sie war wie neu.

Cathy nickt beim Zuhören. Aus Gewohnheit stellt sie gedanklich Verbindungen zu anderen Klienten und Fällen her. Sie leitet eine Gruppe von zehn Männern aus dem East End zum Thema Häusliche Gewalt. Als Jungs haben sie mit angesehen, wie ihre Mütter geschlagen wurden. Manche versuchten, sie zu beschützen, und bezogen dafür Prügel. Im weiteren Verlauf ihres Lebens wurden ihre persönlichen Dämonen dann durch Alkohol und Drogen von der Leine gelassen. Sie schlagen ihre Frauen. Die Frauen lassen teilweise dreißig Körperverletzungen über sich ergehen, bevor sie den Hörer in die Hand nehmen und die Bullen anrufen. Dann jammern die Männer Cathy gegenüber: »Sie hat mich in den Knast gebracht.«

Einige Männer sind erheblich gefährlicher als andere. Es gibt jene, die jeden Tag schubsen, bedrängen und demütigen, das sind die gewohnheitsmäßigen Täter. Die teuflischere Sorte jedoch kommt jahrelang bestens zurecht, bis sie wie aus heiterem

Himmel in heftigstem Zorn explodieren. Auf eine Ohrfeige oder ein Reißen an den Haaren folgt ein Fausthieb. Die geschürfte Faust schnappt sich ein Dekorationsobjekt. Finger tasten nach einer Flasche oder einem Küchenmesser. Dann wird eine Tür aus den Scharnieren gerissen. Ihre Frauen leben in ständiger Angst um ihr Leben.

Viele von Cathys männlichen Klienten sind als Kinder schwer körperlich misshandelt worden. Erst letzte Woche erklärte ihr ein Mann, dass verglichen mit seiner Kindheit die Tätlichkeit gegen seine Frau wohl kaum Gewalt sei. Sein Vater habe alle möglichen Gegenstände benutzt: große Holzstücke, Gürtel, alles, was ihm so gerade in die Hand kam. Er hatte einen Schädelbruch, gebrochene Beine, gebrochene Arme, er hatte alles gebrochen. Es fing an, als er sechs war. Sein Vater war verurteilt worden und hatte Zeit im Gefängnis verbracht. Der Strafvollzug muss damals brutal gewesen sein.

Ein anderer Klient aus jüngster Zeit war verhaftet worden, nachdem er seine Exfreundin mit dem Auto verfolgt hatte. Sie rannte die Straßen entlang, während er immer wieder versuchte, sie zu überfahren. Cathy warf einen Blick auf seine Vorgeschichte und fand heraus, dass er als Zehnjähriger in die elterliche Wohnung in Drumchapel kam und seine Mutter von sechsunddreißig Messerstichen niedergestreckt vorfand. Sie war von zwei Teenagern ermordet worden. Damals erhielt er keinerlei Hilfe. Er musste es einfach in sich vergraben. Heute ist er Mitte vierzig. Er hatte mehrere Beziehungen, war den Kindern gegenüber nie gewalttätig geworden, sieht sie regelmäßig und wird gut unterstützt. Es ist durchaus möglich, dass sich das alles an ihn herangeschlichen und ihn dann in den Arsch gebissen hat. Es ist eine schreckliche Erfahrung für einen Zehnjährigen, seine Mutter so sterben zu sehen.

Kenny hat die Finger um einen heißen Becher Tee gelegt. Sein Blick zuckt an Cathy vorbei zum Flur.

Er erinnert sich an einen Abend seiner Kindheit. Es ist Winter.

Er nähert sich dem Haus von der unbeleuchteten Straße, in der Küche brennt ein Licht. Seine Mutter spricht mit jemandem. Von seinem Vater keine Spur. Sie ist mit einem vierzigjährigen Mann zusammen, stark zurückweichendes Haar, gut genährt. Kenny schleicht sich durch die Wohnungstür und wirft einen verstohlenen Blick in die Küche. Seine Mutter schaut auf. Sie zittert wie ein Geist. Irgendetwas ist überhaupt nicht in Ordnung.

»Was ist los, Mum?«, fragt er.

»Ich muss dich in Pflege geben«, sagt sie. »Du bist ausgerissen.«

Sein letzter Gang mit ihr führt sie in die Edinburgh Road. Sie nimmt ein paar Zigaretten heraus und drückt sie ihm in die Hand.

»Steck sie gut weg«, sagt sie. »Es ist nur für drei Wochen.«

Er weiß, dass sie lügt und sich endgültig von ihm verabschiedet. Er hat Angst, weiß nicht, was jetzt aus ihm werden wird. Sie geht und schaut sich nicht mal mehr um. Er wird schwach beleuchtete Korridore entlanggeführt. Die Jungen, an denen er vorbeikommt, sehen verloren aus. Manche sitzen in der Ecke, die Knie umschlungen, wippen heftig vor und zurück. Haben Angst.

»Hast du Lust, Snooker zu spielen?«, fragt Kenny einen.

Der Junge starrt nur ins Leere. Kenny denkt daran, wie seine beiden jüngeren Brüder und die Schwester zusammen im warmen Wohnzimmer spielen, mit seiner Mum. Warum ist er hier, während sie zu Hause bleiben?

Dann bringt man ihn zu einem Psychiater.

»Hier, nimm einen Apfel«, sagt er und streckt seine Hand aus. Kenny sieht sie stirnrunzelnd an.

»Das ist eine Billardkugel.«

»Ich teste nur deine Konzentration.«

Jetzt befindet er sich in Gesellschaft von Kids, deren Eltern sie aus dem Haus haben wollten. Sie entziehen sich jeder elterlichen Aufsicht. Manche haben Autos gestohlen, Raubüberfälle begangen oder sind mit Gangs herumgezogen. Die nächsten fünfzehn Jahre hat er immer wieder mit ihnen zu tun: in der Erziehungsanstalt, in den Gefängnissen. Aus seinem Teil von Parkhead sind keine anderen Kids da, also muss er kämpfen. Alles stinkt hier nach Politur. Er starrt auf den Hof hinaus, auf dem eine harte, rau wirkende Truppe aus Barrowfield Fußball spielt.

»Ich geh raus kicken«, sagt er zu einem Jungen neben sich.

»Du bist viel zu jung. Die machen dich fertig.«

Sie starren ihn mürrisch an, als er zwischen ihnen auftaucht. Aber seine Beinarbeit ist dermaßen schnell, sie sehen seine Ballbeherrschung. Ein stämmiger Schlägertyp hält sich für den Größten. Kenny jagt ihm den Ball ab und knallt ihn gegen den Maschendrahtzaun. Der Typ ist sauer. Als Kenny das nächste Mal in Ballbesitz ist, hält der Kerl wie ein Rhinozeros auf ihn zu, bereit, ihm mit gesenktem Kopf die Nase zu Brei zu schlagen. Kenny wartet blinzelnd. Dann tunnelt er ihn. Der andere Junge brüllt ihn von der Seite an. Am nächsten Tag schleicht sich der Schläger von hinten an Kenny heran und schlägt ihm von der Seite eine Hantel gegen den Kopf, bricht ihm beinahe den Kiefer. Er weiß, dass er sich wehren muss. Also schart er eine Truppe um sich und weicht beim nächsten Mal keinen Millimeter zurück.

»Wir werden dich in eine geschlossene Abteilung verlegen«, sagt einer der Mitarbeiter zu Kenny, nachdem die Kämpfe häufiger werden. »Aber erst, wenn du sechzehn bist.«

Als man dann an diesem Abend alle Mitarbeiter bei einem Spiel der Old Firm brüllen hört, kriecht er über das Dach und springt über den Zaun. Er weiß, dass sie sein Verschwinden erst bemerken werden, wenn das Spiel vorbei ist. Also joggt er durch die Nacht zum Glasgower Hauptbahnhof an der Gordon Street. Ein übergewichtiger Mann in einem Pringle-of-Scotland-Pullover marschiert mit seiner Frau und Tochter durch, und Kenny schließt sich ihnen an, hält den Kopf gesenkt. Er schafft es nach Blackpool und läuft durch das helle Licht der Golden Mile, inmitten von Familien, die hier während der Glasgow Fair Urlaub machen.

1989 war Kenny siebzehn und Glasgow wurde unversehens mit Drogen überschwemmt. Er fing an, Temazepan einzuwerfen, ein verschreibungspflichtiges Medikament. Eine gute Sorte stammte von Wyeth. Das Zeug bewirkte, dass er sich unsichtbar fühlte. Um seine Sucht zu finanzieren, stahl er, brach in Häuser ein und machte Raubüberfälle. Die Stadt Glasgow ließ die alten Mietskasernen sandstrahlen, um den schwarzen Ruß zu beseitigen. Man sprach voller Angst über AIDS. Einmal bedrohte er einen Ladenbesitzer sogar mit einer blutigen Spritze, fühlte sich anschließend aber fürchterlich. Als er ins Glenochil Prison in Stirling kam, ging er an einer langen Reihe Häftlinge vorbei, die sich für Methadon anstellten. Sie knallten eine fette Ladung eines grünen Sirups weg, die jeden nüchternen Menschen umgebracht hätte, spuckten das Zeug dann im Zellentrakt wieder aus und teilten es untereinander auf. Er sah bekannte Gesichter aus dem Erziehungsheim wieder. Er wälzte sich und stöhnte auf dem Bett aus Granit.

»Auf Heroin ist das Bett wie ein Marshmallow«, kam eine Stimme von der Pritsche unter ihm.

Also versuchte er es. Als er entlassen wurde, stellte er fest, dass Gorbals, Barrowfield und Possil mit Straßendrogen überflutet waren. Er selbst sah aus wie ein Kleiderbügel mit Kleidern dran und ging morgens um neun rauf zur Killearn Street, um dort in der Eiseskälte anzustehen. Andere Süchtige standen herum. Das Fenster bewegte sich, und sie rauften miteinander, um nach vorne zu kommen. Er schob zwanzig Pfund durch den Schlitz und kämpfte sich zurück. Jeder für sich. Manchmal, wenn er nur zehn Pfund hatte, prügelte er sich mit anderen hinten bei den Mülltonnen.

Der schlimmste Tag ist der Sonntag. Das ist kalter Entzug. Er macht die Wohnung von oben bis unten sauber, wegen all der Energie. Wenn jemand in Parkhead stirbt oder eine Überdosis nimmt, fragt er sich, wer ihm den guten Stoff verkauft.

Kenny hat nur einen alten Kumpel, John. Eines Abends gehen

sie durch den Tollcross Park südlich von Shettleston. Es ist eine wolkenlose Nacht, Raureif überzieht die Äste. Ein altes Auto schnauft vorbei. Im Scheinwerferlicht ragt eine Gruppe dunkler Gestalten vor ihnen auf. Rufe hallen durch die Nacht. Sie stürzen sich auf Kenny, er geht zu Boden. Er blickt hinüber und sieht das Glitzern von Stahl und kondensiertem Atem im Mondlicht. John bekommt siebzehn Stiche ab. Er schafft es nicht. Noch Monate später hallen düstere Gedanken in Kennys Kopf, nagen an ihm wie Krähen. Seine einzigen Freunde sind Junkies und Knackis. Eines Abends nimmt er siebzehn Pillen, um die Gedanken auszusperren. Dann kocht er obendrauf H für einen Zwanziger auf. Er hat die Spritze zur Hälfte gedrückt, als die Wirkung der Überdosis einsetzt. Im Glasgow Royal Infirmary versuchen sie, ihn wiederzubeleben: Für zwei Minuten setzt seine Atmung aus. Dann drei. Durch die unterbrochene Sauerstoffversorgung beginnt sein Gehirn zu sterben. Kenny liegt einfach nur da, während die Uhr weitertickt. Als sie ihn dann endlich zurückholen, hat er vier Minuten und dreißig Sekunden nicht geatmet.

»Ich war ein wandelndes Wunder«, meint Kenny grinsend. »Bin in die Zeitung gekommen.«

*

»Ich fasse es nicht.« Cathy hebt den Blick von einem Aktenstapel, um einer Kollegin aus Sterling zuzuhören, die in ihrem Büro arbeitet. »Ich habe gerade erst angefangen, Klienten aus dem East End zu interviewen. Ich denke, ich habe da was falsch verstanden. Jemand sagte, sie trinken vier Flaschen Buckfast und nehmen hundertfünfzig Valium pro Tag.«

Cathy nickt. Sie hat es nicht falsch verstanden. Besonders die Alkoholmengen sind absolut unglaublich. Ein Mann trank an einem Tag fünfundvierzig Pints. Drei Beutel sind in Glasgow nichts, überhaupt nichts. Drei Beutel Heroin. Es ist einfach nichts. Sie beobachtet, dass ihre Klienten immer kreativer werden. Sie fangen an, sich Alkohol zu spritzen, denn anders erreicht es nicht schnell genug das Gehirn. Sie füllen die Spritze einfach mit Wodka und injizieren das in eine Vene.

Cathy und ihre Kollegen gehen mit der Neuen zum Mittagessen in Coia's Cafe, ein geschäftiges, familiengeführtes italienisches Restaurant, das es schon seit Jahrzehnten in der Duke Street gibt. Für das East End ist es ein wenig teuer, aber Albertos Service ist phantastisch, dazu der Schmalz von Frank Sinatra und frische Meeresfrüchte-Pasta.

»Ich erinnere mich noch genau an meinen ersten Arbeitstag.« Cathy strahlt sie an. »Wir gingen mit fünfzehn Leuten runter in die Tennents Bar im West End, und dann kommt dieser Typ mit seinem Bauchladen rein und fängt an, uns Hehlerware anzupreisen.«

Das Verhältnis zwischen ihr und ihren Kollegen war schon immer eng wie in einer Familie, sie vergessen nie einen Geburtstag, und als sie krank war, haben sie ihr eine riesige Karte und einen Korb mit Toilettenartikeln aus dem Body Shop geschickt. Sie sind füreinander da und sprechen bei einer Flasche Wein zu Hause über ihre Klienten. Bei einem echt harten Fall oder bei einem Todesfall müssen sie zusammen ausgehen. Auch die Abteilungsleiter kommen, das gibt es in anderen Abteilungen nicht.

Sie gehen alle ins O'Neills am Merchant Square, ein großer, sicherer Pub mit wechselnden lokalen Bands, und dort tanzen sie ordentlich, lassen so richtig die Sau raus. Die Jüngeren ziehen über Paul her wegen seiner Vorliebe für die Stones, Leonard Cohen oder Dylan, denn im Team klafft eine Alterslücke von gut zwanzig Jahren. Dann geht's weiter in die Arta Bar zu einer wilden katalanischen Session auf den bestickten roten Sofas. Cathy ist normalerweise Teil des harten Kerns, der dann weiterschwankt auf das Gala Riverboat Casino, das bis um fünf geöffnet hat. Der Laden wimmelt von betrunkenen Mädchen und schmierigen Unterwelt-Typen. Die fotografieren einen beim Hineingehen, aber falls es unschön wird, bekommt man alkoholfreie Getränke aufs Haus. Die Weihnachtsfeier findet immer im Oran Mor statt, einem vibrierenden Kulturzentrum mit Bars und einem Club in einer ehemaligen Kirche mit einem riesigen Neonkranz um den Kirchturm.

Tagsüber gibt es wenige Belohnungen, und wenn, dann sind sie zumeist sehr klein – ein Bett in einem Obdachlosenasyl finden, einen winzigen Scheck von einer Wohltätigkeitsorganisation erhalten. Eine echte Leistung ist es schon, wenn man für jemanden eine Wohnung oder einen Job findet. Ihre Kollegen zeigen alle Mitgefühl, sie sind mit hohen Werten zur Sozialarbeit gekommen, um für Menschen die Lebensqualität zu verbessern.

Nach dem Mittagessen im Coia's kehrt sie zur Arbeit zurück und sitzt mit ihrer Männergruppe aus dem East End zusammen, achtet darauf, ihre Stimme ruhig und leise zu halten, wie ein Navi. In der ersten Übung bittet sie die Teilnehmer, Gefühle zu benennen und zu identifizieren, aber es fällt ihnen unendlich schwer. Ein Mann im Glasgower East End darf sein ganzes Leben lang nicht weinen, nur bei der Geburt eines Kindes. Die einzigen erlaubten Emotionen sind Wut und Glück, alles andere ist Schwäche. Als sie ihnen Scham erklärt, wie es sich anfühlt, ist es beinahe, als versuche sie, ihnen Suaheli beizubringen. Aber die anderen, die bereits länger dabei sind, können den Neuankömmlingen Tipps geben, und Cathy wird belohnt mit ihrem unsicheren, schrittweisen Fortschritt.

In der letzten Woche, wenn sie die Ereignisse schildern, die unmittelbar zu ihrer Straftat führten, ist die Veränderung phänomenal. Sie findet ihr neuerlangtes Bewusstsein ergreifend. Während sie der Reihe nach hinausgehen, andere Männer, hat sie das Gefühl, dass sich alles gelohnt hat, wenn sie nicht mehr versuchen, jedes Problem mit Gewalt zu lösen. Die echte Bewährungsprobe steht dann Samstagabend an, wenn sie mit pappigen Fritten im Regen an der Bushaltestelle stehen und von einem tollpatschigen Jugendlichen angerempelt werden. Sie legt die Unterlagen der Gruppe ordentlich in einem orangefarbenen Aktenordner ab und schnappt sich ihre Jacke.

*

Es ist 1996, und »Wonderwall« von Oasis plärrt aus dem vierundzwanzigsten Geschoss von Kennys Wohnsilo in Shettleston, das in einen schmutzigen Nebel gehüllt ist. Er dreht sich zu dem Mädchen neben ihm, fährt mit den Fingern durch ihr dunkles Haar und versinkt in ihren hellblauen Augen.

»Vielleicht wirst du diejenige sein, die mich rettet«, flüstert er.

Er ist zusammen mit ihr in Parkhead aufgewachsen. Mit ihr zusammen zu sein stabilisiert ihn. Er nimmt nur noch etwas Speed. Sie ist schwanger, und sie sind total aufgeregt. Mit fünfundzwanzig Vater zu werden kommt Kenny wie ein neuer Anfang vor. Sie nimmt kaum ein Viertel alle zwei Tage. Fast nichts. Sie hat nur eine ganz kleine Kugel. Er fühlt sich ganz ruhig, wenn er sein Ohr auf ihren Bauch legt und sich das kleine Leben darin vorstellt.

Als er in den frühen Morgenstunden aufwacht, lehnt sie zitternd in der Tür. Die Wehen kommen schnell. Auf der Entbindungsstation beißt sie bei jeder Schmerzwelle die Zähne zusammen. Sie packt Kennys Hand, zerquetscht seine Finger. Sie hat hohen Blutdruck, als die Presswehen einsetzen. Die Zahlen auf dem Monitor purzeln, als ihr Herzschlag absackt. Dann hört er ganz auf. Die Pendeltüren werden aufgestoßen, Apparate werden scheppernd hereingerollt. Ihr Griff erschlafft. Schultern in Kitteln drängen sich um sie, brüllen sich gegenseitig an. Kenny ruft ihren Namen. Dann setzt ihr Herz wieder ein. Es ist zu riskant, die Geburt hinauszuzögern, also benutzen sie eine Zange. Der Geburtshelfer nimmt einen Gegenstand mit zwei geschwungenen Schalen, die sich um den Kopf des Kindes legen. Dann bleibt ihr Herz wieder stehen. Kenny sieht, wie sie ins Koma abgleitet. Ihr Körper zittert so stark, dass das Bett klappert. Schaum bildet sich in ihren Mundwinkeln, und ihre hellblauen Augen sinken in ihre Höhlen. Er schreit so laut auf, dass sie ihm sagen, er solle sich zusammenreißen. Dann taucht sein Sohn auf, nass und schlüpfrig vor Blut. Seine Schluchzer begrüßen sein Kind. Mit kräftigen Händen nehmen die Schwestern seiner Freundin ihm das Baby ab. Sie bleibt vier Tage lang im

Koma. Kenny sitzt im Krankenhausflur, während ihre Familie gegen ihn wütet.

»Du mieser Junkie«, schäumen sie. »Das ist alles deine Schuld.«

Ihre Schwester nimmt das Kind mit zu sich nach Hause. Sie sorgen dafür, dass Kennys Name nicht auf der Geburtsurkunde auftaucht. Sie unterbinden, dass er seine Freundin oder seinen Sohn jemals wiedersieht. Er fühlt sich, als zerspringe ihm das Herz.

Wenn er einen einzigen guten, liebenswürdigen Freund finden könnte, dann hätte er vielleicht eine Chance. Aber an jeder Straßenecke lungert ein ausgemergelter Junkie, winkt ihm mit einem knochigen Finger. Lass uns zusammenschmeißen und einen Beutel teilen, krächzt er mit zahnlosem Grinsen, wir können ein einmaliges Ding drehen und tausend Kröten machen. Wann immer er an der Theke des Barras oder Gallowgate steht, von seinem Pint zum Fußballspiel aufschaut, sind da zwei schwarze Augen, die sich aus einer Ecke in ihn bohren. Sie blinzeln nie. Plötzlich sind sie nur noch Zentimeter von seinem Gesicht entfernt. Wir waren in Barlinnie im selben Trakt, sagen sie. Oder Kilmarnock oder Glenochil. Schon bald wird ihm eine Botschaft überbracht. Du erinnerst dich an den Kerl, mit dem du aneinandergeraten bist, der dich mit dem Billardstock erwischt hat? Er ist jetzt in einem Pub die Straße runter, in Shettleston. Nimm mein Auto. Unter dem Sitz findest du ein Rasiermesser. Wir sind in einer halben Stunde unten und wieder zurück. Und Kenny kann nicht ablehnen. Vor so etwas läuft kein Mann weg im East End von Glasgow.

Dann, eines Tages, kommt seine Exfreundin ihn suchen. Sie erlaubt, dass er den Jungen in die Schule bringt. Dann zum Schwimmen. Zum Rummel und den Geschäften. Diese Chance, Vater zu sein, baut ihn auf.

Jetzt sitzt er Cathy gegenüber im Übergangswohnheim in Dennistown. Er wartet darauf, dass man einen Platz für ihn in Parkhead oder Springboig findet. Mit Cathy kann man gut reden, sie stärkt ihm den Rücken. Er hat Alex Fergusons Biographie zu einem Drittel durch. Fergie arbeitete als Schlosserlehrling auf den Werften am Clyde. Er fragte sich, ob er, wenn dieser Arsch nicht sein Dad gewesen wäre, vielleicht als Amateur bei Parkhead gespielt hätte. Er begleitet Cathy zur Haustür.

»Mein Kumpel Michael. Vor vierzehn Jahren hat er immer in Müllcontainern gepennt. Aber heute ist er glücklich, er hat jetzt ne Freundin. Sie ist brandneu.«

Cathy lächelt ihn an und vergräbt die Hände tief in ihren Jackentaschen. Sie fragt sich, was aus Kennys Junge in Easterhouse werden wird.

12:

Ausweg

»Wir nähern uns einem Rosa-Parks-Moment«, sagt Karyn. John steht vor ihrem Schreibtisch. »Wir haben alles versucht. Tausende von Leuten angehalten und durchsucht, und doch zeigt es keinerlei Auswirkung auf die Mordrate. Die Kids unterstützt, mehr Sport zu treiben, aber die entsprechenden Einrichtungen schließen über den Winter. Buckfast verboten, und die Verkaufszahlen gehen rauf.«

»Wir brauchen etwas Radikaleres.«

»Aye. Etwas, das die Gruppendynamik angeht. Das ist nämlich das eigentlich Schädliche.«

John nickt nachdenklich und geht. Karyn beugt sich über einen halb gelesenen, getackerten Artikel, wobei sie die Hände tief in ihrem Haar vergräbt. Ihr Pony quillt zwischen den Fingern durch. Die Überschrift des Artikels lautet: »David Kennedy und das Wunder von Boston«.

Sie liest die Einleitung und lehnt sich zurück. Ihr Blick wandert durch den Raum. Dann zieht sie ihren Stuhl näher an den Schreibtisch und blättert um. Irgendetwas ist anders bei diesem Artikel.

In den frühen 1990er Jahren war in Boston die Mordrate unter Jugendlichen außer Kontrolle geraten. Kennedy, ein in Harvard tätiger Wissenschaftler, entwickelte ein Programm, das Polizisten, Sozialarbeiter und führende Persönlichkeiten der Community zusammenbrachte. Es bestand aus dramatischen Konfrontationen von Angesicht zu Angesicht mit den Drogen-Gangs. Man sagte ihnen, sie sollten aufhören, sich gegenseitig zu erschießen, und bot dabei Hilfe an. Das ist radikal, denkt Karyn, hebt eine Augenbraue, aber hat's auch funktioniert? Einige Seiten später erhält sie ihre Antwort. Als direkte Folge von Kennedys Intervention fiel die Mordrate in Boston auf so niedrige Werte wie zuletzt in den 1960er Jahren. Das Programm brachte ähnliche Ergebnisse in Cincinnati und anderen amerikanischen Innenstädten.

Ein leises Trillern hallt durch Karyns Büro. Sie starrt wütend zu ihrem Telefon, sieht die beiden oberen Leitungen rot blinken. Dann eine dritte. Mit einer schnellen Handbewegung nimmt sie den Hörer ab und legt ihn auf den Schreibtisch. David Kennedy ist ganz offensichtlich ebenfalls ein Querdenker, und er hat ihr Interesse geweckt. Sie muss seine ganze Geschichte von Anfang an erfahren.

*

Ende der 1980er Jahre, Los Angeles. Ein Streifenwagen biegt vom Imperial Highway ab in den Stadtteil Watts. Die zwei Cops vorn unterhalten sich. Im Fond sitzt ein Typ, der ein Junkie sein könnte oder auch ein verdeckt arbeitender Ermittler. Er heißt David Kennedy. Er hat lange, über die Schultern und bis zum Hintern fallende Haare, Mittelscheitel. Sein Bart ist rötlich braun, am Kinn bereits graumeliert, unter den Augen hat er tiefschwarze Ringe.

»Nickerson Gardens ist praktisch ein Ghetto«, sagt einer der Cops zu ihm. »Dave, Mann, du wirst geschockt sein.«

»Bei meinen Fallstudien hab ich schon das eine oder andere gesehen, Mick«, erwidert David grinsend, streicht die Haare hinter die Ohren. »Kein Anfänger mehr.«

Während der Fahrt macht er sich Notizen. Sie plaudern locker und ungezwungen miteinander. Sie müssen ihm weder Abkürzungen noch Jargon erklären. Er hat schon einige Zeit auf dem Rücksitz von Streifenwagen verbracht. Draußen gleitet ein Plakat vorbei: »Housing Authority Nickerson Gardens«. Sie nähern sich dem Zentrum einer Hood. Geschäfte mit schwarzen Metallstäben vor der Tür, vollständig mit Graffiti bedeckte Fassaden. Sie rollen die geschwungene Straße entlang zu monotonen Reihen einstöckiger Einheiten, alles verputzte Gasbetonhäuser mit flachen, auskragenden Betondächern. Keine Geschäfte mehr. Nichts. Graffiti an jeder Straßenecke. Übergewichtige Anwohner stieren unheilvoll wie auf einem Floß treibende Schiffbrüchige. Ein Mann im Unterhemd wühlt an der Ecke in einer Mülltonne.

»Was ist die größte Gang hier in der Gegend?«

»Die Eastside Bounty Hunter Bloods.«

Die beiden Cops verlassen vorsichtig und voll bewaffnet ihren Streifenwagen. David steigt aus dem Fond und schaut sich um. Er ist groß und schlank, trägt dunkle Kleidung. Er hat einen leichten Sonnenbrand auf der hohen Stirn. Jetzt sieht er schon eher aus wie ein Akademiker. Er blinzelt, begutachtet das Viertel.

Er ist ein Außenseiter. Er kann die Angst förmlich riechen. Wäre er nicht zusammen mit den Cops hier, er würde keine Sekunde lang überleben. Eine Gruppe junger schwarzer Dealer in weiten weißen T-Shirts und Turnschuhen steht an der Straßenecke. Sie teilen Ampullen mit Crack an eine Schlange von Junkies aus, die an ihnen vorüberzieht. Sie verkaufen den Stoff an reiche weiße Leute durch die Scheiben ihrer teuren Autos. Kids flitzen hin und her, um den Vorrat aus einem Hauseingang aufzustocken. Vor der Tür steht ein älterer Typ Wache. Ein Junkie humpelt an ihm vorbei. Die Cops deuten mit dem Kopf auf ihn.

»Können Sie erraten, wie lange der schon auf Heroin ist?«, fragt der eine.

»Zwei Jahre«, antwortet David. Der Cop schüttelt den Kopf.

»Schon eher dreißig.«

David lässt den Blick über die ganze Szene wandern. Die Kleinen werden kaum langsamer, während sie hin und her rennen. Das Geschäft floriert. Die schlurfende Reihe der Crack-Süchtigen scheint nie abzureißen. Dreißig Jahre abhängig, denkt er, eine ganze Generation ist aufgewachsen, während dieser Typ hier Heroin nimmt.

»Crack ist zuerst in L.A. aufgetaucht. Von hier aus ist es in den Osten gewandert«, sagt der Cop. »Ein paar Züge genügen, und schon bist du drauf. Das Zeug reißt Familien auseinander. Häusliche Gewalt und Kindesmisshandlungen sind so hoch wie nie. Und das alles durch eine Droge, von der man '85 noch nicht mal gehört hatte.«

Während der Rückfahrt starrt David schweigend aus dem Fenster. »Wie wollen Sie mit dieser Sache fertig werden?«, fragt er schließlich ruhig.

»Die sind rund um die Uhr und an sieben Tagen die Woche da draußen«, sagt der Cop. »Wir können so ein Kid auf der Straße mit einer Handvoll Ampullen wegen Drogenbesitzes einlochen, aber am nächsten Tag haben andere seinen Platz eingenommen. Für das County ist es der klassische Drehtür-Effekt: Wenn man die Sache im Auge behalten will, zieht man automatisch Ressourcen von anderen Verbrechen ab.«

»Stimmt.«

»Es sei denn, Sie sind ein Liberaler und wollen haufenweise Steuern in die Verbesserung von Schulen, Erziehung, Jobs pumpen.«

David streicht sich über den Bart und starrt nach vorn, zutiefst beunruhigt von dem, was er da hört. Ich kann zurück nach Hause, denkt er, aber für alle anderen ist das hier ihr Leben. Sein Kummer lässt nicht nach, als er nach Boston zurückkehrt, um seine Fallstudie über Bandenkriminalität in L.A. für die Kennedy School of Government von Harvard zu schreiben. Er träumt immer noch davon, für den *New Yorker* zu schreiben, aber Nickerson Gardens hat ihn zutiefst berührt. Als Malcolm Sparrow, ein Harvard-Wissenschaftler und ehemaliger Polizist, ihn um Hilfe bei einem Buchprojekt über neue Ideen in der Polizeiarbeit mit dem Titel *Beyond 911* bittet, nimmt David an. Es ist 1988, und er beobachtet, dass die Zahl der Verbrechen mit Schusswaffen sprunghaft in die Höhe schnellt.

An einem Abend des gleichen Jahres brütet David über seiner Arbeit. Auf der anderen Seite der Stadt in Dorchester sitzt Darlene Tiffany Moore, ein zwölfjähriges Mädchen, auf einem Briefkasten vor der Mietskaserne ihrer Mum an der Ecke Humboldt Avenue und Homestead Street und plaudert mit Freundinnen.

»Wann fährst du zurück nach South Carolina?«, fragt eine Freundin.

»In zwei Tagen.«

Sie starrt über die Straße zu einer Trafostation der Boston Edison. Ihre Mum Alice hat sie zu ihrer Schwester geschickt, weil sie sich über die außer Kontrolle geratene Bandenkriminalität in Boston große Sorgen machte. Die Humboldt Street Gang, die Intervale Posse. Darlene ist zu Besuch bei ihrer Mutter. Sie ist vorsichtig. Sie zuckt zusammen bei dem Gebrüll der Kinder. Plötzlich kommt es zu einem Handgemenge in ihrer unmittelbaren Nähe. Ein maskiertes Gangmitglied läuft vor sie, reißt eine Halbautomatik aus seinem Hosenbund und feuert in eine gegenüberliegende Straße. Grellweißes Mündungsfeuer blitzt auf. Kugeln peitschen in die Mauer. Zwei Schuss erwischen Darlene. Sie sackt zu Boden. Ein Krankenwagen rast mit ihr zur Notaufnahme. Ihre Mutter zittert unkontrolliert, sieht ihre schlimmsten Ängste Wirklichkeit werden. Sie stirbt an Schussverletzungen an Kopf und Rücken.

Die Schlagzeile »Zwölfjähriges Mädchen erschossen« prangt quer auf der Titelseite des *Boston Globe*. David senkt sichtlich erschüttert die Zeitung. Er ist für Feldforschungen in einem Polizei-Transporter, der verborgen hinter einer Ecke steht. Es wird langsam hell. Es schneit. Er sieht, wie ein Junge eine Ampulle Crack ausspuckt und einem weißen Burschen verkauft.

»Los!«

Eine Faust schlägt auf das Dach des Transporters. Kennedy springt mit den Cops raus und läuft los. Er trägt eine kugelsichere Weste wie die anderen Drogenfahnder.

Ein Vorschlaghammer kracht gegen die obere Ecke einer Tür mit abblätternder grüner Farbe. Die Schläge gehen weiter, bis das Holz splittert und nachgibt. Schwarzgekleidete Drogen-Cops mit Schutzhelmen stürmen hinein. Einer hat Schultern wie ein Kleiderschrank. Mindestens einhundert Kilo Muskeln. Drinnen befindet sich ein Crackhaus. Spritzen knirschen unter ihren Schritten. Benutzte Drogenutensilien fliegen über den Boden, als sie Leute gegen die Wand knallen. Sie fischen einen Jungen heraus, der wie sechzehn aussieht. Er liegt auf den Boden fixiert und brüllt, während sie auf ihm knien. Auf der anderen Straßenseite brüllen Kinder: Polizeischikane. Sie sollen es locker angehen lassen.

»Weitergehen«, fauchen die Cops zurück, versperren ihnen die Sicht.

Kennedy lernt viel auf der Straße und verwendet mehr und mehr Zeit darauf, mit Dealern zu sprechen, als die Gesellschaft seiner Akademiker-Kollegen zu suchen. Er hört aufmerksam zwei Typen zu, die an einem Ford Mustang lehnen. Eine 9-mm-Halbautomatik ragt hinten aus dem Hosenbund des einen, einem einundzwanzigjährigen Dealer und Gangmitglied. Er trägt seine Haare zu Cornrows geflochten und trägt einen weiten Parka mit Pelzbesatz. Er schwankt beim Reden, kaut auf seiner Unterlippe. Neben ihm steht sein Vollstrecker, ein riesiger Kerl in einem knallroten Basketball-Hemd mit einer 63 darauf.

»Diese Kids heutzutage. Ich fass es einfach nicht«, sagt der Dealer. »Und wir dachten, wir wären schon hart drauf.«

»Die Stadt ist völlig außer Kontrolle«, sagt sein Vollstrecker. »Es wird noch viel schlimmer. Glauben Sie mir.«

»Ich hab's in South Central gesehen«, sagt David.

»Auf der Blue Hill Avenue geht es nachts total ab«, sagt der Dealer.

Sie sind aufgebracht und wütend. Vor ihnen wedelt ein alter Schwarzer mit seiner Baseballmütze vorbeifahrenden Autos zu. Kids treten einen Football gegen den Maschendrahtzaun einer stark abgesicherten Baustelle. Der Dealer ist eine gute Informationsquelle für David geworden, sein Seismograph der Straße.

Über die Jahre werden andere Dealer ihm die gleichen Klagen erzählen, dass die Kids heutzutage keinen Codex mehr kennen. Drei Monate später ist der Dealer tot, erschossen.

Von 1988 bis 1991 erleben amerikanische Städte den Höhepunkt der Crack-Seuche. Kennedy arbeitet rund um die Uhr an *Beyond 911*. Koautor Malcolm gibt ihm Feedback beim Tischtennis. Er ist ein unerschütterlicher Kritiker.

»Er versucht einen Vorhand-Loop, aber versagt. 20–11«, sagt Malcolm.

»Mist!«

»Ich hab deine letzte Version gelesen. Du schreibst immer noch zu poetisch, zu blumig.«

»Nicht wissenschaftlich genug, meinst du? Kein Ph. D. Deshalb wird man in Harvard auch nie auf die Idee kommen, mir einen Job in der Fakultät anzubieten. Ich wollte nie was anderes, als für den *New Yorker* schreiben.«

Er zieht hart durch in Richtung Malcolm, doch der Ball zischt gegen die Wand. Beide lachen.

»Will einen Schmetterball landen. Verfehlt den Tisch. 21–11.«

David legt seinen Schläger keuchend auf den Tisch, trinkt einen Schluck Bier. »Ich stecke viel zu sehr in der Arbeit, um knappe Prosa zu schreiben. Alles, was ich weiß, erfahre ich auf der Straße. Bewaffnete Dealer sind mir jeden Tag lieber als diese Eierköpfe aus der Fakultät. Die können erheblich besser reden. Wusstest du, dass manche Gelehrte in der akademischen Welt eigentlich ziemlich dumm sind? Ich erzähl dir mal eine Geschichte.«

Er beschreibt einen Streifenwagen auf einem schwach beleuchteten Parkplatz. Drum herum mit Brettern vernagelte Fenster, übersät mit Tags, den Markierungen von Gangs. Kennedy sitzt hinten und macht sich Notizen. Vorne die Silhouette eines Cops. Sein Gesicht liegt im Dunkeln.

»Wir fahren jede Nacht zu sechs, sieben Schießereien raus. Wir jagen einfach von einem Tatort zum nächsten.«

»Was ist mit Chez Vous? Der Rollschuhbahn.«

Der Cop seufzt. »Auf der Rollschuhbahn wurden so viele Waffen zurückgelassen, dass wir gar nicht wussten, wo wir anfangen sollten. Heute haben alle Kids eine. Die kommen über die Interstate 95 rauf. Feilen die Seriennummern weg.«

»Ich habe gehört, aus den Südstaaten kommen sie nicht.«

»Hm-hm.«

»Sie stammen aus New England. Hiesiger Einzelhandel.«

»Sie haben eine gute Quelle?«

»Die Beste. ATF.«

Kennedy steigt aus dem Wagen, geht auf die Beifahrerseite und beugt sich hinein. »Warum sind Ihrer Meinung nach heutzutage all diese Kids bewaffnet?«

»Wenn man mit Crack dealt, braucht man Waffen, um sein Revier zu schützen.«

Kennedy schüttelt den Kopf. Er sieht, dass die Straßen gefährlicher werden. Trotz der populären Phrase Null Toleranz ist die Mordrate unter Jugendlichen viermal höher als zu Anfang seiner Forschungsarbeit.

»Das sind nicht alles Crack-Dealer. Es sind einfach verängstigte Kids. Sie haben Angst, von der Intervale Posse erschossen zu werden, wenn sie zum Laden an der Ecke gehen, um sich einen Schokodrink zu kaufen. Sie haben Schusswaffen, um sich zu schützen. Verdammt, sogar Junior-Highschool-Kids haben in Boston Angst, zur Schule zu gehen.«

Er richtet sich zum Gehen auf. Der Cop dreht den Zündschlüssel. »Was ist mit Ihnen? Keine Angst, nachts in Dorchester herumzulaufen?«

»Ich höre ihnen zu. Das gefällt ihnen. Es ist ungewöhnlich.«

1994 haben die Beziehungen zwischen der schwarzen Community und der Bostoner Polizei einen absoluten Tiefpunkt erreicht. Ein gebrechlicher fünfundsiebzigjähriger Schwarzer, Accelyne Williams, verlässt seine Wohnung und tapst über den Flur. Er klopft an die Tür direkt gegenüber. Ein kleines Mädchen öffnet sie einen Spaltbreit.

»Hi, Reverend Williams!«, sagt sie mit breitem Zahnlückengrinsen.

»Das hier ist für dich, junge Dame.« Er gibt ihr Schokolade, dann eine Tüte mit Lebensmitteln. »Und das ist für deine Mutter.«

Einige Zeit später an diesem Abend geht eine Gruppe Bostoner Polizisten vor der Wand einer Wohnung des gleichen Gebäudes am Codman Square in Stellung. Sie sehen aus wie ein SWAT-Team. Schutzhelme, schwarze Kampfuniformen und Stiefel. Sie sind bewaffnet mit Schrotflinten und 9 mm Glocks. Ein Vorschlaghammer kracht gegen die Tür, bis sie aus ihren Scharnieren fliegt. Mr. Williams in der Wohnung hat schreckliche Angst. Er ist einen Meter siebzig groß. Siebzig Kilo schwer. Er rennt in sein Schlafzimmer und verriegelt die Tür. Die Tür erbebt. Er greift sich an die Brust, schnappt nach Luft. Sein Gesicht ist verzerrt. Die Tür splittert aus dem Rahmen. Bewaffnete Cops stürmen in das Schlafzimmer, werfen ihn zu Boden.

»Polizei Boston!«

»Runter! Auf den Boden!«

Drei Beamte stoßen ihn zu Boden und legen ihm Handschellen an. Er schlägt mit einer Hand wild um sich, als er versucht, sich loszureißen. Zwei Cops halten seine Arme. Ein Dritter fixiert seine Beine. Seine Hände werden gefesselt. Andere Cops hasten durch die Wohnung, richten Waffen in leere Zimmer, überprüfen Ausgänge. Williams übergibt sich.

»Er kotzt! Ruft einen Sanitäter!«, brüllt ein Cop. Er nimmt die Handschellen ab und rollt ihn auf die Seite. Williams schnappt nach Luft. Ein Sanitäter kniet sich neben ihn, überprüft Williams' Vitalzeichen und brüllt: »Herzstillstand!«

Ein paar Tage später steht am Sarg von Reverend Williams eine distinguiert wirkende Person in Anzug, Krawatte, Brille und gepflegtem Haarschnitt: Reverend Albert Aymer. In seiner Stimme schwingt Zorn, als er über die Köpfe der Trauergemeinde hinweg tobt.

»Ich kann beim besten Willen nicht verstehen, wie jemand

Polizist in einer Community sein kann, in der er nicht lebt. Wenn Menschen, die in den Vororten leben, als Polizisten in der Stadt arbeiten, dann verrichten sie ihre Arbeit mit Angst. Polizeibeamte, die in der Community leben, hätten es gewusst … hätten den Unterschied gekannt zwischen anständigen, gottesfürchtigen Menschen und den Kriminellen.«

Eine Demonstration schwarzer Bürger zieht durch die Straßen. Vier Männer tragen ein Transparent. Einer mit Bart, Brille, Krawatte und Regenmantel. Die anderen in Turnschuhen und Windjacken. Auf dem Banner steht: »GERECHTIGKEIT für Accelyne Rev Williams.«

David Kennedy steht in einer Schlange für einen überfüllten Empfang. Sein Freund nennt einer Frau mit einem Klemmbrett seinen Namen und gibt an, dass David sein Gast ist. Hinter ihr steht ein Plakat: American Civil Liberties Union. Angehörige der gebildeten Mittelschicht stehen herum, Schriftsteller, Aktivisten, Anwälte.

»Es ist schrecklich, wie diese Cops sich aufgeführt haben. Wie sie bei einem 75-jährigen Mann die Wohnung gestürmt haben. Sie hätten das niemals tun dürfen.«

»Vollkommen richtig. Der Mann läuft ins Bad, und die drängen hinter ihm rein. Ringen ihn zu Boden.«

Alle nicken zustimmend. Kennedy kratzt sich hektisch am Hinterkopf. Dann blafft er sie an. »Das ist ja wohl nicht euer Ernst.«

Alle drehen sich zu ihm um, verblüfft von seinem Ausbruch.

»In dem Augenblick, als sie durch diese Tür kamen, war es vorbei. Man bricht durch eine Tür. Man sieht einen Mann weglaufen. Man denkt nur noch: Er will seine automatische Waffe holen. Die Vorstellung, es hätte anders laufen können, ist dermaßen weltfremd und unverantwortlich – wir sollten diese Diskussion gar nicht erst führen. Das eigentliche Thema ist doch die Arbeit. So etwas wird immer wieder passieren. Es geht nicht um Cops. Es geht vielmehr darum, wie wir mit der Polizeiarbeit umgehen.«

An einem anderen Tag spricht David Kennedy vor einflussreichen Geistlichen der schwarzen Gemeinden in Boston. Ihre Stimmen sind angespannt.

»Sagen Sie mir, warum wir uns mit den Cops zusammensetzen sollten«, sagt einer. Die anderen nicken zustimmend. »Das ist nicht das erste Mal. Erinnern Sie sich an den Mord an Carol Stuart 1989?«

David erinnert sich an den Beitrag in der Sendung *CBS Rescue 911* und an Stuarts Hochzeitsfoto. Es wurde endlos gesendet. Jeder klebte an den Bildern. Die Kamera war im Heck der Ambulanz, als das Paar mit lebensgefährlichen Schusswunden ins Krankenhaus gebracht wurde. Chuck Stuart hatte einen Bauchschuss, der Oberkörper nackt, stöhnend. »Oh, Mann!« Seine schwangere Frau Carol starb an einem Kopfschuss aus nächster Nähe. Sie waren auf dem Nachhauseweg von einem Geburtsvorbereitungskurs. »Wer war das?«, brüllt ein Cop Chuck Stuart an. Er sagt, ein Schwarzer hätte auf sie geschossen. Was einen riesigen Medienwirbel auslöst. Die Cops führen in Roxbury und Mattapan, den armen Schwarzenvierteln, Hunderte spontaner Personenüberprüfungen durch. Chuck identifiziert bei einer Gegenüberstellung einen Typ im Jogginganzug.

»Hunderte junger Schwarzer schikaniert«, sagt der Geistliche. »Sie mussten die Hose runterlassen, wenn sie sich eine Tüte Milch holen wollten. Die Zeitungen nannten es eine Atmosphäre universeller Verdächtigungen.«

»Ich erinnere mich. Es stellte sich dann heraus, dass Chuck selbst seine Frau erschossen hat, um ihre Lebensversicherung zu kassieren.«

»Ja. Sie wollte ihren Job als Anwältin aufgeben. Er wurde nicht damit fertig, dass er seinen Lebensstil aufgeben sollte. Er arbeitete als leitender Angestellter in einem exklusiven Pelzgeschäft, bei Kakas an der Newbury Avenue, wo er rund 100 000 Dollar verdiente. Hatte einen Jacuzzi und einen Pool, draußen am Stadtrand. Schwarze Männer in Roxbury können von einem solchen Lebensstil nicht mal träumen.«

Alle Augen sind auf Kennedy gerichtet, als sollte er vortreten und antworten.

»Deshalb müssen wir uns alle zusammensetzen«, sagt er. »Deshalb müssen Sie und die Ten Point Coalition sich mit den Cops an einem runden Tisch zusammensetzen.«

Die Geistlichen starren Kennedy fassungslos an.

Eine Gruppe schwarzer Teenager drängt sich im Fond eines Autos in einer Seitenstraße der Wendover Street. Sie nehmen zwei 9-mm-Halbautomatik und stecken sie in einen Beutel, der aussieht, als sei er bereits randvoll. Einer von ihnen springt heraus, geht zu einem Polizisten und gibt ihm den Beutel. Er wirft einen Blick hinein und lässt ihn beinahe fallen.

Kurz darauf steht David Kennedy im Polizeipräsidium und unterhält sich mit Paul Joyce, einem großen, drahtigen Marathonläufer mit rasiertem Schädel.

»Wie haben Sie die Wendover-Street Gang dazu gekriegt, ihre Waffen abzuliefern?«

»Wir haben ihnen einfach die Wahrheit gesagt«, erwidert Joyce.

Kennedy hebt die Augenbrauen, wartet auf mehr.

»Noch eine weitere Gang-Schießerei, egal, wer von ihnen daran beteiligt ist, dann muss die ganze Gruppe die Sache ausbaden.«

»Dann hat die Gang angefangen, sich selbst zu kontrollieren?«, sagt Kennedy, kann es nicht wirklich glauben. »Verdammte Scheiße! Das ist ja unglaublich!«

»Die Opfer kennen die Schützen«, sagt Joyce. »Wir kennen ihren Beef, wissen, was ihnen das Leben schwermacht.«

»Das alles wissen Sie schon?«

»Klar wissen wir das«, entgegnet Joyce. »Es ist nur, dass uns bislang noch niemand danach gefragt hat.«

Für Kennedy ist es eine Offenbarung, dass eine bewaffnete Gang von Dealern auf direkte Ansprache reagiert, von Angesicht zu Angesicht. Er hätte sich niemals vorstellen können, dass Mörder einfach aufhören, sich gegenseitig abzuknallen, nur weil man sie darum bittet. Es bestätigt eine Vermutung, die er bereits sein ganzes Leben gehegt hat: Er glaubt an die außergewöhnliche Macht moralischer Verpflichtung. Mit seinen Kollegen beginnt er zu planen, diese Botschaft stadtweit zu propagieren, indem alle Gangs der Bostoner Innenstadt gezwungen werden, an speziellen Foren teilzunehmen, die sie »Call-ins« nennen.

Das erste Face-to-face Call-in wird im Mai 1996 in Boston abgehalten. An Händen und Füßen gefesselte Gangmitglieder, manche von ihnen in Knast-Overalls, werden in einen Gerichtssaal geführt. Draußen steht ein SWAT-Team Wache. Im Saal werden sie überrascht von den Allianzen: Cops stehen neben Mitgliedern der Community, schwarzen Geistlichen, Exhäftlingen, Müttern von Opfern. Die Cops machen dumme Bemerkungen, und manche von ihnen wirken gelangweilt, kauen Kaugummi und schnarchen provozierend. Dann treten die Führer der schwarzen Community vor. Sie neigen den Kopf und hören zu.

»Eure Community interessiert sich für euch. Ihr seid wertvoll. Lasst mich euch eine Frage stellen. Wer meint, es ist okay, zwölfjährige Mädchen umzubringen?«

Keiner rührt sich. Er hat ihre Aufmerksamkeit.

»Ihr sagt, eure Freunde sind eure Brüder. Sie stehen hinter euch. Aber werden euch diese Freunde auch im Gefängnis besuchen?«

Sie wägen das missmutig ab.

»Wie lange wird es dauern, bis eure Freunde mit eurer Freundin schlafen, wenn ihr im Knast seid?«

Ein Gangmitglied ruft: »Zwei Tage. Und es war mein Cousin.«

Zum Zeitpunkt des ersten Call-ins ereignen sich pro Jahr durchschnittlich einhundert Morde in Boston, aber 1999 ist die Zahl auf einunddreißig gefallen. Kennedy exportiert seine Strategie nach Chicago und erzielt ebenso erstaunliche Ergebnisse. Innerhalb von achtzehn Monaten sinkt die Mordrate in einigen Vierteln um ein Drittel.

2007 veranstaltet er das erste Call-in in Cincinnati, einer Stadt in Angst vor Gang-Schießereien.

Der Gerichtssaal in Cincinnati ist mit sehr gefährlichen Menschen gefüllt. Sie sind schlecht gekleidet, sehen alles andere als normal aus. Die Amtspersonen wirken beklommen. Manche haben aufrichtig Angst. Draußen stehen bewaffnete Polizisten mit Schutzhelmen und Kampfausrüstung. Eine Mutter steht auf. Es fällt ihr offensichtlich schwer.

»Ich weiß, dass ihr keine Angst vorm Sterben habt. Mein Sohn hatte auch keine Angst vorm Sterben. Aber er ist tot. Er ist jetzt schon eine ganze Weile tot. Ich erhielt den Anruf in der Küche. Ich bin schreiend auf dem Boden zusammengebrochen. Ich war fix und fertig. Ich habe meinen Mann verloren. Ich fing an zu trinken und Drogen zu nehmen. Ich habe noch zwei Söhne – ich liebe sie, liebe sie aus tiefstem Herzen. Ich war so fertig, ich konnte mich nicht um sie kümmern. Jetzt sind sie geschädigt fürs Leben. Wenn ihr euch umbringen lasst, wird eure Mutter hier stehen. Sie wird ich sein.« Als sie fertig ist, sind viele Gangmitglieder in Tränen aufgelöst.

Neun Monate nach dem ersten Call-in in Cincinnati ist die Zahl der Morde in Verbindung mit Gangs um die Hälfte gesunken.

*

Nachdem sie Kennedys Geschichte gelesen hat, ist Karyn fest entschlossen, sich mit ihm zu treffen. Sie will herauszufinden, ob man sein Programm auf Glasgow übertragen kann. Sie besucht ihn in New York, wo er inzwischen als Professor arbeitet. Karyn erläutert die Herausforderungen, mit denen sie im East End konfrontiert sind.

»In Boston ist es sehr viel anders als in Glasgow. In Boston geht es um die Kontrolle des Drogenmarkts. Dort sind sie überwiegend schwarz. Alle besitzen Schusswaffen. Bei uns ist es völlig anders.«

Kennedy sieht jetzt älter aus, die langen Haare und der Bart sind graumeliert. Er sitzt vor einem Bücherregal und trägt einen schwarzen Nadelstreifenanzug und Sonnenbrille.

»Wenn wir in eine neue Stadt gehen, sagt jeder, das hier ist nicht Boston«, sagt er. »Jeder sagt, bei uns ist es völlig anders. Wir sind an der Westküste, haben asiatische Gangs, unser sozialer Wohnungsbau besteht aus Hochhäusern. Die Leute finden jeden nur vorstellbaren Grund, warum es anders ist. Aber die Gewalt ist immer gekoppelt an eine überhitzte Gruppe. Sie überqueren einen Hof und legen Leute um, die sie hassen, weil es ihr Dad genauso gemacht hat. Sie sind gefangen. Sie haben Angst. Sie suchen einen Ausweg. Niemand zeigt ihnen einen Ausweg. Sie können gehen, wohin sie wollen, es ist überall das Gleiche.«

Karyn nickt langsam, kneift die Augen zusammen. Er sieht, dass sie noch nicht ganz überzeugt ist.

»Gehen Sie runter zum Red Hook Community Court. Dort unten gibt es einen Richter namens Alex Calabrese. Setzen Sie sich zu ihm an den Richtertisch und sehen Sie selbst.«

Karyn sitzt neben dem Richter, während eine große Anzahl Männer wegen einer Menge unterschiedlicher Dinge vor ihn treten. Bei der Mehrzahl der Morde und Schlägereien geht es um Respekt. Es geht nicht um Kontrolle des Drogenmarkts. Schlägereien wegen Freundinnen. Schlägereien wegen des Reviers. Du disst mich, weil du in meine Hood kommst. Sie erkennt, dass es genau das Gleiche wie in Glasgow ist.

Einige Tage später durchquert sie mit schnellen Schritten den Transitbereich des Glasgow Airport, zieht ihren Koffer hinter sich her. Neben ihr geht John und weicht Reisenden aus.

»Ich habe einen Kerl getroffen, David Kennedy«, sagt sie und schiebt ihre Sonnenbrille die Nase hoch. »Wir werden Folgendes tun. Wir sprechen mit den Gangs. Wir sagen ihnen, sie sollen aufhören, das zu tun, was sie tun, und wir bieten ihnen eine Alternative.«

»Aha.«

»Das war's.«

»Sie machen Witze.«

»Nein, unsere große Drohung ist, dass wir sie sonst ins Gefängnis stecken.«

»Da muss doch noch mehr kommen.«

Karyn und John stehen in einem Raum mit einer Menge Bullen der Strathclyde Police. Sie haben ihnen das Bostoner Modell vorgestellt, mustern nun die Gesichter. Der Streitlustige mit dem rasierten Schädel und den dichten Augenbrauen hebt eine Hand.

»Hier ist es nicht so wie in Boston«, sagt er. Karyn nickt, sie weiß, was jetzt kommt.

Kennedy fliegt ein, um die Truppen rhetorisch zu unterstützen, während das Projekt Fahrt aufnimmt. John und Karyn gehen etwas mit ihm trinken. Sein Großvater stammt aus Glasgow und hat ihn zum ersten Mal in eine Bar mitgenommen, als er in der zweiten Klasse war, mit sieben. Ins North British Hotel am George Square.

»John, das beeindruckendste und mächtigste Element der Call-ins in den Staaten sind die Mütter der Opfer«, sagt David. »Sie werden hier die gleiche emotionale Reaktion bekommen.«

»Wir sind Schotten«, antwortet er David. »Wir haben's nicht so mit Gefühlen.«

Das erste Call-in in Glasgow findet am 24. Oktober 2008 im Glasgow Sheriff's Court statt. Das Gebäude besitzt eine schlichte futuristische Fassade; die Drehtüren wirken klein durch die gewaltigen Metallsäulen. Es erinnert an die Öffnung einer Granithöhle. Vierzig jugendliche Gangmitglieder werden von Polizisten in Kampfausrüstung durch ein Spalier von vier berittenen Polizisten zum Eingang eskortiert. Sie sind mit Bussen hergebracht worden, manche kommen aus Polmont. Sie blicken zu dem ohrenbetäubenden Lärm der Rotorblätter eines Polizeihubschraubers über ihren Köpfen auf. Auf dem Clyde kreuzt ein Polizeiboot.

Sie werden in Saal Nummer 8 eskortiert, wo man sie anweist, sich auf einer Seite aufzustellen. Der Richter verkündet, das Gericht tage. Alle Mobiltelefone müssen ausgeschaltet werden. Wer sich schlecht benimmt, wird streng bestraft. Karyn ist überrascht, wie gesittet sie sind. Es ist erstaunlich, manche von ihnen können sogar gemeinsam in einem Raum sein, ohne sich gleich den Schädel einzuschlagen. Auf der anderen Seite befindet sich eine Gruppe aus Polizisten und Mitgliedern der Community. Einer nach dem anderen geht auf die Seite der Jungs hinüber, um sie anzusprechen.

Zuerst der Polizeichef. Er erhebt sich in voller Uniform. Bilder erscheinen auf Bildschirmen hinter ihm. So etwas haben die Kids noch nie zuvor gesehen. Sie erstarren auf ihren Plätzen, als sie ihre eigenen unscharfen Gesichter auf den Bildern des Inlandsgeheimdienstes erkennen. Sie wussten nicht, dass die Bullen so etwas machen.

»Wir wissen, wer ihr seid. Wir wissen, wo ihr wohnt, mit wem ihr verkehrt, mit wem ihr kämpft«, sagt er. »Wenn wir wollten, könnten wir sämtliche Polizeibeamten in dieser Gegend vor eurer Haustür abstellen.«

Ein älterer Schlosser aus Clydebank mit ordentlich geknoteter Krawatte, schwarzem Hemd und Kassenbrille geht zittrig auf ihre Seite. Seine spitzen Knie sind durch die Flanellhose deutlich zu erkennen, sein Gesicht ist ein dichtes Faltengeflecht. Als er spricht, ist seine Stimme schrill und brüchig.

»Hört zu, Jungs. Schon möglich, dass ihr meint, ihr macht uns keine Probleme, aber wenn ich meine Rente holen geh, bin ich wie gelähmt, wenn ich an euch vorbeimuss.«

Christine erzählt ihnen, was passiert, wenn sie blutgetränkt in der Notaufnahme des Krankenhaues landen. Hinter ihr drastische Aufnahmen von Platzwunden und klaffenden Schnittwunden im Gesicht. Die Schäden, die ein Baseballschläger und ein Messer anrichten können.

Dann, der entscheidende Moment, eine Mutter tritt vor sie. Sie ist im gleichen Alter wie ihre eigenen Mütter, denken sie, sieht ihr sogar ein bisschen ähnlich, hat so eine sanfte, feste Stimme.

»Mein Sohn war dreizehn, als er von einer Gang mit Macheten angegriffen wurde«, sagt sie. »Ich hab mein eigenes Kind nicht wiedererkannt. Er ist so übel, übel zugerichtet worden. Schwerste Gesichtsverletzungen. Er hat die Hände hochgerissen, um sich zu schützen, und dabei hat er seine Finger verloren.«

Als sie zu sprechen aufhört, blinzeln einige Jungs heftig, versuchen, sich nichts anmerken zu lassen. Trotz ihres Macho-Getues und ihrer Prahlerei lieben sie alle ihre Mums. Eine andere Mutter tritt vor. Sie erzählt ihnen, wie sie ihren Sohn verloren hat. Sie erzählt ihnen von der schwarzen Wolke, die sich an diesem Tag über ihre Welt zog. Das ist zu viel. In ihren Gesichtern stehen Betroffenheit, Angst und Beschämung. Man sieht auch Tränen.

Schließlich tritt Gary vor. Ein ehemaliger Knacki, der elf Jahre im Gefängnis saß für einen Mord, den er mit achtzehn begangen hatte. Er war betrunken, und es war eine Gang-Schlägerei. Er hat dafür bezahlt.

»Ich habe fast die ganze Zeit zwischen zwanzig und dreißig in einer Zelle verbracht. Jemand sagt mir, wann ich aufs Klo darf. Wann ich essen darf. Hier gibt's keine Sieger. Ein Messer bei sich haben, sich die Kante geben bis zur Besinnungslosigkeit, das macht einen nicht zum Mann.« Er kann nicht mehr kämpfen. Seine Selbstverachtung ist so groß, es dringt zu ihnen durch.

Am Schluss, als der letzte Sprecher sich wieder setzt, wird ihnen etwas Unerwartetes angeboten. Eine Wahl. Mach Jagd auf rivalisierende Gangs und ab in den Knast. Oder nimm diese Karte, ruf diese Nummer an, und Leute werden dir helfen, einen Job zu finden, eine Ausbildung und eine Unterkunft. Zuerst sind sie misstrauisch. Man hat ihnen noch nie zuvor einen Ausweg angeboten.

Einige Tage später hinterlässt einer eine Mailboxnachricht: »Rufen Sie zurück, wenn diese Scheiße ernst gemeint ist.«

Vierundzwanzig Stunden später fährt ein Streetworker zu ihm raus, bringt ihn in einem Programm unter. Sie treffen die

St.-Mirren-Legende Tony Fitzpatrick und bilden eine neue Gang mit Big Craig, der bis zum Alter von zwanzig einer Gang in Penilee angehörte. Er hatte immer wilde Kämpfe im Glasgow Viva Penthouse mit Rasiermessern, Messern und Flaschen. Der Sieger eines solchen Kampfs ging die Treppe hinauf, um seinen Platz auf der großen roten Sitzbank zu beanspruchen, von der aus man den ganzen Club überblicken konnte. Er erzählt ihnen, er hätte seiner Mutter die schlimmsten vier Jahre ihres Lebens bereitet, dann starb sie. Die Jungs vertrauen Big Craig. Wenn die Cops Informationen über sie haben wollen, sagt er nein. Er lässt sie eine Schutzzone aufmalen, einen Kreis, in dem sie leben und sich frei bewegen können. Sie hängen das Blatt Papier an die Wand und sehen, welches winzige Gefängnis sie sich da selbst gebaut haben.

»Ein echter Mann steht auf, wenn's bitterkalt ist und der Wind peitscht, und geht raus und verdient für seine Familie was zu beißen«, sagt Big Craig ihnen. Ein Junge bekommt einen Job im Parkhead Forge Shopping Centre. Aber nur Parkhead Rebels können dahin. Nicht Parkhead Wee Men. Also wird er zusammengeschlagen. Ein anderer Typ ist ein großer Künstler, also gibt Big Craig ihm Geld, damit er ein mobiles Tattoo-Studio aufmachen und mit einem Minibus durch Springburn kurven kann. Es spricht sich herum, dass etwas anderes, Neues passiert.

Bei einem weiteren Call-in kommen achtzig Gangmitglieder. Der Coach Jack Black kommt, um zu ihnen zu sprechen. Er hat graue Locken und lebendige dunkle Augen, trägt ein schickes, offenes weißes Hemd und einen schwarzen Anzug.

»Wir haben ihn erpresst, damit er uns seine Zeit gratis zur Verfügung stellt«, raunt John Karyn zu, »denn er war früher Sozialarbeiter in Easterhouse.«

Jack Black hüpft zu den Kids hinüber, ist bereit, sein Publikum zu bearbeiten.

»Normalerweise würdet ihr 1000 Pfund zahlen, um an diesem Kurs teilzunehmen. Das berechne ich nämlich. Aber für euch mach ich's gratis. Also, was versprecht ihr euch vom heutigen Tag?«

Ein Typ hinten steht auf. Er ist der Erste, der aufsteht.

»Siehst du den Kerl, der da unten sitzt?« Er zeigt mit dem Finger auf einen Typen in der zweiten Reihe. »Gegen den kämpfe ich jetzt schon, seit ich elf bin. Ich will wissen, warum.«

Karyn und John sehen sich an.

»Scheiße. Das würden wir alle gern wissen«, zischt John ihr zu.

Ein Jahr nach dem Start des Programms berichten die Cops, dass es in Easterhouse keine großen offenen Feldschlachten mehr gibt. Das East End ist ruhiger. Die B Division verlässt das Revier in Shettleston jetzt am frühen Samstagnachmittag und hält jeden Teenager an, der mit einer Tüte nach Hause geht.

Eines Tages steckt Margaret ihren Kopf durch Karyns Tür.

»Wir bekommen Beschwerden von Einwohnern aus Easterhouse.«

»Ist irgendwer mit einer Machete verprügelt worden?«

»Nein«, erwidert Margaret lächelnd. »Es geht um Hundescheiße auf den Bürgersteigen.«

Sie wechseln einen vielsagenden Blick. Karyn geht zu den Kaffeeautomaten hinüber, wo der Polizist mit dem rasierten Schädel und den dichten Augenbrauen steht. Er sieht argwöhnisch auf, als sie sich nähert.

»Wissen Sie, wir haben jetzt einen Beamten auf dem Schulgelände der St. Mungo's in Easterhouse.«

Er sieht sie stirnrunzelnd an. Na und?

»Wir hatten zwanzig Bewerbungen für die Polizei von den Kids dort.«

Sie weiten das Modell auf ein größeres Gebiet von Glasgow aus. David Kennedy kommt zurück und fragt John: »Und? Wie viele Gangs habt ihr gesprengt?« Auf der Fahrt zu den Sozialsiedlungen am östlichen Stadtrand fühlt er sich an den niedriggeschossigen sozialen Wohnungsbau der Staaten erinnert.

In Easterhouse verändert sich die Landschaft. Die Jugendlichen zittern immer noch in ihren Jogginganzügen im Shandwick Shopping Centre, aber ein paar Meter weiter erhebt sich ein hellerleuchteter Kunst-Komplex wie ein Raumschiff. Wände aus Glas, große kantige Holzpaneele und die silbernen Kamine des Bridge. Es hat sieben Millionen Pfund gekostet und beherbergt ein Schwimmbad, eine Bibliothek, ein Theater und Computerräume.

Oberflächlich besehen, sieht im Bridge alles ordentlich aus. Eine Gruppe Teenager verteilt sich über mehrere Computerreihen. Ein jugendlich-frischer Sozialarbeiter mit Lippen-Piercing schlendert zwischen ihnen umher und mahnt sie zur Ruhe. Doch unter der Oberfläche brodelt weiterhin die Gewalt.

Der rothaarige, schlaksige Ross, vierzehn, sitzt kichernd bei seinem Kumpel Craig, zwölf, schüchtern und bebrillt. Sie sind in ihren PC vertieft. Ross ist ein kluger Bursche und will für das schottische Jugendparlament kandidieren. Sein Vater hat ihm eine doppelläufige Flinte an den Kopf gehalten, als er drei war. Zuerst hat er Ross' Mutter die Mündung in den Hals gerammt; als Ross schrie und seine kleine siebenjährige Schwester ihm auf den Rücken schlug, drückte der Vater die Kehle seiner kleinen Tochter zu und presste die Mündung des Gewehrs an die flaumige Schläfe ihres Bruders. Danach zog der Alkie nach Parkhead um. Er tauchte an Ross' dreizehntem Geburtstag wieder auf, aber seine Mum sperrte Ross mit seiner PS3 in einen Raum, während sie sich draußen anschrien. Dad brüllte. Türen wurden geschlagen.

Craigs Mutter ist pleite, weil sie ihren Bruder Neil unterstützt, die reinste Raumverschwendung. Der 22-jährige Bahnarbeiter sitzt nur besoffen in seinem Chelsea-Trikot herum und nervt Craig.

»Du redest mit den Amis, du dummer Bastard?«, nuschelt Neil, während Craig den Stimmverzerrer auf seiner PS3 auf »schrill« einstellt. Wenigstens ist er ein Muskelpaket, denkt Craig, er wird die Familie beschützen. Normalerweise erlaubt

Craigs Mum nicht, dass er das Haus verlässt. Er hat sich ein Laufband zu Weihnachten gewünscht. Er war Dritter über sechzig Meter bei der Mini-Olympiade in Glasgow. Wenn man in Easterhouse überleben will, muss man schnell laufen können.

Ein pummeliger Bursche, Spoony, kommt auf sie zugestürzt. Der Schulkamerad mit dem frechen Grinsen prahlt mit einem neuen Samurai-Schwert, das er bekommen hat – er hält die Hände gut dreißig Zentimeter auseinander. Sie hören unbeholfen lächelnd zu. Spoony ist beknackt, aber er ist schon in Ordnung. Aufgeregt und mit großen Augen behauptet er, dass es letzten Juli einen großen Gangfight zwischen Drummy und Provvy gab, bei dem ein Hubschrauber auf einem Spielfeld landete, die Polizisten trugen Kampfausrüstung und hatten Schäferhunde dabei. »Die halbe Siedlung hat gekämpft«, stößt er keuchend und mit aufgerissenen Augen hervor. »Fünfzig Leute. Die haben einen Monat lang jeden Tag gekämpft.«

Er ist so aufgeregt, dass Ross etwas erwidern möchte, allerdings vermutet er, dass Spoony alles nur erfindet. Wie, bitte schön, hält man denn ein Einsatzschild in der einen Hand und einen Schäferhund in der anderen?

»Du hast zu viel *Saints Row II* gespielt«, sagt er trocken. Die Aggro-Jungs lieben dieses Game, in dem zwei Gangs sich Revierkämpfe um den Drogenmarkt in einer urbanen Wüste liefern, sich gegenseitig mit Macheten und Baseballschlägern in Stücke hauen.

»Die sind legendär brutal«, quakt Spoony mit tiefer Stimme, als er Richtung Spiele-Raum verschwindet. Er liebt den Film *Hooligans* mit Elijah Wood, besonders die Szene, in der sie ihm mit einer Kreditkarte den Mund zerschneiden.

Auf der anderen Seite des Raums sitzen zwei andere Kids vor den Computern: Tam, siebzehn, und seine kleine Schwester, beide aus einer Siedlung in der Nähe von Easterhouse. Sie sehen süß aus, ja sogar harmlos. Aber das Bridge ist ein sicherer Ort, an dem man sich verstecken kann, wenn Gegner nach dir suchen. Samstagnachmittag ist Geisterstunde. Mit fünfzehn stand Tam wegen versuchten Mordes unter Anklage. Er war zu Hause und sah sich ein Spiel Celtic gegen Rangers an, als eine Dose gegen die Fensterscheibe flog. Seine kleine Schwester bekam einen Schrecken. Also schnappte er sich den Stiel einer Spitzhacke, nahm die Verfolgung auf und verpasste dem Typen einen doppelten Schädelbruch, so dass er monatelang ins Krankenhaus musste. Außer versuchtem Mord war er verurteilt wegen permanenter Entstellung und schwerer, lebensbedrohlicher Körperverletzung. Er ist im Bridge, weil er auf seinen Prozess wartet. An Halloween im Jahr zuvor war er auf der Edinburgh Road und bekam eine Gürtelschnalle auf den Hinterkopf geschlagen, es musste mit fünf Stichen genäht werden. Sie basteln an ihren Gang-Seiten auf Bebo. Tams Vater hat sich vor ein paar Jahren den Fuß bei einem Unfall mit einem Gabelstapler gebrochen und nimmt heute regelmäßig Schmerzmittel, also kann Tam nicht ins Gefängnis, weil er seine Schwester beschützen muss. Beide sind schüchtern und ein bisschen hilflos.

Schließlich ist da noch eine Gruppe kreischender 14-jähriger Mädchen von Aggro, die über Jeggings quatschen, Skinny Jeans, bauchfreie Tops und anderes Zeug von Primark. Der Sozialarbeiter versucht sie für einige Kurse zu begeistern, doch sie interessieren sich nur für Sexualkunde. Eine 12-Jährige wurde wegen Kiffens unter Hausarrest gestellt. Eine andere hat jede Menge Schwierigkeiten wegen ihres Alkoholkonsums. Mel will zur Uni und Modeln studieren. Sie teilt sich das Zimmer mit ihren Halbschwestern und streitet sich ständig über Make-up und die Katzen.

»Ich mag Theater, aber ich mag nicht meine Theater-Lehrerin«, beschwert sie sich, kaut an einem Nagel. »Die hackt dauernd auf mir rum.«

»Wegen deinem großen Apfelsinengesicht. Es ist so auffallend.«

Das Bridge schließt samstags um fünf, und sie sind auf den Straßen. Um die Zeit totzuschlagen, liefern sie sich eine Wasserschlacht bei McDonald's, dann ziehen sie los, kaufen drei Liter

Frosty Jack Cider, den sie mit ihren älteren Freunden von den Den Toi trinken wollen, die sie in der Schule kennengelernt haben. McDonald's und eingelegte Zwiebeln überdecken den Alkoholgeruch.

Sie gehen die Easterhouse Road entlang, während es wie aus Eimern regnet. Es ist immer noch gefährlich, an einem Samstagabend in Easterhouse unterwegs zu sein.

Zur gleichen Zeit in den USA erhebt sich David Kennedy, um einen Vortrag über Strafjustiz zu halten. Seine Stimme ist voller Leidenschaft. Er hat die Augen eines erschöpften Kriegers.

»Mein Dad arbeitete als Ingenieur in Detroit. Er saß früher immer am Esszimmertisch, und wir haben dann immer darüber gesprochen, warum Autos funktionieren. Ingenieure und Ärzte haben eine sehr pragmatische Herangehensweise an zu lösende Aufgaben. Wie genau das Ergebnis erreicht wird, interessiert sie nicht. Es zählt allein, dass das Auto funktioniert. Dann haben wir die Welt der Verbrechensbekämpfung und Strafjustiz – nichts von dem, was wir tun, funktioniert. Alle sind sofort beleidigt, wenn man darauf hinweist. Wenn ein Student in der Elektrotechnik eine neue Möglichkeit findet, die funktioniert, wird die alte, schlechtere sofort fallengelassen. Architekten bauen keine Häuser, die einstürzen. Coole Ideen zu haben und wirklich klug zu sein bedeutet einen Scheißdreck, wenn es nicht funktioniert. Ich sitze mit ranghohen Drogenfahndern und Harvard-Absolventen in Strafrecht zusammen. Ich habe einen ungeheuren Respekt vor diesen Leuten, aber wenn's die Nagelprobe nicht besteht, dann bringt's nichts.«

Er macht eine Pause und lässt den Blick über den Saal wandern. Gerammelt voll, nur noch Stehplätze sind frei.

»Als ich mit den Cops unterwegs war, haben sie automatische Waffen eingesammelt, die auf der Straße zurückgelassen wurden. Überall im Land. Arme, schwarze Stadtteile waren überschwemmt davon. Egal, was die Leute denken, es ist noch nicht vorbei. Crack ist nicht verschwunden. Was Crack mit sich gebracht hat, Straßendrogen, Waffen, Gewalt, das alles ist ganz und gar nicht verschwunden. Nehmen Sie jede beliebige amerikanische Stadt, und Sie könnten sich ein Auto mieten und in Stadtteile fahren, in denen die Menschen Angst haben. Reiche Weiße fahren dorthin und kaufen Drogen, ohne aus dem Auto zu steigen. In einem bestimmten Viertel von Brooklyn könnten Sie ein Kilo Koks kaufen, ohne Ihren Wagen verlassen zu müssen. Kids werden getötet. Cops schießen. Es ist nicht vorbei.«

John legt den Hörer auf. Er hat mit seiner Tochter Laura gesprochen, sie ist Detective in der Mordkommission von Easterhouse. Es war gut, mit ihr zu reden. Er hatte einen harten Tag mit Lehrern, Beamten und Sozialarbeitern. Jeder wacht nur eifersüchtig über sein Budget. Alle sagen das Gleiche – so ist es eben, so war es schon immer, was für ein Jammer. Man wird das nie hinkriegen. Er betritt Karyns Büro und starrt aus dem Fenster, während der Regen auf die Pitt Street fällt.

»Manchmal bin ich viel wütender als glücklich.«

Karyn blickt zu ihm auf. »Wut ist gut«, sagt sie. »Wut ist großartig.«

Anmerkung des Verfassers

Ich möchte mich bei den vielen Menschen an vorderster Front der innerstädtischen Kriminalität bedanken, die mich bereitwillig mit Informationen versorgt haben. Mein ganz besonderer Dank gebührt Karyn McCluskey, die mit mir ausführlich über ihre Arbeit bei der Violence Reduction Unit in Glasgow an der Seite von Detective Chief Superintendent John Carnochan gesprochen hat. Dr. Chrissie Goodall von den Medics Against Violence beschrieb detailliert die Verletzungen von Opfern von Bandengewalt, die sie im Verlauf von zwölf Jahren behandelt hat. Karyn, John und Chrissie engagieren sich in Schottland leidenschaftlich für Gewaltprävention. David Kennedy erzählte mir von seiner bahnbrechenden Arbeit, die Zahl der Gang-Morde in Boston zu reduzieren. Ich hatte das Glück, mit »Cathy« und ihren Kollegen zu reden, engagierten Sozialarbeitern im Glasgower East End. Sie erlaubten mir, einige Zeit mit ihren Klienten zu verbringen, darunter auch »Kenny«. Ich bin Mitgliedern der Community von Easterhouse und Polizisten der B Division der Strathclyde Police dankbar, die ich begleiten durfte, als sie Kämpfe der Gangs im Glasgower East End ins Visier nahmen.

In London war »Pilgrim« so freundlich, mir im Verlauf mehrerer Treffen seine Lebensgeschichte zu erzählen. »Hardeep«, »Jas« und »Kam« zeigten mir die Wahrheit über Drogenabhängigkeit und Kriminalität in Southall. Jama erzählte mir von seiner unermüdlichen Arbeit in der somalischen Gemeinde von Southall und machte mich mit »Troll« bekannt. Ich habe über einen längeren Zeitraum eine CID-Einheit des Metropolitan Police Service in Southall bei einer Observierung gegen somalische Dealer begleitet, die schließlich in Razzien bei Tagesanbruch gipfelte.

Ganz besonders dankbar bin ich Detective Constable »Anders Svensson« von der Greater Manchester Police, der sich mehrfach mit mir traf, um mir geduldig die Geschichte seiner Verfolgung von »Merlin«, »Flow« und anderen zu berichten. Außerdem habe ich Nächte mit ihm und seinen Kollegen von XCalibre auf den Straßen im Süden Manchesters verbracht. Es gibt so viele andere, zu viele, um hier alle zu erwähnen, die sich die Zeit genommen haben, mit mir zu reden, oft genug anonym. Darunter Opfer von Straftaten mit Messern und Schusswaffen sowie ihre Familien, Jugendarbeiter, Wohltätigkeitsorganisationen, Kriminelle, ehemalige Häftlinge sowie gegenwärtige und ehemalige Mitglieder von Gangs. Zwischen all der Gewalt und Verzweiflung hörte ich immer wieder auch Geschichten voller Sehnsucht und unbezwingbarer Hoffnung. Alle zusammen haben einen authentischen Bericht erstattet über im Inneren zersplitterte, unter Kriminalität leidende Communitys. Im Stich gelassen von Wirtschaft, Medien, Politikern und ohne eine intakte soziale Infrastruktur, haben sie sich eine gewalttätige Alternativwelt errichtet. *The Hood* ist eine Reise in diese Welt.

Gisela Mayer

DIE KÄLTE DARF NICHT SIEGEN

Was Menschlichkeit gegen Gewalt bewirken kann

224 Seiten. Gebunden mit Schutzumschlag
ISBN 978-3-550-08814-8

»Nichts wird so sein, wie es war!«
Horst Köhler

Ihre Tochter starb in Winnenden durch die Hand eines jugendlichen Amokläufers. Gisela Mayer fragt, wie es zu diesem entsetzlichen Verbrechen kommen konnte. Was läuft in unserer Gesellschaft schief? Mutig und sehr persönlich zeigt die engagierte Mutter, was sich ändern muss, um weitere Wahnsinnstaten zu verhindern.

James Ellroy

BLUT WILL FLIESSEN

Roman

Aus dem Englischen von Stephen Tree
784 Seiten. Gebunden mit Schutzumschlag
ISBN 978-3-550-08677-9

»Ellroy ist der wichtigste zeitgenössische Krimiautor.«
Der Spiegel

Böse Ex-Cops, intrigante Killer, feige FBI-Informanten und gefährliche Frauen – im Spiel um Macht, Millionen und Sex sind sie alle willfährige Marionetten, gelenkt von Politikern und ihren zweifelhaften Freunden. James Ellroys Abschluss der Underworld-Trilogie ist ein gnadenlos spannender Thriller und ein literarisches Ereignis.

»Ellroy ist der wohl wahnsinnigste unter den lebenden Dichtern und Triebtätern der amerikanischen Literatur.«
Süddeutsche Zeitung

»Ein sensationell guter Roman, weit mehr als ein Kriminalroman.«
Denis Scheck in Druckfrisch

ullstein